NIAMH GREENE

Ich werd' verrückt – Das Tagebuch einer ganz normalen Hausfrau

Buch

Als Susies Patentante ihr ein Haushaltsbuch schenkt, war dieses eigentlich für die Niederschrift ausgewogener Rezepte und Budgetplanungen für den Haushalt gedacht. Aber Susie spuken wichtigere Dinge im Kopf herum, die sie sich von der Seele schreiben muss. Zum Beispiel, wie man es schafft, bei Verstand zu bleiben, mit einer vierjährigen Diva, die denkt sie wäre Judy Garland, einem risikofreudigen Kleinkind, einem fordernden Ehemann, der mindestens einmal in der Woche ein selbstgekochtes Essen erwartet und rücksichtslos modernen Eltern, die denken, dass Wellness-Wochenenden wichtiger seien als Ferien mit den Enkelkindern. Außerdem muss man als moderne Frau von heute nebenbei auch immer auf dem Laufenden bleiben mit den Beckhams, Brangelina und der aktuellen Handtaschenmode. Als wäre das nicht genug, ist da noch dieser attraktive Vater in der Spielgruppe, der zweifellos ein Auge auf Susie geworfen hat ...

Susies Tagebuch beschreibt das ereignisreiche Jahr einer Mutter, die alles dafür geben würde, endlich wieder mal ein Kleid ohne Sabberflecken anzuziehen.

Autor

Die Vollzeit-Mama Niamh Greene studierte in Dublin Englisch und Französisch. Eigentlich wollte sie schon immer Autorin werden, doch dann nahm ihr Lebenslauf ein paar Umwege über eine Reihe unbefriedigender Jobs in der Tourismusbranche, in Verlagen und im PR-Bereich, jeweils in Dublin, London und San Francisco. Heute lebt Niamh in Dublin mit ihrem Mann und ihren beiden Kindern, die noch keinen blassen Schimmer haben, dass ihre Mutter sie schamlos als Inspirationsquelle ausnutzt.

Mehr zur Autorin unter www.niamhgreene.com

Niamh Greene

Ich werd' verrückt

Das Tagebuch einer ganz normalen Hausfrau

Roman

Deutsch
von Karin Dufner

GOLDMANN

Die Originalausgabe erschien 2007 unter dem Titel
»Secret Diary of a Demented Housewife«
bei Penguin Ireland, (a division of Penguin Books Ltd.), Dublin.

FSC
Mix
Produktgruppe aus vorbildlich
bewirtschafteten Wäldern und
anderen kontrollierten Herkünften

Zert.-Nr. SGS-COC-1940
www.fsc.org
© 1996 Forest Stewardship Council

Verlagsgruppe Random House FSC-DEU-0100
Das FSC-zertifizierte Papier *München Super* für dieses Buch
liefert Arctic Paper Mochenwangen GmbH.

1. Auflage
Deutsche Erstveröffentlichung März 2010

Umschlaggestaltung: UNO Werbeagentur, München
Umschlagfoto: Vincenzo Lombardo / getty images
Redaktion: Anita Hirtreiter
KA · Herstellung: Str.
Satz: Buchwerkstatt GmbH, Bad Aibling
Druck und Bindung: GGP Media GmbH, Pößneck
Printed in Germany
ISBN 978-3-442-46991-8

www.goldmann-verlag.de

5. September

Bin zu dem Schluss gekommen, dass der Sommer allgemein stark überschätzt wird (falls man keine Luxusvilla in Südfrankreich besitzt, wo ein schwedisches Au-pair-Mädchen rund um die Uhr parat steht).

Nach acht Wochen, zwei Tagen und drei Stunden allein mit Katie und Jack bin ich praktisch nur noch ein Schatten meines ehemaligen Selbst. Gut, stimmt nicht ganz, habe nämlich wegen einer grausamen Laune des Schicksals dank exzessiven Cornetto-Erdbeer-Konsums tatsächlich drei Kilo zugelegt. Hinzu kommt, dass ich – wie so viele Prominente – bestimmt an mentaler Erschöpfung leide. Ob ich mich selbst in ein Sanatorium einweisen soll?

Zum Glück fängt für Katie morgen wieder der Kindergarten an (das heißt, Betreuung durch ausgebildete Fachkräfte, die wenigstens wissen, was sie tun). Habe dann jede Menge Zeit, die lebenswichtige Bindung zu Jack zu stärken (unabdingbar für Zweitgeborene, damit sie nicht später einmal blutrünstige Massenmörder werden, die mit der Axt ein Massaker unter ihren Kollegen anrichten). Außerdem wird mir genug Muße bleiben, um erfüllenden Hobbys wie Pilates (warum ist es bloß derart anstrengend, sich so langsam zu bewegen?) oder Stricken (der neueste Zeitvertreib der Reichen und Schönen) nachzugehen.

Bin fest entschlossen, der Versuchung zu widerstehen, die neueste Ausgabe von *Heat* in einem Schwung zu lesen, obwohl ich vor Neugier sterbe, wie es jetzt mit Britney und Kevin weitergeht.

Schwöre ebenfalls, die endlose Freizeit (tja, die mindestens anderthalb Stunden, die Jacks Mittagsschlaf dauert) wertvollen und lebensbejahenden Tätigkeiten zu widmen, um wie Oprah Winfrey meine Spiritualität zu entdecken. Werde anders als im letzten Jahr meine Zeit nicht mehr damit totschlagen, im Einkaufszentrum durch die Läden zu bummeln.

SCHRITTE, UM ZUR EIGENEN SPIRITUALITÄT UND ZUM WAHREN SELBST ZU FINDEN:

- Lass dich nicht verleiten, im neuen Starbucks im Einkaufszentrum herumzusitzen, Milchkaffee mit Karamellgeschmack zu trinken und dazu einen Muffin zu essen. Befasse dich stattdessen mit produktiven und seelisch aufbauenden Dingen (mehr zu den produktiven und seelisch aufbauenden Dingen später).
- Verzichte darauf, durch die Läden zu streunen und dir Kleidungsstücke zuzulegen, die dir nicht stehen und die du dir auch nicht leisten kannst. Befasse dich stattdessen mit produktiven und seelisch aufbauenden Dingen (siehe oben).
- Dasselbe gilt fürs Schuhekaufen.
- Fang an, hochkarätige Literatur von der Liste in der *Sunday Times* zu lesen, um deinen Intellekt zu schärfen. Finger weg von *Heat!*
- Lies den Moderatgeber *What Not to Wear* von Trinny und Susannah, um ein positives Körperbild zu entwickeln. Versuche, dich von den Fotos, die dir aus den Seiten entgegenstarren, nicht einschüchtern zu lassen, indem du dir die beiden in ausgewaschenen Jogginghosen vorstellst.
- Besorg dir den Beziehungsratgeber *Relationship Rescue* des Fernsehpsychologen Dr. Phil, um Joe auf spiritueller und sexueller Ebene wieder näherzukommen. (Der Romantik muss so schnell wie möglich auf die Sprünge geholfen werden – Joe bohrt in letzter Zeit verdächtig oft in meinem Beisein in der Nase. Wer weiß, was mir noch alles bevorsteht?)

- Informiere dich über Möglichkeiten, dich ehrenamtlich zu engagieren, um dein Leben zu bereichern (irgendetwas für die Armen/Alten/Kranken).
- Hör auf, dich für Posh und Beckham zu interessieren.
- Finde dich ein und für alle Mal damit ab, dass du keine einflussreiche PR-Assistentin (mit unmittelbarer Verantwortung für das Tagesgeschäft) mehr bist, sondern eine brave, spießige Hausfrau und Mutter.
- Halte dir vor Augen, dass Hausfrau und Mutter ein ehrenwerter Beruf und keine Sackgasse für Verliererinnen ist. (Anmerkung: Unter gar keinen Umständen über längere Zeiträume hinweg ins Leere starren und dich fragen, ob es eine gute Idee war, nach Jacks Geburt zu kündigen. Meide auch Ausflüge ins selektive Gedächtnis, indem du dir amüsante Arbeitsessen und anregende Gespräche mit echten Erwachsenen in Erinnerung rufst. Erinnere dich stattdessen daran, wie herzzerreißend es war, das Kind in der Krippe zurückzulassen. Falls nötig, greife zu weiteren Gedächtnisstützen wie Elektroschocktherapie, etc.)

6. September

Ein sehr anstrengender Tag. Brauche vielleicht eine kleine Promi-Schröpfkur wie Gwyneth, um durchzuhalten.

Gleich in der Früh rief Joes Mutter an. »Bin gerade von der Sechs-Uhr-Messe zurück«, keuchte sie (ziemlich beängstigend). »Der arme Father John ist nach den seltsamen Gerüchten, die über ihn in Umlauf sind, auf unsere Unterstützung angewiesen.« Bin rasch zu dem Schluss gekommen, dass es mir vor dem ersten Kaffee viel zu früh ist, um mir Schauergeschichten über gefallene Priester und liederliche Frauenzimmer anzuhören. Deshalb geschwiegen. »Aber eigentlich rufe ich ja nur an, um Katie viel Erfolg zu wünschen«, fuhr sie fort, offenbar ein wenig gekränkt, weil ich sie *nicht* um schmutzige Einzelheiten angefleht habe. »Hat sie schon gefrühstückt? Eine Schale Haferbrei ist genau das Richtige. Das hat mein Joe vor der Schule auch immer gekriegt.«

Habe den fatalen Fehler gemacht zuzugeben, dass

a. wir alle noch im Bett liegen. Ja, um viertel vor sieben!
b. Haferbrei für Katie indiskutabel ist, selbst wenn er von Barbie höchstpersönlich empfohlen und in rosafarbenen Verpackungen verkauft würde.
c. Joe inzwischen Coco Pops bevorzugt.

»Noch nicht wach?«, schrie sie erschrocken auf. »Dann solltest du mal Tempo machen, Susie. Der Tag ist schon fast vorbei. Oder willst du, dass dein Kind am ersten Tag nach den Ferien zu spät kommt?«

Der bloße Gedanke daran führte wieder zu einem panischen Keuchanfall. Habe die Gelegenheit genützt, in Katies Zimmer zu stolpern und ihr das Telefon ans Ohr zu drücken. »Oma will mit dir reden«, nuschelte ich, während ich mir die Augen rieb, um wach zu werden. (Anmerkung: Muss mir sofort die Lavendel-Augenmaske mit beruhigendem Kamillenextrakt besorgen, für die in der Lifestyle-TV Werbung gemacht wird.)

Katie verzog finster das Gesicht und zog prompt die Dora-the-Explorer-Daunendecke über den Kopf.

»Sie ist wohl nicht sehr begeistert, meine Liebe?«, empörte sich Mrs. H., während ich schlaftrunken auf den Treppenabsatz zurückkehrte und hörte, wie Jack nach seinem Fläschchen schrie. »Hoffentlich hat sie keine Probleme, sich wieder einzugewöhnen. Mein Joe war ja so tapfer und stürmte in den Kindergarten, als wäre er bei einer Sondereinheit. Da gab es nie Probleme. Wahrscheinlich ist Katie mehr nach deiner Verwandtschaft geraten.«

Habe vorgetäuscht, Jack wäre die Treppe runtergefallen, um auflegen zu können.

Dann eine Ewigkeit damit verbracht, ganz besonderen Toast mit Smiley-Gesichtern aus Zucker und Honig zu machen, falls Katie doch aufgeregt sein sollte, weil der Kindergarten wieder losgeht. Das Schwierigste dabei war hinzukriegen, dass das Zucker-Honig-Grinsen lustig und nicht unheimlich aussah. Habe es geschafft. Katie muss sich darauf verlassen können, dass ich immer für sie da bin. Schließlich könnte es ja sein, dass die Rückkehr in den Kindergarten tief sitzende Ängste vor Zurückweisung oder dem Verlassenwerden in ihr auslöst. Um solche emotionalen Narben zu überwinden, können viele Therapiestunden (oder vielleicht sogar Schröpfen) erforderlich sein.

Habe meine Befürchtungen Joe anvertraut, während er seine Coco Pops hinunterschlang und gleichzeitig versuchte, sich die Krawatte zu binden.

»Sie schafft das schon, Susie«, nuschelte er, wobei ihm die Schokomilch vom Kinn tropfte. »Sie ist ganz schön tough.«

War entsetzt, weil

a. Katies eigener Vater offenbar nicht begreift, wie sensibel sie ist.
b. er seine Tochter offenbar mit einer Rapperbraut verwechselt.

Konnte das Thema allerdings wegen des markerschütternden Geschreis von oben nicht weiterverfolgen.

Katie, gerade damit beschäftigt, das optimale Kindergartenoutfit auszuwählen, hatte Jack mit ihrer Malibu-Barbie angegriffen, weil er sich die Rotznase an ihrem rosa Lieblings-T-Shirt abgewischt hat.

Auf dem Weg zum Kindergarten aufbauendes Gespräch mit Katie geführt. »Es ist nicht schlimm, wenn du ein bisschen traurig bist, weil du von Mummy und Jack weg musst«, begann ich, selbst ein wenig den Tränen nahe. »Du wirst dich bald wieder an den Kindergarten gewöhnen. Außerdem vergiss nicht, dass Mummy dich um zwölf abholen kommt. In Ordnung?«

Im Rückspiegel bemerkt, dass Katie mich ansah, als würde ich nicht richtig ticken. Sie sprang aus dem Auto, noch ehe es richtig stand, so eilig hatte sie es wegzukommen. Bin ein wenig besorgt, sie könnte mich vielleicht loswerden wollen.

7. September

Befürchte, ich könnte an einer schweren Bindungsstörung leiden. War den ganzen Vormittag weinerlich und traumatisiert, habe mich aber mit zwei Cappuccinos und einem doppelten Schokomuffin im Einkaufszentrum getröstet. Offenbar freut Katie sich so, wieder in den Kindergarten zu können, dass sie mich herzlos am Wegesrand zurücklässt. Wenigstens Jack interessiert sich noch für mich. Jedenfalls saß er zufrieden in seinem Buggy, ohne den ganzen Laden zusammenzuschreien, weil er aussteigen wollte. Allerdings nur, weil ich ihm erlaubt habe, ein Stück des Muffins auf seiner Hose zu verschmieren.

P. S.: Beim Heimkommen blinkte das Lämpchen am Anrufbeantworter. Bin sofort hingerannt, voller Angst, Katie könnte im Kindergarten einen lebensbedrohlichen Unfall erlitten haben. Doch es war nur meine beste Freundin Louise. Wage nicht, sie zurückzurufen, weil ich vergessen habe, ob sie noch Streit mit ihrem aktuellen Lover hat. Habe außerdem keine Kraft für die tausendste Diskussion über Männer mit Bindungsangst.

8. September

Seit Katie wieder im Kindergarten ist, scheint Jack sie zu vermissen. Habe ihn dabei erwischt, wie er mit einem Markierstift auf dem Familienfoto im Spielzimmer ihr Gesicht durchgestrichen hat. Eine wirklich anrührende Art, seine Verwirrung und Angst auszudrücken.

P. S.: Vielleicht leide ich ja an einer jahreszeitbedingten Affektstörung, die vielleicht nur durch einen Auslandsurlaub in einer schicken karibischen Ferienanlage geheilt werden kann. Möglicherweise tun es ja auch ein paar UV-Lampen im Wohnzimmer.

9. September

Mum findet, ich sollte mich mehr mit Jack beschäftigen, da Katie jetzt wieder im Kindergarten ist. »Wie förderst du eigentlich seine Kommunikationsfähigkeit?«, fragte sie, als ich sie anrief, um Hallo zu sagen.

»Äh … er spricht gerne mit dem Play Along Barney in seinem Laufstall«, erwiderte ich. Habe den Anruf sofort bereut.

»Hmmm … ich denke, er braucht mehr geistige Anregung«, antwortete sie. »Und du könntest auch öfter mit ihm rausgehen. Baby-Yoga ist zurzeit die große Mode. Du solltest es mal versuchen. Jack hätte sicher großen Spaß.«

Bin ein bisschen verärgert. Baby-Yoga ist ganz klar ein Versuch, leichtgläubigen Zeitgenossen das monatliche Kindergeld aus der Tasche zu ziehen. Wie kann man von so kleinen Kindern erwarten, dass sie Schlangenmensch spielen? Mum ist manchmal recht weltfremd. Außerdem lässt sich Babysport unmöglich mit meinem vollen Terminkalender unter einen Hut bringen. *Dr. Phil* um elf darf ich einfach nicht verpassen.

P.S.: Habe meine beste Freundin Louise im Büro angerufen, um ihr von dem urkomischen Gespräch über Baby-Yoga zu erzählen, aber sie hatte keine Zeit zu reden. Habe es also stattdessen bei Jack versucht, doch der musterte mich nur total gelangweilt und wackelte davon.

P.P.S.: Möglicherweise hat Mum ja damit recht, dass ich mehr mit Jack unternehmen sollte. Überlege, ob ich ein paar CDs mit Mozart für Babys kaufen soll, damit aus ihm mal ein Wunderkind wird.

10. September

Joe in absoluter Spitzenlaune.

»Ich bin sicher, dass Maurice mich bald befördert, Susie«, vertraute er mir aufgeregt beim Abendessen an. »Alles weist darauf hin. In einem Jahr um diese Zeit bin ich im Vorstand, und der Laden wird brummen.« Sein Freudenschrei sorgte dafür, dass der Hund sich vor Schreck unter den Tisch flüchtete.

»Das ist ja prima«, entgegnete ich begeistert, während ich verzweifelt versuchte, Katies Spaghettis unter ihrer genauen Anleitung in genau gleich lange Stücke zu zerschneiden. »Das hast du dir verdient. Schließlich arbeitest du Tag und Nacht.«

»Tja, das ist der Haken, Susie«, fuhr er fort, und sah gleich gar nicht mehr so froh, sondern eher ein bisschen verlegen aus. »Damit ich auch sicher befördert werde, muss ich wohl ein paar zusätzliche Überstunden schieben. Aber es dauert nicht lang, Ehrenwort.«

»Daddy, wie brummt denn ein Laden?«, mischte sich Katie, Haare und Gesicht mit Tomatensauce verschmiert, ein. »Wie ein Bär?«

P.S.: Frage mich, wie Joe noch mehr Überstunden machen will, wenn er ohnehin schon fast ständig in der Firma ist, habe aber den Mund gehalten. Als liebende Ehefrau ist es meine Pflicht, seine Karriere zu fördern.

11. September

Oprahs heutige Sendung über Mülltrennung und Umweltschutz hat mir sehr zu denken gegeben. War wirklich gerührt, als sie meinte, seit ihrem Besuch in Afrika müsse sie unter der Powerdusche immer an die armen hungernden Kinder und das schmutzige, verseuchte Wasser dort denken. Fand das wirklich sehr engagiert von ihr. Werde von nun an den Wasserhahn nicht mehr länger als nötig laufen lassen und die Waschmaschine seltener anwerfen. Will Katie und Jack Umweltbewusstsein vermitteln, zum Beispiel wenn sie sich die Zähne putzen. Schließlich muss auch die nächste Generation lernen, unseren Planeten zu bewahren. Bin außerdem insgeheim froh, dass ich nun endlich einen Grund habe, Schmutzwäscheberge anzuhäufen.

P.S.: Überall Gerüchte, Kevin sei schon zum zweiten Mal beim Verlassen eines zwielichtigen Striptease-Schuppens beobachtet worden. Viele gute Fotos in *OK!*, auf denen die arme Britney wirklich traurig aussieht. Kein Wunder, dass sie noch mehr raucht als sonst.

12. September

Joe gestern erst um Mitternacht nach Hause gekommen. Gut, dass ich ihm kein Abendessen gekocht hatte, sonst wäre es im Müll gelandet.

»Bleibt das in Zukunft so?«, zischte ich, als er sich zu mir ins Bett legte. War stinksauer, weil er mich aus einem wunderschönen Traum aufgeweckt hatte – Brad und Jude, bevor es zur Sache ging.

»Entschuldige, Susie«, murmelte er, schlief sofort ein und fing an zu schnarchen. Mache mir große Sorgen, Joe könnte einen schweren Fall von Burnout entwickeln, wenn das nicht bald aufhört. Dann wird er sogar noch seltener aufstehen, wenn Jack nachts schreit. Darf nicht vergessen, ihm Multivitamintabletten zu besorgen.

13. September

Glaube, dass Katie im Kindergarten schädlichen Einflüssen ausgesetzt ist.

Mrs. H. entsetzt, weil sie heute das S-Wort benutzt hat. »*Was* war das eben?«, empörte sie sich so heftig, dass sich der Barry's-Gold-Blend-Tee über ihre makellos gebügelte Bluse ergoss.

»Schmeißen?«, versuchte ich mich aus der Affäre zu ziehen. Dabei sah ich Katie finster an, fest entschlossen, ein Hühnchen mit ihr zu rupfen, sobald Mrs. H. das Haus verlassen hatte.

»Nein, Mummy, ich habe *Scheiße* gesagt!«, verkündete Katie mit glockenheller Stimme.

»Katie, das war sehr ungezogen von dir«, schimpfte ich, um eine gleichzeitig unschuldige und entgeisterte Miene bemüht.

»Warum? Du sagst es doch auch dauernd«, gab sie zurück, drehte vor Mrs. H. eine elegante Pirouette und lächelte breit.

Mrs. H. musterte mich argwöhnisch, offenbar von der Frage bewegt, ob sie sofort das Jugendamt verständigen sollte.

»Bestimmt hat sie es von den anderen Kindern aufgeschnappt«, versicherte ich und legte als Ablenkungsmanöver eine zweite Packung Feigenplätzchen auf den Tisch. »Ich werde morgen mal mit den Erzieherinnen reden.«

P.S.: Mum hat mir erklärt, dass alle Kinder Kraftausdrücke benutzen und dass das kein Grund zur Sorge sei. »So entdecken sie ihre Grenzen und drücken sich aus, Schätzchen«, beruhigte sie mich. »Achte einfach nicht darauf. Dann wird es ihr bald zu langweilig.«

Konnte Dad im Hintergrund etwas rufen hören – ich glaube, es ging um den Stinkefinger.

P. P. S.: Habe Feigenplätzchen allmählich satt, auch wenn ein Stück laut WeightWatchers nur einen Punkt hat. Deshalb beschlossen, mir auf Ad-hoc-Basis hin und wieder ein Schokocreme-Plätzchen zu gönnen.

14. September

Louise rief an, um mir das Neueste in Sachen aktueller Lover zu berichten. »Die Sache ist, Susie«, sagte sie, »dass ich in meinem Alter keine Zeit mehr für Spielchen habe. Ich muss wissen, ob etwas Ernstes daraus wird, und zwar jetzt sofort. Wenn ich noch eine Chance haben will, ein Baby zu kriegen, müssen wir uns nämlich ranhalten.«

Finde, dass sie erst den zweiten Vornamen des aktuellen Lovers in Erfahrung bringen sollte, bevor sie an Babys denkt. Habe mir die Bemerkung aber verkniffen. Louise kann recht aufbrausend sein, wenn man mit ihr Klartext redet. Deshalb etwas Ausweichendes und Bestärkendes genuschelt.

»Du hast so ein Glück, dass du Joe kennengelernt hast, als ihr beide noch jung wart, Susie«, fuhr sie fort.

»Ja, wir sind mehr oder weniger zusammen erwachsen geworden«, erwiderte ich, erfüllt von dem warmen kuscheligen Geborgenheitsgefühl, das einem eine glückliche Familie vermittelt.

»Ja, und außerdem brauchst du dir keine Sorgen mehr um dein Äußeres zu machen.« Sie seufzte auf. »Er nimmt dich einfach so, wie du bist.«

Versucht, das Thema zu wechseln, weil mir bei diesen Worten etwas mulmig wurde. Stattdessen mit Katies jüngstem

Faible für Fäkalsprache angefangen und gefragt, ob es vielleicht ein Hinweis darauf sein könnte, dass sie unter der Rückkehr in den Kindergarten leidet.

Plötzlich hatte Louise einen ganz, ganz wichtigen Notfall. Habe den Verdacht, dass meine Kinder sie vielleicht ein kleines bisschen langweilen.

15. September

Habe beschlossen, mit dem Power-Walking anzufangen, um meinen Körper zu einer stromlinienförmigen Sexmaschine zu formen. Und zwar so schnell wie möglich. Jetzt brauche ich nur noch einen windschnittigen dreirädrigen Jogging-Buggy, damit ich jeden Fußgänger mit einer Drehung meines Handgelenks niedermähen kann. Außerdem muss die richtige Walking-Kleidung her – neue Turnschuhe, atmungsaktive Leggings aus Lycra, eine seitlich geschlossene Sonnenbrille und so weiter.

Joe von der Idee begeistert. »Gut, dass du wieder in Form kommen willst«, meinte er, als ich ihm von meinem großen Plan berichtete. »Von Power-Walking kriegst du im Nu wieder eine straffe Figur.«

War stinksauer, weil er nicht beteuert hat, dass ich jetzt schon straff und durchtrainiert und einfach fantastisch bin. Ich wette, Beckham sagt immer das Richtige zu Posh, wenn sie sich zu dick und hässlich fühlt. Oder er kauft ihr einfach einen Range Rover.

16. September

Bin zu der Erkenntnis gelangt, dass Power-Walking doch nicht das Wahre ist. Jack heute Morgen im Eilschritt durch den Park geschoben und dabei Seitenstechen bekommen. Zum Glück wollte er bei jedem Grashalm und Hundehaufen stehen bleiben, sodass ich Gelegenheit zum Durchatmen hatte. Ein noch größeres Glück ist es, dass laut einer neuen Untersuchung zum Thema Fitness vier Minuten intensive körperliche Anstrengung pro Tag genügen, um straff und durchtrainiert zu bleiben. Kann also mit mir zufrieden sein. Verbringe so viel Zeit damit, die Kinder und den Staubsauger treppauf, treppab zu schleppen, dass ich bestimmt in Topform bin.

17. September

Laut Elternwebsite theperfectparent.com besteht die Möglichkeit, dass Katie uns ihre Ängste vor der Rückkehr in den Kindergarten verheimlicht. Klingt logisch – nach außen hin wirkt es, als freue sie sich darüber, während sie innerlich verunsichert und durcheinander ist. Habe den Verdacht, dass Mum diese Ansicht teilt und nur nicht will, dass ich mir Sorgen mache.

»Behalte sie einfach ein bisschen im Auge«, säuselte sie am Telefon. »Es ist bestimmt alles in Ordnung. Jetzt muss ich mich aber beeilen, Schätzchen. Dein Dad hat für heute Mittag einen Tisch bei diesem fantastischen neuen Italiener in der Innenstadt bestellt.«

Habe geglaubt, einen zweifelnden Unterton herausgehört zu haben. Bin mir aber nicht sicher, weil Dad im Hintergrund etwas gerufen hat – es ging darum, dass Pesto gut fürs Herz ist.

»Ach, herrje, beruhig dich«, meinte Joe lachend, als ich ihm von meinen Befürchtungen erzählte. »Katie ist glücklich und geht leidenschaftlich gern in den Kindergarten.«

Bin ziemlich sauer auf ihn – schließlich steht es uns nicht zu, studierten amerikanischen Online-Kinderärzten zu widersprechen. Werde die Lage noch eine Weile beobachten und vielleicht eine PR-Präsentation dazu entwerfen. Mit Grafiken und Tortendiagrammen.

18. September

Anna, die Giftschlange, ehemalige Kollegin und offizielle Büroklatschtante, rief an, angeblich, um ein bisschen zu reden. Allerdings ging es ihr in Wahrheit darum, traurige Einzelheiten über das Vorstadtleben zu erfahren, was nicht zu überhören war. »Wie. Geht. Es. Dir. Denn. Susie?«, fragte sie betont und in dem heuchlerisch-anteilnehmenden Ton, der ausschließlich mir vorbehalten ist. Und noch Danny von der Poststelle, der offenbar ein paar Probleme im intellektuellen Bereich hat. »Wie. Kommst. Du. Zurecht?«

Habe panisch überlegt, welche Lüge ich ihr beim letzten Mal aufgetischt habe, um nicht mit ihr telefonieren zu müssen. Vermutlich den angeblichen Tod eines nahen Angehörigen. »Äh, prima, Anna«, nuschelte ich ausweichend und versuchte, zwar traurig, aber nicht zu bestürzt zu klingen. Nur für den Fall, dass es doch einen *entfernten* Verwandten getroffen haben könnte.

»Wirklich?« Sie schien enttäuscht, dass ich nicht am Rande eines Nervenzusammenbruchs stand.

»Aber es ging dir doch *so schlecht,* als wir das letzte Mal beim Mittagessen waren.«

Gehört, wie sie beim Sprechen tippte. Vermutlich machte sie sich Notizen für ihr Dossier zum Thema »Die leidende Hausfrau«.

»Du hast doch erzählt, die Kinder brächten dich *um den*

Verstand, schon vergessen? Außerdem warst du kurz davor, Wie-hieß-er-noch-mal zu ermorden. Und wie stehen die Dinge jetzt?«

Fast konnte ich sehen, wie sie erwartungsvoll den Atem anhielt, voller Hoffnung auf spannende Einzelheiten wie Valiumkonsum und heimlichen Alkoholmissbrauch, um sie anschließend per E-Mail weiterzuverbreiten.

Habe mich zu meinem Entsetzen plötzlich erinnert, warum ich in letzter Zeit einen noch größeren Bogen um Anna gemacht habe. Grund ist möglicherweise der alkoholisierte schwache Moment nach einer halben Flasche Sauvignon Blanc bei einem Mittagessen mit ehemaligen Kolleginnen. Habe nämlich eingeräumt, dass es nicht unbedingt das Nonplusultra ist, zu Hause zu bleiben und Kinder zu versorgen. Zum Teufel mit diesem Wein, der einem auf so hinterhältige Weise die Zunge lockert.

»Wirklich? Daran kann ich mich gar nicht erinnern«, log ich, während ich mir eingetrockneten Rotz vom Ärmel pflückte und mir vornahm, Jack beizubringen, in Zukunft seinen eigenen Ärmel zum Naseputzen zu benutzen. »Alles ist wunderbar, ich habe mich noch nie so blendend gefühlt. Und du?« Mir dabei größte Mühe gegeben, lässig und leicht verdattert zu klingen, als sei mir einfach rätselhaft, warum ich mein Leben jemals nicht in den rosigsten Farben geschildert habe. War jedoch nicht sicher, ob sie mir das abnahm.

»Ach, neeeeeein!« Anna schien nicht überzeugt. »Ach, du weißt ja, wie es bei uns läuft. Immer schwer beschäftigt. Aber das hast du inzwischen sicher längst vergessen. Ha! Ha! Ha!«

Als mir ihr scheußliches wieherndes Lachen in den Ohren hallte, fiel mir plötzlich wieder ein, warum ich sie damals am liebsten täglich an die Wand geklatscht hätte.

»Nun, sie halten mich ganz schön auf Trab«, entgegnete ich, während ich zusah, wie Wie-hieß-er-noch-mal versuchte, die Backofentür zu öffnen und hineinzukriechen.

»Ja, wir haben erst letztens darüber geredet«, sprach Anna weiter, wie immer, ohne auf mich einzugehen. »*Was macht Susie nur mit der vielen Freizeit?*, haben wir uns gefragt. Du hast ja so ein Glück. Was allerdings nicht heißt, dass ich so ein Leben aushalten würde. Ich brauche die geistige Anregung am Arbeitsplatz, um nicht den Verstand zu verlieren. Verstehst du, was ich meine?«

»O ja«, antwortete ich und hielt Jack fest, bevor er Gelegenheit hatte, sich bei einem tragischen Backofenunfall selbst zu verstümmeln und sich die rechte Hand zu amputieren. »Geistige Anregung ist das Wichtigste. Ganz richtig.« Beim Auflegen eine Stinkwut auf Anna und ihre manipulativen Spielchen gehabt. Meine Kündigung ist inzwischen zwei Jahre her. Sie sollte doch mittlerweile längst vergessen haben, dass es mich je gegeben hat – so wie alle anderen.

P. S.: Habe beschlossen, mit Sudoku anzufangen, um geistig aktiv zu bleiben und eine intellektuelle Herausforderung zu haben.

P. P. S.: Andererseits würde es vielleicht mehr bringen, wenn ich mir die Quizsendung *Countdown* auf Channel 4 anschaue. Die grässliche Tick-Tack-Musik nervt zwar, aber dafür hat sich der Erotikfaktor gesteigert, seit diese nette Carol Vorderman so viel abgenommen hat und Dekolleté zeigt.

19. September

Mit der Starbucks-Filiale im Einkaufszentrum geht es offenbar bergab. Die Bedienung war heute ziemlich patzig zu mir, als ich sie fragte, ob Jack ein paar leere Pappbecher zum Spielen haben könnte. (Es macht ihm ja solchen Spaß, sie zu zerreißen und damit um sich zu werfen, der kleine Engel.) Außerdem war der Milchkaffee mit Karamellgeschmack früher eindeutig schaumiger.

P. S.: Eine SMS von Louise bekommen. Sie und der aktuelle Lover wollen einen romantischen Kurzurlaub in Prag verbringen. Bekommt sie denn *nie* genug von wildem Sex in luxuriöser Fünf-Sterne-Umgebung?

20. September

Katie wird im Kindergarten gemobbt! Habe doch gleich gewusst, dass sie etwas bedrückt. Bin beinahe einer Oma im Opel Astra hinten draufgefahren, als sie es mir erzählte. Joe sagt, ich mache aus einer Mücke einen Elefanten. Nehme das Problem trotzdem sehr ernst. In der Sonderbeilage des letzten *Sunday Independent* ging es um solche Schikanen, die inzwischen epidemische Ausmaße angenommen haben und bei Kindern dauerhafte Schäden anrichten können. Einige der berüchtigsten Serienmörder der Geschichte wurden als Kinder von Gleichaltrigen gepiesackt.

Joe hat bei diesem Einwand fast die Fassung verloren. »Wahrscheinlich haben sich die Kleinen wegen einer Puppe gestritten.« Verächtliches Schnauben. Nun, soll er ruhig spotten. Das Lachen wird ihm schon noch vergehen, wenn unsere kleine Prinzessin in zwanzig Jahren im Mountjoy Prison oder einer anderen Horror-Strafanstalt landet. Schließlich kenne ich die Serie *Bad Girls* und weiß deshalb über die Zustände in Frauengefängnissen genau Bescheid. Was ist, wenn sie sich dabei schlecht blondiertes Haar, eine lesbische Wärterin als Geliebte und eine unheilbare Cracksucht einfängt? Eltern müssen da wachsam sein. Morgen mache ich denen im Kindergarten Little Angels die Hölle heiß.

21. September

Militärische Operation beendet.
Name der kleinen Terroristin: Zoe.
Alter: dreieinhalb.
Größe: einen Meter zehn.
Adresse: unbekannt.

Die beschönigende Darstellung der Kindergartenleiterin lautet, dass Zoe, die Neue, Katie und ihre Freundin bedrängt. Inzwischen hat Amy, die kleine Verräterin, meine geliebte Tochter fallengelassen und ist zur Neuen übergelaufen. Meine arme Katie hat jetzt keine Freundin mehr.

Habe schreckliche Schuldgefühle. Ganz sicher hat die ganze Misere ihren Grund in einem schlechten kosmischen Karma aus meiner eigenen Kindergartenzeit, als ich Jenny Kelly die Freundschaft gekündigt habe. Immer wieder steht mir das schreckliche Bild der armen Jenny vor Augen, die bitterlich weinend im Sandkasten saß.

Jack ist sicher, dass Katie sich schon durchbeißen und bald neue Freundinnen finden wird. Muss mich zurückhalten, um die beiden kleinen Ungeheuer nicht zu ohrfeigen. Und ihre Mütter ebenfalls.

Zoes Mutter – eine Hippietante mit Schlabberhose und überlegenem Dauergrinsen – war mir auf Anhieb unsympathisch. Niemand kann ständig nur lächeln, insbesondere nicht eine Hausfrau und Mutter (außer sie hat einen Geländewagen und ein philippinisches Kindermädchen auf Abruf). Die Ökomutter geht jeden Tag zu Fuß in den Kindergarten und schiebt dabei ein – ebenfalls unnatürlich lächelndes – Baby im Kinderwagen vor sich her. Stundenlang steht sie vor dem Tor und versucht, die anderen Mütter dazu zu bekehren, Sonnenblumenöl anstelle von Benzin zu tanken. Alles höchst dubios.

Habe der Erzieherin unmissverständlich mitgeteilt, dass

ich eine Klärung des Problems verlange. Werde nicht zulassen, dass mein Kind zum Opfer gemacht wird.

P. S.: Bin gerade auf den Gedanken gekommen, dass Zoes Mutter womöglich Drogen nimmt. Schließlich stehen alle diese Umweltfanatiker auf Hasch und Glückspillen. Vielleicht sieht sie deshalb immer so verdammt zufrieden aus. Mein Gott, wird Katie jetzt nicht nur gemobbt, sondern auch noch mit Rauschgift konfrontiert?

22. September

Meine beste Freundin Louise rief an, um vor dem romantischen Kurzurlaub Kriegsrat zu halten.

»Was für Unterwäsche soll ich denn einpacken, Susie?«, fragte sie in sehr ernsthaftem Ton (das heißt, sie meinte es nicht ironisch).

»Äh ... welche, bei der BH und Höschen zusammenpassen?«, erwiderte ich zögernd, da ich nicht wusste, worauf sie hinauswollte.

»Ja, das versteht sich doch wohl von selbst.« Sie bekam einen Lachanfall. »Oder gibt es etwa noch andere Unterwäsche? Nein, ich wollte damit sagen, ob ich es lieber verspielt mit Rüschen und Baumwolle oder verrucht mit Seide und Leder versuche.«

Hatte keine Ahnung, was ich mir darunter vorstellen sollte. Finde außerdem, dass Unterwäsche mit Lederteilen etwas leicht Obszönes an sich hat und sicher scheußlich unbequem ist. »Trägst du denn immer zusammenpassende Unterwäsche, Lou?«, erkundigte ich mich und spähte unter mein T-Shirt, um festzustellen, was ich heute Morgen angezogen hatte.

»Aber natürlich! Hast du die goldene Unterwäsche-Regel vergessen?« Sie klang aufrichtig entsetzt.

»Äh ... dass man nie darauf verzichten soll?«

»Nein, Susie. Eine Frau muss immer Unterwäsche tragen, in der sie sich nicht zu schämen braucht, wenn der Mann ihrer Träume sie plötzlich in seine Arme reißt und wilden, leidenschaftlichen Sex mit ihr haben will. Also, was soll ich einpacken?«

»Verspielte Baumwolle, glaube ich«, erwiderte ich. Gleichzeitig von der Vorstellung erschrocken, was Brad wohl zu meiner Unterwäsche sagen würde, falls er spontan beschließen sollte, sich mir an den Hals zu werfen: ein grauer Umstands-BH, der an den Brustwarzen ausgeleiert ist (leider hat sich mein vor der Schwangerschaft straffer Busen nach der Geburt in eine schlaffe Hängebrust verwandelt) und dazu ein rosa verfärbter (könnte fast Batik sein) Slip, der eindeutig nicht dazu passt, außer man ist sehr kurzsichtig und dazu noch farbenblind. Und das ist Brad sicher nicht, auch wenn er in *Ocean's Eleven* diese sexy Brille trägt.

»Ja«, fuhr ich fort. »Baumwolle ist vermutlich das Beste. Heb dir das Höschen mit offenem Schritt fürs nächste Mal auf.« Über meinen eigenen Witz gelacht, aber sie schien ihn nicht ganz verstanden zu haben.

»Ach, offener Schritt ist doch schon seit einem Jahr out, Susie.« Sie schnalzte mit der Zunge. »In diesem Jahr ist der jungfräuliche Look angesagt. Ich muss jetzt los, in zehn Minuten habe ich eine dämliche Vorstandssitzung.«

Nach dem Auflegen beschlossen, sämtliche indiskutable Wäscheteile auszumisten und von nun an nur noch zusammenpassende Sachen zu tragen. Hoffentlich sind Tangas inzwischen ebenso aus der Mode wie ein offener Schritt. Brad könnte die Cellulitis an meinem Hängehintern nämlich noch abstoßender finden als ausgeleierte Unterwäsche.

P. S.: Werde das Gefühl nicht los, dass Louise und ich uns immer mehr voneinander entfernen. Sehr besorgniserregend.

23. September

Habe festgestellt, dass ich nicht ein einziges zusammenpassendes erotisches Unterwäsche-Set besitze. Nicht einmal etwas, das ich tragen könnte, wenn der Notfall eines Überraschungswochenendes in einem Fünf-Sterne-Hotel einträte. Bin erschüttert über die Erkenntnis, dass ich mir inzwischen nicht mehr genug wert bin, um in etwas anderes als in ausgewaschene Miederhöschen zu investieren. Habe außerdem das beklemmende Gefühl, dass das kein gutes Zeichen für den Zustand meiner Ehe ist, wage jedoch nicht, drphil.com zu konsultieren. Was, wenn er sagt, dass der Zug für Joe und mich endgültig abgefahren ist und wir gleich einen Scheidungstermin bei der Fernsehrichterin Judge Judy vereinbaren können?

Also Joe gefragt, ob es ihn stört, dass ich immer noch einen ausgeleierten grauen Umstands-BH trage, obwohl die Geburt schon achtzehn Monate her ist.

»Darüber habe ich mir noch nie Gedanken gemacht«, meinte er bei der zweiten Schale Coco Pops. Dass unsere Ehe in Gefahr sein könnte, schien ihn überhaupt nicht zu bedrücken.

»Aber erinnerst du dich nicht mehr an den Anfang unserer Beziehung?«, wandte ich ein. »Damals hast du mir immer sexy Sachen bei Marks & Spencer gekauft.« (Das war in den Neunzigern, als Kylie und Elle noch nicht auf den Gedanken gekommen waren, winzige, von mikroskopisch dünnen Bändchen zusammengehaltene Puppenhöschen herzustellen, und Marks & Spencer als der Gipfel der Eleganz galt.)

»Das ist doch schon Jahre her, Susie.« Joe lachte auf. Anscheinend hat er nicht die Spur von Angst, dass uns jederzeit eine hässliche Scheidung drohen könnte. »Außerdem habe ich dir, wenn ich mich recht entsinne, die Sachen schneller vom Leibe gerissen, als du sie anziehen konntest.«

»Ja, aber inzwischen kaufst du mir nie mehr erotische Unterwäsche«, sagte ich. Habe versucht, mich zu erinnern, wann er mir das letzte Mal etwas entrissen hat – mit Ausnahme der Fernbedienung für den Fernseher. »Gibt dir das nicht zu denken?«

»Warum sollte es das?«, erwiderte er verdattert. »Es ist ganz normal, dass man nach einer Weile nicht mehr verliebt wie zwei Turteltäubchen ist.«

Habe beschlossen, das Louise zu verschweigen. Es ist schon schlimm genug, dass sie mich vermutlich für eine traurige, unscheinbare Hausfrau hält. Warum also ihr das auch noch bestätigen?

24. September

Heute Morgen von Katie wachgerüttelt worden, die mich daran erinnerte, dass ich ihr heute vor einem Jahr versprochen habe, ihr einen Bikini für den Schwimmunterricht zu kaufen. Wie sie sich so etwas merken kann, ist mir rätselhaft. Ich weiß ja nicht einmal mehr, was ich gestern gemacht habe (wahrscheinlich Wäsche gewaschen, Jack gewickelt und Staub gesaugt), geschweige denn, dass ich mich an ein Gespräch von vor einem Jahr erinnern könnte. Sollte mir ernsthaft überlegen, ihren IQ testen zu lassen – vielleicht ist sie ja hochbegabt oder hat zumindest ein fotografisches Gedächtnis.

»Meinst du wirklich, Schatz?«, stöhnte ich und versuchte, mich unter dem Kissen zu verstecken, um noch fünf Minuten Schlaf abzubekommen. »Ich bin nicht sicher, ob du schon alt genug für einen Bikini bist.«

Fünf Sekunden herrschte Grabesstille, gefolgt von einem lauten Gebrüll, das sich anhörte, als wäre der König der Löwen auf LSD. »Du hast es aber verspro-ho-hochen«, schluchzte sie. »Du hast gesagt, ich könnte dieses Jahr einen Bikini haben.

Ich bin Die Einzige, die noch keinen Bikini hat.« Stichwort für den nächsten Weinkrampf.

Die Einzige waren die Worte, die die Entscheidung brachten. Kann schließlich nicht zulassen, dass sie in ihrer Gruppe zur Außenseiterin wird. Schlimm genug, dass sie im Kindergarten, geduldet von der Leitung, Mobbing über sich ergehen lassen muss. »Also gut«, lenkte ich deshalb ein. »Wir gehen heute Vormittag einen kaufen, einverstanden?«

»Einverstanden.« Sie schniefte argwöhnisch. »Einen rosanen?«

»Gut.«

»Mit Herzchen drauf?«

»Gut.«

»Tolle Erziehungsmethoden«, brummelte Joe lachend unter der Decke hervor, während Katie losmarschierte, um sich zur Inspiration *Die kleine Meerjungfrau* anzuschauen. »Wirklich beeindruckend, wie du dich wieder durchgesetzt hast.«

Da jede Erklärung, wie wichtig es ist, nicht in eine Außenseiterrolle gedrängt zu werden, ohnehin nur auf taube Ohren gestoßen wäre, ihm mit Jacks Action Man in den Rücken gepiekst.

Den ganzen Vormittag damit verbracht, mich durch die Menschenmassen im Einkaufszentrum zu kämpfen, von denen die Hälfte auf der Jagd nach einem rosafarbenen Mädchenbikini zu sein schien. Musste einige tödliche Blickduelle mit anderen verzweifelten Müttern überstehen, bis ich endlich den Bikini gefunden hatte, der alle Anforderungen erfüllte:

- rosa, aber nicht glänzend rosa (Die Definition der richtigen Farbe liegt einzig und allein bei Katie. Einspruch zwecklos.)
- keine »knubbeligen« Stellen (Also keine Verzierungen oder irgendwelche Logos – außer sie haben mit Barbie zu tun.)
- keine »Jungshosen« (Also nur absolut unkindgemäße, knappe Hotpants im Go-go-Stil kommen in die engere Wahl.)

Erschöpft von der Suche, gerade noch rechtzeitig ins Schwimmbad gehetzt und in die Umkleide gestürmt – wo alle kleinen Mädchen die neueste Mode dieses Jahres vorführten: Miniatur-Neoprenanzüge und Schwimmbrillen.

25. September

Louise von ihrem romantischen Kurzurlaub mit dem aktuellen Lover zurück. »Es war spitze, Susie«, jubelte sie am Telefon. »Du und Joe müsst euch so etwas auch mal gönnen.«

»Ja«, stimmte ich zu. Dabei beobachtet, wie Jack in seinem Ohr bohrte und das Ohrenschmalz auf der Sonntagsbeilage der Zeitung verteilte.

»Das Essen war fantastisch, und das Hotel war einfach *göttlich.* Wir haben uns ausgezeichnet verstanden, es ist, als würden wir uns schon seit einer Ewigkeit kennen. Ich bin sicher, dass die Sache Zukunft hat.«

»Das freut mich aber, Lou«, erwiderte ich. Währenddessen Jacks Griff um mein Bein gelockert und Katie durch Gesten zu verstehen gegeben, dass man einen Fernseher nicht »putzt«, indem man ihn mit Flüssigwaschmittel übergießt. Wollte Louise nicht die Illusionen rauben und ihr erklären, dass es nicht unbedingt ein Vorteil ist, jemanden seit einer Ewigkeit zu kennen. Ob Posh sich wohl auch mit solchen Problemen herumschlägt? Kann mir nicht vorstellen, dass Beckham im Bett furzt oder sich im Wohnzimmer die Nasenhaare schneidet. Aber man weiß ja nie.

26. September

Gegen halb zehn Überraschungsbesuch von Joes Mutter. Sie schwenkte eine Großpackung giftgrüner Geschirrtücher. »Bei Lidl gab es zwei für den Preis von einem«, verkündete sie triumphierend. »Also habe ich mich gefragt, ob ich jemanden kenne, der vielleicht ein paar zusätzliche Geschirrtücher brauchen könnte. *Susie natürlich,* habe ich mir dann gesagt. Geschirrtücher kann man nie genug haben. Richtig, mein Kind?«

»Aber klar«, stimmte ich ihr bedrückt zu und folgte ihr in die Küche, wo die Reste des Frühstücks (ja, zugegeben, und die des gestrigen Abendessens) überall herumstanden.

»Was riecht denn da so, Susie?«, wollte Mrs. H. wissen, blieb ruckartig stehen und schnupperte angewidert.

»Toast?«, meinte ich und hätte mich ohrfeigen können, weil ich lieber eine zweite Tasse Kaffee getrunken hatte, anstatt sofort Jacks Windel zu wechseln.

»A-a!«, kreischte Jack, tauchte plötzlich aus dem Nichts auf und warf sich wie die Miniaturausgabe eines Sumoringers gegen Mrs. H.s Bein.

»Du armer Kleiner«, säuselte Mrs. H., nahm ihn hoch und schnüffelte argwöhnisch an seinem Hinterteil. »Hat Mummy dich in einer schmutzigen Windel sitzengelassen? Böse Mummy. Weiß sie denn nicht, dass du davon eine schlimme Infektion an deinem Popo kriegen kannst?«

Jack lächelte mir über ihre Schulter zu, während sie ihn hinausbrachte, um sein Hinterteil auf Anzeichen von Misshandlung zu untersuchen. »Popo«, wiederholte er, ein tückisches Funkeln in den Augen.

Sobald sie fort war, Joe angerufen, um ihm den Kopf zu waschen. Bin schließlich nicht Mrs. H.s Fußabstreifer und muss mir ihre Rechthaberei nicht gefallen lassen. Ihr Glück, dass sie zu ihren Überraschungsbesuchen jedes Mal selbst gebackenen

Teekuchen mitbringt. Sonst würde ich ihr gar nicht erst die Tür aufmachen. »Sie soll sich endlich angewöhnen anzurufen, bevor sie kommt, Joe«, schimpfte ich. »Ich hätte ja heute etwas vorhaben oder beschäftigt sein können. Oder soll ich ihr zuliebe meine ganze Tagesplanung umwerfen?«

»Hattest du heute denn etwas anderes vor, Susie?«, fragte Joe leicht belustigt.

»Darum geht es nicht«, zischte ich. »Es hätte ja sein können.«

»Ja, war es aber nicht«, fuhr er fort. »Also sei nicht so streng mit ihr. Seit Dads Tod ist sie sehr einsam.«

Ärgerlich aufgelegt. Hätte Joe fast daran erinnert, dass sein Vater schon vor zehn Jahren gestorben ist und dass seine Mutter ihn zu Lebzeiten kaum beachtet hat. Wollte aber nicht pietätlos sein. Was Joe wohl sagen würde, wenn seine Mutter unangekündigt bei ihm im Büro hereinschneit? Bin versucht, doch mit Pilates anzufangen, um ihnen beiden eins auszuwischen.

27. September

Katie führt sich schrecklich auf. Bin in großer Sorge. Sie ist völlig überdreht und macht Jack mit ihren Spielsachen neidisch, bis er weint. Gestern Abend ist sie in ihrer Schneewittchen-Hose durch die Küche gerannt, hat dabei gekichert wie eine Hyäne und aus voller Kehle gebrüllt. Hatte ziemliche Angst. Bin sicher, dass sie sich wegen der Situation im Kindergarten so benimmt. Offenbar hat sie der Verrat ihrer Freundin traumatisiert. Ihr schlechtes Benehmen ist jetzt die Quittung. Habe versucht, mir bei theperfectparent.com Rat zu holen, aber der verdammte Computer streikt. Bin völlig ratlos und kaue an den Nägeln.

P. S.: Habe Louise angerufen, um sie zu fragen, was ich machen soll, aber nur ihren Anrufbeantworter erreicht. Bestimmt ist sie bei irgendeiner wichtigen Sitzung mit einflussreichen Leuten, trägt ein Kostüm von Armani und hat keine Zeit, mit ihrer langweiligen, unscheinbaren Hausfrauen-Freundin zu reden.

28. September

Heute hat Joe Katie ohne Gutenachtgeschichte ins Bett geschickt. Außerdem hat er alle Smarties und Monster-Munch-Chips in den Müll geworfen. Ich habe ihn angefleht, nicht so streng zu sein (ich liebe Monster-Munch-Chips, sie machen wirklich süchtig), aber er findet, dass konsequentes Verhalten angesagt ist. »Sie ist eine freche Göre und muss lernen, dass sie sich nicht alles erlauben kann«, schimpfte er, während er den schwarzen Müllsack voller Leckereien zum Tor zerrte, wo er alles hektisch in die Tonne stopfte. Dabei hatte er ein merkwürdiges Glitzern in den Augen, das mich warnte, mich ihm bloß nicht in den Weg zu stellen (offen gesagt, ziemlich sexy).

Meine Theorie, warum sie sich so schlecht benimmt, interessiert ihn nicht, denn er vertritt die Ansicht, dass sie einfach nur frech ist und zu viele Süßigkeiten isst. Habe den Verdacht, dass er ausnahmsweise richtig liegen könnte. Nachdem Katie zwanzig Minuten im Bett geweint hatte, kam sie nach unten und hat sich dafür entschuldigt, dass sie Jack mit ihrem Springseil an den Küchentisch gefesselt hat. Nachdem ich sie wieder ins Bett gebracht hatte, mich nach draußen geschlichen, um ein paar Chipstüten zu retten und sie im Schutz der Dunkelheit zurück ins Haus zu schmuggeln. Mich den restlichen Abend immer wieder in die Küche gepirscht und die Chips einzeln gegessen, damit Joe nichts davon bemerkte. Das Gefühl, jederzeit erwischt werden zu können, war wirklich erregend.

P. S.: Louise rief zurück. Habe sie aber auf den Anrufbeantworter sprechen lassen, weil *Portland Babies* gerade anfing. Schreiende Frauen, die sich in den Wehen winden, sind ein Fernsehspaß, auf den ich einfach nicht verzichten kann.

29. September

Mrs. H. möchte, dass ich sie zu ihrem Bingo-Vormittag begleite. »Es macht wirklich Spaß, Susie«, begeisterte sie sich, als sie sich (unangemeldet) an meinem Küchentisch niederließ, um schnell eine Tasse Kaffee zu trinken.

Habe etwas Ausweichendes gemurmelt, denn Bingo mit Jack und Mrs. H. deckt sich nicht mit meinen Vorstellungen von einem amüsanten Vormittag. Kommt offen gestanden für mich gleich nach Bügeln und Kloputzen.

»Es ist wichtig, sich in der Gemeinde einzubringen«, fuhr sie fort, während sie alle Kekse verschlang, die ich mir eigentlich für meine Verabredung mit Oprah aufgehoben hatte, und mir gleichzeitig einen Seitenhieb auf mein mangelndes soziales Engagement versetzte. »Außerdem kann man damit ein paar Euro verdienen. O ja, manchmal springt ein hübsches Sümmchen dabei heraus.« Mit einem wissenden Nicken drückte sie ihre Handtasche ein bisschen fester vor die Brust, als befürchte sie, eine ihrer Bingo-Damen mit frischer Dauerwelle könnte zum Fenster hereingeflogen kommen, um ihr das Preisgeld zu entreißen.

»Wirklich?« Fasziniert von dieser unerwarteten Enthüllung, noch einen Keks über den Tisch geschoben. Ein bisschen Schwarzgeld wäre nämlich recht nützlich, um es in Konsumgüter zu investieren, die genau genommen nicht zu den lebensnotwendigen Dingen gehören, allerdings ein bisschen Sonnenschein in meinen Alltag bringen würden. Zum Beispiel:

a. *Heat*
b. *OK!*
c. *Hello!* (insbesondere, wenn ich wissen will, was sich im dänischen Königshaus so tut)

»O ja«, fuhr sie fort, beugte sich vor und raunte verschwörerisch: »Heute habe ich zwei Euro gewonnen.«

War nicht sicher, ob ich sie richtig verstanden hatte, weil die Kekse an ihrem Gebiss kleben blieben, weshalb sie ein wenig undeutlich sprach. »Hast du zwanzig Euro gesagt, Mrs. H.?«, fragte ich aufgeregt. Endlich eine Möglichkeit, meiner heimlichen Schwäche für Schundzeitschriften zu frönen, ohne dass Joe davon erfuhr.

»Zwanzig Euro, Susie?«, rief sie entsetzt aus. »Wir spielen nur für zwanzig Cent die Runde. Wenn du es auf größere Summen abgesehen hast, solltest du nach Las Vegas fliegen. Zwanzig Euro, ich muss doch bitten.«

P. S.: Die neuesten Nachrichten: Amy hat Zoe verstoßen und will nun wieder Katies Freundin sein. Habe Katie geraten, in der ersten Zeit Abstand zu wahren und sich emotional nicht auf sie einzulassen. Aber Katie hat keinen Stolz und fing sofort an, ihre liebsten Spielkleider zu sortieren, um sie in den Kindergarten mitzunehmen – eins für sich selbst und eins für ihre verräterische Freundin.

30. September

Mum rief an, um zu melden, sie habe beschlossen, den Garten umzugestalten. »Der Feng-Shui-Schule der Gartengestaltung zufolge kann man seinen Glücksfaktor erhöhen, indem man in der Landschaft für Harmonie und Ausgewogenheit sorgt. Ist das nicht faszinierend, Schatz?«, begeisterte sie sich und teilte mir dann mit, sie wolle alle Kletterrosen rings um die Tür abschneiden und die Eiche im Vorgarten massakrieren, damit die Energie frei fließen könne.

»Was?«, stieß ich hervor, entsetzt, dass so eine schwerwiegende Entscheidung ohne vorherige Beratung mit mir (und, ja, ohne meine Erlaubnis) gefallen war.

»Ja, und dein Dad erinnert mich inzwischen an Mel Gibson. Er hat großen Spaß mit der Kettensäge, die Onkel Mike ihm geliehen hat. Es ist, als wäre er ein anderer Mensch geworden.« Sie schien sehr mit sich zufrieden zu sein.

»Aber Mum«, protestierte ich, den Tränen nahe. »Ich liebe diese Kletterrosen. Und in der Eiche habe ich stundenlang gespielt, als ich noch klein war.«

»Wirklich, Schatz? Daran kann ich mich gar nicht mehr erinnern«, meinte sie ausweichend.

»Ja, und sie war mein Geheimversteck. Ich habe sogar meinen Namen in den Stamm geritzt. Weißt du das nicht mehr?«

Im Hintergrund hörte ich lautstarkes Hacken und Sägen. Dad rief, im Winter würden sie jede Menge gutes Feuerholz haben, und fügte hinzu, jemand müsse ihn mit einem Handtuch abrubbeln.

»Mach dir nichts draus, Schatz. Ich werde ein paar von den Rosen für dich pressen. Was hältst du davon? Du könntest auch ein Potpourri daraus herstellen.«

Beim Auflegen ziemlich verärgert gewesen, dass meine Eltern wertvolle Kindheitserinnerungen unter Einsatz einer Kettensäge und eines Feng-Shui-Leitfadens zum Selbermachen vernichten. Da ich ihr einziges Kind bin, möchte man doch meinen, dass sie, was meine Kindheit angeht, starke sentimentale Gefühle hegen. Was mein Leben als Erwachsene betrifft, ebenfalls. Ich finde es besorgniserregend, dass ihre Unabhängigkeit mit jedem Tag nicht etwa ab-, sondern zunimmt. Wirklich beängstigend.

P.S.: Heute sah die Ökomutter nicht so verdammt selbstzufrieden aus. Jetzt weiß sie endlich, wie es ist, eine Außenseiterin zu sein. Rache ist süß. Hatte aber ein bisschen Mitleid mit ihr, als ich ihr nachblickte, wie sie sich mit dem Kinderwagen und einer schreienden Zoe durch den Regen die Straße hinaufquälte.

1. Oktober

Auf RTÉ wurde heute Morgen schon wieder eine alte Folge von *Dr. Phil* wiederholt. Also Louise angerufen, um ein Schwätzchen zu halten. Sie war recht kurz angebunden – irgendetwas mit einem dringenden Meeting mit ihrem Chef. Habe allmählich ihr dramatisches Getue satt. Sie sagte nur »Kann jetzt nicht reden, rufe dich später an, wenn die *Krise* im Vorstand vorbei ist, bla, bla, bla.« Wenn sie zwei schreiende Kinder und einen anspruchsvollen Ehemann unter einen Hut bringen müsste, wüsste sie, was das Wort Krise wirklich bedeutet. Stattdessen braucht sie sich nur Gedanken darüber zu machen, welches Designerkostüm sie heute anziehen und mit welchem Mann sie als Nächstes spielen soll. Wenn sie wieder anruft, gehe ich nicht ran. In gesunden Beziehungen ist das Verhältnis zwischen Geben und Nehmen nämlich ausgewogen (dank der vielen Wiederholungen von *Dr. Phil* bin ich inzwischen praktisch zum Beziehungsguru geworden). Sie muss meine Gefühle respektieren und einsehen, dass sie mich nicht einfach am Telefon abwürgen kann, obwohl ich schon seit der Grundschule ihre beste Freundin bin.

P. S.: Werde einen bösen Brief an RTÉ schreiben und mich darüber beschweren, dass tagsüber kein intelligentes, anregendes Fernsehprogramm für Hausfrauen läuft. Typisch für diese bourgeoisen, elitären Fernsehmacher, eine ganze Generation von Frauen mit minderwertigen Sendungen abspeisen zu wollen.

P. P. S.: Werde vorschlagen, die Programmlücken mit *Dallas*-

Wiederholungen zu füllen. Habe schon wieder vergessen, wer J. R. erschossen hat.

Fairbrook Drive 2
1. Oktober
Sehr geehrte Ms. Goode,
ich schreibe Ihnen, um mein Missfallen darüber zum Ausdruck zu bringen, dass das Programm Ihres Senders offenbar aus einem endlosen Strom von Wiederholungen besteht. An Sie persönlich wende ich mich deshalb, weil ich Sie, nach Ihrem Foto auf der Website von RTÉ zu urteilen, als Frau einschätze, die meine Situation nachvollziehen kann. Vermutlich würden auch Sie nur zu gerne Ihren Beruf an den Nagel hängen, um den ganzen Tag zu Hause bei Ihren Kindern zu verbringen, auch wenn ich Ihnen sagen muss, dass nicht alles Gold ist, was glänzt.
Eigentlich jedoch möchte ich auf Folgendes hinaus: Obwohl ich wirklich nichts gegen *Dr. Phil* einzuwenden habe, bitte ich Sie, meine Intelligenz nicht dadurch zu beleidigen, dass sie ein ums andere Mal dieselben Folgen wiederholen. Anders, als die meisten glauben, sind Hausfrauen und Mütter (die offensichtliche Zielgruppe dieser Programmgestaltung) nämlich keine hirnlosen Püppchen, die nichts Besseres zu tun haben, als den lieben langen Vormittag Kaffee trinkend und Plätzchen essend vor dem Fernseher zu sitzen. Ich zum Beispiel habe eine steile Karriere in der PR-Branche (mit direkter Verantwortung fürs Tagesgeschäft) hinter mir, die ich geopfert habe, um zu Hause bei meinen Kindern zu bleiben. Obwohl es sich um eine ausgesprochen erfüllende Tätigkeit handelt, erfährt sie von der Außenwelt, dem Staat und auch von den meisten Ehemännern nur wenig Anerkennung.
Ich plane meinen Tag so, dass ich mir *Dr. Phil* ansehen kann (manchmal ist es nicht leicht, einen störrischen An-

derthalbjährigen um Punkt elf Uhr zum Mittagsschlaf zu überreden, aber meistens gelingt es mir). Aus diesem Grund empfinde ich es als besonders ärgerlich, wenn mir abermals eine Wiederholung vorgesetzt wird. Ganz schlimm wird es, wenn sich Ihr Sender dabei für eine der langweiligeren Folgen entscheidet wie zum Beispiel die, in der *Dr. Phil* sich für einen Tag als Assistent ausgibt. (Seien wir doch mal ehrlich, das nimmt ihm in seinem Alter doch niemand ab.) Vielleicht könnten Sie ja einmal ein Wort mit dem zuständigen Kollegen reden und ihn bitten, die spannenderen Episoden auszusuchen, beispielsweise die mit dem Titel »Diary of a Divorce« (die Streitszenen waren wirklich beeindruckend). Ich gehe davon aus, dass Sie die Angelegenheit als dringlich behandeln, das Problem aus der Welt schaffen und sich baldmöglichst mit mir in Verbindung setzen werden.

Ich bedanke mich bereits im Voraus.

Mit freundlichen Grüßen

Susan Hunt

P. S.: Wäre es nicht ein interessantes Projekt, eine Reportage über den Alltag von Hausfrauen und Müttern zu drehen? Wenn die Leute es spannend finden, Prominenten beim Verspeisen von Würmern zuzuschauen, sind sie vermutlich offen für alles.

P. P. S.: Bitte entschuldigen Sie die Marmeladenabdrücke am oberen Rand der Seite. Jack wollte seinen Beitrag leisten, und ich halte es für wichtig, Kindern zu gestatten, sich kreativ auszudrücken.

2. Oktober

Mum und Dad kommen übers Wochenende nach Dublin! Hurra! Bestimmt werden sie sich als Babysitter anbieten, damit Joe und ich uns ein romantisches Abendessen bei Kerzenschein in einem sündhaft teuren Restaurant gönnen können. Wir müssen uns unbedingt wieder annähern – habe Joe heute Morgen dabei erwischt, wie er sich ohne die Spur von Schuldbewusstsein am Küchentisch die Zehennägel geschnitten hat.

Habe Louise angerufen, um mir Tipps geben zu lassen, welche Lokale in der Stadt gerade angesagt sind. Sie klang ein bisschen komisch, vielleicht war die Verbindung ja schlecht. Jedenfalls ist das L'Écrivain der Laden, wo derzeit alle hingehen. Das Restaurant soll romantisch, elegant und sehr teuer sein. Ausgezeichnet! Habe mir stundenlang ausgemalt, wie wir uns an den Händen halten und einander bei Kerzenschein mit Leckereien füttern.

P. S.: Muss daran denken, mir nicht das letzte Kanapee zu nehmen oder zu streiten, wer mit dem Fahren dran ist.

3. Oktober

Ach, herrje! Heute hat eine vornehme Französin angerufen und meine Reservierung im Hotel Four Seasons für diesen Freitag bestätigt! Joe hat für uns eine Suite reserviert! Bin sprachlos vor Schock. Und habe außerdem ein schlechtes Gewissen. Als ich gestern Abend ein romantisches Essen bei Kerzenschein im L'Écrivain vorschlug, gab es einen schrecklichen Streit, denn er wollte lieber auf ein paar Bier und eine Tüte Chips in seine Stammkneipe. Offenbar hat er mit meinen Eltern eifrig Pläne geschmiedet, um mich für eine Nacht zu entführen. Deshalb kommen sie also nach Dublin! Muss weiter die Ahnungslose spielen. Er wäre ja so enttäuscht, wenn ich ihm die Überraschung verderbe. Habe zum Abendessen ein leckeres Roastbeef im Kochbeutel von Marks & Spencer (mit wunderbarem gebratenem Gemüse und Sauce) gemacht. Joe hat angesichts meiner unerwarteten Verwandlung in eine Meisterköchin à la Nigella Lawson keine Miene verzogen. Er will anscheinend verhindern, dass ich Verdacht schöpfe. Habe gar nicht gewusst, dass er so verschlagen sein kann.

4. Oktober

Mum angerufen, um ihr zu sagen, dass ich hinter ihr kleines Geheimnis gekommen bin. Für ihre gespielte Überraschung hätte sie den Oscar verdient gehabt.

»Schon gut, Mum.« Habe verschwörerisch gekichert. »Ich weiß Bescheid. Das Four Seasons hat mich gestern angerufen, um die Reservierung zu bestätigen.«

Es folgte ein Geräusch, als hätte Mum das Telefon fallen gelassen. Dann wurde im Hintergrund getuschelt. Schließlich griff Dad zum Hörer. »Susie, Kind, ich bin es, der mit deiner Mum im Four Seasons übernachtet. Am Freitag ist nämlich der vierzigste Jahrestag unserer Verlobung. Zur Feier des Tages wollte ich ihr etwas Besonderes bieten.«

Der gute alte Dad gab sich solche Mühe, überzeugend zu klingen. Konnte mich jedoch damit nicht reinlegen. »Klar, Dad«, erwiderte ich lachend. »Warum haben sie dann mich angerufen, um die Reservierung zu bestätigen? Ich fürchte, ich bin euch auf die Schliche gekommen.«

Wie auf ein Stichwort ertönte ein verlegenes Hüsteln. »Äh … ich wollte deine Mutter überraschen, Susie. Damit sie nichts erfährt, habe ich dem Hotel für die Bestätigung deine Telefonnummer gegeben. Ich wollte dir schon letzte Woche sagen, dass du mit einem Anruf rechnen sollst. Tut mir leid, mein Kind.«

Beim Auflegen hörte ich noch die Freudenschreie meiner Mutter, weil sie in einem Fünf-Sterne-Hotel übernachten wird. Sie bezeichnete meinen Vater als *Romantiker.*

5. Oktober

Zeige Joe die kalte Schulter – und er merkt es noch nicht einmal. Habe ihn dabei ertappt, wie er Jack etwas über Frauen und ihre Tage ins Ohr raunte. Mit Katie eine Barbie-Geschichte gespielt, in der der Prinz durch Abwesenheit glänzt und die arme Barbie sich ganz allein und nur unterstützt von einer Geschirrspülmaschine in der grausamen Welt durchschlagen muss. Da Katie nicht allzu beeindruckt schien, Jack einen lauten Vortrag darüber gehalten, wie man Frauen behandeln muss, um die Romantik zu retten. Bin sicher, dass er mich verstanden hat, er ist für seine achtzehn Monate schon sehr weit. Jedenfalls hörte er aufmerksam zu und grunzte voller Anteilnahme. Habe das wenigstens geglaubt, bis mir aus seiner Windel der Geruch von frischem A-a entgegenschlug. Habe ihn sofort Joe in die Hand gedrückt. Bis er kapiert hat, warum ich so sauer bin, kann er den Windeldienst übernehmen.

P. S.: Mitgehört, wie Joe Jack zu seinem »Riesenhaufen« gratuliert und gemeint hat, er wäre gut entwickelt. Muss also andere hinterhältige Mittel und Wege finden, um ihn dafür zu bestrafen, dass er mich nicht mit einer Nacht in einem Fünf-Sterne-Hotel überrascht hat.

P. P. S.: Habe beschlossen, dass ich jetzt offiziell wütend auf Mum und Dad bin. Ohne guten Grund so viel Geld in einer überteuerten Luxusherberge auszugeben, ist ein Zeichen von Unreife. Und sehr ärgerlich.

6. Oktober

Louise rief an, um sich nach meiner romantischen Nacht zu erkundigen. Muss mir merken, das nächste Mal einen Blick auf die Rufnummernerkennung zu werfen, bevor ich abhebe. Habe es nicht geschafft zuzugeben, dass ich den Abend damit verbracht habe, mir die Verschönerungsshow *The Swan* anzuschauen (Hat diese Amanda Byram es nicht weit gebracht?). Also geschwindelt, es sei fantastisch gewesen, und das romantische Abendessen im L'Écrivain Bissen für Bissen geschildert. Bin schockiert (allerdings auch ein wenig beeindruckt), wie leicht mir das Lügen fällt. Nur Joe ist schuld, dass ich meiner besten Freundin etwas von *coq au vin* und *crème brûlée* erzählen muss, weil ich mich so entsetzlich gedemütigt fühle. Ist Louise zum Glück nicht aufgefallen, denn sie war viel zu sehr mit der Frage beschäftigt, was sie zur Eröffnung der Bar Il Divo anziehen soll. Sie geht mit ihrem aktuellen Lover hin. »Ich hasse diese grässlichen Firmeneinladungen. Sie sind so langweilig.« Ihr Seufzen klang nicht sehr überzeugend. »Den alten Fetzen von Gucci kann ich unmöglich noch einmal anziehen. Vielleicht muss ich übers Wochenende nach London, um mir etwas Neues zu kaufen. Kommst du mit?«

Vorgetäuscht, Jack sei aus seinem Hochstühlchen gefallen, um das Gespräch beenden zu können. Ist Louise noch von dieser Welt? Als ob ich mich einfach nach London verdrücken und die Kinder übers Wochenende mit Joe allein lassen könnte! Sie hat ja keine Ahnung, was Pflicht und Verantwortung bedeuten. Wir entfernen uns wirklich immer weiter voneinander. Darf außerdem auf gar keinen Fall den nicht autorisierten Dokumentarfilm über Posh und Beckham verpassen, der am Samstagabend läuft. Der Sender verspricht schockierende neue Enthüllungen über intime Details ihrer Ehe. Na, so was nenne ich Qualitätsfernsehen.

P. S.: Joe hat mir eine Schachtel Cadbury's Roses mitgebracht und mir alle Konfekte mit Karamellgeschmack überlassen. Verzeihe ihm allmählich.

7. Oktober

Heute Morgen gemütlich ausgeschlafen. In einem noch nie zuvor da gewesenen Versuch, sich nach dem Debakel mit dem Fünf-Sterne-Hotel bei mir einzuschmeicheln, ist Joe buchstäblich im Morgengrauen aus dem Bett gesprungen und hat in wichtigtuerischem Ton verkündet, er werde sich um die Kinder kümmern, damit ich weiterschlafen könne. War in Versuchung, ihn zu fragen, ob er dafür Beifall und einen Orden erwarte, habe es mir aber verkniffen, da ich befürchtete, er könnte es sich anders überlegen, wenn ich sarkastisch werde. War offen gestanden gerührt über diese rücksichtsvolle Geste. Wirklich herzerwärmend, vor allem, als er mir Tee und angebrannten Toast ans Bett brachte, damit ich in Ruhe essen könne. Habe beschlossen, mich nicht über luxuriöse Kurzurlaube zu definieren.

P. S.: Spreche kein Wort mehr mit Joe. Nach dem erholsamen Ausschlafen festgestellt, dass Katie und Jack sich auf MTV *Newlyweds* ansahen, wo Jessica und Nick gerade zur Sache kamen, während der Vater meiner Kinder im Queen-Anne-Sessel schnarchte. Außerdem hatte der Hund den Rest der Cadbury's Roses (mit Papier) vertilgt und die ganze Treppe vollgekotzt.

»Dir kann man wirklich nichts recht machen«, beschwerte sich Joe, als ich ihn zornig wachrüttelte. »Ich gebe doch mein Bestes.«

Habe ihm klipp und klar mitgeteilt, dass sein »Bestes« höchstens suboptimal ist. Werde den Verdacht nicht los, dass er meinen Versuch auszuschlafen absichtlich sabotiert hat, damit ich mich in Zukunft nicht mehr traue, mir Zeit für mich zu nehmen, und endgültig zu seinem Fußabstreifer werde. Im Moment ist es nämlich noch nicht ganz so weit. Muss drphil.com konsultieren, um rauszufinden, ob ich recht habe.

P. S.: Bin in großer Sorge, Katie könnte beim Anschauen von *Newlyweds* einen posttraumatischen Schock erlitten haben. »Ist mein Busen in Ordnung, Mum?«, fragte sie, zog ihr T-Shirt bis zum Nabel hoch und machte einen Schmollmund wie Jessica. Dann drehte sie sich um die eigene Achse, um ihr Spiegelbild in der Backofentür zu betrachten. Der Himmel weiß, welchen Schaden ihre empfindliche Seele genommen hat. Vielleicht entwickelt sie jetzt ein gestörtes Körperbild und fängt an, sich Socken ins Unterhemd zu stopfen.

P. P. S.: Der Hund liegt mit traurigem Gesicht unter dem Küchentisch.

8. Oktober

Katie kam heute, einen Zettel schwenkend, aus dem Kindergarten gerannt. Musste ihn sofort lesen.

> *Wir möchten die Eltern noch einmal darauf hinweisen, dass gesunde Ernährung im Kindergarten Little Angels groß geschrieben wird. Bitte geben Sie Ihrem Kind jeden Tag einen gesunden Imbiss mit. Lebensmittel, die Zucker oder Salz enthalten, sind nicht erlaubt.*

»Das ist ja ekelhaft.« Die Ökomutter schnaubte höhnisch, nachdem sie das Schreiben übertrieben theatralisch deklamiert hatte. Sie war gar nicht so unnatürlich fröhlich wie sonst. Fand sie gleich ein bisschen sympathischer. Es ist doch faschistoid, sämtlichen Zucker aus dem Pausenimbiss von Kindern zu verbannen. Schließlich sind sie doch nur einmal jung. Wenn sie jetzt nicht nach Herzenslust zugreifen können, wann dann?

Als Erwachsene haben sie noch genug Zeit, sich mit Speckröllchen, Cellulitis und anderen ästhetischen Gebrechen herumzuschlagen.

Hatte wegen meiner Vorurteile gegen die Ökomutter ein schlechtes Gewissen. Offenbar war sie auch nicht anders als wir und rückte auch hin und wieder ein Milky Way oder eine Tüte Chips heraus, damit ihr Kind überhaupt in den Kindergarten ging.

»Ist denn so was möglich? Es gibt anscheinend tatsächlich Mütter, die ihre Kinder schon in diesem Alter Zucker essen lassen«, fuhr sie kopfschüttelnd fort. Sie war ziemlich rot im Gesicht. (Allerdings konnte das auch an der Witterung liegen. Ein weiterer Beweis dafür, dass es unschöne Folgen haben kann, wenn man sich aus Umweltgründen den Luxus eines Autos versagt.) Plötzlich lief mir ein eiskalter Schauder den Rücken hinunter. Nach den verstörten Mienen der meisten anderen Mütter zu urteilen, war ich nicht die Einzige.

»Zoe bekommt keine industriell verarbeiteten Lebensmittel. Niemals. Die meisten Menschen sind einfach nicht ausreichend über gesunde Ernährung informiert. Kein Wunder, dass wir in diesem Land so viele übergewichtige Kinder haben.«

Nach einem vielsagenden Blick in meine Richtung ging sie empört davon und zog die kleine Zoe mit ihrer Karotte in der Hand hinter sich her.

Verstehe die Welt nicht mehr. Soll das heißen, dass Zoe wirklich noch nie industriell verarbeitete Lebensmittel gegessen hat? Niemals? Wovon lebt dieses Kind denn bloß?

P. S.: Bin ratlos, was ich Katie nun für die Pause einpacken soll. Gelten Rice-Krispie-Riegel als gesund? Schließlich bestehen sie doch aus Reis.

9. Oktober

Joe rief an, um zu fragen, ob seine Mutter zum Abendessen kommen kann. Muss ihm zehn von zehn Punkten für seinen Einfallsreichtum geben. Bin nun nämlich gezwungen, höflich Konversation zu betreiben und dadurch mein eisiges Schweigen zu brechen.

»Es ist nicht genug da«, entgegnete ich patzig, war aber insgeheim ein wenig erleichtert, weil wir wieder miteinander sprachen. Schweigen kann nämlich sehr anstrengend sein, vor allem, wenn man die Fernbedienung braucht und deshalb aufstehen muss, anstatt sie sich von seinem Ehemann zuwerfen zu lassen.

»Warum machst du nicht deine berühmte Hühnchenpastete?«, erwiderte Joe, der sich alles offenbar gründlich überlegt hatte (zusätzliche Bonuspunkte für Hinterhältigkeit). »Die ist so lecker.«

»Ich weiß nicht«, gab ich zurück, um Zeit zu schinden. »Es ist nicht aufgeräumt.« Plötzlich fiel mir ein, dass ich vergessen hatte, die Hundekotze von der Treppe zu wischen.

»Ich komme früher nach Hause und staubsauge, damit du dich auf deine Kochkünste konzentrieren kannst. Was hältst du davon?«, schlug er vor.

War sofort einverstanden. Angebote, protestfrei staubzusaugen, sind nämlich rar gesät. Jetzt muss ich mir nur noch etwas einfallen lassen, um den Fleck auf der Treppe zu tarnen.

10. Oktober

Wenn ich mich das nächste Mal versucht fühlen sollte, ein Abendessen für meine Schwiegermutter zu improvisieren, werde ich mir Folgendes vor Augen halten:

1. Ein improvisiertes Abendessen ist niemals wirklich spontan. Ohne dass man es weiß, wurde die Schwiegermutter nämlich vom böswilligen Ehegatten schon einige Wochen im Voraus informiert, kommt prompt zu früh und erwartet, dass man ihr komplizierte Kanapees anbietet (vorzugsweise nach Rezepten von Delia, nicht von Nigella, denn Letztere ist in ihren Augen nicht gesellschaftsfähig). Gebügelte Servietten verstehen sich von selbst.
2. Perfektionismus, angewandt auf ein einfaches Hühnergericht, führt nur dazu, dass besagte Speise eine Stunde länger als nötig im Backrohr verdorrt, während man sich mit Kanapees nach Rezepten von Delia abmüht und versucht, nicht gesalzene und geröstete Erdnüsse aufzutreiben, die es nirgendwo gibt.
3. Wer einen Berg ungebügelter Wäsche unter der Treppe versteckt, muss damit rechnen, dass der Schuss nach hinten losgeht, wenn zwei kleine Teufelsbraten die Sachen herauszerren, um damit Verkleiden zu spielen.
4. Das Versäumnis, den Kindern vor dem Essen die Hände zu waschen, hat einen schwerwiegenden internationalen Zwischenfall und womöglich eine Anzeige beim Jugendamt zur Folge.

11. Oktober

Oprah heute sehr interessant. Thema der Sendung war, wie man sich geliebten Menschen annähert und starke Familienbande knüpft. Viele glückliche Prominente waren eingeladen und gaben Ratschläge. Hätte zwar schwören können, dass eine nicht unbeträchtliche Anzahl von ihnen bereits zum dritten oder vierten Mal verheiratet war, aber Oprah erwähnte das nicht. Außerdem sind diese Leute vielleicht gerade deshalb in Sachen harmonisches Familienleben besser qualifiziert als der Durchschnittsbürger. Hinzu kam, dass *keiner* der Gäste ein Kindermädchen beschäftigte. Diese Frauen machen alles selbst und schaffen es trotzdem, Größe null zu tragen und hinreißend auszusehen. Habe mich zwar ein bisschen unterlegen gefühlt, mir jedoch trotzdem Notizen gemacht und die Harmonie-Liste auf Joes Leben angewendet:

- Machen Sie viele Überstunden? *Häkchen.*
- Sind Sie nach der Arbeit oft zu müde, um mit Ihren Kindern zu spielen? *Häkchen.*
- Vermeiden Sie es absichtlich, Zeit mit Ihrer Familie zu verbringen, lümmeln stattdessen grunzend in Ihrem Lieblingssessel herum und glotzen Sport? (Vielleicht habe ich diesen Punkt ein wenig ausgeschmückt, aber im Großen und Ganzen war das gemeint.) *Häkchen.*

Wie sich herausstellte, könnte Joe für das Projekt familiäre Zerrüttung Reklame machen. Habe ihn im Büro angerufen und ihm mitgeteilt, er müsste sich mehr mit Jack und Katie beschäftigen, um eine starke Bindung zu ihnen herzustellen und ein gesundes Familienleben zu schaffen. »Du könntest zum Beispiel mit Jack im Park Baseball spielen«, sagte ich, sehr zufrieden mit mir, weil ich mir Jada Pinkett Smiths ausgesprochen konstruktiven Vorschlag gemerkt hatte.

»Susie, wir wohnen in Dublin, nicht in Kalifornien«, stöhnte er. »Baseball gibt es hier nicht.«

»Das ist genau die abwertende und negative Einstellung, mit der man laut Oprah eine Familie zerstört«, entgegnete ich, verärgert über sein Verhalten. »Wenn du ein positiv denkender Mensch wärst, würdest du losziehen und in Irland Baseball einführen. Das kann doch nicht so schwer sein.«

»Ach, herrje, Susie«, seufzte Joe. »In Dublin spielt niemand Baseball. Aber ich gehe mit ihm in den Park und zeige ihm, was man mit einem Fußball macht.«

Beim Auflegen ziemlich enttäuscht gewesen, weil Joe nicht zum Vorreiter des Baseball in Irland werden will. Es könnte ein nachrichtenwürdiges Ereignis werden, das es vielleicht sogar auf die Titelseite der *Irish Times* schafft. Falls Oprah Wind davon bekommt, werden wir bestimmt erster Klasse nach Chicago geflogen und kriegen in ihrer Show Plätze in der vordersten Reihe. Bin stinksauer, weil Joe mir die einzige Chance genommen hat, mein Idol kennenzulernen.

12. Oktober

Nur noch zwei Wochen bis zu Katies viertem Geburtstag. Nach langer Debatte (und harten Verhandlungen meinerseits, um sie zu überzeugen, dass eine Reise nach Euro Disney für sie und alle ihre Freundinnen aus dem Kindergarten nicht in Frage kommt) hat sie sich für eine Prinzessinnenparty entschieden. Das Thema ist Rosa. Mit Glitzer.

Mum hat versprochen, mir zu helfen (allerdings nur, wenn die Golfreise nach Portugal ins Wasser fällt). Bin allerdings zu dem Schluss gekommen, dass ich noch mehr Unterstützung bei den Vorbereitungen brauche. Zum Glück habe ich in weiser Voraussicht die Sonderbeilage über Unterhaltungskünstler für Kinder aus der *Gazette* aufbewahrt. Nun, es war eher ein Verriss, aber es können doch nicht *alle* diese Leute Betrüger sein, die einem erst das Blaue vom Himmel herunter versprechen und dann nicht liefern. (Habe den Eindruck, der Journalist war vielleicht ein wenig voreingenommen. Seine schlechte Erfahrung mit einer Hüpfburg hat ihn offenbar ziemlich verbittert.) Außerdem standen da ein paar nützliche Kontaktdaten. Falls ich also wirklich jemand wegen Betruges anklagen muss, habe ich die Telefonnummern hier.

Freue mich sehr darauf, einen lustigen und herkömmlichen Kindergeburtstag zu veranstalten – mit Profis, die parat stehen und sich um alle Einzelheiten kümmern. Joes Verdächtigungen entschieden zurückgewiesen, ich legte es nur darauf an, die anderen Mütter im Kindergarten mit übertriebenem Luxus zu beeindrucken.

»Warum um Himmels willen kannst du nicht ein paar Kuchen backen und mit den Kindern Verstecken spielen?«, fragte er, als ich ihm meine Partymappe und die Farbmuster zeigte. »In diesem Alter mögen Kinder es lieber einfach.«

Das zeigt, dass ich mit meinen Befürchtungen richtig liege. Joe hat keine Ahnung von der wahren Persönlichkeit seiner Tochter. Für sie ist alles Schlichte und Einfache nämlich nicht gut genug.

13. Oktober

Habe sämtliche Unterhaltungskünstler für Kinder in ganz Dublin abtelefoniert. Für anderthalb Stunden verlangen sie mindestens hundertfünfzig Euro. (Das Büfett mit kulinarisch hochwertigem Fingerfood käme natürlich noch dazu.) Eine Frau namens Fairy Fay wollte sogar zweihundert Euro dafür, dass sie in einem Feenkostüm erscheint und einfach nur hübsch aussieht.

»Was bieten Sie den Kindern denn genau?«, fragte ich, den Stift gezückt, um alles in meiner Partymappe zu vermerken.

»Nun«, flüsterte sie mit gekünstelter Kinderstimme. »Ich verkleide mich als Fee und lese den Kindern ein Märchen vor. Aber ehe ich das Kleid anziehe, erkläre ich Ihnen, dass es nur ich, Fay, bin, damit sie keine Angst bekommen.«

»Aha … Also sagen Sie ihnen, dass Sie ein ganz gewöhnlicher Mensch sind, der Fee spielt?«, meinte ich ein wenig verdattert.

»Ja.«

Das werden sie sicher nicht sehr aufregend finden, dachte ich. »Gut, und was machen Sie dann?«

»Tja, das war es eigentlich schon«, hauchte sie. »Doch das Kleid ist ein Traum. Alle Mädchen sind davon begeistert.«

»Ich glaube nicht, dass das Kleid sie zwei Stunden lang beschäftigen wird.« Ich lachte auf. Das musste doch ein Scherz sein! Zweihundert Euro nur dafür, dass sie hübsch aussah?

»Nun, ich könnte sie auch schminken, wenn Sie möchten. Allerdings fürchten sich viele Kinder, wenn man sie im Gesicht berührt.«

Von was für Kindern redete sie? Außerirdischen vielleicht? Jeder weiß doch, wie gerne Kinder sich schminken lassen. Offenbar ist das genetisch veranlagt.

Habe in einem plötzlichen Geistesblitz beschlossen, die Party selbst zu organisieren. Schließlich habe ich früher große Firmenveranstaltungen für Hunderte von kritischen Managern geplant (mit Präsentationsmappen und Namensschildern). Wie schwierig kann da ein Kindergeburtstag sein? Ich verkleide mich als Fee, lese ein Märchen vor, schminke ein paar Gesichter und spare dabei zweihundert Euro. Wäre doch gelacht, wenn ich das nicht hinkriege.

P. S.: Werde Joe verpflichten, ein paar beeindruckende Zaubertricks vorzuführen. Hoffentlich passt er noch in seinen Frack.

P. P. S.: Vielleicht muss ich in ein Klemmbrett und in ein Mikrofon investieren, um das Projekt Party richtig durchziehen zu können. Recherchieren.

14. Oktober

Den ganzen gestrigen Abend mit Katie an der Gästeliste gesessen. Sie besteht darauf, dass keine Jungen erlaubt sind – nicht einmal welche, die Rosa mögen. Jack wird nur gnadenhalber zugelassen, muss allerdings ein Krönchen tragen. Zu meiner Überraschung soll ihre Erzfeindin Zoe auch kommen.

»Bist du sicher, Schatz?«, frage ich, weil mir vor der angewiderten Miene der Ökomutter beim Anblick des reichhaltigen Angebots an industriell verarbeiteten Lebensmitteln graute. »Ich dachte, du bist nicht so gut mit Zoe befreundet.«

Katie bedachte mich mit einem traurigen (und ziemlich vorwurfsvollen) Blick. »Es ist aber nicht nett, so etwas zu sagen, Mummy. Teilen ist eine gute Tat, wusstest du das nicht?«

So in meine Schranken gewiesen, erklärte ich mich einverstanden, insgesamt sieben kleine Prinzessinnen einzuladen. Es dürfte nicht weiter schwer sein, sie in Schach zu halten. Eigentlich ist es so einfach, dass ich schon mit dem Gedanken spiele, mich mit einem Veranstaltungsservice selbstständig zu machen. Ich könnte ein Vermögen verdienen! Louise findet, dass die Idee Potenzial hat. Sie hat mir sehr aufmerksam zugehört.

P. S.: Mrs. H. hat Wind von der Party bekommen (zum Teufel mit Joe und seinem überdurchschnittlich entwickelten Mitteilungsbedürfnis). Nun will sie »helfen«. »Soll ich Götterspeise machen, Kind?«, fragte sie aufgeregt. »Mein Joe hat Götterspeise geliebt, der kleine Engel. Götterspeise, wibbel-wabbel, la, la, la …«

»Gut, Mrs. H.«, sagte ich rasch, damit sie mit ihrem Gesang aufhörte. »Das wäre prima.« Glaube allerdings, dass niemand etwas so Altmodisches anrühren wird. Wenn sie nicht hinschaut, lasse ich die Götterspeise im Müll verschwinden.

P. P. S.: Ein erstaunlicher Glücksfall hat es gewollt, dass ich wundervollen rosafarbenen Tüll für mein Feenröckchen auftreiben konnte. (Musste nur in vier Läden, also hatte eindeutig das Schicksal seine Zauberhand im Spiel.) Jetzt brauche ich mir den Stoff nur noch um die Taille zu wickeln und ein Krönchen aufzusetzen, und schon bin ich die Fee Susie.

P. P. P. S.: Wollte mit Joe die Zaubervorführung besprechen, aber er ist wieder erst um Mitternacht nach Hause gekommen – ein wichtiger Abschlusstermin in der Buchhaltung, bla, bla, bla. Bin ziemlich verärgert über sein mangelndes Engagement.

15. Oktober

Anna, die Giftschlange, ehemalige Kollegin und offizielle Büroklatschtante, rief unerwartet an. »Hallo, Susie«, säuselte sie zuckersüß (und ich wusste sofort, dass sie etwas im Schilde führte).

»Hallo, Anna«, antwortete ich, während ich versuchte, mich aus dem Haufen von Geschenkpapier für das Päckchenauswickeln zu befreien, in das ich gerade das Geschenk verpackte. (Eine ziemlich schwierige Aufgabe, bei der man Gefahr läuft, sich nach Sadomaso-Manier selbst mit Klebeband zu fesseln.)

»Sag mal, weißt du vielleicht noch, wo du die Akte Hudson hingeräumt hast?«, erkundigte Anna sich unschuldig.

»Äh, vermutlich ist sie in dem großen Aktenschrank im zweiten Stock«, erwiderte ich. Habe mich gefragt, wozu sie diese Information brauchte und wie sie auf den Gedanken kam, dass ich mich zwei Jahre später noch an eine bestimmte Akte erinnern könnte.

»Hmm ... ja, da habe ich schon nachgeschaut. Die Sache ist, Susie, dass die Chefetage das Ding dringend braucht. Irgendetwas mit einer Rechnung ...« Ihre Stimme erstarb.

»Mit der Buchhaltung hatte ich doch nie etwas zu tun«, entgegnete ich, voller Angst, man könnte mich in der Chefetage für einen schweren Fehler regresspflichtig machen.

»Schon, aber es war dein Projekt«, beharrte Anna. »Bestimmt hast du die Akte vor deiner Kündigung nicht richtig abgelegt.«

»Du hast doch meine gesamten Projekte übernommen«, stammelte ich entsetzt.

»Hmm? Hör zu, ich hol dich aus der Sache raus, keine Sorge. Ich erzähl denen einfach, du wärst spurlos verschwunden. Dann müssen sie es begraben. So weit hergeholt ist es ja auch nicht. Ha! Ha!«

Beim Auflegen stinksauer gewesen, weil ich in der Chefetage in Misskredit geraten bin. Weiß genau, wen ich am liebsten begraben würde, und zwar sicher nicht die Akte Hudson.

16. Oktober

Habe mich mit Feuereifer wieder in die Partyvorbereitungen gestürzt, um die Sorge zu verdrängen, dass die Unternehmensleitung einen hochkarätigen Privatdetektiv auf mich ansetzen und mich vor Gericht zerren könnte. Froh, wieder zur alten Form aufgelaufen zu sein. Fühle mich wie damals in der gnadenlosen Welt des Event-Managements.

Heute Nacht im Internet ein paar tolle Ideen für eine Prinzessinnenparty gefunden und meine Partymappe durch die folgenden Punkte aktualisiert:

- Überall Lichterketten aufhängen, um eine funkelnde und magische Atmosphäre zu schaffen.
- Bastelutensilien kaufen, damit die Prinzessinnen ihre eigenen Krönchen herstellen können (Basteln ist offenbar total *in*).
- Eine große Prinzessinnenburg aus Pappe ausschneiden (könnte schwierig werden, aber ich schaffe das schon).
- Nach der Party individuelle, von Katie selbst gestaltete Dankeskarten verteilen (ein genialer Schachzug, um die anderen Kindergarten-Mütter zu beeindrucken).

Bin sicher, dass alles wie am Schnürchen klappen wird. Achte nicht auf Joes Vorwürfe, ich würde mich zwanghaft hineinsteigern.

Einkaufsliste für die Party:

- Lichterkette. Warum hat Joe mir nicht gesagt, dass die vom Weihnachtsbaum kaputt ist? Aber es ist bestimmt nicht schwer, eine neue aufzutreiben.
- Schminksachen
- acht Papierkrönchen (vorzugsweise rosa)
- falsche Edelsteine, um sie auf die Krönchen zu kleben (vorzugsweise rosa)
- rosane Tischdecke (vorzugsweise Barbie)
- rosane Geschenktütchen (vorzugsweise Barbie)
- Inhalt für die Geschenktütchen – alles, was rosa ist und mit Barbie zu tun hat

Scheint zwar viel zu sein, ist aber machbar.

17. Oktober

Da Mum und Dad jetzt ganz sicher nach Portugal fliegen, werden sie die Party verpassen. »Mach einfach viele Fotos, Schatz«, meinte Ma, als sie mich anrief, um es mir zu erzählen.

»Tja, wenn du dabei wärst, bräuchtest du dir darüber nicht den Kopf zu zerbrechen«, schmollte ich, fest entschlossen, sie spüren zu lassen, dass ich ihr das Rosen-Baum-Massaker immer noch übelnahm.

»Ich hab eine Idee!«, rief Mum aufgeregt aus, ohne auf meinen patzigen Ton einzugehen. »Fotografier doch mit dem Mobiltelefon. Dann kannst du mir die Bilder als SMS schicken!«

Dass Eltern im Seniorenalter technisch so versiert sind, ist ganz bestimmt nicht normal. Gerätschaften wie Mobiltelefone müssten sie doch eigentlich verwirren und ängstigen.

Katie hat eine Kampagne gestartet, um mich zu überreden, einen professionellen Zauberer für die Party anzuheuern.

»Daddy zaubert. Ist das nicht prima?«, antwortete ich fröhlich und in der Hoffnung, sie habe noch nicht überall herumerzählt, dass David Blaine durch unser Wohnzimmer schweben würde.

»Aber er ist kein richtiger Zauberer!«, protestierte Katie, die mit dieser Lösung ganz und gar nicht zufrieden war. »Er kann kein echtes, lebendiges Kaninchen aus einem Hut zaubern.«

»Vielleicht doch«, antwortete ich, hatte dabei aber auch so meine Zweifel.

Ob dieses Kunststück wohl in *The Idiot's Guide to Magic Tricks* steht, das ich im Einkaufszentrum besorgt habe? Muss dringend nachschlagen.

18. Oktober

Mist, Mist, Mist! Hinke total hinter meinem Zeitplan her. Weil Katie und Jack beide erkältet sind, sitze ich zu Hause fest und erfülle die nicht abreißenden Forderungen nach Lucozade-Limo und den neuesten DVDs.

Mit Louise über meinen panischen Zustand gesprochen, als sie anrief, um mich zu fragen, ob sie dem aktuellen Lover ihre Liebe gestehen soll. Oder soll sie einfach nur sagen, dass er ihr viel bedeutet? Musste sie ein bisschen reden lassen, bevor ich auf den Punkt kommen und über meine eigenen drängenden Probleme sprechen konnte – die offen gestanden viel wichtiger sind als ihres. Habe ihr das natürlich nicht gesagt.

»Nimm ein paar Bachblüten-Notfalltropfen«, riet sie mir, nachdem ich ihr meine Notlage erläutert hatte. »Das mache ich auch, wenn ich eine Präsentation vor dem Vorstand habe. Die wirken Wunder.«

»Ist das ein Betäubungsmittel?«, erkundigte ich mich argwöhnisch und dazu bereit, meine ablehnende Haltung zu Drogen sofort aufzugeben und es zu probieren.

»Nein, Susie!« Sie lachte auf. »Nur etwas Pflanzliches gegen

Stress. In dem Geschenkkorb, den ich dir letztes Jahr mitgebracht habe, sind welche drin, schon vergessen?«

Eine Stunde lang hektisch nach dem Geschenkkorb gesucht. Wollte die Hoffnung gerade aufgeben, als ich ihn unten im Schrank fand (neben dem einzelnen kniehohen Stiefel, den ich seit letztem Ostern vermisse). Eine große Dosis Notfalltropfen geschluckt, nur um auf Nummer sicher zu gehen, und mich sofort ein bisschen ruhiger gefühlt.

Endlich mit den Einladungen fertig geworden. Sieben Rollen, zusammengebunden mit rosafarbenen Schleifen.

Du bist herzlich zu Prinzessin Katies
viertem Geburtstag eingeladen.
Es finden eine Schminkaktion, ein großer Ball
und ein Bankett statt.
Am 22. Oktober von 15:00 bis 17:00 Uhr,
Fairbrook Drive 2.
Prinzessinnenkleid erbeten!

Stunden damit verbracht, die Rollen mit den rosafarbenen Schleifen zu verschnüren. Habe sie schließlich zugeheftet und die Schleife über die kleinen Löcher geklebt. Fand das aus irgendeinem Grund furchtbar komisch. Überhaupt habe ich mich den ganzen Abend ein bisschen schwindelig vor lauter Lachen gefühlt (vermutlich die Erleichterung, weil ich einen Punkt auf der Liste abhaken konnte; vielleicht lag es auch am Leim).

P. S.: Hatte die geniale Idee, die Bastelmaterialien für Krönchen und Karten im Internet zu bestellen. Dank meiner wunderbaren Kreditkarte viele Stunden anstrengendes Herumgerenne gespart.

19. Oktober

Katastrophe! Stundenlang mit Jack im Kinderwagen wegen Lichterketten durch die Gegend gelaufen. Offenbar haben die Einzelhändler dieses Jahr zum ersten Mal seit Menschengedenken beschlossen, die Weihnachtsartikel erst *nach* Halloween in die Regale zu packen. Konnte schließlich den pickeligen halbwüchsigen Filialleiter von Tesco überreden, mir die »heiße Ware« direkt aus dem Lagerraum zu verkaufen.

»Damit riskiere ich meinen Job«, raunte er, während er meine dreißig Euro in der Tasche seiner fleckigen Hose verschwinden ließ und mir verstohlen die Lichterketten reichte.

»Außer uns beiden erfährt niemand davon«, versicherte ich ihm rasch und versteckte die Beute unter meinem praktischen Regenmantel. »Kein Mensch weiß es.«

Dann schlenderte ich bemüht unauffällig Gang drei entlang. Fast hatte ich die Dosenbohnen erreicht und wähnte mich schon in Sicherheit, als Jack anfing, aus vollem Halse »Licht, Licht« zu schreien. Musste zum Ausgang rennen und rammte mit dem Kinderwagen beinahe die Tür, um nicht von dem hünenhaften Wachmann erwischt zu werden.

Zum Glück war er gerade mit einer Portion frittierter Hähnchenflügel beschäftigt. Sonst hätten wir keine Chance gehabt.

P. S.: Habe vor dem Kindergarten eine bühnenreife Vorstellung gegeben, als die anderen Mütter mich nach den Vorbereitungen für die Party aushorchen wollten. »Hoffentlich machen Sie sich nicht zu viele Umstände, Susie«, meinte die eine beim Entgegennehmen der Einladung.

»Ach, da ist doch nichts dabei«, log ich. »Ich habe noch gar nicht darüber nachgedacht. Wenn es so weit ist, wird mir schon etwas einfallen.«

Die ganze Angelegenheit muss unter allen Umständen

spontan wirken. Die anderen Mütter dürfen auf keinen Fall erfahren, dass ich am Rande des Nervenzusammenbruchs stehe.

20. Oktober

Joe aus heiterem Himmel angekündigt, dass er nicht mehr bereit ist, als Zauberer bei Katies Party aufzutreten. Der Schock verschlug mir im ersten Augenblick die Sprache.

»Ich lasse lieber die Finger davon, Susie«, beharrte er, während er Jack half, seinen Batman-Overall anzuziehen. »Ich kann doch noch nicht einmal ein Päckchen Karten mischen. Die Kinder werden mich in der Luft zerreißen, wenn ich einen Fehler mache.«

»Aber du musst«, schrie ich entsetzt auf. »Es bedeutet Katie sehr viel.«

»Tja, sie wird sich eben mit normalen Kindergeburtstagsspielen begnügen müssen«, entgegnete er ungerührt. »Bei Blindekuh und Ähnlichem bin ich dabei.«

Auch die darauf folgende hitzige Debatte über sein mangelndes Engagement konnte ihn nicht umstimmen. Kann nur hoffen, dass der Überfluss an Unterhaltung, den ich organisiert habe, Katie von der schweren Enttäuschung ablenken wird, von ihrem Vater im Stich gelassen worden zu sein.

P. S.: Überlege, ob ich Joe mit einer Nadel in den Hintern stechen soll, um ihn zur Vernunft zu bringen.

21. Oktober

Das Paket mit den im Internet bestellten Bastelmaterialien ist leider noch nicht eingetroffen. War deshalb gezwungen, fast das ganze Kindergeld dieses Monats in dem schicken Bastelgeschäft im Einkaufszentrum auszugeben. Ein Skandal, dass ein paar Röhrchen Glitzer, falsche Diamanten und Klebstoff fast hundert Euro kosten können. Die Verkäuferin glaubte, alle Weihnachtsfeste ihres Lebens wären auf einen Tag gefallen, als sie sah, wie ich die Hälfte des im Laden vorhandenen Krepppapiers zur Kasse schleppte.

»Das ist ja toll, wie viel Mühe Sie sich machen«, kicherte sie schadenfroh, während sie die Preise eintippte. »Die meisten Leute würden nur ein paar Barbie-Geschenktütchen verteilen und Musik auflegen.«

Blöde Kuh. War versucht, dem Filialleiter auf dem Weg nach draußen einen Beschwerdezettel zuzustecken, um meinem Ärger Luft zu machen. Ging aber nicht, denn ich war mit Partyutensilien bepackt und hatte deshalb die Hände voll.

Nachdem die Kinder endlich im Bett waren, drei Stunden damit zugebracht, die Lichterketten künstlerisch zu drapieren, sämtliche Flächen mit rosanem Krepppapier zu dekorieren und Sterne aus Goldpapier auszuschneiden. Da die Schere auf geheimnisvolle Weise verschwunden ist, musste ich die blaue Plastikschere von Katie benutzen. Den Plan, ein Prinzessinnenschloss aus Pappe zu basteln, aufgegeben.

P.S.: SMS von Louise. Sie kann morgen nicht zur Party erscheinen – dringende Vorstandssitzung in London.

P.P.S: Mum und Dad aus Portugal angerufen. Das Hotel ist offenbar direkt am Strand.

P.P.P.S.: Joe ist schon wieder spät von der Arbeit gekommen und hat die Partydekorationen gar nicht bemerkt. Könnte ihn mit einer Lichterkette erdrosseln.

P. P. P. P. S.: Gerade ist mir eingefallen, dass ich vergessen habe, die verdammte Barbie-Geburtstagstorte zu besorgen.

22. Oktober: Katies Geburtstagsparty

Katie schon morgens quengelig.

»Katie, lächeln«, befahl Joe in dem gestrengen Vaterton, mit dem er garantiert das Gegenteil bewirkt. »Heute ist doch deine Party.«

»Will keine Party.« Katie trat gegen das Tischbein und musterte Jack drohend aus zusammengekniffenen Augen. Offenbar überlegte sie, wie sie ihm am besten Schaden zufügen konnte.

Habe Joe beauftragt, die Barbie-Torte zu kaufen, bevor er die Geduld verlor, und beschlossen, noch ein paar Luftschlangen zu verteilen, um die aufsteigende Panik niederzukämpfen. Die Mühe hat sich gelohnt, denn alle Kindergarten-Mütter waren schwer beeindruckt vom abwechslungsreichen rosafarbenen Dekor und meiner Fee-Susie-Verkleidung (was natürlich nicht bedeuten soll, dass ich das alles nur veranstaltet habe, um ihnen zu imponieren).

Das heißt, alle bis auf die Ökomutter.

»Sind die denn auch aus Recycling-Pappe, Susan?«, fragte sie etwa dreißig Sekunden, nachdem sie, eine bedrückt wirkende Zoe im Schlepptau, das Haus betreten hatte. Dabei wies sie auf die Barbie-Fähnchen, die überall hingen.

»Bestimmt sind sie das«, erwiderte ich mit einem ängstlichen Auflachen und schickte Zoe zu den anderen. Das Kind hatte eine Tüte mit geschältem Bio-Obst bei sich.

»Ich habe ihr einen kleinen Imbiss mitgegeben«, erklärte die Ökomutter und reckte den Hals, um festzustellen, mit welchem Teufelszeug ich die Gäste wohl vergiften wollte.

»Kein Problem«, antwortete ich, während ich versuchte, die

Tür zu schließen, um eine vollständige Öko-Inspektion zu verhindern. »Ich behalte sie im Auge.«

Die Stimmung besserte sich, als die Party losging. Der zauberhafte Anblick der reizenden, unschuldigen kleinen Engel (und Jack) in ihren Prinzessinnenkleidern rührte mich fast zu Tränen. Ich fühlte mich wie eine kreative Erdmutter, als ich in meinem rosafarbenen Tüllröckchen herumlief, die Gesichter der Kinder mit Blumen und Schmetterlingen bemalte und immer wieder über ihre Kapriolen lachte. Doch nachdem ich zwei Gesichter bemalt hatte (die Schminke ist gar nicht so leicht aufzutragen), musste Joe übernehmen, damit ich mich um das Krönchenbasteln kümmern konnte. Und im nächsten Moment brach urplötzlich und ohne Vorwarnung die Hölle los.

15:15: Laura Moore fängt hysterisch an zu kreischen, weil Joe ihr einen Käfer ins Gesicht gemalt hat (er *behauptet,* es sollte ein Schmetterling sein).

15:16: Eine Schlägerei beginnt, als Orla Kenny sich Lucy Connors falsche Diamanten »ausleiht«, und Amy Banks und Hannah Delaney beschließen, sich den Glitzer aus den Röhrchen direkt in die Haare zu gießen, weil ihnen das Krönchenbasteln zu lästig ist.

15:20: Nach einigen vergeblichen Versuchen, die Kinder dazu zu bringen, ihre Konflikte verbal zu lösen, schütte ich einen Behälter mit Barbie-Schokolade über sie, um sie zu trennen (Joe hätte einen Eimer Wasser genommen).

15:25: Beschließe, das Krönchenbasteln bleiben zu lassen und sofort zum Päckchenauswickeln überzugehen.

15:26: Joe kann das dafür vorbereitete Paket nicht finden (später stellt sich heraus, dass Jack, traumatisiert, weil er ein Krönchen tragen musste, es im Schrank unter der Treppe versteckt hat).

15:30: Noch mehr Geheul und Gekreische.

15:32: Fühle mich durchgeschwitzt und abgekämpft. Wende mich rasch der Geburtstagstorte zu.

15:34: Zünde mit Leichenbittermiene die Geburtstagskerzen zum hundertsten Mal an, damit auch jede beim Auspusten drankommt.

15:40: Kuchen zerfällt fast im Spuckeregen.

15:45: Katie fordert, das Barbie-Gesicht aus Zuckerguss auf der Torte allein essen zu dürfen.

15:47: Versuche, das Barbie-Gesicht in acht Teile zu schneiden (zum Glück erhebt Jack keine Ansprüche darauf), und sorge dafür, dass das Geburtstagskind das rechte Auge und etwas von den blonden Haaren bekommt.

15:50: Acht Prinzessinnen kosten einen Bissen von der fünfundzwanzig Euro teuren Torte und verschmähen sie.

15:55: Nächster Programmpunkt – das Öffnen der Geburtstagsgeschenke.

16:00: Prügelei unter den Gästen, weil alle Katie helfen wollen, das Geschenkpapier aufzureißen.

16:05: Beinahe-Prügelei zwischen Joe und mir wegen der Frage, wessen Aufgabe es gewesen wäre, den nun leeren Akku des Videorecorders aufzuladen.

16:10: Noch eine Stunde totschlagen.

16.11: Greife zu der Lösung, die DVD *Barbie Swan Lake* einzulegen, und lasse die Kinder den Film anschauen und dabei tonnenweise Chips und Schokolinsen in sich hineinstopfen.

16:15: Stehe in der Küche, trinke Gin Tonic aus einem Barbie-Becher und zähle die Minuten, bis die Eltern ihre kleinen Gören abholen kommen.

Die Ökomutter erschien als Letzte. Leider hatte Zoe sich auf geheimnisvolle Weise in Luft aufgelöst. Habe sie schließlich, das Gesicht mit verbotener Schokolade beschmiert, versteckt unter der Treppe gefunden. Das Gesicht der Ökomutter nahm einen eigenartigen Rotton an. Dann zerrte sie die schreiende Zoe aus dem Haus und die Straße hinunter. War nach dem Gin Tonic recht guter Dinge und winkte ihr fröhlich nach – nicht ahnend, welche Folgen es haben würde, dass Zoe in meiner Obhut zum ersten Mal illegale industriell verarbeitete Lebensmittel in sich hineingeschlungen hatte.

P. S.: Katie hat mir gerade mitgeteilt, die Party sei »ganz nett« gewesen. Allerdings hätte sie sich lieber den neuen Disneyfilm angesehen, gefolgt von einem Besuch bei McDonald's. Klasse!

23. Oktober

Bin erschöpft. Vermutlich leide ich an einer posttraumatischen Party-Störung. Habe auf dem Sofa gedöst, während Jack seinen Mittagsschlaf hielt, als mich ein lautes Klopfen an der Tür weckte. Es war der Paketbote mit den im Internet bestellten Bastelutensilien – einen Tag zu spät.

»Sie sollten die Glocke reparieren lassen, gute Frau«, verkündete er mit dröhnender Stimme. »Ich wollte Ihnen das Päckchen schon vorgestern zustellen, aber es hat niemand aufgemacht.«

Hätte ihn am liebsten an Ort und Stelle erwürgt. Beim Reinkommen hörte ich von oben Jacks Geschrei. Die laute Stimme des Paketboten hatte ihn geweckt – und zwar nur eine Viertelstunde nach dem Einschlafen.

Mrs. H. folgte dem Paketboten auf den Fersen. »Hat meine Götterspeise den Kindern geschmeckt, Susie?«, fragte sie und nahm Platz, um die Party in allen Einzelheiten nachzubereiten.

»Klar«, erwiderte ich und gab ihr die gewaltige Puddingschüssel zurück, die sie bis zum Rand mit orangefarbenem Schleim gefüllt hatte. Wollte ihr nicht mit der Mitteilung das Herz brechen, der Hund habe die ganze Schüssel in Windeseile geleert und mache seitdem einen recht kränklichen Eindruck.

P. S.: Die Firma aus dem Internet hat sich geweigert, die Bastelmaterialien zurückzunehmen. Wenn ich das Kleingedruckte gelesen hätte, hätte ich wissen müssen, dass Rückgabe oder Umtausch, ganz gleich aus welchen Gründen, nicht möglich sei. Bleibe jetzt auf rosafarbenem Papier, Klebstoff und diversen falschen Edelsteinen im Wert von hundert Euro sitzen. Werde mich beim Verbraucherschutzministerium, oder wie der Laden sonst heißt, beschweren. Auch Kunden haben Rechte. Eine Unverschämtheit ist das. Ich werde das nicht auf sich beruhen lassen. Auf gar keinen Fall.

24. Oktober

Jack hat das Paket mit dem Bastelmaterial aus dem Internet unter der Treppe gefunden, wo ich es hingeräumt hatte (nur vorübergehend, bis ich ein Manifest zur Verteidigung von Verbraucherrechten und einen Aktionsplan entwickelt habe). Während ich Currysauce aus Joes bestem Hemd wusch, hat mein Sohn Glitzer und Leim in der Vorhalle, auf der Treppe und auf dem Treppenabsatz verteilt. Jetzt klebt Bastelkram im Wert von einhundert Euro in meinem teuren Navan-Teppich.

Am Telefon zeigte Mum kein Mitleid. »Ich habe dir doch damals empfohlen, den blau gemusterten zu nehmen, Kind«, sagte sie. »Wenn man Kinder hat, sollte man nicht im ganzen Haus beigen Teppichboden verlegen.« Habe mich höflich für diesen nutzlosen Rat bedankt. Dann Jack mit dem Kochlöffel durch die Küche gejagt. Er musste so lachen, dass er sich beinahe übergeben hätte.

25. Oktober

Katie hat eine Hexe auf einem Stöckchen mitgebracht, die sie im Kindergarten gebastelt hat. Habe Halloween völlig verdrängt. Hört es denn nie auf? Weiß nicht, wie viele Anlässe zum Basteln ich noch ertragen kann. Fühle mich schon ganz kribbelig.

Als Nächstes ist Weihnachten an der Reihe. Während ich heute Morgen ziellos durch Tesco bummelte, stieß ich mit dem pickeligen halbwüchsigen Filialleiter zusammen, der gerade in Gang drei einen Weihnachtsbaum aufbaute. Fand das unmöglich und sprach ihn sofort darauf an, wie idiotisch es ist, im Oktober einen Weihnachtsbaum aufzustellen. Sogar noch *vor* Halloween.

Er war ein wenig verdattert. »Haben Sie nicht letzte Woche die Lichterkette bei mir gekauft?«, fragte er mit einem eindringlichen Blick in den Ausschnitt meines Oberteils von Marks & Spencer, das im Trockner um mindestens zwei Größen eingelaufen ist. Musste es trotzdem anziehen, weil alle anderen halbwegs tragbaren Sachen im Schmutzwäschekorb waren.

Habe ihm geduldig erklärt, es habe sich um einen einmaligen Notfall gehandelt, den man nicht mit der schamlosen Kommerzialisierung des Festes und damit verwechseln dürfe, dass die wahre Bedeutung von Weihnachten immer mehr in Vergessenheit geriet.

»Da bin ich ganz Ihrer Ansicht, meine Liebe«, sprang eine alte Dame, die stehen geblieben war, um zu sehen, worum sich die Debatte drehte, für mich in die Bresche. »Sicher ist der Allmächtige entsetzt darüber, wie sündig es heutzutage auf der Welt zugeht.«

Habe bemerkt, dass der pickelige Halbwüchsige erschrocken die Flucht ergriff, während die alte Dame zu einem gut einstudierten Monolog über das Übel und die Verderbtheit moderner Zeiten ansetzte – zum Beispiel Pornographie, Alkohol und offene Läden am Sonntag. Musste Jack ein zusätzliches Päckchen Weihnachtsbaumschmuck aus Schokolade verfüttern, das er in Gang vier gefunden hatte, damit er still im Einkaufswagen sitzen blieb und zuhörte. Schließlich wäre es unhöflich gewesen, einfach wegzugehen. Hatte außerdem ein wenig Angst vor ihr. Sie hatte so einen komischen Blick, und ich traute ihr durchaus zu, mich mit einer Packung Fischstäbchen anzugreifen, falls sie sich von mir provoziert fühlte.

Die Begegnung hat mir zu denken gegeben. Bin fest entschlossen, Katie und Jack über die wahre Bedeutung des Weihnachtsfestes und seine Hintergründe aufzuklären. Darf allerdings nicht zu ausführlich darüber sprechen, dass Maria Jesus zur Welt gebracht hat. Sonst wird Katie mich nämlich sicher mit Fragen löchern, wo die Babys herkommen. Jedenfalls müssen die beiden unbedingt verstehen, dass man nicht Weihnachten feiert, um protzige Spielsachen geschenkt zu bekommen. Es ist das Fest der Liebe, des Gebens und der Wohltätigkeit. Vielleicht sollten wir dieses Jahr ganz auf Weihnachtsgeschenke verzichten und lieber Geld für einen guten Zweck spenden. Habe von einer Organisation gehört, die Ziegen in arme Länder schickt. Das ist viel besser als eine Geschenkpackung von Estée Lauder. Obwohl der neue Duft nicht schlecht ist. Werde mich informieren.

P. S.: Habe ein leicht schlechtes Gewissen wegen des Weihnachtsbaumschmucks aus Schokolade. Aber es gab zwei für den Preis von einem.

26. Oktober

Habe eine SMS von Louise bekommen: »Mädchenabend mit der College-Clique. Diesen Freitag. Bella Trattoria. 20:00. Freizeitkleidung.«

Mist, Mist, Mist. Nun stehe ich vor einer schweren Entscheidung: hingehen oder mich zu Hause verstecken.

NACHTEILE:

a. Kann die College-Clique nicht ausstehen. Lauter erfolgreiche, schlanke, wohlhabende Karrierefrauen mit BMW, Handtasche von Louis Vuitton und keinem einzigen Kind.
b. Werde ein kompliziertes Lügengewebe knüpfen müssen, wie interessant und erfüllend ein Hausfrauenleben mit Kindern und einem liebevollen Ehemann ist. Dafür ernte ich dann mitfühlende Blicke und, wenn der Abend später wird, alkoholgeschwängerte Entsetzensschreie nach dem Motto: »Wirst du denn nicht *verrückt,* wenn du den ganzen Tag zu Hause herumsitzt, Susie?«
c. Werde danach wochenlang unter massiven Minderwertigkeitskomplexen leiden und anfangen, den Sinn meines unproduktiven Daseins in Frage zu stellen.

VORTEILE:

a. Habe große Lust auf ein Essen beim Italiener, das ich ungestört zu mir nehmen kann, ohne einen kleinen Houdini beaufsichtigen zu müssen, der versucht, sich aus seinem Hochstühlchen zu befreien, während Davida Copperfield alles, was nur entfernt an Gemüse erinnert, in ihrem Ärmel verschwinden lässt.

Habe beschlossen, erst mal darüber zu schlafen und keine vorschnellen Entscheidungen zu treffen.

27. Oktober

Hatte eine unruhige Nacht, weil ich überlegt habe, was ich anziehen soll, falls ich mich mit der College-Clique treffe. Dann mit Katies Hilfe alle möglichen Alternativen auf dem Bett ausgebreitet, um das optimale Kleidungsstück für einen Abend mit den Mädels auszusuchen. Meine Tochter bei der Beurteilung des (sehr begrenzten) Sortiments zur schonungslosen Offenheit zu ermuntern, war überflüssig:

- weißes Stretchoberteil mit Ärmeln – da sieht man den »wabbeligen Bauch«.
- schwarzes ärmelloses Oberteil – da sieht man die »wabbeligen Arme«.
- schwarzes Wickelkleid – da sieht man »lauter Dellen«.

Habe mich schließlich für den Bohemian Chic à la Sienna Miller entschieden: ausgewaschene Jeans (die einzige, in die ich noch reinpasse), schwarzes ehemaliges Umstandsoberteil mit Flügelärmeln und locker um die Hüften (wenn man sie noch so bezeichnen kann) geschlungenen Gürtel. Bin sehr mit meinem Geistesblitz zufrieden. Jetzt würde es niemand mehr für ein Schwangerschaftsshirt halten. Nun fehlen mir nur noch eine zarte Pfirsichhaut, wallende blonde Locken und Jude Law. Dann ist der Look komplett. Katie ist mit meiner Wahl nicht so zufrieden, denn sie hätte für das rosafarbene T-Shirt und den Minirock votiert, die noch aus meiner Zeit als Fan von Wham! stammen. Allerdings glaube ich nicht, dass man mir diese Verkleidung noch abnehmen würde, nicht einmal wenn ich ein Paar Schuhe von Uggs hätte.

P. S.: Joe war sehr süß und hat mir Mut gemacht. »Du musst dir auch einmal einen freien Abend gönnen«, sagte er, als ich ihm erklärte, warum alle meine Sachen im Schlafzimmer auf dem Boden herumlagen. »Es tut dir bestimmt gut, dich mit alten Freundinnen zu treffen. Du solltest öfter mal ausgehen.«

Habe eine Ewigkeit darüber nachgedacht, während er übertrieben lang unter der Dusche stand, ohne sich um Oprahs Wasserspar-Appelle zu kümmern. Sehr beunruhigend, dass er findet, ich sollte öfter allein unterwegs sein. Ob ich im Begriff bin, mich in eine traurige Hausfrau ohne kommunikative Fähigkeiten zu verwandeln?

28. Oktober

Habe erfahren, dass Joe nächste Woche von seiner Firma zu einem zweitägigen Golfturnier eingeladen worden ist. Weiß jetzt, dass seine reizende Aufforderung, doch zu dem Treffen mit meinen College-Freundinnen zu gehen, nur ein mieser Trick war. Er wollte sich bei mir einschmeicheln, damit er seine Familie ohne schlechtes Gewissen zwei Nächte allein lassen kann.

29. Oktober

Vor dem Kindergarten zufällig der Ökomutter in die Arme gelaufen. Trotz meines Versuchs, mich hinter der neuesten Ausgabe von *Heat* (ausgezeichnete Titelgeschichte über Promis ohne Make-up) zu verstecken, steuerte sie schnurstracks auf mich zu und schob dabei ihren Kinderwagen vor sich her wie eine Massenvernichtungswaffe.

»Susan, könnte ich kurz mit Ihnen sprechen?«, sagte sie in einem beängstigend stahlharten Ton.

»Mit mir?«, heuchelte ich Überraschung. »Ja, natürlich. Worum geht es denn?«

»Darum, dass meine Zoe seit der Geburtstagsfeier Ihrer

Tochter letzte Woche offenbar an einer Lebensmittelallergie leidet.« Dabei sah sie mich feindselig an.

Vor Schreck wurden mir die Knie weich. Würde mich das Jugendamt nun abführen, weil ich eine Minderjährige vergiftet hatte? »Sie hat doch nur ein paar Stücke Schokolade gegessen«, stammelte ich und spielte mit dem Gedanken zu flüchten.

»Ja, aber das genügt«, dozierte die Ökomutter. »Schokolade ist ein gefährlicher Suchtstoff. Manchmal muss man ein Leben lang gegen die Abhängigkeit ankämpfen. Zoes Stuhlgang war diese Woche äußerst besorgniserregend.«

Mir wurde ganz flau im Magen. Wenn ich gewusst hätte, dass sie über Stuhlgang reden wollte, hätte ich mich im Auto verbarrikadiert.

»Also«, fuhr sie fort, »wollte ich Ihnen das hier geben.« Sie hielt mir eine Ausgabe von *Du bist, was du isst* unter die Nase. »Sie sollten es lesen. Es ist die Bibel der gesunden Ernährung, und ich glaube, dass Sie in diesem Bereich dringenden Informationsbedarf haben. Finden Sie nicht?« Mit diesen Worten machte sie auf dem Birkenstock-Absatz kehrt und marschierte davon (vermutlich zum Beerenpflücken).

P. S.: Habe beschlossen, *Du bist, was du isst* unter der Treppe zu verstecken. Gillian Mc Keith macht so ein böses Gesicht und hätte sicher etwas gegen die Spaghetti Carbonara und das Tiramisu einzuwenden, die ich mir heute Abend in einer einzigen Mahlzeit genehmigen werde.

30. Oktober: Der Morgen nach der Nacht davor

Auf dem Sterbebett. Pochender Schädel, auf doppelte Größe angeschwollen. Zunge klebt am Gaumen und ist mit ekligem Alkoholsediment bedeckt. Bösartiger Ehemann weidet sich an meiner Qual und erlaubt den Kindern, auf mir herumzuspringen.

»Geschieht dir recht, wenn du so viel trinkst.« Joe lachte, und Jack schrie mir ins Ohr. Katie versuchte, mir die Haare zu flechten, während ich halbtot auf dem Rücken lag.

»Tee! Hol mir einen Tee«, krächzte ich (die rauchige Stimme klang nach Sexgöttin und gefiel mir eigentlich recht gut).

Hatte nur ein paar Gläser Wein, fühlte mich aber wie nach mehreren Flaschen. Die jahrelange schwangerschaftsbedingte Alkoholabstinenz hat mich praktisch wieder zur Nicht-Trinkerin gemacht, so wenig von dem eisgekühlten Sauvignon Blanc habe ich vertragen. Mir geht es wie nach einer Sauftour zu Studienzeiten und nicht, als hätte ich ein gepflegtes Abendessen hinter mir und wäre (um fünfundsiebzig Euro ärmer) um halb eins ins Bett gefallen.

Der Abend entpuppte sich als recht angenehm. Konnte allerdings nicht viel zum Gespräch beitragen, da es hauptsächlich um Gehälter (null), Autos (peinliche Familienkutsche) und Designerkleidung (ein noch ungetragener leuchtend orangefarbener Minirock von Dolce&Gabbana vom Sonderangebotswühltisch bei TK Maxx) ging. Hatte nicht einmal Gelegenheit, mit Louise zu reden, weil sie am anderen Ende des Tisches saß. Also Zurückhaltung geübt und die Spaghetti Carbonara zu schnell in mich hineingeschaufelt. Wurde das Gefühl nicht los, dass Jack oder Katie jeden Moment unter dem Tisch hervorspringen und die gemütliche Mahlzeit sabotieren könnten. Zum Glück stand die frisch verlobte Frannie im Mittelpunkt, sodass ich keine neugierigen Fragen zum Lebensstil meiner Wahl beantworten musste. Habe mich früh aus dem Staub gemacht. Noch eine Geschichte zum Thema »alle Männer sind Schweine«, und ich hätte einen Schreikrampf gekriegt. Die Damen haben für meinen Geschmack zu viele Folgen von *Sex and the City* gesehen.

P. S.: Freizeitkleidung, dass ich nicht lache! Alle hatten makellos glattgeföhntes Haar und trugen Bügel-BHs und Designerkostüme. Wenn ich Louise in die Finger bekomme, schiebe ich ihr das Glätteisen von GHD sonst wohin.

31. Oktober: Halloween

Den ganzen Tag damit verbracht, Katie zu überzeugen, dass es nicht altersgemäß ist, wenn sie sich an Halloween als einer der Bratz Rock Angels aus der gleichnamigen Zeichentrickserie verkleidet. »Aber alle verkleiden sich als Bratz Angel!«, schmollte sie und versetzte Jack grundlos einen Tritt. »Ich will ein Bikinioberteil und Hotpants anziehen und sexy aussehen.«

»Sexy! Sexy!«, johlte Jack.

»Und außerdem hast du keine richtigen Kürbislaternen gemacht«, fuhr sie fort und wies anklagend auf den lieblos geschnitzten Kürbis auf der Vortreppe. »Zoes Mum hat ganz tolle Skelette gebastelt und aufgehängt. Außerdem hat sie einen echten Hexenbesen.«

»Das wundert mich nicht«, murmelte ich und stellte mir vor, wie die Ökomutter, bewaffnet mit selbstgebackenem zuckerfreiem Kuchen, zum Fenster hereinflog.

Zum Glück kam Joe unerwartet früh nach Hause. Er war als Vampir verkleidet und hatte künstliche Blutstropfen am Mund. (Ein billiges Halloween-Kostüm, auf dem Heimweg bei Spar erstanden, aber erstaunlich wirkungsvoll.) Nachdem ich die Kinder hinter dem Sofa hervorgelockt hatte, wo sie vor Angst kauerten, verbrachten wir Stunden damit, fröhlich Äpfel mit dem Mund aus einem Wassereimer zu angeln und Nüsse mit der Nase weiterzugeben wie die Waltons. War ihm dankbar, dass er mit ein paar altmodischen Spielen den Tag gerettet hat. Schade, dass ich es nicht auf Video aufnehmen konnte (Katie und Jack sahen in ihren Kostümen so niedlich aus), aber Joe hatte (wieder) vergessen, den Akku aufzuladen. Habe beschlossen, ihm deshalb keine Vorwürfe zu machen, und stattdessen den schönen Abend im Kreise der Familie genossen (bis Jack Katie den Wassereimer übers Prinzessinnenkleid schüttete, worauf sie ihm die Spiderman-Maske vom Gesicht riss und versuchte, ihn mit bloßen Händen zu erwürgen).

In einem Anfall hausfraulicher Nostalgie beinahe versucht gewesen, Rindfleisch mit Kartoffelpüree und Weißkohl, ein traditionelles Halloween-Gericht, zu kochen. Stattdessen zum Pizzaessen ins Bella Italia gegangen. Habe vier Gläser Pinot Grigio getrunken und Joe angefallen, als die Kinder schliefen. So toll war es schon seit Monaten nicht mehr im Bett.

P. S.: Louise rief an, weil sie über den Verlauf des Mädelsabends reden wollte. Bin noch zu sehr im Liebestaumel, um sie zurückzurufen.

P. P. S.: Offenbar leidet der Hund nach all dem Halloween-Theater an einer posttraumatischen Belastungsstörung – er weigert sich, unter der Treppe herauszukommen.

P. P. P. S.: Fiese Halloween-Gespenster haben meinen Vorrat an Monster-Munch-Chips geplündert. Dringend Nachschub beschaffen.

1. November

Habe nach unserer rauschenden Liebesnacht beschlossen, dass Joe und ich dringend eine Pause von unserem Nachwuchs brauchen. Glückliche Eltern haben glückliche Kinder – das behauptet wenigstens Dr. Phil. Stundenlang im Internet recherchiert, anstatt die Spülmaschine auszuräumen und die Wäsche zu sortieren, und ein Wellness-Hotel in Wicklow entdeckt, das einen fantastischen Eindruck macht. Jetzt muss ich nur noch jemanden überreden, die Kinder zu nehmen, damit Joe und ich aufs Land fahren, Turteltäubchen spielen und uns unsere Jugend zurückerobern können. Habe Louise angerufen, um mit meiner glücklichen Ehe und den romantischen Urlaubsplänen anzugeben. Sie wirkte nicht sehr begeistert. »Klingt wunderbar, Susie.« Sie seufzte. »Und wie findest du es, dass Frannie sich verlobt hat?«

»Ja, toll eben.« Ich zuckte die Achseln. Frannie und ihr protziger zweikarätiger Stein am Finger konnten mir den Buckel runterrutschen. Für wen hielt sie sich – Jennifer Lopez? (Der dicke Hintern würde jedenfalls passen.)

»Ich würde mich auch so gerne verloben.« Louise klang eindeutig deprimiert.

War ziemlich sauer auf sie. Da rufe ich sie an, um von meinem romantischen Wochenende zu erzählen, und sie will nur von sich reden. Habe dieses abstoßend egoistische Verhalten allmählich satt. Außerdem müsste sie einen Kerl erst mal länger als zwei Minuten behalten, wenn sie sich unbedingt verloben will. Habe das natürlich nicht laut gesagt.

P. S.: Bin so froh, dass ich glücklich mit einer verwandten Seele verheiratet bin und mir keine Gedanken übers GHD-Glätteisen und Reizwäsche zu machen brauche.

2. November

Heute Morgen ein Riesenstreit mit Joe. Er lief so lange mit finsterer Miene in der Küche herum, bis ich ihn fragte, was los sei.

»Es sind keine sauberen Hemden mehr da, verdammt, und ich habe heute eine wichtige Sitzung«, rief er.

Hätte ihm am liebsten gesagt, dass er sich seine sauberen Hemden in den Hintern schieben soll. »Ich bin nicht deine Putze«, zischte ich zurück, weil ich nicht wollte, dass die Kinder uns hörten.

»Ist ein sauberes Hemd fürs Büro zu viel verlangt?«, entgegnete er. »Was zum Teufel machst du denn den ganzen Tag?«

Eine dümmere Bemerkung hätte er sich nicht einfallen lassen können. Mein Schrei war so laut, dass ihn sicher auch die alte Mrs. Doyle von nebenan mitbekam. »Ich versorge deine Kinder, mein Schatz!«, brüllte ich wie ein sozial schwacher Statist aus der Fernsehserie *Fair City*. »Und dafür bekomme ich nicht nur keinen Dank, sondern außerdem kein Gehalt. Und dabei bin ich ständig müde, weil ich noch nie zuvor so hart geschuftet habe. Außerdem habe ich niemals auch nur eine Minute Freizeit. Du kannst im Büro wenigstens Kaffeepause machen. Ich darf hier nicht mal allein aufs gottverdammte Klo.«

Habe immer weitergeschimpft wie eine Besessene, bis ich sah, dass Katie und Jack mich, die Münder offen vor Schreck, über den Rand ihrer Cornflakes-Schalen hinweg anstarrten.

»Gratuliere«, höhnte Joe und stürmte hinaus.

»Mummy, was ist denn eine Putze?«, fragte Katie und musterte mich neugierig.

»Nichts, Schatz«, murmelte ich und wischte mir die Tränen der ohnmächtigen Wut aus den Augen.

Mit Joe rede ich kein Wort mehr, bevor er mich nicht auf den Knien um Verzeihung angefleht hat. Ein Wellness-Hotel mit fünf Sternen, Whirlpool, beheiztem Schwimmbecken und einem zweitausend Quadratmeter großen gepflegten Garten hat er gar nicht verdient.

P. S.: Mit Mum am Telefon gestritten. Sie hat doch tatsächlich gesagt, ein bisschen Bügeln würde mich schon nicht umbringen! Glaubt sie etwa, wir leben im Mittelalter? Heutzutage sind Frauen keine Haushaltssklaven mehr. Wozu gibt es Wäschereien?

3. November

Kalter Krieg dauert an. Wenn das so weitergeht, haben wir bald Zustände wie in *Kramer gegen Kramer*.

4. November

Habe gerade die Kinder aus dem Auto geladen, als Mrs. Kenny von nebenan mit einem riesigen Strauß rosafarbener Rosen aus dem Haus gelaufen kam. »Ich habe gesehen, wie das Blumengeschäft sie Ihnen liefern wollte«, verkündete sie triumphierend. »Also bin ich raus und habe sie angenommen. Haben Sie und Joe vielleicht einen kleinen Streit, meine Liebe?«

Mrs. Kenny mag wie eine harmlose alte Dame wirken, doch in Wahrheit ist sie das gefährlichste Klatschmaul in der ganzen Stadt. Bei dem Gedanken an ein heißes Gerücht, das sich an alle anderen Omas im Viertel weiterverbreiten ließ, war sie kurz davor, sich schadenfroh die Hände zu reiben. »Nein, ganz und gar nicht, Mrs. Kenny. Wir haben unseren Jahrestag.« Ein verbissenes Lächeln auf den Lippen, hielt ich Jack fest, der gerade versuchte, sich vor ein herannahendes Auto zu werfen.

»Ich dachte, Sie hätten im Mai geheiratet, meine Liebe.«

Am fünfzehnten, liebe Mrs. Kenny.

»Oh, nicht unser Hochzeitstag, Mrs. Kenny«, stammelte ich voller Zorn, dass sie noch immer geistig so auf Zack war. »Der Tag, an dem Joe mir einen Heiratsantrag gemacht hat. Ist er nicht romantisch?«

»Ja, das ist er.« Sie schmunzelte wissend, während ich die Kinder und den Blumenstrauß des Anstoßes ins Haus schleppte.

P. S.: Wenn Joe glaubt, er könnte sich mit einem geschmacklosen Blumenstrauß wieder bei mir einschmeicheln, ist er schief gewickelt. Da muss mindestens ein Schmuckstück her. Oder ein Tag in einem Spa.

P. P. S.: Habe gerade eine Karte am Blumenstrauß entdeckt. »Susie, es tut mir leid – bitte verzeih mir.« Kein Wunder, dass Mrs. Kenny so ein selbstzufriedenes Gesicht gemacht hat. Könnte Joe umbringen. Warum hat er die Verkäuferin im Blumengeschäft nicht gebeten, die Karte in einen gottverdammten Umschlag zu stecken?

5. November

Heute Morgen hat Joe mir nichts weiter als eine Tasse Tee ans Bett gebracht. Offenbar hat es zu einer Scheibe Toast nicht gereicht.

»Entschuldige, dass ich die Beherrschung verloren habe, Susie«, murmelte er, hielt die Teetasse aber leider so, dass ich sie nicht erreichen konnte. »Im Büro ist momentan viel los, und ich stehe ziemlich unter Druck.«

Höhnisch geschnaubt und ihm standhaft den Rücken zugekehrt. Er sollte ruhig merken, dass ich ihm nicht so schnell verzeihen würde. Außerdem hatte ich schrecklichen Durst und befürchtete, die Tasse in einem Zug auszutrinken, wenn ich mich umdrehte. Dann hätte er nämlich geglaubt, er hätte gewonnen.

»Jedenfalls bist du eine tolle Mutter«, fuhr er fort. »Katie und Jack könnten sich keine bessere wünschen.« Bevor ich Gelegenheit zu einem weiteren höhnischen Schnauben hatte, kam Katie hereingestürmt und schlug ins Bett ein wie eine wärmegesteuerte Rakete, sodass sich der Tee auf die Bettdecke ergoss.

»Einfach spitze«, stöhnte ich. »Noch etwas, um es *nicht* zu waschen. Leg es doch einfach zu dem Haufen.«

Habe gehört, wie Joe laut aufseufzte, bevor er Katie unter Protestgeheul aus dem Zimmer schleppte.

6. November

Mum und Dad sind aus Portugal zurück. »Das Wellness-Hotel war ein Traum«, erzählte Mum begeistert am Telefon. »Dein Dad war regelrecht süchtig nach den Schlammpackungen.«

»Muss spitze gewesen sein«, erwiderte ich, war aber insgeheim ein bisschen neidisch. Warum kann ich nicht in ein Wellness-Hotel, um mich dort in allen möglichen exotischen Anwendungen zu aalen? Mein Kontakt mit Schlamm beschränkt sich derzeit nämlich darauf, mit Jack im Garten Matschkuchen zu backen. Und dazu muss ich erst das Kriechgetier herausklauben.

P. S.: Habe beschlossen, Joe zu verzeihen. Schmollen ist nämlich auf die Dauer zu anstrengend. Außerdem muss die Familienkutsche aufgetankt werden, und ich kriege den Tankdeckel einfach nicht auf.

7. November

Zum Kaffee ein Überraschungsbesuch von Louise. »War gerade in der Nähe«, verkündete sie, als sie auf der Schwelle stand. Mit der einen Hand schwenkte sie eine Tüte mit edlen Keksen, mit der anderen zog sie wegen der Kälte einen cremefarbenen Kaschmirschal über ihrem Hosenanzug von Armani zusammen.

Wünschte, sie hätte vorher angerufen – war nämlich noch in meinem zerknitterten Pyjama und hatte die Haare nicht gewaschen. Außerdem war mein Kinn mit Creme beschmiert, um einen unschönen Ausbruch von Akne zu bekämpfen. Musste also Erkältungssymptome vortäuschen, um zu erklären, warum ich um elf noch im Schlafanzug war. Wollte sie nicht damit erschrecken, wie sehr ich mich gehen lasse.

»Du Arme«, bemitleidete sie mich. »Wenn ich gewusst hätte, dass du erkältet bist, hätte ich Whisky mitgebracht und dir einen Grog gemacht.«

War meinerseits erschrocken über ihre Andeutung, ich könnte mich tagsüber betrinken, obwohl ich doch für zwei Kinder sorgen muss. Habe aber beschlossen, nichts zu sagen, Tee gekocht und versucht, in dem Berg verkrusteten Geschirrs im Spülbecken zwei saubere Tassen zu finden. (Schwöre hiermit feierlich, nie wieder fertige Lasagne-Sauce aus dem Supermarkt zu verwenden. Die Flecken auf der astronomisch teuren pastellfarbenen Auflaufform gehen auch nach tagelangem Einweichen nicht raus.)

»Was für wunderschöne Blumen, Susie.« Louises goldene Haarmähne mit den fachmännisch gefärbten Strähnchen streifte ihr Gesicht wie in einem mit Weichzeichner aufgenommenen Foto für Shampoo-Werbung, als sie sich anmutig vorbeugte, um an Joes Blumenstrauß zu schnuppern. »Hat Joe sie dir geschenkt, weil du krank bist?«

Hatte plötzlich das hinterhältige Bedürfnis zu lügen und beschloss, ihm ausnahmsweise nachzugeben. »O nein.« Ein Husten vorgetäuscht. »Es gibt keinen besonderen Grund. Man macht eben so alberne Sachen, wenn man verheiratet ist. Möchtest du lieber Tee oder Kaffee?«

In der spiegelnden Oberfläche des Teekessels gesehen, wie Louises faltenloses Gesicht in sich zusammenfiel, und ein leicht schlechtes Gewissen gekriegt. Aber es gibt schließlich Grenzen.

8. November

Bin verzweifelt. In einem böswilligen Artikel im Familienteil der *Gazette* steht, Schnuller seien schmutziges, aufs Schärfste zu verurteilendes Teufelswerk und nur etwas für faule Eltern, denen das Wohlergehen ihrer Kinder mehr oder weniger gleichgültig ist. Katie hängt noch mit vier Jahren an ihrem Schnuller. Und dabei soll man seinen Kindern das Ding mit drei Monaten abgewöhnen. *Drei Monate!* War den ganzen Tag in heller Angst. Noch mehr Schokocreme-Plätzchen gegessen als sonst und mich mit der Sorge zermartert, dass ich vielleicht eine spätere Drogensüchtige oder, *noch schlimmer,* eine Raucherin hervorgebracht habe. In dem Artikel heißt es weiter, es könnte liebevolle Strenge nötig sein, um Kind und Schnuller voneinander zu trennen.

Den ganzen Nachmittag damit verbracht, mir einen Aktionsplan zurechtzulegen, damit ich dem Druck standhalte.

NEUE REGELN FÜR DEN SCHNULLERGEBRAUCH:

- Schnuller im Bett gestattet.
- Schnuller zu Hause gestattet, wenn Kind müde oder traurig.
- Mitführen des Schnullers außerhalb des Hauses (oder generell irgendwohin, wo Leser des Familienteils ihn sehen und mich und meine schlechten Erziehungsmethoden verurteilen könnten) streng verboten.

Katie verweigert die vollständige Kooperation. Genau genommen verweigert sie jegliche Kooperation, ganz gleich welcher Art und Form.

»Ist mein Schnuller denn ein Geheimnis, Mummy?«, fragte sie mit Unschuldsmiene, wickelte sich das Haar um den Finger und schwenkte mit der anderen Hand den Schnuller verlockend vor meiner Nase.

In einem seltenen Anfall von »Mutterinstinkt«, den ich eigentlich nur aus der Zeitschrift *Babytalk* kannte, sofort gewusst, dass es fatale Folgen haben würde, wenn ich mir Schwäche anmerken ließe. Falls Katie auch nur den leisesten Verdacht hegte, wie peinlich mir der Schnuller war, würde sie darauf beharren, ihn bis in alle Ewigkeit auf jedem Familienfoto im Mund zu behalten.

Habe versucht, ihren Blick unverwandt zu erwidern. »Nicht wirklich, Schatz«, antwortete ich (wie ich dachte, verhältnismäßig gelassen). »Mummy sieht einfach nur gerne dein hübsches Gesicht, und das geht nicht, wenn du einen Schnuller im Mund hast.«

Katie dachte lange darüber nach und ging dann zum Gegenangriff über. »Mein Schnuller ist auch hübsch. Schau doch. Er ist rosa!«

9. November

Bin mit meinen Nerven am Ende. Katie beharrt darauf, den Schnuller rund um die Uhr im Mund zu haben. Sie heute Nachmittag bei Tesco darauf angesprochen. »Gib mir den Schnuller, Schatz«, sagte ich so beiläufig wie möglich (bei theperfectparent.com wird empfohlen, seine Forderungen ruhig und sachlich zu stellen, anstatt zu Bestechung oder anderen Formen von Erpressung zu greifen).

»Nein«, antwortete Katie ebenso sachlich.

Jack merkte im Einkaufswagen auf.

»Ich bin die Erwachsene, ich bin die Erwachsene«, wiederholte ich in Gedanken, während ich gleichzeitig ein Stoßgebet zum Himmel schickte, Katie möge nicht in einem am Freitagnachmittag von Kunden wimmelnden Supermarkt einen Trotzanfall bekommen. »Du brauchst ihn beim Einkaufen nicht, Katie.«

»Doch.« Kühn erwiderte sie meinen Blick, erfüllt von der Gewissheit, dass ich mich nicht in aller Öffentlichkeit auf ein Brüllduell einlassen würde. Sie behielt Recht.

»Was willst du denn mit dem Ding?«, gab ich sofort nach und fing an zu betteln. »Du bist schließlich ein großes Mädchen.«

»Ich bin kein großes Mädchen«, lispelte sie daraufhin mit Babystimme. »Ich bin ein kleines Baby.« Das Kind ist mir einfach überlegen.

Dad musste mir natürlich unter die Nase reiben, dass ich Katies Sucht selbst verschuldet hätte. »Du hast ihr das Ding gegeben, Susie«, meinte er, als ich anrief, um mich bemitleiden zu lassen. »Also kannst du nicht erwarten, dass das Kind es jetzt zurückgibt, nur weil es dir in den Kram passt.«

Ärgerlicherweise klingt das logisch, hilft mir aber überhaupt nicht weiter.

Mum war mir da ein größerer Trost. »Hast du je einen Erwachsenen mit einem Schnuller gesehen?«, sagte sie weise. »Sie wird schon irgendwann damit aufhören.«

Habe beschlossen, ihr die Bemerkung in Sachen Bügeln zu verzeihen.

10. November

Louise angerufen, um mit ihr über das Thema Schnuller zu sprechen. Sie war unüberhörbar gelangweilt. »Ist es denn wirklich so wichtig, wann sie ihn hergibt?«, fragte sie, ein wenig ungeduldig und geistesabwesend.

»Ja, natürlich ist es das«, entgegnete ich, schockiert, dass sie sich der schwerwiegenden Folgen nicht bewusst war. »Es könnte schädliche Auswirkungen auf ihre Sprachentwicklung und sogar ihre Kommunikationsfähigkeit haben.«

»Mit ihrer Sprachentwicklung scheint alles in Ordnung zu

sein«, stellte Louise spöttisch fest, als Katie plötzlich ein hysterisches Geschrei anstimmte. Jack hatte nämlich ihr Ballettröckchen über seinen Batman-Overall gezogen und wirbelte nun in der Küche herum.

Stinksauer aufgelegt. Louise interessiert sich nie richtig für meine Probleme, erwartet aber, dass ich mir ihre anhöre. Würde ich ja auch gern, wenn ich nur nicht immer so viel zu tun hätte.

11. November

Wir fahren weg, um ungestört eine leidenschaftliche Nacht zu verbringen! Endlich ist Joe aktiv geworden und hat ein tolles Zimmer in einem Wellness-Hotel in Wicklow gebucht (die Webseiten auszudrucken und die Blätter überall in der Küche zu verteilen, hat Wunder gewirkt). Er hat sogar veranlasst, dass Mrs. H. hier übernachtet und die Kinder hütet. Bin ein kleines bisschen enttäuscht, dass er keine Suite genommen hat und dass wir nur eine Nacht bleiben, nicht zwei. Freue mich aber trotzdem über die unerwartete romantische Geste. Jetzt haben wir Gelegenheit, ein wenig gemeinsame Zeit zu genießen. Außerdem weiß man ja nie. Vielleicht kriegen wir ja die Präsidentensuite zum selben Preis. Werde Joe daran erinnern, dass wir sehr verliebt aussehen müssen, und Hinweise fallen lassen, wir hätten einen wichtigen Grund zum Feiern.

Aber vor Mrs. H.s Ankunft ist erst mal Großreinemachen angesagt. Ihr die Hausschlüssel und die Lizenz zum Schnüffeln zu geben, ist nicht mit ihren unangemeldeten Besuchen zum Kaffee zu vergleichen. Nicht auszudenken, wo sie überall die Nase hineinstecken könnte!

Liste der Vorbereitungen für die romantische Nacht:

- Verschimmelte Lebensmittel aus Kühlschrank räumen. Kühlschrank mit Desinfektionsmittel schrubben. Gemüse und gesundes Essen einkaufen.
- Bodenleisten und Türen der Küchenschränke säubern (Eierreste an Griffen wenn nötig mit Drahtbürste entfernen).
- Besteckschublade reinigen und ordnen, damit Löffel, Gabeln und Messer alle in eine Richtung zeigen.
- Mülleimer auswaschen und eingetrocknete Krümel vom Boden des Unterschranks kratzen.
- Ganzes Haus staubsaugen (auch unter den Möbeln, nicht nur drum herum).
- Im ganzen Haus staubwischen (siehe oben).
- Backrohr putzen und Backbleche scheuern (besser, Backbleche in der Garage verstecken).
- Schmutzwäscheberg in der Garage verschwinden lassen.
- Alle ungebügelten Hemden von Joe in die Wäscherei bringen.
- Klo putzen und Schimmel von den Duschtüren mit Essig wegschrubben.
- Alle Kinderkleider bügeln und zusammenfalten.
- Sämtliche Promi-Zeitschriften verstecken.
- Termin zur Enthaarung vereinbaren.
- Koffer packen.

12. November

Leide Todesqualen. Hatte ganz vergessen, wie schmerzhaft eine Enthaarung der Bikinizone mit Wachs ist, wahrscheinlich der Grund, warum ich mir die Prozedur seit den Flitterwochen gespart habe. Habe es offenbar ebenso aus meinem Gedächtnis verdrängt wie die Wehen. Werde Louise umbringen, weil sie mir diese sadistische Kosmetikerin empfohlen hat.

»Ein toller Schönheitssalon«, begeisterte sie sich am Telefon. »Wirklich sehr exklusiv (sprich: lächerlich überteuert). Du solltest dir einmal eine Behandlung dort gönnen. Ich gehe mindestens zweimal im Monat hin (sprich: »Du fristest ein trauriges Dasein als graue Maus. Selbst wenn Amanda Byram eine Privatmaschine chartern und mit einer Horde von Schönheitsspezialistinnen nach Irland fliegen würde, um dich aufzumöbeln wie in *Swan,* wäre das vergebliche Liebesmüh.«)

Habe mir erst Haare und Nägel richten lassen und zwei Stunden damit verbracht, alberne Promi-Zeitschriften zu lesen und schaumigen Cappuccino zu trinken. Anschließend so glücklich gewesen, dass ich mich so widerspruchslos in die Enthaarungskabine führen ließ wie ein Lamm zur Schlachtbank.

Die Mitarbeiterin war sehr nett und gesprächig, sodass ich arglos die Hose auszog. Der Dschungel, der meine untere Körperregion überzog, schien sie jedoch ein wenig zu beunruhigen, und sie murmelte, sie werde wohl eine zusätzliche Tube Wachs brauchen. Dann begann sie ohne Vorwarnung, an meinem Intimbereich herumzuzerren, befahl mir, die Beine höher zu heben, und zog gnadenlos die Streifen ab. Hätte ihr vor lauter Schreck fast das Knie ins Gesicht gerammt. Alles Flehen um Gnade war vergeblich, denn das Flintenweib fauchte mich nur an, ich solle mich zusammenreißen, und bearbeitete mich noch fester. Als die Tortur endlich vorbei war, musste ich mir noch einen fünfminütigen Vortrag über die Wichtigkeit des regelmäßigen Enthaarens anhören. Offenbar werden die Härchen von Sitzung zu Sitzung feiner, bis man irgendwann ein kahles Ungeheuer ist. Ein gekünsteltes Lächeln auf den Lippen, aus der Kabine gehumpelt, nachdem ich ihr zehn Euro Trinkgeld gegeben hatte.

Kann kaum gehen, geschweige denn staubsaugen. Hausputz muss auf morgen verschoben werden.

P. S.: Hoffe, dass die Bissspuren an meiner Hand – ein Versuch, die Schreie zu unterdrücken – bald verschwinden.

13. November

Seit mir so richtig bewusst geworden ist, dass meine Schwiegermutter hier übernachten wird, putze ich wie eine Besessene. Habe den ganzen Tag jede sichtbare Fläche geschrubbt. Jack und Katie kauern mit dem Hund unter dem Küchentisch. Habe ein schlechtes Gewissen, weil ich meinen Nachwuchs emotional traumatisiere. Kann aber jetzt keine Rücksicht darauf nehmen, denn die beste Hausfrau Irlands kommt her und wird sich mehr als vierundzwanzig Stunden unbeaufsichtigt in meinem Haus aufhalten. Grenzenlose Möglichkeiten zum Herumschnüffeln sind gegeben. Darf mich nicht verzetteln.

14. November

Das Haus ist vom Keller bis zum Speicher blitzblank. Glaube, so sauber war es hier noch nie. Ehrenwort. Kann endlich guten Gewissens sagen, dass Joes Mutter keinen Grund zur Klage finden wird. Sie könnte sogar vom Fußboden essen. Vielleicht schlage ich es ihr ja vor.

Folge den Kindern auf Schritt und Tritt, damit sie die häusliche Perfektion bloß nicht wieder zerstören. Werde ihnen sündhaft teure Geschenke von unserem Kurzurlaub mitbringen müssen, um alles wieder gutzumachen und ihre Zuneigung zurückzugewinnen. Vielleicht etwas von Baby Dior.

P. S.: Bikinizone wund und gerötet. Laut Aussage der bescheuerten Kosmetikerin könnte die Haut für etwa einen Tag ein bisschen empfindlich sein. Hoffentlich ist es morgen wieder weg, damit ich mich in dem erotischen schwarzen Bikini (den ich vor zwei Jahren gekauft, aber noch nie angehabt habe) am olympiatauglichen Schwimmbecken (mit Whirlpool und Dampfbad) räkeln kann.

P. P. S.: Mum und Dad haben angerufen und mich gebeten, dem Hoteldirektor Grüße auszurichten. Die Woche, die sie im letzten Jahr dort verbracht haben, hat ihnen sehr gut gefallen.

P. P. P. S.: Habe gerade versucht, gleichzeitig zu duschen und die Duschtür mit Essig zu putzen. Der Essig ist überall hingespritzt – zwischen den Beinen brennt es wie Feuer!

15. November

Der Kurzurlaub fing nicht gut an. Joe hat während der ganzen Fahrt über die Freisprechanlage mit seinem Büro telefoniert. Und zwar in seiner Ich-bin-ein-wichtiger-Manager-Stimme, anstatt erotisch mit mir zu flirten. War zu seinem Glück von dem Putzmarathon noch so erschöpft, dass ich ein Nickerchen gehalten habe, um mich für das Verwöhntwerden zu stärken.

Das Fünf-Gänge-Menü war ein Traum, obwohl Joe ständig davon abgelenkt wurde, dass sein BlackBerry alle fünf Minuten vibrierte, während mir meine pochende Bikinizone den Appetit auf den Hummer verdarb. War fest entschlossen, so romantisch wie möglich zu sein. Deshalb eine Ewigkeit unter dem Tisch verführerisch Joes Fuß gestreichelt. Nicht begriffen, warum er weiter ungerührt Entenpâté in sich hineinschaufelte. Vor ein paar Jahren hätte eine Berührung meines Stilettoabsatzes genügt, um ihn in ekstatische Verzückung zu versetzen. Das Rätsel löste sich, als ich feststellte, dass ich die ganze Zeit meine Gucci-Handtasche liebkost hatte. Hatte sie unter den Tisch gestellt, während der knackige französische Kellner mir den Stuhl zurechtrückte.

Zurück im Hotelzimmer, sofort ins Bad gesprintet und eine Ewigkeit damit verbracht, die nässenden grünlichen Pusteln in meiner Bikinizone mit Clinique-Grundierung zu tarnen (ob ich mir beim Enthaaren vielleicht eine schwere Infektion zugezogen habe?). Schließlich erotisch aus dem Bad gerauscht, aber festgestellt, dass Joe sanft schnarchend im Doppelbett lag. Der Laptop ruhte auf seinem Bauch.

Die restliche Nacht damit totgeschlagen, auf dem gewaltigen Flachbildschirmfernseher zwischen Dutzenden Kanälen hin und her zu schalten und aus Trotz die Minibar leer zu essen. Bei *Who Will Love My Children* geweint. Habe das Gefühl, dass die Angst vor dem Verlassenwerden auch bei mir ein wunder Punkt ist. Zum Glück war das Frühstücksbuffet einfach göttlich, auch wenn die Kellnerin mich seltsam ansah, als ich mir nach einem großen irischen Frühstück auch noch die mitteleuropäische Version genehmigte. Habe sie mit Nichtachtung gestraft – schließlich ist der Kunde König. Leider stellte sich heraus, dass ich nicht alles aufessen konnte (offenbar war es keine gute Idee gewesen, mitten in der Nacht die Minibar zu plündern). Habe deshalb ein paar Croissants als Proviant für die Heimfahrt in meiner Handtasche verschwinden lassen. Konnte wegen der pochenden grünen Pusteln den Wellness-Bereich nicht nutzen (vermutlich war es auch das Beste so, denn meine Taillenweite schien sich über Nacht auf geheimnisvolle Weise ausgedehnt zu haben, sodass ich vermutlich nicht mehr in den erotischen schwarzen Bikini gepasst hätte, den ich mir vor zwei Jahren gekauft habe), aber Joe verbrachte eine Ewigkeit im Whirlpool. Das Mobiltelefon hielt er über den Rand, damit es ihm im schäumenden Wasser nicht absoff. Habe den ganzen Nachmittag, in einen flauschigen weißen Frotteebademantel gehüllt, am Pool gesessen, die neueste Ausgabe von *Heat* gelesen und getan, als hätte ich keine Lust auf Whirlpool oder Dampfbad. Inzwischen verstehe ich, warum Promis bei Dreharbeiten so gerne weiße Bademäntel tragen. Die Dinger sind nicht nur bequem, sondern haben zudem den Vorteil, dass sie alle Problemzonen kaschieren. *Heat* war sehr aufschlussreich. Ausgesprochen tröstend, dass Paris Hilton womöglich an Cellulitis leidet – und dabei steht ihr rund um die Uhr eine Armee von Ernährungsberatern, Kosmetikerinnen und vermutlich auch Spezialisten für Lymphdrainage zur Verfügung.

16. November

Bei der Ankunft von Mrs. H. empfangen worden – und zwar mit dem Staubwedel in der einen und dem Staubsauger in der anderen Hand. »Habe nur ein bisschen saubergemacht, Kind«, flötete sie, während Jack und Katie sich an meine Beine klammerten und mir mit blitzartiger Geschwindigkeit die mitgebrachten Schokoriegel entrissen.

»Mummy, Mummy, während du weg warst, war die Schnullerfee da«, rief Katie und stopfte sich den ganzen Schokoriegel auf einmal in den Mund. »Als ich ihr meinen Schnuller gegeben habe, hat sie mir ein Geschenk unters Kissen gelegt. Ich brauche keinen Schnuller mehr. Schnuller sind nur etwas für *Babys.*«

War sprachlos. All meine ausgeklügelten Pläne – und Mrs. H. hat nur eine Nacht gebraucht, um ihr den verdammten Schnuller wegzunehmen.

»Ja, Kind«, säuselte sie. »Es wurde allmählich Zeit, dass sie das schmutzige Ding hergab. Übrigens habe ich Jacks Hochstühlchen saubergemacht, während ihr weg wart. Unter dem Plastikkissen waren ziemlich viele Essensreste. Wir wollen doch nicht, dass der arme Kleine eine Lebensmittelvergiftung kriegt.«

17. November

Louise rief an, um sich alle Details von der Nacht in dem luxuriösen Wellness-Hotel berichten zu lassen. Habe die Aktivitäten im Schlafzimmer ein bisschen erotisch aufgemotzt, damit sie nicht denkt, dass ich in dieser Hinsicht hinter dem Mond lebe. »Offen gestanden freue ich mich darauf, wieder eine Nacht durchzuschlafen, aber wir konnten einfach die Finger nicht voneinander lassen.« Ich kicherte, so mädchenhaft ich es nach einer Nacht, in der Jack stündlich aufgewacht war, vermochte.

Bin in Wahrheit so erledigt wie schon lange nicht mehr. Denn für eine wundervoll kinderfreie Nacht mussten wir schon im Morgengrauen büßen, als die beiden sich verbündeten, um die versäumte Zeit nachzuholen.

»Den Rest des Hotels haben wir kaum zu Gesicht bekommen«, fuhr ich fort (wenn schon, denn schon), »weil wir fast nur in unserem Zimmer waren.« Klang ziemlich überzeugend. Vielleicht sollte ich mich ja beruflich umorientieren und Geheimagentin werden wie Jamie Lee Curtis in dem Film mit Arnold Schwarzenegger.

»Die Kinder haben uns natürlich schrecklich vermisst (ich glaube, sie haben gar nicht gemerkt, dass wir das Haus verlassen hatten), aber ich finde es wichtig, dass man sich hin und wieder auch als Paar wieder näherkommt.« Das hatte gesessen.

»Klingt fantastisch.« Louise seufzte auf. »So eine kleine Pause hätte ich auch mal gern.«

Mir ist rätselhaft, warum Louise glaubt, eine Pause zu brauchen. Wovon denn? Ihren kostspieligen Geschäftsessen und den rauschenden Ballnächten mit ihrem aktuellen Lover? Musste mir auf die Zunge beißen, um die sarkastische Bemerkung zu unterdrücken, die unbedingt herauswollte.

»In der Arbeit ist es momentan so stressig«, sprach sie weiter. »Ich würde alles dafür geben, den ganzen Tag zu Hause bleiben zu können wie du, Susie. Du bist ja so ein Glückspilz, weil du Joe und die Kinder hast.« Konnte hören, wie sie beim Reden ihr makellos geföhntes Haar um ihre perfekt manikürten Fingernägel zwirbelte.

»Nun, es ist nicht immer eitel Sonnenschein«, gab ich zurück. War sauer, weil sie offenbar denkt, dass ich den ganzen Tag fernsehe und Kaffee trinke. »Offen gestanden habe ich noch nie so viel gearbeitet wie jetzt. Und zwar rund um die Uhr.«

»Schon, aber du tust wenigstens etwas Sinnvolles. Und Katie und Jack sind so *niedlich.* Wenn ich mir noch eine Präsentation über irgendeinen dämlichen Mikrochip anhören muss, reiße ich mir die Haare aus.«

War leider gezwungen, das Gespräch abzubrechen – Katie hatte Jack umgeschubst und versuchte, ihm mit einem Magic Marker das Auge auszustechen.

18. November

Habe heute einen Rekord aus dem Guinnessbuch gebrochen. Insgesamt sechsmal die Spülmaschine ein- und wieder ausgeräumt. Die Nacht im Luxushotel scheint eine Ewigkeit her zu sein.

19. November

Ökomutter heute Morgen vor dem Kindergarten noch penetrant selbstzufriedener als sonst. »O ja, das ist eindeutig der zukunftsweisende Weg«, hörte ich sie mit lauter Stimme dozieren. Die anderen Mütter umringten sie mit traurigen und betretenen Gesichtern. »Zoe kann schon rechnen wie eine

Siebenjährige und wird bis Weihnachten alle gesteckten Ziele erreichen.«

»Worum geht es denn?«, raunte ich einer der anderen Mütter verstohlen zu.

»Kumon-Maths«, erwiderte sie bedrückt. »Das ist die neueste Mode. Offenbar erwerben die Kinder dadurch gewaltige Vorsprünge in Mathematik und Englisch.«

Bin empört. Man darf doch die Kleinen nicht schon im Kindergarten derart unter Druck setzen! Überlege, ob ich ans Kultusministerium schreiben und verlangen soll, diese übertriebene Förderung sofort zu verbieten.

20. November

Habe im Internet zum Thema Kumon recherchiert. Wirkt ein wenig übertrieben, soll Kindern aber den besten Start ins Leben ermöglichen. Habe ein Informationspaket bestellt.

P. S.: Muss mir merken, das auf keinen Fall gegenüber der Ökomutter zu erwähnen.

21. November

Panik. Heute Morgen beim Wickeln einen schrecklichen Ausschlag auf Jacks Bauch entdeckt, der auf eine Hirnhautentzündung hinweisen könnte. Die Probe mit einem Cognacschwenker daran gescheitert, dass er nicht lange genug stillhielt. Konnte also nicht feststellen, ob man die Pünktchen durch das Glas noch sieht. Fieber schien er nicht zu haben, doch das verdammte Thermometer ist nicht sonderlich zuverlässig – insbesondere seit Katie beim Doktorspielen versucht hat, es ihrer Baby-Annabel-Puppe in den Hintern zu rammen. Habe Joe im Büro angerufen und ihm am Telefon etwas von Bluttransfusionen und Amputationen vorgekeucht. Sein Tipp war, die Meningitis-Hotline anzurufen, bevor ich im Kinderkrankenhaus die Pferde scheu mache.

Eine mütterlich klingende Krankenschwester beruhigte mich. »Hat das Baby Fieber?«, fragte sie *gaaanz* langsam im Er-stirbt-schon-nicht-Ton. »Tut es ihm weh, angefasst zu werden?«

Nein auf beide Fragen. Während ich telefonierte, saß Jack vor dem Fernseher und klatschte vergnügt mit dem singenden Barney mit. Die freundliche Krankenschwester nahm an, dass keine tödliche Krankheit dahintersteckte. »Haben Sie in letzter Zeit die Waschmittelmarke gewechselt, meine Liebe?«, erkundigte sie sich, bevor sie das Gespräch beendete, um sich einer wirklich lebensbedrohlichen Krise zu widmen.

Mir fiel plötzlich ein, dass Jacks nach unserer Rückkehr aus dem luxuriösen Wellness-Hotel perfekt gebügelten Unterhemden ein wenig merkwürdig gerochen hatten. Ein zweiter Anruf, und ich hatte des Rätsels Lösung: Joes Mutter hat ein parfümiertes Bügelspray benutzt, »damit die Kleider der Kinder einen Hauch von Frühling bekommen«. Habe gar nicht gewusst, dass es parfümiertes Bügelspray überhaupt gibt! Wo kauft sie bloß ein? In einem Laden für Superhausfrauen? Vor lauter Erleichterung, dass Jack nicht sterben muss, den Ausschlag nicht erwähnt, sondern mich höflich bedankt, etwas von Abendessenkochen genuschelt und aufgelegt.

»Keine Ursache, Kind«, sagte sie und schien sehr mit sich zufrieden. »Ich helfe doch immer gern.«

P. S.: Noch einmal die Meningitis-Hotline angerufen, um eine Spende zu machen. Die nette Krankenschwester war sehr dankbar, offenbar sind die Mittel knapp.

22. November

Bin entsetzt: Dass Jack gestern beinahe gestorben wäre, scheint Joe nicht aus der Ruhe zu bringen. Er beharrt sogar darauf, ihm hätte doch gar nichts gefehlt.

War empört und habe ihm Gefühlskälte vorgeworfen. Doch er hat nur gelacht. »Du warst nicht da und hast deshalb gar nicht gesehen, wie krank er war«, entgegnete ich. »Er hätte in Lebensgefahr schweben können.«

»Ja, hat er aber nicht«, erwiderte Joe, half Katie, den Klettverschluss ihrer Turnschuhe zu schließen, und wirkte dabei vollkommen gelassen.

»Was, wenn er eine schwere Allergie gegen das Bügelspray entwickelt hätte?«, fragte ich, und wurde von Sekunde zu Sekunde wütender. »Er stand kurz vor einem anaphylaktischen Schock. Deine Mutter hätte das Zeug nie verwenden dürfen.«

»Sie wollte dir sicher nur helfen, Susie.«

»Tja, es hätte aber in einer Tragödie enden können«, schimpfte ich, voller Zorn, weil er meine Sorgen offenbar nicht ernst nahm. »Ich finde, Jack hat sich seitdem verändert.«

Leider kam Jack gerade in diesem Augenblick wie Spiderman in die Küche gestürmt. Allerdings hüpfte er nicht ganz so hoch wie sonst. Offenbar hat er ein wenig von seinem Schwung verloren, seit er dem Tod so knapp entkommen ist.

23. November

Habe heute zwei Briefe von RTÉ bekommen.

Sehr geehrte Ms. Hunt,
vielen Dank für Ihren Brief und Ihre freundliche Bemerkung über mein Äußeres. Ich habe zwar selbst keine Kin-

der, bewundere aber Frauen, die sich entscheiden, zu Hause zu bleiben und sich der Erziehung zu widmen.
Ihr Missfallen darüber, dass regelmäßig Wiederholungen ihrer Lieblingsserie ausgestrahlt werden, stößt bei mir auf das vollste Verständnis. Leider jedoch bin ich als Leiterin der Marketingabteilung nicht in der Lage, Einfluss auf die Programmgestaltung zu nehmen. Deshalb werde ich Ihr Schreiben an das zuständige Ressort weiterleiten, wo man sich Ihrer Anliegen gewiss annehmen und sich umgehend mit Ihnen in Verbindung setzen wird, um eine Lösung zu finden.

Mit freundlichen Grüßen
Jennifer Goode

Sehr geehrte Ms. Hunt,
vielen Dank für Ihren Brief, betreffend die Wiederholungen von *Dr. Phil.* Seit einiger Zeit haben wir Schwierigkeiten, neue Folgen der Serie anzukaufen. Jedoch hoffen wir, so schnell wie möglich Abhilfe schaffen zu können. Bitte haben Sie noch ein wenig Geduld mit uns, denn uns ist jeder Zuschauer wichtig.

Mit freundlichen Grüßen
P. Baxter

Habe beschlossen, sofort zu antworten, um meine Bestürzung zum Ausdruck zu bringen. Offenbar fehlt diesen Fernsehmachern jegliches Gefühl für die Bedürfnisse einer schweigenden Minderheit ohne Lobby.

Liebe Jennifer (da ich das Gefühl habe, dass es mir gelungen ist, eine echte und tiefe Beziehung zu der Frau aufzubauen, habe ich entschieden, mir die Formalitäten zu sparen),

ich hoffe, es geht Ihnen gut. Es tut mir leid zu hören, dass Sie keine Kinder haben – Sie haben so ein gütiges und mütterliches Gesicht.
In der Anlage übersende ich Ihnen einen Brief, den ich kürzlich von einem oder einer P. Baxter erhalten habe. Wie Sie selbst sehen können, ist die Antwort alles andere als zufriedenstellend, da darin auf keinen der von mir angesprochenen Punkte eingegangen wird. So wird zum Beispiel das offensichtliche Desinteresse daran, ein hochwertiges Programm für Hausfrauen auszustrahlen, mit keinem Wort erwähnt. Seien wir doch einmal ehrlich: Einem Menschen, der die Arroganz besitzt, einen Brief nur mit dem Anfangsbuchstaben seines Namens zu unterzeichnen, fehlt eindeutig der Überblick. Außerdem wurden keine Zusagen dahingehend gemacht, dass man in Zukunft von den langweiligen Wiederholungen absehen will. Offen gestanden habe ich den Verdacht, dass es sich wieder einmal um einen Versuch handelt, die berechtigten Anliegen einer unterrepräsentierten Minderheit unter den Teppich zu kehren. Auch wenn ich von unserer sexistischen und patriarchalischen Gesellschaft nichts anderes erwarten sollte, garantiere ich Ihnen, dass sich die Qualität des Fernsehprogramms um das Zehnfache verbessern würde, wenn es die Männer wären, die zu Hause blieben. Da es mit den Wiederholungen währenddessen munter weitergeht, werde ich wohl zur *Ricky Lake Show* wechseln müssen, falls dieser Missstand nicht umgehend behoben wird. Obwohl ich es bedauern würde, Ihrem Sender nach so langer Zeit untreu zu werden, ist das Maß inzwischen voll. Ich schätze Sie so ein, dass Sie die Dinge selbst in die Hand nehmen – könnten Sie nicht etwas unternehmen, um das Problem zu beheben?

Vielen Dank

Susie

P. S.: Haben Sie sich eigentlich Gedanken über meinen Vorschlag gemacht, eine Reportage aus dem Alltag einer Hausfrau zu drehen? Vielleicht sprechen Sie es ja bei der nächsten Vorstandssitzung an. Eine tolle neue Idee wie diese könnte Ihnen eine Beförderung und eine Gehaltserhöhung einbringen. (Ich habe mich in meiner Zeit in der PR-Branche oft direkt an den Vorstandsvorsitzenden gewandt.)

24. November

Habe gerade nachgerechnet. Joe und ich haben einige Zeit vor der Nacht im Wellness-Hotel zum letzten Mal Sex gehabt. Daran ist nichts Ungewöhnliches – wir sind schon länger ohne ausgekommen (*viel* länger, wenn ich schonungslos ehrlich sein soll). Das Beunruhigende daran ist nur, dass Joe seitdem auch nicht den Ansatz eines Annäherungsversuchs unternommen hat. Offen gestanden kann ich mich nicht erinnern, wann er überhaupt zuletzt etwas von mir wollte. Bin wirklich sehr besorgt. Mein Gott, was, wenn er eine Affäre hat? Louise bekam fast einen Lachkrampf, als ich ihr eine SMS schrieb und um dringenden Rückruf bat. (Warum soll ihr Arbeitgeber nicht die Gebühren für das Krisentelefonat bezahlen? Schließlich haben diese multinationalen Konzerne Geld wie Heu.) »Joe, eine Affäre? Sei doch nicht albern, Susie! Er gehört zu den Leuten auf der Welt, denen ich eine Affäre am allerwenigsten zutrauen würde.«

»Tja, und warum will er dann keinen Sex mehr?«, schmollte ich in den Hörer. »Das ist bis jetzt noch nie vorgekommen. Wenn ich mich recht entsinne, hat er sogar gesagt, an dem Tag, an dem er keine Lust mehr darauf hätte, könnte man ihn offiziell für tot erklären.« War weinerlich und brauchte dringend Trost.

Beim ersten Anzeichen von Tränen verwandelte sich Louise prompt in eine männermordende Karrierefrau in Kostüm und Stilettos. »Reiß dich zusammen, Susie«, tadelte sie mich in einem strengen Ton, der keinen Widerspruch duldete. »Joe hat keine Affäre, sondern ist vermutlich nur erschöpft von den vielen Überstunden. Und, nein, denk es nicht einmal – er lügt dir nicht vor, er müsse bis tief in die Nacht arbeiten, damit er es mit seiner Sekretärin wild auf dem Schreibtisch treiben kann. Was ist außerdem mit eurem Sexathon im Wellness-Hotel?«

Ganz vergessen, dass ich die Aktivitäten im Schlafzimmer übertrieben dargestellt hatte, um nicht als vertrocknet und prüde dazustehen. Also etwas Ausweichendes gebrummelt.

Bin allerdings zu dem Schluss gekommen, dass Louise vermutlich recht hat – ich kenne Joes Sekretärin, und die ist mindestens sechzig.

P. S.: Habe beschlossen, die Initiative zu ergreifen und den ersten Schritt zu machen. Irgendwann bald, wenn ich nicht zu müde bin.

25. November

In einem halbherzigen Verführungsversuch Joe letzte Nacht mit dem Zeh am Bein gestreichelt. Er sagte, ich müsste mir die Zehennägel schneiden. Dann hat er sich umgedreht und ist eingeschlafen. Hatte einen schrecklichen Albtraum. Dr. Phil schleppte mich vor allen meinen Freunden und Verwandten auf die Bühne und hielt mir in seinem schrecklichen Südstaatenakzent einen Vortrag darüber, dass Sex der beste Gradmesser für Glück in der Ehe sei. Das Publikum buhte und zischte. Katie und Jack saßen in der ersten Reihe und machten gequälte und traurige Gesichter. Offenbar sind drastische Schritte angesagt. *Mars und Venus* reicht diesmal eindeutig nicht. Es ist

Zeit, schwerere Geschütze aufzufahren. Morgen werde ich den Beziehungsratgeber *Relationship Rescue* von Dr. Phil bestellen.

26. November

Joe hat eine Riesenschachtel Jammie-Dodgers-Kekse aus dem Büro mitgebracht. »Die sind noch vom Teamarbeitsseminar übrig, und ich weiß ja, wie gerne du sie magst«, sagte er und überreichte sie mir mit einer eleganten Geste. War gerührt, dass er an mich gedacht hat. Bin außerdem zu dem Schluss gekommen, dass romantische kleine Gesten in einer reifen Ehe viel mehr zählen als das *Kamasutra*.

27. November

Mum glaubt, Dad könnte Probleme mit der Prostata haben.

»Wirklich? Wie äußert sich das denn?«, fragte ich, voller Angst, Dad könnte jeden Moment bewusstlos zusammenbrechen.

»Nun, wir sind nicht mehr so *aktiv* wie früher, wenn du verstehst, was ich meine«, raunte sie verschwörerisch in die Sprechmuschel.

»Ihr beide seid doch die aktivsten Menschen, die ich kenne«, erwiderte ich lachend. »Erst letzte Woche wart ihr beim Bergwandern.«

»Nein, *diese* Aktivitäten meine ich nicht«, sagte sie. »Im Schlafzimmer. Du weißt schon.«

Wünschte, Mum wäre nicht so offen zu mir.

»Ob er vielleicht ein bisschen Aufmunterung braucht?«, fuhr sie fort. »Ginkgo soll ja Wunder für die Männlichkeit wirken. Vielleicht koche ich ihm nachher einen Tee.«

Den restlichen Nachmittag damit verbracht, die Bilder loszuwerden, wie meine Eltern es miteinander machen. Fühle mich ausgesprochen beklommen.

28. November

Anna, die Giftschlange, ehemalige Kollegin und offizielle Büroklatschtante, rief an, um mich zum Weihnachtsumtrunk »einzuladen«. (Wahrscheinlich will sie sich nur daran weiden, wie viel ich zugenommen habe, seit ich Vollzeithausfrau bin.)

»Sei kein Frosch, Susie, alle werden da sein.« Sie kicherte beschwipst (offenbar haben die alkoholgeschwängerten Weihnachtsgeschäftsessen schon angefangen). »Du kommst doch so selten raus, und jetzt hast du wenigstens einen guten Grund. Außerdem ist Freizeitkleidung Pflicht. Du brauchst dir also gar keine Mühe zu machen.«

Hatte gewaltige Mühe, mich zu beherrschen. »Ich habe gerade ein paar fantastische Tage mit Joe in einem Wellness-Hotel verbracht«, antwortete ich dann und war sehr mit meiner Schlagfertigkeit zufrieden.

Leider ging Anna wie immer nicht darauf ein. »Weißt du, was du brauchst, Susie?«, fuhr sie mit schleppender Stimme fort. »Du musst öfter mal ausgehen und dich so richtig betrinken. Ihr Hausfrauen und Mütter seid ja alle gleich – so langweilig.« Konnte hören, dass sie Schluckauf hatte. »Warum lebst du nicht mal ein bisschen? Die Kinder sterben schon nicht, wenn du sie abends mal alleinlässt.«

Habe die Einladung angenommen, um Anna loszuwerden. Zum Glück ist es bis dahin noch eine Ewigkeit, sodass ich genug Zeit habe, mir eine glaubhafte Ausrede einfallen zu lassen.

29. November

Oh, mein Gott. Habe ganz vergessen, dass wir in einem knappen Monat Weihnachten haben. Mir ist speiübel.

30. November

Fühle mich heute schon viel besser. Werde eine gut durchdachte Liste anlegen. Dürfte nicht lange dauern. Kinder in diesem Alter haben noch keine richtige Vorstellung vom Wert eines Geschenks oder von Markennamen. Wahrscheinlich reicht ein kleines Präsent für jeden.

1. Dezember

Dank Mrs. H. sind die Kinder jetzt die reinsten Nervenbündel. »Nur noch vier Wochen, nur noch vier Wochen«, sang sie laut (und schrecklich falsch), als sie gegen Mittag auf der Schwelle stand. Sie schwenkte Weihnachtsschmuck (und etwas, das wie eine Flasche Eierlikör aussah). Jack und Katie beäugten sie argwöhnisch, offenbar bewegt von der Frage, was das sollte und ob wohl Schokolade dabei herausspringen würde.

»Von Weihnachtsstimmung merkt man hier ja noch nichts, Susie.« Mrs. H. ließ den finsteren Blick durch das kahle Wohnzimmer schweifen. Habe ihr angesehen, dass sie überlegte, wo sie ihre kitschigen Christbaumkugeln hinhängen sollte, »um alles ein bisschen weihnachtlicher zu machen«.

»Tja, wahrscheinlich sind sie inzwischen sowieso dagegen abgehärtet – schließlich funkelt und glitzert die ganze Stadt ja schon seit Halloween in allen Farben«, erwiderte ich und duckte mich, um dem fliegenden Lametta auszuweichen.

»Wenn es dir und Joe zu viel ist, ein wenig weihnachtliche Atmosphäre zu schaffen«, fuhr Mrs. H. fort und torkelte in den Flur, »werde ich wohl dafür sorgen müssen.«

Habe plötzlich erkannt, dass sie sich beim Bingo ein oder zwei Gläser Eierlikör genehmigt haben könnte. Katie und Jack ahnten das Drama und merkten auf. »Komm doch in die Küche, Mrs. H.«, zischte ich, voller Angst, sie könnte die Kinder zu einer weihnachtlichen Erregung aufstacheln, die zu früh ihren Höhepunkt erreichte.

Aber sie war nicht mehr aufzuhalten. Schwankend ging sie in die Hocke, bis sie mit ihnen auf Augenhöhe war (zugegebenermaßen sehr anmutig, aber nur, weil sie die Knie beugte), und setzte eine feierliche Miene auf. »Es sind bloß noch vier Wochen bis Weihnachten, Kinder. Wisst ihr, was das bedeutet?«

»Das Christkind wurde geboren«, erwiderte Katie, in der Annahme, dass eine religiös motivierte Antwort mit Schokolade belohnt werden würde.

»Ja, mein Schatz, das ist richtig«, verkündete Mrs. H., zauberte ein Milky Way hervor und entfernte mit einer geschickten Handbewegung die Verpackung. »Aber es heißt auch, dass der Weihnachtsmann bald kommt.«

»Weihnachtsmann«, jubelte Jack.

»Also«, lallte sie, »müsst ihr anfangen, eure Wunschlisten zu schreiben, und zwar ganz ordentlich.«

Habe beschlossen, mich auf die Gästetoilette zurückzuziehen und Joe telefonisch um Rat zu fragen. Natürlich war er in einer Sitzung und durfte unter gar keinen Umständen gestört werden, selbst dann nicht, wenn seine betrunkene Mutter ihr Bestes gab, damit wir eine Hypothek aufs Haus aufnehmen mussten, um die Weihnachtsgeschenke zu bezahlen.

Beim Rauskommen festgestellt, dass Katie bereits das Angebot sondierte, indem sie von einem Fernsehsender zum anderen schaltete und sämtliche Werbespots für Spielzeug ansah.

»Ich habe so viele schöne Erinnerungen an Weihnachten,

Susie«, meinte Mrs. H. mit feuchten Augen und sank dann für drei Stunden aufs Sofa.

2. Dezember

Habe eine ausführliche Weihnachtsgeschenkeliste aufgestellt.

Joe: muss noch überlegen (Gutschein für ein verlängertes Wochenende vielleicht?)

Mum und Dad: muss noch überlegen (auf keinen Fall Hightech-Spielzeug. *Joy of Sex* ebenfalls verboten)

Katie: reichhaltige Auswahl überteuerter Markenspielsachen

Jack: siehe oben

Louise: muss noch überlegen (irgendwas Kostspieliges in toller Verpackung)

Mrs. H.: muss noch überlegen (vielleicht irgendwelches Bingo-Zubehör)

Oprah hat recht: Listen sind wirklich hilfreich, um eine Situation wieder in den Griff zu bekommen.

3. Dezember

Alarmstufe eins bei Jack und Katie. Währenddessen gibt Joe wieder einmal den Weihnachtsmuffel, und Mum und Dad haben angekündigt, dass sie über die Feiertage nach Co. Clare fliehen wollen. *Wieder* ein Luxusurlaub. Damit ist mein Plan, mich in dieser Zeit zu ihnen zu verdrücken, gestorben. Habe festgestellt, dass meine Eltern nur noch an sich denken, seit sie die Sechzig überschritten haben. Da überlege ich mir in sämtlichen Einzelheiten, wie ich Weihnachten und Silvester in ländlicher Idylle verbringen kann, und sie beschließen, sich einfach nach Dromoland Castle zu verdrücken! Ja, es muss unbedingt

Dromoland Castle sein. Wenn sie weiter so mit dem Geld um sich werfen, verschleudern sie noch mein ganzes Erbe. War so sauer, dass ich mich beinahe mit Mum am Telefon gestritten hätte.

»Kind, wir wollten schon immer mal nach Dromoland, und da Daddy jetzt in Rente ist, gibt es nichts mehr, was uns daran hindert«, sagte sie.

Bin sicher, dass ich Dad im Hintergrund kichern gehört habe.

»Aber Mum«, schrie ich verzweifelt auf. »Wir wollten über Weihnachten doch zu euch kommen. Die Kinder freuen sich schon so darauf.«

Habe die letzte Bemerkung absichtlich einfließen lassen, um ihr ein schlechtes Gewissen einzureden.

Aber sie ließ sich nicht beirren. »Ihr könnt uns ja im neuen Jahr besuchen, Schatz. Jetzt muss ich aber los. Wir gehen heute Abend zum Essen aus.« Sie hat mich *abgewimmelt!*

»Was ist aus der Welt geworden, in der Großeltern alt und grau werden und ihr Leben nach ihren Enkelkindern ausrichten?«, beschwerte ich mich an diesem Abend bitterlich bei Joe. »So war das alles nicht geplant.«

Aber er hörte mir gar nicht zu. Im Fernsehen lief nämlich gerade *Fear Factor,* und er feuerte irgendeinen Idioten an, der soeben eine Handvoll Maden verspeist hatte.

Genau das ist der Grund, warum wir noch einen kleinen Kurzurlaub brauchen. Wir müssen auf spiritueller und sexueller Ebene wieder zueinanderfinden. Stattdessen jedoch bin ich gezwungen, über Weihnachten Mrs. H., einen griesgrämigen Ehemann, eine überdrehte Vierjährige und ein schwer gestörtes Kleinkind zu ertragen. Am besten fange ich jetzt schon mit dem Sherry an, um mir einen Vorsprung zu sichern.

P. S.: Ein Trost ist, dass Mr. H. sich um das Weihnachtsessen kümmern will – sie erinnert mich an einen gut geölten Weihnachtsroboter.

4. Dezember

Louise rief an, um zu melden, der aktuelle Lover werde sie über die Feiertage nach Andorra entführen. Außerdem hat sie schon alle Weihnachtsgeschenke gekauft. Und verpackt. In Tiffany-Blau (die Modefarbe dieses Jahres). Mit passenden Schleifen. Und Geschenkanhängern.

»Wie machst du das bloß?«, schrie ich entsetzt auf. »Du bist keine gewöhnliche Sterbliche. Das kann nicht sein.«

»Dazu ist nur ein bisschen Organisation nötig, Susie. Ich mache mir schon während des ganzen Jahres Aufzeichnungen in mein Geschenke-Notizbuch und kaufe die Sachen, sobald ich mich entschieden habe.«

War total erschüttert und habe mich wie ein fauler, träger Trampel gefühlt. Wahrscheinlich sollte ich den Weihnachtskuchen schon fertig haben und inzwischen Schmuck für den Weihnachtsbaum basteln. Wie die amerikanische Vorzeigehausfrau Martha Stewart (natürlich, bevor sie wegen Steuerhinterziehung hinter schwedischen Gardinen gelandet ist).

»Letztes Jahr habe ich dir sogar ein Geschenke-Notizbuch zu Weihnachten geschenkt«, riss Louises Stimme mich aus meinen Träumen von einer weißen Weihnacht und frischen Zimtsternen. »Hast du es denn nicht benutzt?«

Verzweifelt überlegt, wovon sie redet. »Aber selbstverständlich«, log ich rasch. »Das war nur ein Witz. Ich habe auch schon alles fertig und kann es kaum noch erwarten.« Habe den leisen Verdacht, dass Katie das Geschenke-Notizbuch zum Bekritzeln benutzt. Darf nicht vergessen, es vor Louises nächstem Besuch zu verstecken.

P. S.: Mrs. H. hat angekündigt, sie werde über die Feiertage ihren zweiten Sohn David in London besuchen. »Er will mit mir in *Les Misérables* gehen«, sagte sie stolz, als wir ihr auf dem Heimweg von Tesco einen Kurzbesuch abstatteten. »Er liebt das Theater, der gute Junge.«

»So wie alle anderen Schwuchteln auf diesem Planeten«, murmelte Joe. Musste ihm unter dem Tisch einen Tritt geben, damit er den Mund hielt. Mrs. H. ahnt noch immer nicht, dass David vom anderen Ufer ist, und hält seine Angewohnheit, sich jeden Abend die Hände einzucremen, für eine reizende und hygienische Sache, die eine Frau irgendwann einmal sehr glücklich machen wird.

P. P. S.: Habe festgestellt, dass ich gleich doppelt in der Zwickmühle stecke. Nun werden wir nicht nur auf Weihnachten auf dem Land verzichten müssen, sondern auch auf Mrs. H.s beachtliche Kochkünste. Sehe mich gezwungen, zum ersten Mal ein richtiges Weihnachtsessen zu kochen, ein Initiationsritus, für den ich, glaube ich, noch nicht bereit bin.

5. Dezember

Habe den großen Fehler gemacht, mir gestern Abend auf Sky Movies das Musical *Miracle on 42nd Street* anzusehen. Fühle mich jetzt erdrückt von der Last der Verantwortung, Katie und Jack ein Weihnachten wie bei den Waltons zu bieten, bevor sie endgültig zynisch werden und der Kommerzialisierung des Festes erliegen (etwa mit fünf). Muss strategisch und ausgeklügelt vorgehen.

6. Dezember

SCHLAUER PLAN ZUR VERBREITUNG VON WEIHNACHTSSTIMMUNG UND BEKÄMPFUNG DES GESCHENKE-TERRORS:

- Im Schnee herumtoben, Schneemänner bauen und eine lustige Schneeballschlacht veranstalten.
- Falls kein Schnee vorhanden, in bunten Wollsachen wie in der Gap-Reklame idyllischen Familienausflug in den Park unternehmen, um Stechpalmenzweige und Misteln zu sammeln.
- Überzeugend aussehenden Weihnachtsmann in festlich dekoriertem Kaufhaus besuchen. Vorzugsweise in New York.
- Weihnachtskränze und andere jahreszeitgemäße Bastelarbeiten aus Zweigen und Schleifen anfertigen (zur Inspiration die Weihnachtsausgabe von *Prima* kaufen).
- Kinder in die stundenlange fröhliche Herstellung oben genannter Bastelarbeiten mit einbeziehen. Vorher unbedingt ein Glas Glühwein trinken.
- Geschmackvolle Weihnachtskarten aus Packpapier und Schnur basteln. Katie bestechen, damit sie wegen des Niedlichkeitsfaktors einen süßen Weihnachtsengel malt.
- Selbst Weihnachtskuchen backen und Plumpudding kochen. Oder wenigstens die wie selbst gemachte Version in dem überteuerten Feinkostladen im Einkaufszentrum besorgen.
- Überall im Haus Duftkerzen (Fichtennadel, Zimt) verteilen. Erst anzünden, wenn die Kinder bewusstlos sind.
- Weihnachtsmusik (Bing Crosby, Perry Como) abspielen, um festliche Atmosphäre zu erzeugen. Nervige CDs von Mel 'n' Kim und Slade verstecken.
- Künstlichen Weihnachtsbaum wegwerfen. Idyllischen Familienausflug zu einer Weihnachtsbaum-Gärtnerei auf dem Land organisieren.

7. Dezember

Genieße es, mir die Weihnachtsstimmung zurückzuerobern. Mit ein bisschen Mühe ist es nicht schwer, die zynische Kommerzialisierung des Festes zu vergessen. Bin versucht, irgendwann in der Zukunft eine Bewegung mit diesem Motto zu gründen.

Habe Joe gestern Abend überredet, früher nach Hause zu kommen, um den Weihnachtsbaum aufzustellen (den künstlichen, nur bis wir Zeit für einen Ausflug in die Weihnachtsbaum-Gärtnerei haben). Eine Ewigkeit nach dem Baumschmuck gesucht und Jack und Katie geholfen, ihn an den Zweigen zu drapieren. Es war wirklich schön, ihre vor Aufregung strahlenden kleinen Gesichter zu sehen – bevor sie versuchten, einander mit dem Lametta zu strangulieren, lief alles nach Plan. Dass der Hund sich den Rauschgoldengel geschnappt hat, war der einzige Wermutstropfen. Ansonsten ein Winterabend wie aus dem Bilderbuch.

8. Dezember

Weihnachten kotzt mich an. In einem irregeleiteten Versuch, festliche Stimmung zu verbreiten, mit Jack und Katie in den Kinderfilm *Der Polarexpress* gegangen. Jetzt sehen sie überall den Weihnachtsmann. Im Himmel, vor dem Fenster, in der Gemüseabteilung bei Tesco. (Offenbar habe ich ihn gerade beim Brokkoli verpasst.)

Rund um die Uhr Begeisterung vorzuspielen, strengt schrecklich an. Könnte jeden Moment weinend zusammenbrechen.

P. S.: Joe griesgrämig. Vermutlich bereut er es, dass er den singenden Weihnachtsmann für die Veranda gekauft hat.

9. Dezember

In uralter Weihnachtstradition hat bei den kleinen Teufelsbraten das Trotzverhalten eingesetzt. Katie gestern den ganzen Nachmittag damit zugebracht, Jack mit ihrer Wunschliste zu einem Wutanfall zu provozieren. »Du kannst ja nicht einmal deinen Namen schreiben.« Ein selbstzufriedenes Grinsen auf den Lippen, zeichnete sie detailgetreue Abbildungen ihrer bevorzugten Spielsachen auf das cremefarbene Papier mit eingeprägtem Briefkopf, das Joe nur zu besonderen Anlässen verwendet. »Und deshalb kommt der Weihnachtsmann auch nicht zu dir.«

Jacks Reaktion bestand darin, dass er die Zähne in ihre liebste Polly-Pocket-Puppe grub, was deren vorzeitigen Tod zur Folge hatte. Katie versuchte aus Rache, ihm einen dauerhaften Hörschaden zuzufügen, indem sie ihm ihre *Swan-Lake*-Barbie um die Ohren schlug.

Mum findet, ich sollte sie mit einem kleinen Trick dazu bringen, sich besser zu benehmen. »Sag ihnen, der Weihnachtsmann beobachtet, ob sie auch brav sind«, schlug sie vor, als ich sie anrief, um ihr mitzuteilen, ich spielte mit dem Gedanken, alle beide auf die Straße zu setzen und dann möglichst weit wegzulaufen.

Wollte ihr nicht antworten, dass es sehr altmodisch und überhaupt nicht mehr zeitgemäß ist und außerdem an Kindesmissbrauch grenzt, gutes Benehmen durch Manipulation erreichen zu wollen. Theperfectparent.com empfiehlt, sich in solchen Fällen mit seinem Kind zusammenzusetzen und in aller Ruhe über die Auswirkungen seines Fehlverhaltens zu diskutieren. Werde es heute Abend versuchen.

10. Dezember

Habe mir eine bedrohliche Weltuntergangsstimme zugelegt, um »Der Weihnachtsmann sieht alles« zu rufen, damit wenigstens ein bisschen Ordnung einkehrt.

Mein Versuch, das Thema schlechtes Benehmen ruhig und vernünftig zu erörtern, scheiterte daran, dass Jack versuchte, den Fernseher von seinem Gestell zu schubsen. Das Ding wäre Katie beinahe auf den Kopf gefallen. (Zugegeben, sie hatte gerade zum millionsten Mal verkündet, der Weihnachtsmann würde ihr eine ganze Schlittenladung Geschenke bringen, während er nur einen Sack Kohle zu erwarten hätte.)

Erstaunlicherweise funktioniert der neue Trick ausgezeichnet. Setze ihn deshalb großzügig und schamlos ein. Innerhalb einer Nanosekunde verwandelt Katie sich von einem Teufel in einen Engel, und Jack verstummt mitten im Gebrüll (ich glaube zwar nicht, dass er weiß, warum, aber er scheint sich wirklich zu fürchten, der gute Junge). Bin so zufrieden mit meinem schlauen Plan/fiesen Trick, dass ich mir schon überlegt habe, »Santa Claus Is Coming To Town« von Bing Crosby auf Endlosschleife einzulegen. Der Text (»Er weiß, wann du schläfst. Er weiß, wann du wach bist. Also sei gefälligst brav.«) ist sicher sehr wirkungsvoll.

11. Dezember

Die Weihnachtsfeier von Louises Firma findet im Four Seasons statt! Ein Casinoabend mit Gratis-Schampus und Essen, für das es Sterne im Michelin-Führer gab. Die Gäste dürfen sogar übernachten! »Ich habe überhaupt keine Lust«, jammerte sie. »Da Steve verreist ist, fehlt mir ein toller Typ am Arm. Ich werde die einzige Versagerin sein, die allein hingehen muss.«

»Wer ist Steve?«, fragte ich geistesabwesend, während ich mir Jacks Spucke vom T-Shirt wischte.

»Der Typ, mit dem ich seit vier Monaten zusammen bin, Susie.« Louises Stimme war eiskalt.

»Das war nur ein Witz«, stammelte ich und ruderte in olympiareifer Geschwindigkeit zurück. »Natürlich weiß ich, wer Steve ist.«

Während des restlichen Telefonats Anteilnahme geheuchelt (meine jahrelange Erfahrung in der PR-Branche ist doch zu etwas nütze) und dann Joe angerufen, um ihn wegen der diesjährigen Weihnachtsfeier seiner Firma zu verhören: Sie ist auf den Januar verschoben worden!

»Die Gewinne sind eingebrochen, Susie«, zischte er in seinem Stör-mich-nicht-während-ich-die-Welt-rette-Ton. »Viele Unternehmen feiern erst im neuen Jahr. Das ist viel billiger.«

Würde am liebsten an Joes Chef schreiben und ihm einige Gründe aufzählen, warum sich die Firma ihrer schäbigen weihnachtsfeindlichen Haltung schämen sollte. Bin außerdem versucht, meiner Empörung über diesen Akt der Diskriminierung gegen die zahlreichen Mitarbeiterehefrauen zum Ausdruck zu bringen. Schließlich sorgen sie, wohlgemerkt ohne Dank, dafür, dass im Haushalt besagter Mitarbeiter alles wie am Schnürchen klappt, damit diese dem Unternehmen noch mehr Zeit widmen können. Muss mir nur noch ein paar knackige Formulierungen einfallen lassen.

P. S.: Werde darüber hinaus darauf hinweisen, dass die fraglichen missachteten Hausfrauen dafür, dass sie hinter den Kulissen zum Erfolg des Unternehmens beitragen, luxuriöse Präsentkörbe der Kosmetikfirma Jo Malone erhalten sollten.

P. P. S.: Habe beschlossen, zur Weihnachtsfeier mit Anna, der Giftschlange, und den ehemaligen Kollegen zu gehen. Wird schon nicht so schlimm werden.

Katie mit starkem Überlegenheitsgefühl aus dem Kindergarten gekommen. »Amy sagt, der Weihnachtsmann könnte gar nicht alle Kinder dauernd beobachten«, verkündete sie und musterte dabei eindringlich mein Gesicht. »Er hat nämlich nicht eine Million Augen, sondern nur zwei.«

War entsetzt über diese plötzliche Störung der Weihnachtsmann-Observation. Diese lästigen Bälger mit ihrer angeborenen Neugier! Eigentlich wäre es ja die Pflicht von Erzieherinnen, derartige Gerüchte im Keim zu ersticken.

»Gut«, räumte ich rasch ein und beschloss, es mit einem anderen Trick zu versuchen. »Vielleicht kann der Weihnachtsmann allein nicht immer alle Kinder beobachten, aber er hat ja die Elfen, die ihn dabei unterstützen.«

»Nein, Mummy«, gab Katie mit fester Stimme zurück. »Die Elfen machen die Spielsachen. Sie beobachten keine Kinder.«

Jetzt wurde es richtig schwierig.

»Nun, *einige* Elfen machen Spielsachen«, antwortete ich, um eine Lösung bemüht. »Und *andere* passen auf, dass auch alle brav sind. Ich habe letzte Nacht sogar eine Elfe des Weihnachtsmanns im Kamin gesehen.« (Offenbar hatten die Nonnen in der Schule recht – eine Lüge führt wirklich zur nächsten.)

»War die Elfe die ganze Zeit über da?«, erkundigte sich Katie argwöhnisch und wirkte plötzlich ein wenig besorgt.

»Nein, nein, sie ist erst gestern gekommen«, entgegnete ich schuldbewusst. »Beim Saubermachen habe ich im Kamin ihre kleine Mütze bemerkt.« (Zugegeben, das mit dem Saubermachen war ein bisschen weit hergeholt.)

Plan tatsächlich aufgegangen. Beide Kinder lagen den ganzen Nachmittag vor dem rußigen Kamin und hielten Ausschau nach der Elfe. Konnte mir sogar in Ruhe eine Wiederholung von *EastEnders* anschauen.

P. S.: Überlege, ob ich ein Buch zum Thema Kindererziehung schreiben soll – bin anscheinend begabter, als ich dachte.

13. Dezember

Wie ärgerlich. Joe hat mich dabei erwischt, wie ich den Kindern erzählte, die Weihnachtselfe würde sie auf die schwarze Liste setzen, falls sie Mummy nicht *EastEnders* anstelle von Nick Jr. anschauen ließen. Elfe seitdem auf Eis gelegt.

14. Dezember

Im Kindergarten ist die Hölle los. Offenbar ist Katie mit zwei anderen Mädchen bei der Frage aneinandergeraten, wer beim diesjährigen Krippenspiel die Rolle der heiligen Maria übernehmen darf. Nun gebärdet sich die Leiterin wie eine Figur aus einem Nazi-Kriegsfilm und hat bestimmt, dass keine der drei Übeltäterinnen die Rolle kriegt. In einer sehr erniedrigenden Szene wurde ich von besagter Leiterin beiseitegenommen, um »darüber zu reden«.

»Ich bin ja nur ungern so streng, Mrs. Hunt«, sagte sie traurig (allerdings erstaunlich unnachgiebig). »Aber wir bei Little Angels begegnen solchen Dingen mit null Toleranz. Ein anderes Kind an den Haaren zu ziehen, ist ein schwerer Regelverstoß.«

Bin stinksauer. Katie hat bestimmt nicht angefangen. Sie ist eher konfliktscheu – so wie ich.

15. Dezember

Mrs. H. rief an und wollte wissen, ob es mir recht sei, wenn sie kurz vorbeikäme, um das Weihnachtsgeschenk für ihren zweiten Sohn David abzuholen. »Ich packe heute Abend meinen Koffer, Kind«, sagte sie. »Deshalb wäre es praktisch, wenn ich es jetzt schon hätte. Wir wollen es doch nicht in letzter Minute in den Koffer stopfen, oder?«

Habe beschlossen, sie nicht zu fragen, warum sie vier ganze Tage vor dem Abflug nach London packt. Ihr außerdem verschwiegen, dass ich ganz vergessen habe, ein passendes Weihnachtsgeschenk für David zu besorgen. »Ja, ich denke, das geht«, erwiderte ich, während ich überlegte, ob ich einfach ein paar Tuben Handcreme in einen Brotkorb legen sollte.

»Und hast du deine Weihnachtskarte schon geschrieben? David weiß eine hübsche Weihnachtskarte sehr zu schätzen.«

Habe gespürt, wie die Wut in mir überkochte. »Ich habe ziemlich viel zu tun, Mrs. H.«, entgegnete ich. »Und deshalb stehen Weihnachtskarten bei mir nicht oben auf der To-do-Liste.«

»Ich verstehe.« Sie zog die Nase hoch. »Tja, wenn eine Weihnachtskarte zu viel verlangt ist, richte ich David von dir aus, dass du keine Zeit hast, dir Gedanken über ihn zu machen. Und das, obwohl er viele Kilometer weit weg von zu Hause und ganz allein in einer fremden Stadt wohnt.«

Habe inzwischen Verständnis dafür, dass Katie vielleicht einen Moment die Beherrschung verloren und jemanden an den Haaren gezogen hat. Manche Menschen haben es verdient.

16. Dezember

Die Krise spitzt sich zu. Durch hinterhältige verdeckte Ermittlungen (das heißt, scheinbar gelangweiltes Herumstehen vor dem Kindergarten, während die anderen Mütter tuscheln) habe ich herausgefunden, dass Zoe auch zu den Beteiligten am Mariendebakel gehört.

»Ich finde, wir sollten anstelle eines Krippenspiels eine konfessionslose Feier abhalten«, verkündete die Ökomutter laut und marschierte auf uns zu. »Kleine Mädchen in eine Rolle zu drängen, die unerreichbar hohe Ansprüche an sie stellt, ist ungesund.«

Zoe schien nicht überzeugt. »Ich *will* aber die Maria spielen!«, schrie sie aus voller Kehle. »Dann darf ich einen blauen Schleier tragen und Joseph küssen.«

Bin dahintergekommen, dass die dritte treibende Kraft im Mariendebakel Katies beste Freundin Amy ist – ein reizendes Kind, aber nicht unbedingt eine Judy Garland. So eine wichtige und schwierige Rolle hätte sie nie durchgehalten, ohne Rotz und Wasser zu heulen.

Katie hingegen besitzt das Selbstbewusstsein und die richtige innere Einstellung. Außerdem ist sie sehr schön (eine Tatsache, die auch von unabhängigen, nicht blutsverwandten Personen bestätigt wird). Hinzu kommt, dass sie die beste Sängerin in ihrer Gruppe ist. Sie wäre eine wundervolle Maria gewesen.

Joe war mir keine große Hilfe, als ich ihm von meiner Enttäuschung erzählte. »Sie muss lernen, dass es sich nicht gehört, andere Kinder an den Haaren zu ziehen, Susie«, sagte er und schob sich auf ziemlich unappetitliche Weise einen Löffel mit Lasagne in den Mund. »Vielleicht kriegt sie die Rolle ja nächstes Jahr.«

Offenbar ist Joe nicht klar, dass Katie nächstes Jahr in die

Schule kommt, wo sie viel mehr Konkurrenz haben wird. Vielleicht sitzen ja sogar professionelle Kinderstars in ihrer Klasse – und dann hat sie keine Chance.

P. S.: Glaube, dass die arme Katie schrecklich unter dieser Zurücksetzung leidet. Momentan gibt sie sich noch unbeteiligt, aber wer weiß? Vielleicht wird sie nie darüber hinwegkommen.

P. P. S.: Ob ich sie zum Schauspielunterricht anmelden soll? Werde recherchieren.

17. Dezember: Joes Geburtstag

Habe festgestellt, dass ich noch nicht alle Geschenke von der Liste (die ich nicht mehr finden kann) gekauft habe. Also beschlossen, zu handeln und zwei Fliegen mit einer Klappe zu schlagen, und mich rasch auf den Weg in die nächste Drogerie gemacht, um Folgendes zu besorgen:

Dad: Cool-Water-Rasierwasser von Davidoff
Mum: Körperlotion White Musk von Coty
Mrs. H.: siehe oben
Joe: Rasierwasser und Balsam Egoiste von Chanel (Einführungssonderangebot zwei für den Preis von einem)

Habe ein gutes Gewissen, weil ich in unserem Viertel einkaufe und die hiesigen Kaufleute unterstütze, anstatt den gierigen internationalen Konzernen mein Geld in den Rachen zu werfen. Die missmutige Drogistin schien sich nicht sehr über den Umsatz zu freuen – aber vielleicht zerren die vielen Rentner auf der Jagd nach reduzierten Geschenkpackungen ja an ihren Nerven.

P. S.: In der Hektik Joes Geburtstagskarte vergessen. Die Torte auch. Fühle mich ein wenig schuldig, aber er hat sich inzwischen sicher daran gewöhnt. Was kann man schon erwarten, wenn man so kurz vor Weihnachten Geburtstag hat?

P. P. S.: Bin sicher, dass Mrs. H. mich mit ihrem übertriebenen Geschenk nur in Verlegenheit bringen wollte. Joe benützt den iPod ganz bestimmt nicht.

18. Dezember

Mrs. H. erschien um 9:35. Sie schleppte einen großen schwarzen Sack hinter sich her. »Nur ein paar Weihnachtsgeschenke für die Kinder, Susie«, keuchte sie, während sie den Sack mühsam durch den Flur in die Küche zerrte.

»Du hättest doch nicht so viel auszugeben brauchen, Mrs. H.«, sagte ich, gerührt von ihrer Großzügigkeit. »Du verwöhnst sie.«

»Tja, es macht mir eben Spaß, sie zu verwöhnen«, verkündete sie. In ihrem Auge glitzerte etwas, das verdächtig wie eine Träne aussah. »Schließlich habe ich ja sonst keine Enkelkinder.« Sie seufzte dramatisch auf. »Manchmal mache ich mir wirklich Sorgen um den armen David, Susie.«

Ich hielt den Atem an. Ob sie sich wohl endlich zu ihrer Befürchtung bekennen würde, die Schwäche ihres zweiten Sohnes für Broadway-Shows könnte etwas Unnatürliches haben?

»Nichts weist darauf hin, dass er irgendwann sesshaft werden und eine Familie gründen wird. Das Leben im Showgeschäft mag ja aufregend sein, aber er wird auch nicht jünger. Das gefällt mir überhaupt nicht.« Traurig schüttelte sie den Kopf.

»Ach, er hat ja noch jede Menge Zeit«, tröstete ich sie, weil sie mir ein wenig leidtat. »Charlie Chaplin hat schließlich auch erst mit über achtzig Kinder gezeugt.«

Habe ihr lieber nicht gesagt, dass

a. man es wohl kaum als aufregendes Leben im Showgeschäft bezeichnen kann, wenn sich ein Mensch jeden Samstagabend *Chicago* ansehen geht.
b. David, wenn überhaupt, nur mit Hilfe einer freundlichen Lesbe und eines Spritzbestecks Vater werden wird.

»Wirklich?« Die Nachricht munterte sie ein wenig auf. »Bei Frauen ist das natürlich anders. Nehmen wir zum Beispiel dich – du bist wahrscheinlich schon viel zu alt, um noch ein Baby zu bekommen.«

»Nun, da bin ich mir nicht so sicher«, stammelte ich entgeistert.

»Ja, er hat noch viel Zeit«, fuhr sie zufrieden fort. »Es ist doch besser, dass er das Leben ein bisschen genießt, bevor der Ernst des Lebens kommt.«

P. S.: Stundenlang überlegt, was ich zu der Weihnachtsfeier anziehen soll. Habe den leisen Verdacht, Anna, die Giftschlange, hat nur etwas von Freizeitkleidung gesagt, damit ich in Stonewashed-Jeans und einem vergammelten AC/DC-T-Shirt aufkreuze. Deshalb beschlossen, aufs Ganze zu gehen, und mich für das blaue Glitzerteil entschieden, das ich vor zwei Jahren günstig bei TK Maxx ergattert habe. Es ist zwar ein kleines bisschen eng, aber zum Glück sind kurvenreiche Frauen dank Jennifer Lopez und Beyoncé derzeit ja wieder modern. Brauche mir also keine Sorgen zu machen, wenn es am Hintern spannt.

P. P. S.: Katie sagt, sie darf beim Krippenspiel den Stern von Bethlehem über die Bühne tragen, falls Ciara morgen krank ist. Könnte es mir nur eingebildet haben, aber sie hatte so ein merkwürdiges Glitzern in den Augen.

19. Dezember: Das Krippenspiel

Den kreischenden Jack unter den Arm geklemmt, zehn Minuten vor Beginn der Aufführung in die Kirche gehetzt. Dachte, wir hätten noch jede Menge Zeit, hatte aber nicht mit den Horden ehrgeiziger Bühnenmütter gerechnet, die sich, mit Videorecordern und Glitzer-Lipgloss bewaffnet, um Plätze in der ersten Reihe prügelten.

Eine Ewigkeit gebraucht, um mich nach vorne durchzudrängen (dass ich Jack dazu ermutigte, weiter aus Leibeskräften schreiend um sich zu treten, hat Wunder gewirkt).

Konnte Joe nirgendwo entdecken. Als die Vorstellung anfangen sollte und sich ehrfürchtige Stille über die Gemeinde ausbreitete, läutete mein Mobiltelefon (muss unbedingt rauskriegen, wie man den Klingelton ändert. Der »Chicken-Song« ist wirklich nicht das Wahre).

»Ich stecke im Scheißstau! Machst du jetzt endlich Platz, blödes Arschloch?«, hallte Joes Stimme von sämtlichen Kirchenwänden wider.

Telefon in die Tasche gesteckt, gerade noch rechtzeitig, um zu sehen, wie Katie, den Stern von Bethlehem hoch erhoben, zum Altar trat (die arme kleine Ciara war hinter der Bühne auf geheimnisvolle Weise gestürzt und hatte sich den Arm verstaucht).

Katie sah reizend aus und sang wie ein Engel. Sie war sogar so gut, dass ich eine Mutter vor mir sagen hörte, ihre Stimme übertöne die aller anderen Kinder. Hätte vor Stolz beinahe geweint.

Die Maria wurde von einer verängstigt wirkenden Hannah Delaney gespielt. Vermutlich waren die Erzieherinnen ziemlich enttäuscht von ihr, denn man musste ihr jede Zeile vorsagen. Geschieht Leuten, die begabte Kinder an der Entfaltung hindern, ganz recht!

P. S.: Kann nicht fassen, dass Joe so einen wichtigen Augenblick im Leben unserer Erstgeborenen verpasst hat. Wenn sie später einmal Pech mit Männern hat, trägt er allein die Schuld daran.

20. Dezember

Katie hat beschlossen, dass sie sich vom Weihnachtsmann nun doch kein My-Little-Pony-Schloss mehr wünscht, sondern eine Princess-Alexa-Puppe. Mit dem gesamten gottverdammten Zubehör.

Verzweifelt versucht, ihr zu erklären, dass der Weihnachtsmann seinen Sack bereits gepackt hat und dass sie sich deshalb nicht mehr umentscheiden kann. Aber sie beharrt darauf, der Weihnachtsmann könne schließlich zaubern, weshalb es überhaupt kein Problem für ihn sei, wenn sie ihre Meinung ändert. Mist, Mist, Mist.

Habe mich gezwungen, zu der Weihnachtsfeier zu gehen, obwohl ich keine Lust darauf hatte. Schließlich darf ich mich nicht in einen eigenbrötlerischen Trauerkloß verwandeln, der sich zu Hause einigelt und den Fernseher anschreit. (Offen gestanden ist es bei mir schon so weit, aber nur, wenn die Gerichtssendung mit Judge Judy läuft, und da spielt es keine Rolle.)

Schweren Herzens das Haus verlassen, wo Joe missmutig die schmutzigen Töpfe in der Spüle beäugte, während Katie am Küchentisch wieder einmal ihren Wunschzettel umschrieb.

Mich auf dem Rücksitz des Taxis in Selbsthypnose geübt, um meinem angeknacksten Selbstbewusstsein auf die Sprünge zu helfen (Tipps aus Lifestyle TV sehr nützlich). Den Taxifahrer dabei ertappt, dass er mich im Rückspiegel sehr zweifelnd musterte. War jedoch zu sehr damit beschäftigt, mir vorzustellen, ich sei eine selbstbewusste, erotische Frau, um auf ihn zu achten.

Leider war das neue Hochgefühl sofort wie weggeblasen, als ich beim Betreten des Lokals feststellte, dass die anderen tatsächlich Jeans und Pulli trugen, während ich in meinem hautengen blauen Glitzerkleid und dem passenden Lidschatten aussah wie eine Edelnutte. Einer hatte sogar einen Fleecepullover an.

»Susie!«, kreischte Anna, die Giftschlange, über die leere Tanzfläche, damit auch wirklich alle auf mich aufmerksam wurden. »Du siehst so … *blau* aus!«

Schnell drei Gin Tonic hinuntergekippt, um den Schock zu verkraften, dass ich mich zum Gespött gemacht hatte. Den restlichen Abend mit Noel aus der Buchhaltung in einer dunklen Ecke gesessen, die Casting-Show *American Idol* mit *Big Brother* verglichen und über Anna, die Giftschlange, gelästert. Eigentlich gar kein so schlechter Abend.

21. Dezember

Mum rief an, um sich zu verabschieden. »Also, Schatz, wir haben alle eure Weihnachtsgeschenke im Internet bestellt. Sie sollten also jeden Moment da sein«, verkündete sie und klang dabei ärgerlich vergnügt.

»Im Internet?«, stammelte ich, voller Zorn, weil ich nicht selbst darauf gekommen war.

»Genau. So hat man keinen Stress, und die Sachen werden sogar als Geschenk verpackt. Man braucht sich also um nichts zu kümmern. Nur eine Kreditkarte ist nötig«, flötete sie. »Jetzt muss ich aber los, Kind. Daddy möchte um zwei in Dromoland sein, damit wir heute Nachmittag den Wellness-Bereich nutzen können.«

Missmutig aufgelegt. Mum und Dad genießen den Ruhestand mehr, als mir lieb ist.

22. Dezember

Bin ein Nervenbündel. Auf der Suche nach einer dämlichen Princess-Alexa-Puppe durch sämtliche Spielwarenhandlungen der Stadt gepilgert und überall von pickeligen Jungverkäufern verhöhnt worden.

»Keine Chance, Madam. Wir warten schon seit Oktober auf die Lieferung.«

»Wir haben die Letzte heute Morgen verkauft.«

»Die Letzte ist vor fünf Minuten weggegangen.«

Schließlich noch einen Versuch in dem kleinen Spielwarenladen an der Ecke gewagt. Als der kahlköpfige ältere Besitzer meinte, er habe noch eine auf Lager, wäre ich ihm beinahe weinend vor Erleichterung um den Hals gefallen. Auch als ich anfing zu hyperventilieren, zuckte er nicht mal mit der Wimper. »So was erlebe ich nicht zum ersten Mal. Das verdammte Weihnachtsfest macht die Leute ganz verrückt«, murmelte er, während er Alexa in einer Papiertüte verstaute.

P. S.: Gerade ist mir eingefallen, dass ich Louise ja noch ein passendes, sündhaft teures und kunstvoll verpacktes Geschenk besorgen muss. Weiß nicht, ob ich dem Druck noch lange standhalte. Werde bald wohl Mrs. H.s Eierlikör brauchen.

23. Dezember

Joe hat mir mitgeteilt, dass er morgen (Heiligabend) frühestens um achtzehn Uhr aus dem Büro kommt. Währenddessen hat Jack dem Weihnachtsstern den Großteil der Blätter abgerissen und verspeist und außerdem die Hälfte aller Christbaumkugeln am Baum zerstört. Katie verkündet, dass sie sich vom Weihnachtsmann vielleicht doch lieber ein Barbie-Fahrrad wünscht. Habe einen offiziellen Nervenzusammenbruch.

24. Dezember

Wurde im Morgengrauen von Weihnachtslieder singenden Jugendlichen geweckt. »Ding dong merrily on high«, grölten sie, als ich panisch die Tür aufriss, voller Angst, dass sie Jack wecken könnten. »Findet hier die tolle Party statt?«, lallte einer verdattert.

»Äh, nein«, erwiderte ich, als mir klar wurde, dass ich keine Weihnachtssänger, sondern betrunkene Studenten auf der Suche nach einer Fete vor mir hatte.

»Hätten Sie vielleicht Lust zu feiern?«, fragte ein anderer mit hoffnungsvoller Miene.

Habe ihnen einen Karton mit Fleischpasteten von Tesco mitgegeben und sie weggeschickt. War plötzlich von herzerwärmendem Weihnachtsgefühl erfüllt. Wer braucht Schneeballschlachten und heiße Maroni, solange es junge Leute gibt, die ein bisschen Spaß haben wollen?

In einem letzten Versuch, dieses Weihnachtsfest unvergesslich zu machen, in aller Früh zu Marks & Spencer gefahren und das gesamte Weihnachtsangebot aufgekauft. Den Einkaufswagen bis zum Rand mit entbeintem Truthahn, verschiedenen Gemüsen und köstlichen Pralinen vollgestapelt. (Falls es wider Erwarten zu einem Blizzard kommt und wir eingeschneit werden, können wir eine Woche lang von teuren handgemachten Trüffeln überleben.) Gott sei gedankt für die Möglichkeit, an Weihnachten rund um die Uhr einzukaufen.

P. S.: Nun stehen alle Geschenke vom Weihnachtsmann ordentlich unter dem Baum. Fühle mich endlich ruhig und friedlich. Verdanke das vermutlich unter anderem dem Umstand, dass die Geschenke von Mum und Dad heute gekommen sind. Katie bekommt ein Barbie-Fahrrad. Auch Mrs. H.s Eierlikör war sicherlich hilfreich.

P. P. S.: Habe das Päckchen geschüttelt, das Joe für mich unter den Baum gelegt hat. Keine Ahnung, was es sein könnte … Bin sehr gespannt!

25. Dezember

Joe hat mir zu Weihnachten einen Thigh Master geschenkt – ein Trainingsgerät für straffe Oberschenkel! Bin zu traumatisiert zum Weiterschreiben. Unsere Ehe steckt offiziell in der Krise.

26. Dezember

Joe hat sich in Sachen Thigh Master für die Flucht nach vorne entschieden. »Du jammerst doch ständig über deine Oberschenkel«, beharrte er. »Woher sollte ich denn wissen, dass er dir nicht gefällt? Ich dachte, du würdest dich freuen.«

Bin entsetzt. Offenbar kennt Joe mich überhaupt nicht. Gut, vielleicht habe ich mal eine Bemerkung in diese Richtung gemacht, als der Werbespot im Fernsehen kam. Aber doch nur, weil ich das Model um ihre steinharten Oberschenkel und ihren Hintern beneidete! Das hieß doch nicht, dass ich so ein Ding haben wollte!

Beim Auswickeln zunächst einen Lachanfall gekriegt, weil ich dachte, Joe hätte mein richtiges Geschenk in einer Thigh-Master-Schachtel versteckt. Habe die Schachtel aufgerissen wie ein Kind und hektisch nach den riesigen Diamantohrringen oder dem Gutschein für ein verlängertes Luxuswochenende gesucht – aber nichts. Nur ein Gerät, das aussah wie ein Folterinstrument und mir »Du bist fett und alt!« entgegenschrie.

Versucht, gute Miene zum bösen Spiel zu machen und mir zauberhafte weihnachtliche Erinnerungen an Katie und Jack zu bewahren, wie sie sich mit ihren neuen Spielsachen (oder in Jacks Fall mit der Verpackung dieser Spielsachen) beschäftigen. Bin jedoch mit dem Herzen nicht bei der Sache. Joe ahnt ja gar nicht, wie sehr ich leide, stopft eine Praline nach der anderen in sich hinein und schaut sich auf Sky Digital pausenlos Filme an. Außerdem weiß er überhaupt nicht zu schätzen, wie viele Stunden ich mich am heißen Herd abgeschuftet habe, um ein köstliches Weihnachtsessen mit drei Gängen zuzubereiten. Es ist nicht leicht, Superwoman zu sein, ein Festmahl zu kochen und gleichzeitig auf zwei anstrengende Kinder aufzupassen. Wenn ich das Egoiste-Rasierwasser und den Balsam von Chanel zurückgeben könnte, würde ich es tun.

27. Dezember

Gerade hat Joe die leeren Essensverpackungen von Marks & Spencer gefunden, als er das Geschenkpapier wegwerfen wollte (nachdem er es zuvor ordentlich gefaltet hatte). Kann leider jetzt nicht mehr so tun, als hätte ich Stunden damit verbracht, einen ganzen Sack Kartoffeln und vier verschiedene Sorten Gemüse zu schälen und außerdem aus frischen Zutaten eigenhändig Preiselbeersauce und Plumpudding zuzubereiten. Habe schon befürchtet, Joe würde sich gleich übergeben, so sehr krümmte er sich vor Lachen. »Und ich dachte schon, du hättest dir die armen Händchen wundgeschält, Susie«, stieß er unter Lachtränen hervor, während er die belastenden Beweisstücke aus dem Müll fischte und sie triumphierend durch die Luft schwenkte. »Ich habe geglaubt, du wärst müde vom stundenlangen Kochen und Backen.«

Natürlich witterten die Kinder sofort eine Chance, sich auf meine Kosten zu amüsieren.

»Tja, ich habe nicht gehört, dass der große Gourmet sich beschwert hätte«, gab ich zurück und zog den schauerlichen roten

Fleecebademantel, ein Weihnachtsgeschenk von Joes Mutter, schützend um mich. (Sie ahnt es zwar nicht, doch sie könnte sich die hinterhältigen ödipalen Versuche sparen, jegliche Lust abzutöten, die Joe vielleicht für mich empfinden könnte, indem sie mir die grässlichste Nachtwäsche der Menschheitsgeschichte schenkt. Ihr Liebesleben ist nämlich sicher aufregender als meins.) »Wenn ich mich recht entsinne, hast du gesagt, es sei das leckerste Weihnachtsessen deines ganzen Lebens.«

»Stimmt, Susie«, erwiderte er in gespieltem Ernst. »Sogar besser als das von meiner Mutter. Bei ihr schmeckt man natürlich Blut, Schweiß und Tränen heraus!« Wieder brüllendes Gelächter.

Aus Gründen der Schadensbegrenzung in würdigem Schweigen den Rückzug angetreten.

Saß kochend vor Wut im Bad, während Katie, Jack und Joe sich in der Küche halbtot lachten. Dabei kannten die Kinder nicht einmal den Grund.

P.S.: Gebe es zwar nur ungern zu, doch der schauderhafte rote Fleecebademantel (mit applizierten Rosen an Kragen und Manschetten) eignet sich großartig zur Tarnung überflüssiger Weihnachtspfunde, ist außerdem bequem und passt farblich zum Fest.

28. Dezember

Bin mit Frühstück im Bett geweckt worden. Neben dem Toast (durchweicht, aber man kann ja nicht alles haben) lag eine kleine blaue Schachtel. »Hier ist dein richtiges Geschenk, Susie«, flüsterte Joe und kuschelte sich wieder unter die Decke. »Es ist ein bisschen zu spät gekommen, weil ich es in London bestellen musste.«

Wähnte mich erst in einer Szene aus einem romantischen Film, wo eine Frau von einem Traummann mit sündhaft teuren Geschenken überhäuft wird. Im nächsten Moment jedoch bemerkt, dass ich den Fleecebademantel trug und dass Joe sich nicht plötzlich in Colin Firth verwandelt hatte. Es musste also das wirkliche Leben sein.

Rasch beschlossen, das trotzige Schweigen zugunsten von Freudenschreien aufzugeben. Beim Öffnen der Schachtel ein echtes Glücksarmband von Tiffany entdeckt. Auf dem Anhänger war sogar *Return to Tiffany* eingraviert! (Also ist es eindeutig ein Original und keine billige Imitation, wie sie auf zwielichtigen Internetseiten angeboten werden.)

Bin überwältigt von Reue und schlechtem Gewissen. Habe offenbar doch einen wunderbaren und einfühlsamen Mann, der mich nicht für selbstverständlich nimmt (zumindest nicht immer) und der noch zu unvernünftigen romantischen Gesten in der Lage ist. Leider konnten wir das neue Aufblühen unserer Liebe nicht spontan und leidenschaftlich feiern, weil in diesem Moment Katie und Jack ins Zimmer gestürmt kamen. Bei Tee und Toast lüsterne Blicke gewechselt.

P.S.: Kann es kaum erwarten, Louise zu erzählen, dass ich tatsächlich Besitzerin eines echten Schmuckstücks von Tiffany bin, das ein wundervoller und einfühlsamer Ehemann eigens aus London hat kommen lassen. Sie wird gelb werden vor Neid! Ha!

P.P.S.: Habe zum Glück meinem Instinkt vertraut und das Thigh-Master-Fiasko in meiner SMS nicht erwähnt. (Ein Glück, dass der Akku meines Mobiltelefons fast leer war, sonst wäre ich vielleicht versucht gewesen, es zu tun.)

29. Dezember

Bin selig. Werde ins *Guinnessbuch der Rekorde* kommen, und zwar in den Kategorien höchste Anzahl der in einer Sitzung verschlungenen Pralinen (fünfundzwanzig), getrunkenen Tassen Tee (sechs) und direkt nacheinander angesehenen Filme (drei).

Habe stundenlang mein neues Tiffany-Armband betrachtet. Finde, dass es mein Handgelenk schlanker aussehen lässt. Fast ist es unheimlich – mein Körper scheint zu wissen, dass ich zum Tragen exklusiven Designerschmucks geboren bin, und reagiert dementsprechend.

Eine Ewigkeit von zukünftigen Überraschungsgeschenken geträumt, die mich vielleicht noch erwarten. Möglicherweise ist als Nächstes ein filigraner Diamantring dran. Oder geschmackvolle, sündhaft teure Diamantohrringe.

P. S.: Louise hat mir eine SMS von ihrer Luxus-Skireise geschickt. Sie ist mit ihrem aktuellen Lover in Andorra. Offenbar liegt Pulverschnee – keine Ahnung, ob das gut oder schlecht ist. Habe Tiffany-Armband noch nicht erwähnt. Es soll nicht aussehen, als wollte ich angeben.

P. P. S.: Mum und Dad haben angerufen und verkündet, sie wollten von nun an jedes Jahr zu Weihnachten verreisen. »Das ist der einzige Weg, Kind«, meinte Mum vergnügt. »Keine Schufterei mehr wegen des Truthahns, kein stundenlanges Kartoffelschälen. Es war ja sooooo erholsam. Und das Essen war fantastisch.«

P. P. P. S.: Offenbar ist Truthahn inzwischen out. Der Vogel der Zukunft heißt Ente.

30. Dezember

Katie sagte heute Morgen, sie hätte Weihnachten inzwischen »abgehakt«. (Muss ein Wörtchen mit ihrer Erzieherin reden. Wo mag sie nur diese flapsige Ausdrucksweise herhaben? Sie ist doch erst vier.)

Muss ihr allerdings zustimmen, dass wir Weihnachten endgültig hinter uns haben. Selbst die Pralinenschachteln haben an Anziehungskraft verloren. In einem letzten Versuch, das feiertägliche Faulenzen beizubehalten, den Nachmittag auf dem Sofa verbracht und mir wieder einen Film aus der Reihe mit Mary-Kate und Ashley angesehen. (Wie viele Filme können zwei Mädchen machen? Vermute allmählich ernsthaft, dass sie Doppelgängerinnen haben.) Diesmal war die Handlung noch weiter hergeholt als sonst. Verstehe nicht, wie ein Regisseur glaubt, uns weismachen zu können, zwölfjährige Mädchen würden ohne Begleitung Erwachsener in Designerkleidung mit dem Auto in Paris herumkurven. Filme wie diese sind es, die in den heutigen Kindern unrealistische Erwartungen wecken. Katie rief ständig dazwischen, die Zwillinge seien scharf und hätten *geile* Klamotten.

Habe ihr in vernünftigem und erwachsenem Ton erklärt (und mich sogar aufgesetzt, um den Ernst meiner Worte zu unterstreichen), dass der Film nicht die Wirklichkeit widerspiegle, da das Leben nicht so sei (außer man macht schon als Vierjährige Karriere in Hollywood und verdient mit seinem Stupsnäschen und seiner frühreifen Art Millionen von Dollar).

P. S.: Katie hat verkündet, sie wolle Fernsehstar werden und Millionen von Dollar verdienen, damit sie die gesamte Bratz-Puppen-Serie kaufen kann.

P. P. S.: Plane intimen, romantischen Silvesterabend mit Joe. Ziehe zur Feier des Tages vielleicht sogar den Fleecebademantel aus.

31. Dezember

Joe ist heute Abend wegen einer absolut nicht aufzuschiebenden Notfall-Telefonkonferenz mit den Amerikanern ins Büro gerufen worden. Bla, bla, bla …

Was ist nur los mit diesen Amerikanern? Haben die noch nie *Ist das Leben nicht schön?* gesehen? Ist ihnen denn gar nicht klar, wie wichtig es ist, diesen ganz besonderen Tag im Jahr im Kreise der Familie zu verbringen?

Joe hat mich darauf hingewiesen, dass er bereits eine ganze Woche Urlaub gehabt hat (in den Augen eines Amerikaners entspricht das offenbar einem halben Jahr Abwesenheit). Habe ihn jedoch niedergeschrien. Silvester ist schließlich der Tag, an dem man sich zu seinen Idealen und Wertvorstellungen bekennt (und sich vielleicht sogar mit seiner Ehefrau und ihrem Tiffany-Armband vor dem lodernden Kaminfeuer vergnügt), anstatt nach der Pfeife seines Arbeitgebers zu tanzen.

Werde Silvester nun alleine feiern wie ein modernes Aschenputtel und zusehen, wie Jonathan Ross sich durch irgendeine peinliche Show lispelt.

»Tut mir leid, Susie.« Joe zuckte die Achseln, wickelte sich den neuen Designerschal aus Kaschmir – ein Weihnachtsgeschenk seiner Mutter – um den Hals und ging. »Wenn ich in den Vorstand will, muss ich eben Opfer bringen.«

Bin nicht sicher, ob ich überhaupt möchte, dass er in den Vorstand kommt, wenn ich dafür auf so vieles verzichten muss.

Falls ein Vorstandsposten bedeutet, dass das Büro in Zukunft wichtiger ist als seine Ehefrau und seine Familie, ist es vielleicht doch keine gute Idee. Das Geld wäre allerdings nicht zu verachten.

Musste eine schauderhafte Silvestershow erdulden, in der C-Promis versuchten, ihre Karrieren wiederzubeleben. Offenbar waren alle echten Promis damit beschäftigt, sich mit ihren Familien und ihrem Gefolge zu Hause zu amüsieren, und hatten deshalb keine Zeit. War den ganzen Abend schlechter Laune. (Habe mich dabei ertappt, wie ich in den Spiegel schmollte. Im Schein des Kaminfeuers sah ich wirklich aus wie eine tragische, aber sinnliche Heldin von Jilly Cooper. Nur der eitrige Pickel am Kinn störte. Verdammte Pralinen.)

P. S.: Joe um Mitternacht noch immer nicht zu Hause. Dafür wachten Katie und Jack auf und fingen wegen des betrunkenen Radaus und des Gehupes auf der Straße vor Angst zu schreien an. Die alte Mrs. Kenny von nebenan sah ziemlich beschwipst aus. Bin sicher, dass ich gesehen habe, wie sie beim Abbrennen des Feuerwerks immer wieder einen Schluck aus einer Sherryflasche nahm. (Habe durch die Jalousien gespäht, um mich zu vergewissern.)

P. P. S.: Louise hat mir per SMS ein Foto von sich und ihrem aktuellen Lover auf der Skipiste geschickt, um mir ein frohes neues Jahr zu wünschen. Bin nicht sicher, glaube aber ein paar kostspielig wirkende Diamanten an ihren Ohrläppchen erkannt zu haben.

1. Januar

Gute Vorsätze fürs neue Jahr:

Kindern nur eine Stunde Qualitätsfernsehen am Tag erlauben.

Merke: *Barney & Friends* gilt nicht als Qualitätsfernsehen.

Für die Familie mindestens einmal täglich eine ausgewogene Gourmet-Mahlzeit à la Nigella kochen.

Merke: Fertigspaghetti gelten nicht als ausgewogene Mahlzeit.

Sexualität neu entdecken.

Merke: Öfter als alle sechs Monate Beine rasieren und Bikinizone enthaaren.

Jack jeden Abend dazu bringen, die ganze Nacht durchzuschlafen.
Merke: *Secrets of the Baby Whisperer for Toddlers* wegen Tipps vom Babyflüsterer noch einmal lesen (allerdings nicht während *Akte X* läuft).

Alle sechs Wochen von qualifizierter Friseurin die Haare schneiden lassen.
Merke: Halbleere Flaschen mit Färbemittel für den Hausgebrauch im Badezimmerschrank wegwerfen.

Täglich die Oberschenkelübung mit dem Thigh Master fünfzigmal wiederholen.
Merke: Wenn ich das verdammte Ding schon mal habe, kann ich es auch benutzen.

2. Januar

Krise. Katie und Jack um halb sieben schreiend ins Schlafzimmer gestürzt. Dachte, jemand wäre gestorben, bis ich ihrem hysterischen Stammeln entnehmen konnte, dass der Fernseher den Geist aufgegeben hat. Mich nach unten geschleppt, um nachzusehen, und festgestellt, dass sie ausnahmsweise nicht übertrieben haben. Jetzt sitzen wir am langweiligsten Tag des Jahres ohne Fernseher da. Draußen regnet es, und die Kinder haben ihre Weihnachtsgeschenke längst »abgehakt«. Kein Wunder, dass so viele Menschen den Januar deprimierend finden.

Joe trotz heftiger Gegenwehr aus dem Schlafzimmer gezerrt, damit er die Nummer der Satellitenfirma raussuchte. Dann die Minuten gezählt, bis es endlich neun war und wir anrufen konnten. Zeit mit dem Bemalen der leeren Pralinenschachteln und *Shrek 2* auf DVD totgeschlagen. Zum Glück hat die Satellitenfirma ihren Sitz in England und öffnet deshalb um Punkt neun. Die Engländer sind ja so zuverlässig und höflich.

Joe führte eine hitzige Debatte mit einer Callcenter-Mitarbeiterin, die behauptete, wir hätten seit drei Monaten unsere Rechnung nicht bezahlt! Arrogante Britentussi! Wie kann sie es wagen! Das ist doch unmöglich. Dafür haben wir schließlich einen Dauerauftrag! Jetzt ist es endlich mal zu etwas gut, dass Joe alle Rechnungen und Haushaltsausgaben nach dem Alphabet geordnet ablegt.

P. S.: Lautstarker Streit mit Joe, der mir auf den ersten Blick sagen konnte, er habe mich am 12. Oktober um halb elf Uhr morgens gebeten, den dämlichen Dauerauftrag bei der Bank zu verlängern. Kann mich an nichts dergleichen erinnern. Aber da steht es schwarz auf weiß. Das passiert eben, wenn man einen Zwangsneurotiker heiratet.

P. P. S.: Anschluss wird erst am 14. Januar wieder freigeschaltet. Faschisten.

3. Januar

Dicke Luft. Wenn ich noch einmal *Shrek 2* ansehen muss, stürze ich mich und den DVD-Spieler die Treppe runter. Warum haben wir bloß alle anderen DVDs an Joes Mutter verliehen, damit sie sie über Weihnachten nach London mitnehmen kann? Zum Teufel mit David und seinem unnatürlichen Faible für Walt Disney.

P. S.: Joe wieder im Büro – war vermutlich froh, fliehen zu können.

4. Januar

Hurra! Mum und Dad sind von ihrem Luxusurlaub in Dromoland Castle zurück. Also könnten wir einen verspäteten Weihnachtsurlaub auf dem Land verbringen. Muss nur noch packen.

LISTE DER ZU PACKENDEN GEGENSTÄNDE FÜR DIE LANDPARTIE:

- Katies gesamte Kleider
- Jacks gesamte Kleider
- Gummistiefel für ausgedehnte Familienspaziergänge über reifbedeckte Feldwege
- kuscheliger Wollpulli, um sich vor dem lodernden Kaminfeuer zu räkeln, Fleischpastete zu essen und in Erinnerungen zu schwelgen
- Videokamera, um alles für künftige Generationen festzuhalten

Habe leider weder einen großen grünen Land Rover noch einen Golden-Retriever-Welpen, um wie Madonna und Guy einen auf Landadel zu machen. Aber die peinliche Familienkutsche und eine Sammlung von My Little Ponys müssen wohl genügen.

P. S.: Joe wirkt verdächtig froh, uns los zu sein.

5. Januar

Stehe unter Schock! Mum und Dad haben nicht einmal einen Weihnachtsbaum! »Das hätte doch keinen Sinn, Kind«, tröstete Mum mich bei einem Stück im Laden gekauften Weihnachtskuchen. »Da wir sowieso nicht zu Hause waren, kam es uns ein wenig albern vor.«

»Was ist mit den Kindern, Mum? Sie hätten sicher gerne euren Weihnachtsbaum gesehen«, schluchzte ich, immer noch bestürzt wegen des schrumpeligen Eichen-Baumstumpfs im Vorgarten, in den angetrockneten Kuchen.

Mum warf Jack, der gerade in halsbrecherischem Tempo am Bein eines Küchenstuhls schaukelte, einen argwöhnischen Blick zu. Er hatte sich ein Stück Lametta umgehängt, das ich unter der Treppe gefunden hatte. »Ich glaube, es ist ihnen gar nicht aufgefallen, Schatz«, meinte sie und tätschelte mir die Hand.

»Haben wir dir die digitalen Fotos vom Weihnachtsbaum in Dromoland Castle schon gezeigt?«, fragte Dad gut gelaunt und zückte wieder einmal seine heiß geliebte Digitalkamera. »Er war wirklich ein Traum.«

Bin verzweifelt – kein Weihnachtsbaum und ein Pflaumenkuchen von der Tankstelle an der Ecke. Was ist nur aus uns geworden? Wenn das so weitergeht, werden Mum und Dad über Weihnachten noch nach Florida jetten. Alles hat sich verändert. Habe mich mit einer ganzen Pralinenschachtel und einer halben Flasche Fleurie getröstet.

P. S.: Dad hat mir vorgeschlagen, seine neue digitale Waage auszuprobieren. »Sie ist so genau wie in einer Arztpraxis«, meinte er und hielt sie mir mit vielsagender Miene vor die Nase. »Seit wir sie haben, habe ich schon dreieinhalb Kilo abgenommen!«

6. Januar

Beschlossen, einen ausgedehnten Landspaziergang zu unternehmen, um die verlorene Weihnachtsstimmung wieder einzufangen. Habe mich wirklich darauf gefreut, durch die Wälder zu streifen und immer wieder stehen zu bleiben, Hecken zu bewundern und Eichhörnchen zu beobachten. Doch kaum waren wir im Park angekommen, als Mum und Dad schon mit einer Geschwindigkeit von etwa vierzig Stundenkilometern durchstarteten. Ihre passenden violetten Trainingsanzüge und Stirnbänder waren bald nicht mehr zu sehen.

»Das treibt den Herzschlag hoch, Kind«, verkündete Dad, als er zum zweiten Mal an uns vorbeigestürmt kam.

Sind es ein wenig langsamer angegangen. Katie weigerte sich, ihr neues Barbie-Fahrrad einzuweihen, weil sie nicht wollte, dass der Helm ihr die Frisur zerdrückte, während Jack alle zwei Zentimeter stehen blieb, um Nacktschnecken, Steine und willkürlich ausgewählte Grashalme zu betrachten. Habe eine halbe Stunde durchgehalten, dann die Geduld verloren und die beiden ins Auto gepackt. Auf dem Rückweg bei Blockbuster gehalten, um eine DVD auszuleihen – alles, nur nicht noch mal *Shrek 2*.

P. S.: Habe beschlossen, morgen wieder in die Stadt zu fahren – der Druck, mit dem Power-Walking anzufangen oder mich nicht mehr mit Konfekt vollzustopfen, ist einfach zu groß.

7. Januar

Muss dringend mein Leben umkrempeln. Bin über Weihnachten schrecklich faul geworden und wieder in den alten Schlendrian zurückgefallen. Habe also meine guten Vorsätze fürs neue Jahr noch einmal durchgelesen, um sie nicht aus den Augen zu verlieren.

Liste von zu erledigenden Dingen,
um endlich den Hintern hochzukriegen:

- Großeinkauf tätigen, um einen Vorrat an supergesunden Lebensmitteln anzulegen.
  Merke: Nur unter sozial gerechten Bedingungen hergestellte

Bioware, wie Nigella sie verwendet. Außerdem über gesunde Ernährung informieren.

- DVD-Spieler auf den Speicher stellen und Fernbedienung verstecken.
  Merke: Für absolute Notfälle leicht auszuklappende Leiter installieren.
- Babyflüsterer-Buch suchen.
  Merke: Könnte in dem Müllhaufen unter der Treppe sein.
- Mich so schnell wie möglich in eine Erdmutter verwandeln.

8. Januar

Befinde mich in akutem Schockzustand. Habe festgestellt, dass eine Dose Bio-Bohnen zwei Euro kostet! Für ein Glas Fair-Trade-Kaffee muss man fünf Euro hinblättern! Bin zwar dafür, die armen brasilianischen Bauern zu unterstützen, kann mir dann aber kein jämmerliches Päckchen Schokocreme-Kekse zum Kaffee mehr leisten.

Empört den pickeligen halbwüchsigen Filialleiter in Gang drei zur Rede gestellt. »Es ist ein Skandal«, schimpfte ich. »Wie soll eine normale Mutter das bezahlen? Kein Wunder, dass ich markenlosen Schrott kaufen muss.«

Der pickelige halbwüchsige Filialleiter glotzte mich nur achselzuckend an.

Habe mir geschworen, an verschiedene Politiker zu schreiben, um ihnen klarzumachen, dass wir Mütter bei diesen astronomischen Preisen nicht unserem sozialen Gewissen folgen können. Auf dem Weg nach draußen am Kasten für Kundenvorschläge vorbeigekommen. Habe angeregt, die Supermarktkette solle doch dahingehend auf die Regierung einwirken. Außerdem Zweifel daran geäußert, dass halbwüchsige Jungen als Filialleiter geeignet sind. Zu guter Letzt dem pickeligen halbwüchsigen Filialleiter Clearasil zur Behandlung seiner Akne empfohlen – da vergeht einem ja die Lust, Fleisch einzukaufen. Weil der winzige vom Supermarkt zur Verfügung gestellte Zettel nicht reichte (eindeutig ein Versuch, Kunden am Engagement zu hindern), die geniale Idee gehabt, den Deckel von der Waschmittelpackung abzureißen, um weiterzuschreiben.

P. S.: Bin versucht, mich an Nigella zu wenden und sie zu bitten, sich für preiswertere Bioware in den Regalen unserer Supermärkte einzusetzen. Wahrscheinlich hat sie mehr Einfluss als die meisten Staatschefs dieser Welt. Sie könnte auch diesen Charles Saatchi für unsere Sache einspannen. Offenbar ist er in der Werbebranche recht erfolgreich.

P. P. S.: Beim Nachhausekommen feststellen müssen, dass sämtliche mühsam in den Kofferraum gewuchteten Einkäufe nun – gar nicht bio – mit Persil bedeckt sind.

9. Januar

Heute zwei Briefe von RTÉ erhalten.

Liebe Ms. Hunt,
vielen Dank für Ihren letzten Brief und Ihre freundlichen Anmerkungen. Ich nehme zwar nicht an Vorstandssitzungen teil, finde Ihren Vorschlag einer Reportage aus dem Alltag einer Hausfrau jedoch ausgesprochen interessant. Die *Ricky Lake Show* kenne ich zwar nicht, doch sie hat, wie ich glaube, eine recht hohe Einschaltquote.
Es tut mir leid zu hören, dass Sie mit der Antwort von Patrick Baxter nicht zufrieden waren. Soweit mir bekannt ist, unterzeichnet er alle seine Briefe so, weshalb Sie sich nicht daran stören sollten. Vermutlich ist es eine logistische Entscheidung, denn seine Abteilung muss gewaltige Mengen an Korrespondenz bewältigen. Ich werde Ihre

Anregungen weitergeben und sehen, ob sich eine Lösung finden lässt, die Ihnen zusagt.

Mit herzlichen Grüßen

Jennifer Goode

Sehr geehrte Ms. Hunt,

danke für Ihre Reaktion *Dr. Phil* betreffend. In letzter Zeit hatten wir Schwierigkeiten, neue Folgen der Serie anzukaufen, werden das Problem aber hoffentlich bald beheben können. Außerdem ist ein Nachmittagsformat in Planung, das sich insbesondere an Hausfrauen und Mütter richtet. Das Projekt befindet sich zwar noch in der Entwicklungsphase, wird jedoch sicher in Kürze realisiert werden. Bis es so weit ist, möchte ich Ihnen mit den besten Wünschen Karten für unsere seit vielen Jahren beliebte Talkshow *Doyle Tonight* überreichen.

Bleiben Sie uns treu – jeder Zuschauer ist uns wichtig!

Patrick Baxter

Bin stolz auf diese grandiose Leistung. Die neue Nachmittagssendung für Frauen ist praktisch nur mir zu verdanken! Muss in einem früheren Leben eine Suffragette gewesen sein. Freue mich außerdem auf *Doyle Tonight* – manchmal treten dort richtige Promis auf, das heißt welche, die in *OK!* erwähnt worden sind.

P. S.: Louise angerufen, um ihr von meinem Kreuzzug für die Gerechtigkeit zu berichten und sie zu fragen, ob sie zu *Doyle Tonight* mitkommen will. Sie war sehr beeindruckt.

10. Januar

Mrs. H. ist von ihrem Weihnachtsurlaub in London zurück. »Es war traumhaft, Susie«, erzählte sie ganz aufgeregt vor Begeisterung und überreichte mir ein halbes Dutzend Handtücher mit dem Big Ben darauf und eine gewaltige Küchenrolle, die eine Abbildung der Westminster Abbey zeigte. »David kennt alle möglichen schillernden Persönlichkeiten aus dem Showgeschäft, und wir haben viele interessante Leute getroffen.«

»Wirklich?«, erwiderte ich, am Wahrheitsgehalt dieser Worte zweifelnd. »Wen denn zum Beispiel?«

»Tja«, raunte sie verschwörerisch, »sag ihm nicht, dass du es von mir hast, denn er ist ja so bescheiden. Aber er ist sehr gut mit einem zukünftigen Wetterbericht-Moderator befreundet, von dem wir noch viel hören werden. Ist das nicht aufregend?«

Aufregender, als du glaubst, dachte ich. Habe jedoch beschlossen, Joe die gute Nachricht zu verschweigen.

»Und was hat sich hier getan, während ich weg war? Nichts Wichtiges vermutlich.« Mrs. H. lachte vergnügt auf. Offenbar zehrte sie immer noch von ihrer Begegnung mit einem leibhaftigen Pseudo-Promi.

»Nun, ich habe Karten für *Doyle Tonight*«, verkündete ich, fest entschlossen, sie sofort ein bis zwei Stufen zurückzustutzen.

»Tatsächlich?«, erwiderte sie mit gespieltem Desinteresse und trank nachdenklich einen Schluck von dem Tee, den ich ihr gekocht hatte. Habe ihr angemerkt, wie beeindruckt sie war. Doch ehe ich mich versah, zog sie den Kirchenkalender aus der Handtasche und studierte ihn sorgfältig. »Ja, genau wie ich gedacht hatte«, meinte sie. »Ich bin in den nächsten Wochen total ausgebucht.«

Da dämmerte es mir. Mrs. H. hatte mich falsch verstanden

und geglaubt, ich wolle sie zur Aufzeichnung von *Doyle Tonight* einladen, obwohl ich die Karten nur erwähnt hatte, um sie neidisch zu machen. Zum Glück beginnt bald die Saison der Bingo-Liga, sodass sie anderweitig beschäftigt sein wird. Die Karten sind nämlich für Louise und mich.

»Ich müsste ein paar Termine verlegen, damit ich mitkommen kann«, meinte sie und tätschelte mir die Hand. »Anfangs kann es nämlich recht einschüchternd sein, solchen Leuten zu begegnen. Also brauchst du jemanden, der dir zeigt, wie es läuft, und ich habe schließlich Erfahrung.«

P. S.: Louise angerufen, um ihr zu beichten, dass

a. Mrs. H. sich mithilfe von schwarzer Magie die zweite Eintrittskarte zu *Doyle Tonight* erschlichen hat.
b. sie nun doch keine Gelegenheit haben wird, eine Menge echte Promis aus der Nähe zu begaffen und sich eine endgültige Meinung darüber zu bilden, ob Botox eine tolle Sache oder einfach nur eklig ist.

Habe gehofft, sie würde nicht zu enttäuscht und/oder sauer sein, doch erstaunlicherweise schien es sie nicht weiter zu stören.

»Schon gut, Susie«, flötete sie in einem seltsam mädchenhaften Ton. »Wahrscheinlich wäre es Steve sowieso nicht recht, wenn ich ihn einen ganzen Abend allein lasse. Momentan ertragen wir es kaum, getrennt zu sein. Ich glaube wirklich, er ist der Richtige.«

Dieses ständige dick aufgetragene Liebesgetue geht mir allmählich auf die Nerven. Werde es ihr vielleicht bald sagen müssen.

11. Januar

Child of Our Time (ein sehr interessanter sozialkritischer Dokumentarfilm) lief gestern Abend auf BBC. Kinder extra früh ins Bett gesteckt, um ihn mir ungestört anschauen zu können. Joe hatte keine Lust darauf und schmollte stundenlang, weil er sein Fußballspiel verpasste. Mache mir manchmal Sorgen, die langfristige Entwicklung und das Wohlergehen unserer Kinder könnten ihm gleichgültig sein. Von psychometrischen Untersuchungen hat er noch nicht einmal *gehört.* Jedenfalls war der Film sehr spannend. Fühlte mich ausgesprochen intellektuell, wie ich mich mit einem Glas Pinot Grigio und einem Notizblock auf dem Sofa räkelte, um mir die wichtigsten Erziehungstipps aufzuschreiben. Einige der gezeigten Kinder wirkten, als würden sie emotional misshandelt. Zum Beispiel gibt es arme Kleine, die Tag und Nacht vor dem Fernseher sitzen. Sie können nicht einmal mehr schlafen, wenn die Glotze nicht läuft. Habe mit den Tränen gekämpft. Manche Menschen haben wirklich Pech im Leben. War sehr stolz auf mich, weil Katie und Jack Tag für Tag geistig angeregt und gefördert werden. Sie sehen kaum noch fern (nur vor dem Frühstück und nach dem Abendessen). Der Professor in der Sendung sagte, aus dem Bildungsstand der Mutter ließe sich der zukünftige Schulerfolg der Kinder am besten ablesen. Brauche mir in dieser Hinsicht keine Gedanken zu machen – mein nutzloser Abschluss in Kunstgeschichte ist also doch noch zu etwas gut.

Habe mir Notizen zu dem allerneusten wissenschaftlichen Testverfahren gemacht, um herauszufinden, wie es bei Katie mit der Schulreife steht. Muss ihr die folgenden Fragen stellen:

- Warum haben wir eine Uhr?
- Was passiert mit Wasser, wenn es gefriert?
- Wie bildet man ein Viereck aus nur drei Strohhalmen?

Gleich morgen teste ich sie. Bin sicher, dass sie mühelos besteht.

12. Januar

Katie glaubt, dass in der Uhr eine Elfe wohnt (wohl eine Spätfolge des weihnachtlichen Elfen-Szenarios). Sie denkt, Wasser verwandle sich in Schnee, wenn es gefriert. Doch das Schlimmste ist, dass sie fast zwei Minuten gebraucht hat, um aus drei Strohhalmen ein Viereck zu legen! (Habe sie mit der Zeitschaltuhr am Herd gestoppt.) Irgendwas kann mit diesen Tests nicht stimmen. Der alte Professor wirkte zwar recht freundlich und gütig, ist aber vermutlich doch nicht so nett, wie er aussieht, denn sonst würde er Kinder ja nicht wie Laborratten behandeln. Das Problem heutzutage ist, dass Menschen von frühester Jugend an in Schubladen gesteckt werden. Kein Wunder, dass Kinder ihre Talente nicht voll entfalten, wenn die Gesellschaft sie dressiert wie kleine Affen. Überlege, an BBC zu schreiben.

13. Januar

Alle Kindergartenmütter ganz begeistert von den Tests in *Child of Our Time.* Nachdem Katies Erzfeindin Zoe das dämliche Strohhalm-Viereck in rekordverdächtigen fünfzehn Sekunden geschafft hatte, hat sie die Ökomutter gefragt, ob sie auch einen Kreis legen darf.

Habe geschwiegen. Nur über meine Leiche werde ich der Ökomutter gestehen, dass ich mir in irgendeiner Weise Gedanken über die soziologische Entwicklung meines Kindes mache. Ihr abfälliger Blick auf Katies Barbie-Butterbrotdose aus Plastik ist mir nämlich nicht entgangen. Es ist billig, mit seinen Kindern anzugeben. So tief würde ich niemals sinken.

14. Januar

Bin mitten in der Nacht panisch aufgewacht, weil mir eingefallen ist, dass ich vergessen hatte, Katie eine Schere zum Zerschneiden der Strohhalme zu geben. Kein Wunder, dass das arme Kind so lange gebraucht hat, um dahinterzukommen. Dass es ihr überhaupt gelungen ist, weist vermutlich auf ihre Genialität hin. Habe vor dem Kindergarten angedeutet, dass Katie den Test in vierzehn Sekunden geschafft hat – tja, das hätte sie ohne meinen Fehler sicher auch. Wie immer lächelte Zoes Mutter nur herablassend und selbstgerecht und ließ dann eine Bemerkung darüber fallen, dass man Kinder nicht so früh in Schubladen stecken dürfe. Wäre ihr fast an die Gurgel gegangen. Schließlich hat *sie* doch damit angefangen! Arrogante Zicke. Am liebsten würde ich ihr das Gesicht in einen Haufen Bio-Kompost drücken. Der Haken ist nur, dass ihr das vielleicht sogar gefällt.

P. S.: Louise fliegt mit ihrem aktuellen Lover auf Firmenkosten nach Dubai. »Es wird bestimmt todlangweilig, Susie«, log sie, um mich zu trösten. »Nach einer Weile sehen alle Hotels gleich aus.« Ganz bestimmt wollte sie mich nur aufmuntern. Habe mir nämlich Werbung für Dubai bei »Teletext Reisen« angeschaut – scheint ein Paradies zu sein (mit einer reichen Auswahl an Cocktails und Schmuck von Tiffany im Angebot). Mein Leben ist ja so schrecklich kleinbürgerlich!

P. P. S.: Jack führt sich schrecklich auf. Habe den Verdacht, er leidet darunter, dass er nicht am psychometrischen Test teilnehmen durfte.

15. Januar

Kann mich vor Müdigkeit kaum noch auf den Beinen halten. Jack letzte Nacht viermal aufgewacht. Zum krönenden Abschluss hat er entschieden, dass fünf Uhr genau der richtige Zeitpunkt ist, um den Tag in Angriff zu nehmen. Joe hat es ärgerlicherweise geschafft, das ganze Theater zu verschlafen. War schließlich gezwungen, Jack zu uns ins Bett zu holen, wo er eine weitere Stunde damit verbrachte, mich an den Haaren zu ziehen und unter der Decke Verstecken zu spielen.

Heute Nachmittag so erschöpft, dass ich beinahe gestolpert und die Treppe hinuntergefallen wäre. Hätte dabei ums Leben kommen können. Dann wären die Kinder mutterlos aufgewachsen, mit einem Vater, der selig weiterschnarcht, wenn sie Albträume haben. Sehe die Schlagzeile schon vor mir: »Liebende Ehefrau und Mutter stirbt bei tragischem Unfall im Haushalt – Familie trauert«. Um meinen Kindern ein Dasein als Waisen zu ersparen, muss dieser Wahnsinn jetzt ein Ende haben. Babyflüstern ist angesagt.

P. S.: Habe Joe mitgeteilt, dass er völlig überfordert wäre, wenn ich bei einem tragischen Unfall im Haushalt umkommen sollte. Er hat sich kaputtgelacht und gemeint, er werde dann einfach das Geld von meiner Lebensversicherung nehmen und damit ein brasilianisches Kindermädchen bezahlen.

16. Januar

Habe das Babyflüsterer-Buch unter dem Bett gefunden (zusammen mit meinem schwarzen Lieblings-BH, vier Haarspangen von Katie, drei alten Schnullern und einem angebissenen verschimmelten Apfel). Bereits die Hälfte gelesen. Hätte es schon viel früher tun sollen. Eigentlich alles nur eine Frage des gesunden Menschenverstandes. Damit die Aktion auch sicher erfolgreich wird, muss ich einfach nur auf meine Erfahrungen in der Umsetzung wichtiger PR-Kampagnen zurückgreifen. (Bin mir zwar, was die Details angeht, nicht mehr ganz sicher, weil ich schon so lange nicht mehr im Geschäft bin, aber es fällt mir bestimmt wieder ein.) Heute Abend beginnt die Operation Jack.

OPERATION JACK:

- Feste Abendrituale einführen: beruhigendes Bad, gefolgt von einer einschläfernden Gutenachtgeschichte (merke: *Spider-man-* DVD verstecken).
- Kind mit rhythmischem Klopfen auf den Rücken und Summen trösten, wenn es schreit (merke: muss man üben).
- Augen abwenden, falls Kind versucht, mich mit Blicken zu erpressen, und weitersummen (ebenfalls üben).
- Als Elternteam auftreten (ausnahmsweise).

17. Januar

Operation Jack läuft nicht unbedingt nach Plan.

- *19:00:* Eine halbe Flasche Lavendel-Aromatherapie-Schaumbad für Babys von »Schlicht und Einfach« in die Badewanne geschüttet (für zehn Euro ist das Zeug fast geschenkt). Hat jedoch nicht »beruhigend und schlaffördernd« auf Jack gewirkt (wie es in verschnörkelter New-Age-Schrift auf der Rückseite der Flasche hieß), sondern ihn in einen Mini-Hooligan verwandelt.
- *19:30:* Jack durch den Flur gejagt, um ihn abzutrocknen und ihm den kuscheligen neuen Fleecepyjama anzuziehen, den ich für zwanzig Euro bei Next erstanden habe (das engelsgleich schlafende Kind auf der Verpackung hat in mir falsche Hoffnungen geweckt).

- *19:45:* Beruhigende Gutenachtgeschichte verwandelte sich in Ringkampf, als Jack versuchte, das Buch zu verspeisen.
- *20:15:* Jack endlich eingeschlafen, und zwar eine halbe Stunde später als sonst.

Das Babyflüsterer-Buch zu Rate gezogen. Darin stand, es könnte eine Weile dauern, bis das Kind sich an den neuen Ablauf gewöhnt. Also durchhalten.

P. S.: Katie vor Eifersucht getobt, weil Jack ein neues Schaumbad und einen Pyjama bekommen hat. Sie forderte, aufbleiben und *Sponge Bob, Square Pants* auf Nick Jr. anschauen zu dürfen. Habe sie um halb zehn endlich ins Bett gekriegt – anderthalb Stunden später als gewöhnlich.

P. P. S.: Joe um halb elf nach Hause gekommen, angeblich müde von der Arbeit und mit Appetit auf selbst gemachte Hausmannskost. Musste mich beherrschen, um ihn nicht mit einem stumpfen Gegenstand auf den Kopf zu schlagen.

P. P. P. S.: Gebe das Schaumbad morgen zurück. Man muss den Herstellern klarmachen, dass ein Produkt nicht als »beruhigend und schlaffördernd« bezeichnet werden darf, wenn es nicht so wirkt. Ob ich die Firma wegen irreführender Werbung drankriege?

18. Januar

Bin verzweifelt. Jack die ganze Nacht gebrüllt und geschrien und gefordert, zu uns ins Bett zu dürfen. Sämtliches Rückenklopfen vergebens. Joe hat das Heulen und Zähneklappern (meins) wie immer verschlafen. So viel zum Thema Elternteam und einheitliches Auftreten.

Vermutlich würde Jack vor Schreck ohnmächtig werden, falls Joe je mitten in der Nacht im Kinderzimmer erscheinen sollte (könnte eine Lösung sein). Sein Beitrag zum Babyflüstern bestand darin, Jack um drei Uhr morgens mit der Toilettenspülung zu wecken. Vor Wut hätte ich ihn beinahe mit der Klobürste verprügelt.

»Dann hol ihn halt zu uns ins Bett«, brummelte er, als ich vor Schlafmangel laut zu schimpfen begann. »Sonst tun wir die ganze Nacht kein Auge zu.«

Angesichts dieses genialen Vorschlags blieb mir vor Empörung die Sprache weg. Wie soll ich Jack von seinen laut Babyflüsterer schweren Schlafstörungen befreien, wenn mein Mann mich überhaupt nicht darin unterstützt? Die Mitarbeit des Ehepartners ist Voraussetzung für den Erfolg des Konzepts. Habe Joe in einem Tobsuchtsanfall das Buch an den Kopf geworfen, die restliche Nacht an der äußersten Bettkante verbracht und Rache geschworen, während Jack auf meinem Kopf lag.

P. S.: Inzwischen tut mir der Arm weh, und ich bin ein bisschen heiser. Habe die halbe Nacht rhythmisch geklopft und dabei gesummt wie eine Bescheuerte.

19. Januar

Gerade einem aufmerksam lauschenden Publikum aus Kindergarten-Müttern vor dem Tor mein Scheitern als Babyflüsterin geschildert, als sich die Ökomutter einmischte. »Sie sollten es mal mit dem Ratgeber *Contented Little Baby* versuchen«, verkündete sie, besserwisserisch wie immer. »Meine beiden Kinder haben ab der sechsten Woche die ganze Nacht durchgeschlafen.« Darauf folgten ein selbstzufriedenes, herablassendes Lächeln der Mutter und ein dümmliches Grinsen des zufriedenen Babys im Kinderwagen. Die anderen Mütter trauten ihren Ohren nicht. Babys, die ab der sechsten Woche durchschlafen, sind doch sicher nichts weiter als ein Gerücht.

Habe extreme Gewaltfantasien im Zusammenhang mit der

Ökomutter und ihrem dämlichen, pflegeleichten Baby (könnte am akuten Schlafmangel liegen).

Zum Glück ist allgemein bekannt, dass nur Kinder mit niedrigem IQ schon so früh durchschlafen. Auch wenn das Schlafen nicht unbedingt zu Jacks Stärken gehört, habe ich vielleicht einen zukünftigen Akademiker vor mir.

P. S.: Dad behauptet, er habe mich drei Jahre lang nachts auf und ab getragen, während ich schrie wie am Spieß. »Das legt sich, wenn er älter wird«, meinte er kichernd. »Bei dir hat es irgendwann ja auch geklappt.«

Mum sagte, dass er Unsinn rede und dass ich nicht auf ihn hören solle, aber sie klang nicht sehr überzeugend. Mein Gott, was mache ich bloß, wenn es genetisch ist? Dann muss ich ja noch ein gutes Jahr durchhalten!

P. P. S.: »Schlicht und Einfach« hat sich geweigert, das Schaumbad zurückzunehmen. Die in einen Sarong gewandete Hippie-Tussi hinter der Theke verkündete, für ein mehr als zur Hälfte aufgebrauchtes Produkt könne sie mir nicht den vollen Preis erstatten. (Dass die Flasche fast leer ist, ist doch nicht meine Schuld – Jack hat das Zeug in die Toilette geschüttet, als ich gerade nicht hingeschaut habe.) Habe, ermutigt von meinem durchschlagenden Erfolg in Sachen RTÉ, beschlossen, die dumme Pute mit ihren fettigen Dreadlocks zu übergehen und mich sofort an die Chefetage zu wenden. Also einen scharfen Beschwerdebrief an die Vorstandsvorsitzende Beth Howard – die Multimillionärin mit Gewissen – geschrieben:

> Sehr geehrte Ms. Howard,
> ich wende mich direkt an Sie, da ich weiß, wie aufmerksam Sie den Alltag in Ihrem Unternehmen verfolgen, obwohl Sie als Multimillionärin vermutlich ein Luxusleben in einem exotischen Land führen.
> Vor Kurzem habe ich eine große Flasche »Schlaf, mein Kindlein, schlaf ein« in der Filiale von »Schlicht und Ein-

fach« hier bei uns im Viertel gekauft. Sie können mich für naiv halten, aber ich habe mich von der verschnörkelten New-Age-Schrift auf der Rückseite beeinflussen lassen, die mir versprach, die Extrakte aus Blaubeeren und Lavendel würden meinem Baby beim Einschlafen helfen. (Offen gestanden fand ich die Kombination ein wenig seltsam, habe aber beschlossen, das Experiment zu wagen. Schließlich bin ich keine Spezialistin für Aromatherapie.) Gewiss können Sie sich meine Überraschung vorstellen, als das Produkt nicht etwa beruhigend und schlaffördernd auf meinen Sohn wirkte, sondern seine Hyperaktivität eher noch verstärkte. (Bei ihm wurde zwar von ärztlicher Seite keine Hyperaktivität festgestellt, aber Sie wissen ja, wie Jungs sind. Mit Mädchen kann man das nicht vergleichen. Meine Tochter hatte nie Einschlafstörungen; vielleicht liegt das ja daran, dass sie einen Schnuller benutzt hat, bis sie vier war.)

Ich weiß nicht, ob sie je ein Kind mit einer Schlafstörung hatten (wieder keine offizielle Diagnose, doch der Instinkt einer Mutter lässt sich nicht so einfach abtun), allerdings können Sie mir eines glauben: Wenn Sie Nacht für Nacht geweckt werden, würden Sie alles für ein paar Stunden Ruhe tun. Wie Ihnen durch Ihr internationales Engagement (für das ich Sie übrigens sehr bewundere) sicher bekannt ist, kommt Schlafentzug in vielen unterentwickelten kommunistischen Ländern als bewährte Foltermethode zum Einsatz, und zwar mindestens ebenso häufig wie Elektroschocks, Daumenschrauben und andere verabscheuungswürdige Praktiken. Ich bin sogar sicher, dass so mancher bedauernswerte Gefangene Daumenschrauben bevorzugen würde, wenn man ihm die Wahl ließe.

Eigentlich jedoch wollte ich auf Folgendes hinaus: Ich war fest davon überzeugt, dass das Produkt die auf dem Etikett versprochene Wirkung haben und mir zu einer Nacht glückseliger Entspannung verhelfen würde. Stellen Sie sich also meine Enttäuschung vor, als genau das Gegenteil eintrat.

Auch wenn ich inzwischen Hausfrau und Mutter bin, war ich früher in der PR-Branche tätig (durch meinen häufigen persönlichen Kontakt mit dem Vorstandsvorsitzenden habe auch ich Erfahrung mit Entscheidungsfindung auf höchster Ebene).

Obwohl PR nicht dasselbe wie Werbung ist, habe ich eine recht gute Vorstellung davon, wie Werbekampagnen entwickelt werden. Einige Unternehmen mögen es für notwendig halten, die Vorzüge ihrer Produkte zu übertreiben, doch dass auch »Schlicht und Einfach« zu diesen Mitteln greift, erschreckt mich und stimmt mich traurig. Deshalb wäre ich Ihnen sehr verbunden, wenn Sie mir entweder den Kaufpreis erstatten (die Verkäuferin in der Filiale weigerte sich – ich denke wirklich, Sie sollten Ihre Einstellungsvoraussetzungen überprüfen) oder mir zumindest einige kostenlose Warenmuster zuschicken würden, um mich für diese durch irreführende Werbung erlittene Mühe und Enttäuschung zu entschädigen.

Ich bin sicher, dass Sie trotz der Rettung des Regenwaldes ein paar Minuten Zeit finden werden, rasch auf mein Schreiben zu reagieren.

Mit freundlichen Grüßen

Susan Hunt

P. S.: Falls Sie sich für die kostenlosen Warenmuster entscheiden, schicken Sie mir bitte nichts mit Maiglöckchenduft. Der erinnert mich nämlich an meine alte Mathematiklehrerin.

20. Januar

Der Pfarrbrief wurde heute eingeworfen. Habe ihn ausnahmsweise gelesen. (War ein bisschen verzweifelt, weil ich *Heat* schon zweimal durch hatte. Die arme Posh sieht erschöpft aus. Habe vollstes Verständnis für sie: Es ist kein Scherz, zwei Kinder zu versorgen. Geschweige denn drei.) Jedenfalls findet am Donnerstagmorgen im Pfarrsaal eine Krabbelgruppe statt. Sollte wirklich hingehen und andere Hausfrauen kennenlernen. Sehen wir der Wahrheit ins Gesicht: Louise macht in Dubai-Party und ist für mich nicht von großem Nutzen. Außerdem braucht Jack laut theperfectparent.com Kontakt mit Gleichaltrigen, anstatt sich nur von seiner großen Schwester schikanieren zu lassen. Doch das Wichtigste ist, dass ihn die zusätzliche Aktivität vielleicht ermüdet, damit er endlich durchschläft. Könnte also sein, dass ich hingehe. Wenn die anderen Mütter keine Kirchenlieder singenden und stillenden Betschwestern sind, wird es möglicherweise sogar ganz nett.

Mum ist hocherfreut über meinen neuen Plan, mich dem Hausfrauendasein zu ergeben. »Ich fand diese Kaffeekränzchen immer sehr amüsant, Kind«, schwelgte sie in Erinnerungen. »Wir haben Kochrezepte und Strickmuster getauscht. Bestimmt kriegst du ein paar hilfreiche Tipps. Außerdem ist es gut, dass du Frauen kennenlernst, die so sind wie du. Louise ist zwar ein reizendes Mädchen, aber ein bisschen überkandidelt.«

Anschließend depressiv gewesen. Sechs Feigenplätzchen und eine halbe Schachtel Schokocreme-Kekse gegessen.

21. Januar

Krabbelgruppe ein großer Erfolg! Habe mich zwischen den anderen unscheinbaren, abgehetzten Müttern (und einem einsamen Vater), die allesamt von schreienden Kleinkindern und Schlafmangel in den Wahnsinn getrieben werden, pudelwohl gefühlt. Während die Kinder im Saal herumtobten, standen wir am Rand und jammerten über unsere schlaffen Bäuche und unsere verständnislosen Ehemänner (mit Ausnahme des einsamen Vaters).

Es hat mir wirklich Mut gemacht. Auch das Wissen, dass ich in meinem Kampf nicht allein bin, war sehr tröstlich. Hinzu kamen der kostenlose Teekuchen und der Kaffee. Noch ein Vorteil. Es gab eine kleine Rangelei, als Jack einen anderen Jungen umschubsen wollte, um ihm seinen Action Man zu entreißen. Doch das war nicht weiter schlimm. Das Schicksal wollte es nämlich, dass Rodney, der Junge, den Jack angegriffen hatte, der Sohn des einsamen Vaters war. Also nett mit dem Vater geplaudert. Es hat ihn nicht einmal gestört, dass Jack ihn mit einem *Bob-der-Baumeister*-Lastwagen auf den Kopf geschlagen hat.

Beim Anblick eines Mannes, der sich seiner Männlichkeit sicher genug ist, um sich einer Horde wabbelbäuchiger Mütter auszusetzen und sich um seinen Sohn zu kümmern, wurde mir ganz warm ums Herz. Entweder ist er einer dieser neumodischen Hausmänner oder er hat einen interessanten Job mit unregelmäßigen Arbeitszeiten. Mehrfach ausgezeichneter Kriegsberichterstatter zum Beispiel. Bin vor Neugier zwar fast geplatzt, wollte aber nicht aufdringlich sein. Also nur über Wendy und Muck aus *Bob der Baumeister* geredet.

Alles in allem ein Erfolg. Gehe nächste Woche bestimmt wieder hin.

P. S.: Habe versucht, Joe von der Krabbelgruppe zu erzählen, aber er schien nicht sehr interessiert. Sprach stattdessen über irgendeinen Buchhaltungsfehler und mehrere Millionen verschwundener Dollar, bla, bla, bla.

P. P. S.: Wette, der einsame Vater könnte meinem Mann einiges zum Thema Einfühlsamkeit und Kindererziehung beibringen.

22. Januar

Nur eine Woche bis Joes Weihnachtsfeier, und ich habe noch immer nichts anzuziehen. Kann mich unmöglich wieder in das blaue Glitzerteil zwängen, das ich zum Weihnachtsumtrunk mit Anna, der Giftschlange, und Konsorten anhatte. Also wieder den Kleiderschrank durchwühlt und auf eine göttliche Eingebung von St. Chanel in Form eines traumhaften Outfits gehofft, das ich irgendwann gekauft und vergessen hatte und das mir nun mit dem Schrei »Problem gelöst!« entgegensprang. Nun steht es offiziell fest: Jedes Kleidungsstück, das ich besitze, weist Flecken von Rotz, Kotze oder beidem auf. In einem Anfall übermenschlicher und überirdischer Energie (ob das probiotische Joghurt bewirkt hat?) beschlossen, die eigene Person und meine Garderobe nach der Methode Trinny und Susannah zu überholen.

Plan, um meine Garderobe zu überholen und mich in eine schicke Supermami zu verwandeln:

- Sämtliche Fehlkäufe ausmisten (alles, was kurz oder eng ist oder aus glänzendem Material besteht, durch das sich die Cellulitis abzeichnet).
- Bei künftigen Spontankäufen immer an die goldene Regel denken, dass ein Schnäppchen nur dann ein Schnäppchen ist, wenn das Stück auch passt und man vorhat, es anzuziehen. (Der knallorangefarbene Minirock von Dolce & Gab-

bana vom Sonderangebotswühltisch bei TK Maxx könnte dran glauben müssen.)

- Dazu stehen, dass ich nicht Größe 38 trage.
- Zum Glück ist 40 ja inzwischen wie früher 38.
- Nur Kleidungsstücke kaufen, die zu meiner Figur passen.
- Herausfinden, was für eine Figur ich habe.

Bedauerlicherweise falle ich offenbar unter mehr als eine von Trinny und Susannah aufgestellte Kategorie. Wegen meiner großen Oberweite sollte ich Oberteile mit V-Ausschnitt und Ärmeln tragen, die meine schlaffen Arme bedecken. Leider jedoch habe ich auch einen wabbeligen Bauch, weshalb eng anliegende Sachen ebenfalls nicht in Frage kommen. Hinzu kommt mein dicker Hintern, den man mittlerweile zwar zeigen darf – wenn er denn straff wäre. Mein Pech jedoch ist, dass ich Besitzerin genau des Hinterntyps bin, den Trinny und Susannah besonders verabscheuen, nämlich eines, der in Richtung Knie sackt, weshalb ich ihn mit weiten Kleidungsstücken tarnen sollte.

Sehr verwirrend. Wenn Trinny und Susannah hier wären, würden sie mich wegen meiner Schwäche und Unentschlossenheit sicher ohrfeigen.

Habe beschlossen, mit dem Ausmisten zu beginnen, indem ich ein Dutzend schwarzer Müllsäcke entrollte und sie ordentlich auf dem Fußboden im Schlafzimmer ausbreitete. Das dauerte eine Ewigkeit, weil

a. ich die Perforation nicht finden konnte, um die Säcke voneinander zu trennen.
b. Jack die Säcke immer wieder zerknitterte und unters Bett schubste.

War so mit Sortieren beschäftigt, dass ich gar nicht bemerkt habe, wie die Zeit verging. Habe Katie zwanzig Minuten zu spät vom Kindergarten abgeholt. Wenn es so anstrengend ist, eine schicke Supermami zu werden, weiß ich nicht, ob ich mich dafür eigne.

23. Januar

Spüre, wie vom Ausmisten des Kleiderschrankes eine Zen-artige Ruhe ausgeht. Habe vier Säcke mit Müll aus meinem früheren Leben als graue Maus gefüllt und bin nun bereit, mich in eine Göttin im cremefarbenen Kaschmirpullover mit V-Ausschnitt à la Liz Hurley zu verwandeln. Muss mir nur noch eine neue Garderobe und einen Geländewagen anschaffen, zwanzig Kilo abnehmen, mir Botox spritzen lassen und ein halbes Dutzend Kindermädchen anstellen. Dann ist die Verwandlung komplett. Joe wurde beim Anblick der vielen Müllsäcke auf dem Treppenabsatz leicht panisch. Geschieht ihm recht. Ist vermutlich seine Schuld, dass ich mich so habe gehen lassen. Trinny und Susannah sind jedenfalls dieser Ansicht. Zuerst werde ich mir ein tolles neues Kleid für die Weihnachtsfeier kaufen, um all die langweiligen Bürohengste zu beeindrucken, damit er endlich merkt, was er an mir hat.

P. S.: Gerade ist mir klar geworden, warum Liz Hurley immer Nudetöne trägt: Vermutlich um die Rotz- und Kotzeflecken zu tarnen, die schwarze Sachen so rasch ruinieren. Diese Frau ist eine Stil-Ikone. Kein Wunder, dass sie so oft zur Prominenten-Mutter des Jahres gewählt wurde.

24. Januar

Habe einen wunderschönen Vormittag mit der Suche nach einem tollen Kleid verbracht, um die Bürohengste zu beeindrucken. Mich wirklich gefühlt wie Liz, als ich durchs Einkaufszentrum rauschte und so viele teure Cocktailkleider anprobierte, wie es in drei Stunden möglich war (länger konnte Joe Katie und Jack zu Hause nicht bändigen).

Der Kauf eines Abendkleides entpuppte sich als körperlich recht anstrengend – kein Wunder, dass Liz so durchtrainiert ist. Musste mich deshalb einige Male mit Kaffee und Muffins stärken, um bei Kräften zu bleiben.

Mich schließlich für ein traumhaftes grünes, mit Pailletten besetztes Kleid von Armani entschieden, das es bei TK Maxx für die Hälfte des empfohlenen Ladenpreises gab (zumindest laut Preisschild).

In der Umkleidekabine ernstes Selbstgespräch geführt, um sicherzugehen, dass ich das Kleid nur wegen des Anlasses kaufe und nicht etwa wegen des Schnäppchenpreises und weil es edle Designerware ist. Bin sehr stolz auf mich, dass ich so erwachsen und verantwortungsbewusst sein und Spontankäufe vermeiden kann, weil diese sich meist als Katastrophe erweisen. Bin in Gedanken meine Liste durchgegangen.

- Steht mir das Kleid? Ja. Die Farbe betont die grünen Pünktchen in meinen Augen. Zu kurz ist es auch nicht. Es sitzt zwar ein wenig eng, doch das lässt sich durch den Kauf eines neuen Bauchweg-Miederhöschen ändern. Der Saum muss ein wenig angepasst werden, aber das kriege ich selbst hin.
- Werde ich das Kleid tatsächlich anziehen? Ja: übermorgen zu Joes Weihnachtsfeier.
- Passt das Kleid zu anderen Bestandteilen meiner Gardero-

be? Nein, aber da es sich um ein Abendkleid handelt, erübrigt sich diese Frage.

- Ist das Kleid erschwinglich? Dreihundert Euro für ein Kleid von Armani? Aber klar doch, Baby!

Trinny und Susannah wären so stolz auf mich.

P. S.: War vielleicht ein bisschen voreilig mit dem Ausmisten. Jetzt habe ich (bis auf das tolle Armani-Kleid, das tagsüber wohl nicht unbedingt geeignet ist) fast nichts mehr anzuziehen. Also musste ich ein paar (gut, alle) unscheinbaren Sachen wieder aus den Müllsäcken retten. Nur bis ich genug Energie habe, um wieder einkaufen zu gehen, um die Verwandlung zu vollenden.

25. Januar

Katie hat dank ihrer hellseherischen Gaben erspürt, dass wir morgen Abend ausgehen wollen, und ist NICHT EINVERSTANDEN. Heute bei Tesco hatte sie einen regelrechten Tobsuchtsanfall, warf sich in der Gemüseabteilung unter Wutgeheul schwungvoll zu Boden und strampelte mit den Beinen – genau wie die schrecklichen gestörten Kinder in *Supernanny.*

Verzweifelt versucht, mir ins Gedächtnis zu rufen, wie die Supernanny so einem unmöglichen Verhalten begegnen würde. (Sicher hätte sie mit strenger Miene ihre altmodische Brille zurechtgerückt und empfohlen, nicht auf das blau angelaufene, sich neben dem Brokkoli wälzende Kind zu achten und den Einkauf ungerührt fortzusetzen, ohne sich darum zu kümmern, ob es vielleicht erstickt.)

Panisch es erst mit Vernunft, dann mit Betteln und schließlich mit Bestechung (Schokolinsen) probiert. Schließlich Katie am Arm gepackt und sie wie ein misshandeltes Kind aus dem Supermarkt gezerrt. Joe unter den anderen Arm geklemmt.

Der Wagen mit den halben Wocheneinkäufen blieb in Gang drei zurück. War völlig verschwitzt und habe laut vor mich hingeflucht, als ich auf dem Parkplatz mit dem einsamen Vater aus der Krabbelgruppe zusammenstieß. Sein kleiner Engel thronte auf seinen muskulösen Schultern wie in einer Ralph-Lauren-Anzeige. Versucht, mit zusammengebissenen Zähnen höfliche Konversation zu betreiben, und dabei die Teufelsbraten festgehalten, bis sich Jack plötzlich meinen Armen entwand und quer über den Parkplatz rannte. Starr vor Schreck dagestanden, während er wie ein Superheld vor einen Kleinlaster sprang. Der einsame Vater machte einen Satz über einen gelben Mini Cooper hinweg und entriss Jack den Klauen des Todes. Vor lauter Erleichterung bitterlich zu weinen angefangen. Mich dann mit zitternder Stimme beim einsamen Vater bedankt, mir die laufende Nase geputzt und die Kinder so schnell wie möglich ins Auto verfrachtet. Katie und Jack hatte es wegen meiner Tränen vor Schreck die Sprache verschlagen. Zum ersten Mal im Leben blieben sie brav in ihren Kindersitzen, ohne dass ich sie bestechen oder schimpfen musste.

P. S.: Habe mir geschworen, nie wieder in Gegenwart der Kinder die Beherrschung zu verlieren. Jack hätte auf dem Parkplatz ums Leben kommen können. Dass er dem Tod nur so knapp entkommen ist, lässt einen die Kleinigkeiten des Lebens nicht mehr so wichtig erscheinen. Fühle mich spirituell erleuchtet.

P. P. S.: Ganz sicher glaubt der einsame Vater jetzt, dass ich nicht alle Tassen im Schrank habe. Erst zerre ich die Kinder wie eine Furie aus dem Supermarkt, und dann bringe ich eines davon fast um. Kann von Glück reden, wenn er mich nicht beim Jugendamt verpfeift.

26. Januar: Joes Weihnachtsfeier

Heute Vormittag meine Periode gekriegt. Das erklärt den Weinkrampf und die Niedergeschlagenheit von gestern. Jetzt sitzt das grüne Armani-Kleid mit den Pailletten eindeutig nicht mehr figurbetonend, sondern zu eng, denn mein Bauch ist im Vergleich zum restlichen Körper unverhältnismäßig aufgequollen. Die Bauchweg-Miederhose schiebt den Schwabbel nur in Richtung Brustkorb, sodass ich aussehe, als hätte ich einen deformierten Riesenbusen. Außerdem habe ich einen Riesenpickel am Kinn, der sich auch mit noch so viel Touche Éclat von Yves Saint Laurent nicht abdecken lässt. Allerdings wird die schlaffe runzelige Haut, das Ergebnis einer weiteren schlaflosen Nacht, wohl von dieser Problemzone ablenken. (Sollte Kosmetikfirmen anregen, ein Produkt herzustellen, das gleichzeitig Pickel und Falten bekämpft. Vielleicht schreibe ich ja an Posh und schlage ihr ein millionenschweres Gemeinschaftsprojekt vor. Sie wäre eine ausgezeichnete Sprecherin. Ich bin sicher, dass sie sich irgendwann einmal zu gelegentlichen Pickelattacken im falschen Moment bekannt hat.)

Joe ausnahmsweise früher nach Hause gekommen. Habe mich deshalb eine halbe Stunde mit einem Glas Wein in der Badewanne entspannt (ziemlich schwierig, das Glas im schaumigen Wasser gerade zu halten. Wie machen die Promis das bloß? Insbesondere mit künstlichen Fingernägeln?). Entspannung ein wenig dadurch verdorben, dass Katie alle fünf Minuten an die Tür klopfte und pinkeln musste, bin aber hart geblieben. Eine weitere Stunde damit verbracht, Grundierung und tonnenweise Rouge aufzutragen, um meine Leichenblässe zu tarnen. Da die Zeit nicht für Bräunungscreme reichte, mich wegen meiner blauweißen Haut für den ätherischen, geheimnisvollen Look entschieden. Wenn Nicole Kidman das hinkriegt, schaffe ich es auch. Außerdem sieht man mit falscher Bräune so nach Fußballerfrau aus.

Mich schließlich in das Kleid gezwängt und unter Aufbietung all meiner Kräfte den Reißverschluss sogar zugekriegt. Sah eigentlich recht vorzeigbar aus, vor allem, wenn man bedachte, dass ich den aufgetrennten Saum vergessen hatte und ihn deshalb mit Klebeband fixieren musste. War erschöpft von all den Vorbereitungen, als Joe hereingerauscht kam, in seinen Frack sprang, sich die Zähne putzte, sich Gel ins Haar klatschte und nach fünf Minuten abmarschbereit war. »Mummy sieht genauso aus wie Shrek!«, kreischte Katie, als ich die Treppe hinunterkam. Unterdessen fuhr Joes Mutter angewidert mit dem Finger über das staubige Treppengeländer.

Die nächsten zehn Minuten damit verbracht, den Wink zu ignorieren, dass ich ein dickes grünes Ungeheuer mit einem Staubproblem bin, und stattdessen hektisch meine Abendtasche gesucht. Joe klopfte mit den Fingern auf das Flurtischchen, während seine Mutter tat, als wolle sie mir helfen, indem sie unter dem Sofa nachsah (in Wahrheit war sie nur auf der Jagd nach Indizien dafür, dass ich dort auch nicht staubsauge).

Gefolgt von Jacks Shrek-Shrek-Rufen das Haus verlassen. Mrs. H. murmelte etwas von »hinten Lyzeum, vorne Museum«.

P. S.: Zweifel an dem blassen, geheimnisvollen Look bekommen, aus dem Auto gesprungen und noch einmal nach oben gelaufen. Arme und Dekolleté mit tonnenweise Bräunungspuder bestäubt, um die fleckige Gänsehaut zu tarnen. Finde, dass Nicole auch ab und zu mal ins Sonnenstudio gehen könnte. Dass Tom seit ihrer Trennung auf dunkelhäutige, exotische Schönheiten steht, kann doch kein Zufall sein.

27. Januar

Und der Preis für die langweiligste Weihnachtsfeier seit Menschengedenken geht an ... Pyramid Consultants Ltd.

War entsetzt festzustellen, dass wir den ganzen Abend am offiziellen Ehrentisch bei den uralten Vorstandsmitgliedern sitzen und langweilige Konversation betreiben mussten. Zumindest hatten wir im letzten Jahr bei den Abteilungsleitern und ihren Frauen gesessen, wo ich nach Herzenslust den billigen Wein in mich hineinkippen konnte, um nicht so viel von der gähnenden Langeweile mitzukriegen.

Joe hingegen hätte angesichts der Nähe zu den Chefs fast einen Freudentanz aufgeführt. »Das heißt sicher, dass es bis zur Beförderung nicht mehr lange dauert, Susie«, flüsterte er beglückt, während wir Platz nahmen. »Fang ja mit niemandem Streit an.«

Hatte zwar keine Ahnung, was er damit genau meinte, aber er wirkte so feierlich und aufgeregt, dass ich den ganzen Abend die unterbelichtete Hausfrau spielte. Ich lachte höflich über sexistische Witze, die derart abgedroschen waren, und heuchelte Interesse am Steuerrecht.

»Die Entscheidung in der Sache Sarbannes-Oxley wird der ganzen Branche schaden«, verkündete der Tattergreis neben mir während der Vorspeise und spuckte mir dabei in der Mikrowelle aufgewärmte Tomatensuppe ins gebräunte Dekolleté. Habe weise genickt, obwohl ich keine Ahnung hatte, wovon er redete.

Obwohl ich Joe immer wieder SOS-Meldungen über den Tisch funkte, war er zu sehr mit dem Finanzchef und dessen unscheinbarer Frau beschäftigt, um mich wahrzunehmen. In seinem Frack sah er sehr sexy aus, aber da seine ganze Aufmerksamkeit der Kontaktpflege galt, hatten wir keine Gelegenheit, miteinander zu tanzen. Habe stattdessen mit dem siebzigjährigen Seniorpartner zu »Last Christmas« von Wham! (im Januar) eine Sohle aufs Parkett gelegt. Er schielte mir lüstern in den Ausschnitt und meinte, ich hätte einen bezaubernden Busen.

Höhepunkt des Abends war die Verabschiedung von Joes alter Sekretärin, die mit siebenundsechzig endlich in den Ruhestand geht. Der Kosmetik-Geschenkkorb von Bobbi Brown schien sie nicht sonderlich zu freuen, und auf der Tanzfläche wurde gemunkelt, sie fühle sich vorzeitig aus der Firma gedrängt. Habe Joe gefragt, wer denn seine neue Sekretärin werden würde, worauf er auf eine rehbraunäugige, zwanzigjährige Blondine am anderen Ende des Raumes wies, die ein hautenges Kleid mit Schlitz bis zum Nabel trug.

»Findest du sie nicht ein bisschen jung?«, keuchte ich, denn ich war von dem siebzigjährigen Lustmolch über die Tanzfläche gewirbelt worden und noch ein wenig außer Atem.

»Es heißt, sie hätte viel Erfahrung«, antwortete Joe, als ob es ihn gar nicht kümmerte, dass seine neue Assistentin Barbie wie aus dem Gesicht geschnitten war.

»Ja, das kann ich mir denken«, murmelte ich, bevor ich mich entschuldigte, um zur Toilette zu gehen. Hatte mich gerade in die Kabine eingeschlossen und quälte mich aus der Bauchweg-Miederhose, die mir schon den ganzen Abend das Blut im Unterleib abschnürte, als ich von draußen Gekicher hörte.

»Du Glückliche!«, ertönte eine beschwipste Stimme. »Ich kann es nicht fassen, dass du jetzt für diesen niedlichen Joe arbeitest.«

»Ja«, war eine andere Stimme zu vernehmen. »Ich hätte nichts dagegen, ihm mal meine Buchführung zu zeigen, wenn du verstehst, was ich meine.« Lautes Gelächter erscholl. Dann öffnete sich die Tür, und sie waren fort.

Hätte das Miederhöschen fast vor Schreck zum Klo runtergespült, bevor ich wieder zur Vernunft kam. Ganz bestimmt hatten sie nicht über meinen Mann gesprochen. Die Zeiten, in denen ihn jemand als *niedlich* bezeichnet hätte, sind längst und unwiederbringlich vorbei.

Einen bedrückt aussehenden Joe an der Bar abgefangen und ihn beiläufig gefragt, wie viele Joes es denn bei Pyramid Consultants gäbe. »Nur noch einen«, erwiderte er und wies auf einen sonnengebräunten Adonis mit Strähnchen im Haar, der gerade seinen durchtrainierten Hintern auf der Tanzfläche zu »Lady Marmalade« schwenkte. »Alle vermuten, dass er schwul ist. Was denkst du?«

Schweigend genickt. Mir war übel. Er entsprach genau dem Typen aus *Queer Eye for the Straight Guy* (ein ausgezeichnetes Schwulen-Barometer). Diese Mädchen hatten also doch über meinen Joe gesprochen. Und seine neue Sekretärin *stand* offenbar auf ihn.

28. Januar

Habe überall einen grässlichen, juckenden Ausschlag von dem dämlichen Armani-Kleid – nachdem ich das Miederhöschen ausgezogen hatte, haben die verdammten Pailletten entsetzlich gekratzt. Kein Wunder, dass das Ding um die Hälfte reduziert war. Muss dafür sorgen, dass dem Fetzen etwas zustößt (zum Beispiel, indem ich ihn Katie vor die Nase lege), damit er ein klebriges Ende findet und ich ihn nie wieder anziehen muss.

P. S.: Louise kommt heute aus Dubai zurück – vermutlich beladen mit Diamanten, Gold und Designerklamotten, die alles in den Schatten stellen.

P. P. S.: Habe überlegt. Vielleicht ist der Ausschlag ja eine psychosomatische Reaktion auf mein Ehedrama. Immerhin ist mein Mann als *niedlich* bezeichnet worden. Muss im Internet recherchieren.

29. Januar

Katie und Jack von Kopf bis Fuß mit roten Punkten bedeckt, nachdem sie mit dem teuflischen Giftkleid *Shrek* gespielt haben. Werde TK Maxx informieren müssen, dass sie verseuchte Waren anbieten. Vielleicht Schadensersatz fordern.

P. S.: Bin zu der Erkenntnis gekommen, dass ich, was mögliche Ehekrise angeht, überreagiert habe. Auch wenn bei Joe und mir wohl einiges im Argen liegt, würde er mich niemals betrügen. Er wüsste nämlich gar nicht, wie das geht. Dass seine neue Barbie-Sekretärin ihn attraktiv findet, ist doch nur gesund und normal – so lange er nur nicht dahinterkommt.

30. Januar

Katie und Jack haben die Windpocken! Habe ein furchtbar schlechtes Gewissen, weil ich das Kleid eines Top-Designers für ihren Ausschlag verantwortlich gemacht habe, obwohl sie doch an einer schrecklichen Kinderkrankheit leiden, bei der sogar Spätfolgen drohen. Laut thesickkid.com können Windpocken zum Verlust des Augenlichts, zu Verkrüppelung und sogar zu Hirnschäden führen. Bin erschüttert, da ich durch meine Unachtsamkeit beinahe meine eigenen Kinder umgebracht hätte. Unangemeldet in der Kinderarztpraxis eingetroffen, wo ich die machtgeile Empfangsdame um einen Termin anflehen musste.

»Der Herr Doktor hat heute Morgen viel zu tun.« Finster beäugte sie mich durch die kugelsichere Glasscheibe. »Sie hätten wirklich einen Termin vereinbaren sollen.« War außer mir. Diese alte Hexe hat ja keine Ahnung, was ein medizinischer Notfall bedeutet! Es würde ihr ganz recht geschehen, wenn jemand direkt vor ihrer Hakennase tot umfällt.

Krise spitzte sich zu, als Katie lautstark verkündete: »Die Dame sieht aus wie die böse Hexe aus *Der Zauberer von Oz,* findest du nicht, Mummy?«

Musste daraufhin noch mehr zu Kreuze kriechen und betteln, um eine Stunde in einem übel riechenden, stickigen Wartezimmer sitzen und mich von anderen Kranken anhusten lassen zu dürfen. Eine alte Schachtel hatte sogar den Nerv, mir zu sagen, ich solle Jack bändigen! Ist es denn meine Schuld, dass es in diesem Wartezimmer nichts gibt, womit ein Kind sich beschäftigen könnte? Außerdem wollte er sie doch gar nicht mit meiner Handtasche auf den Kopf schlagen, sondern hat auf Katie gezielt.

Endlich hatte der Arzt Zeit für uns und besaß die Frechheit, mir zu raten, den Kindern Paracetamol zu geben und sie zweimal täglich in Natron zu baden, wenn sie Juckreiz hätten! Außerdem knöpfte er mir für diese Gnade noch fünfundfünfzig Euro ab. Habe meine Sorge im Hinblick auf Hirnschädigungen und andere Behinderungen geäußert. Doch er lachte nur nervös und meinte, um die beiden kleinzukriegen, sei wohl mehr nötig als die Windpocken.

Jack schließlich überredet, den Schraubstockgriff um das Stethoskop des Arztes zu lockern, indem ich ihn mit einer Rolle Aufkleber mit der Aufschrift »Ich war brav beim Arzt« bestach. Dann zur Apotheke, wo ich mir ein Brüllduell mit einer Tussi im weißen Kittel liefern musste, weil sie sich starrsinnig weigerte, mir mehr als zwei Packungen Kinder-Paracetamol zu verkaufen.

»Meine Kinder sind krank, vielleicht liegen sie sogar im Sterben«, schrie ich in heller Wut. »Und Sie wollen ihnen das Schmerzmittel verweigern! Offenbar sind Sie eine perverse Sadistin.«

»Es ist nicht erlaubt, mehr als zwei Packungen auf einmal abzugeben, Madam«, teilte sie mir spitz mit. »Verlangen Sie etwa von mir, dass ich gegen das Gesetz verstoße?«

Ich fixierte sie mit meinem besten bösen Blick (noch wirkungsvoller, wenn ich die Augen umrandet habe; lässt die Menschen aber auch ungeschminkt schlagartig verstummen). »Ich sollte an Ihre Standesorganisation schreiben«, verkündete ich. »Dass unser Gesundheitswesen in der Krise steckt, war mir bekannt. Aber dass es hilflose Kinder diskriminiert, ist nun wirklich der Gipfel.«

In diesem Moment begannen Katie und Jack, bitterlich zu weinen, und die alten Damen hinter uns in der Schlange spitzten aufmerksam die Ohren.

Allerdings ließ sich die böse Apothekerin nicht so schnell unterkriegen. »Madam, für diese Vorschrift gibt es Gründe«, sagte sie, während sie über meine Schulter einen ängstlichen Blick auf die alten Damen warf. Diese drehten ohne Scheu ihre Hörgeräte lauter, damit ihnen bloß nichts entging.

»Wollen Sie mir unterstellen«, brüllte ich und richtete mich zu voller Größe (eins sechzig mit Absätzen) auf, »dass ich meinen eigenen Kindern Schaden zufügen könnte?«

Beim bloßen Gedanken daran schnalzten die alten Damen missbilligend mit der Zunge. Die Apothekerin scharrte verlegen mit ihren weißen Scholl-Sandalen. Eine einzelne wutentbrannte Mutter hätte sie vielleicht noch in Schach halten können – doch eine Horde feindselig gestimmter Seniorinnen war eine ernst zu nehmende Bedrohung.

Schließlich hielt sie dem Druck nicht mehr stand und steckte rasch fünf Packungen in die Tüte. Die Paracetamol-Packungen hoch erhoben und beklatscht von den alten Damen, in der Apotheke einen kleinen Freudentanz aufgeführt. Erin Brockovich, davon kannst du dir eine Scheibe abschneiden.

31. Januar

Bin völlig erschöpft davon, ständig Natronbäder zu verabreichen und hysterische Kinder mit Galmei-Lösung einzureiben. Katie ist wegen der Pusteln im Gesicht und auf der Kopfhaut untröstlich. »Musst du mir jetzt die Haare abschneiden, Mummy? So wie in *Rapunzel?*«, schluchzte sie und betrachtete zum x-ten Mal ihr Spiegelbild in der Ofentür. (Joe hat aus Gründen des Selbstschutzes alle anderen Spiegel verschwinden lassen.)

Habe den Fehler gemacht, ihr zu sagen, dass Narben zurückbleiben können, wenn sie sich kratzt. Sie geriet derart außer sich, dass ich ihr beinahe ein Beruhigungsmittel verabreichen musste. »Ich werde aussehen wie Quasimodo!«, schrie sie, während ihr Tränen und Rotz über das hübsche Gesicht liefen. »Jetzt kriege ich nie einen Freund.« (Das Melodramatische muss sie von Joes Verwandtschaft haben. Ich hingegen bin eine sehr pflegeleichte Patientin – zumindest war ich das, als ich noch krank sein durfte.)

Fand den Moment nicht geeignet, um ein Gespräch zum Thema »Die Menschen sollen dich wegen deiner Persönlichkeit, nicht wegen deines Äußeren lieben« zu führen, und versprach ihr stattdessen, mit ihr zum Friseur zu gehen und ihr einen schicken Schnitt verpassen zu lassen, wenn diese Krise ausgestanden ist.

P. S.: Jack hat eine halbe Flasche Galmei-Lösung ins Klo gegossen und sich die andere Hälfte über den Kopf geschüttet. Bin zu müde, um mich aufzuregen.

P. P. S.: Louise hat uns per Kurier eine DVD von *Die Schöne und das Biest* geschickt, damit die Kinder sich nicht langweilen. Habe mich plötzlich erinnert, wie lieb sie sein kann, und war ihr sehr dankbar. Muss sie anrufen, um alles über Dubai zu erfahren.

P. P. P. S.: Katie ist überzeugt, dass sie eher wie das Biest aussieht als wie die Schöne.

1. Februar

Katie und Jack haben heute von Mum und Dad Karten zur baldigen Genesung bekommen. Dad hat ein Foto von mir beigelegt, auf dem ich vier Jahre alt bin – mit roten Pusteln bedeckt und finster dreinblickend.

Habe ihn empört angerufen. Bin entsetzt, dass er ein leidendes Kind (mich) in einer schweren gesundheitlichen Krise fotografiert hat.

Er bekam einen Lachanfall. »Du warst so urkomisch, Susie«, prustete er. »Deine einzige Sorge war, ob Conor Dunne dich so immer noch lieben würde. Und dabei konnte der arme alte Conor dich nicht ausstehen, mit oder ohne Pusteln!« Noch mehr brüllendes Gelächter.

»Was Conor Dunne von mir hielt, war mir ganz egal, Dad«, entgegnete ich entrüstet. »Außerdem war er es, der für mich geschwärmt hat, nicht umgekehrt.«

»Schon gut. Deshalb hast du ja auch einen Koffer gepackt, ihn mit in den Kindergarten genommen und Conors Mutter mitgeteilt, du würdest jetzt bei ihnen einziehen.« Ich erinnerte mich dunkel. »Und als Conor nicht einverstanden war, hast du zwei Monate lang geschmollt!« Weiteres Lachen.

»Wie ich es im Gedächtnis habe, Dad, hatte Mrs. Dunne mich zum Spielen und Übernachten eingeladen. Aber dann wurde Conor krank, und es musste abgesagt werden.«

»Und du bist darauf hereingefallen.« Dad brachte vor lauter Kichern kaum einen Ton heraus. Hörte, wie Mum ihm das Telefon aus der Hand riss. Dann ertönte ein Klick. Habe den leisen Verdacht, dass Mum die Geschichte meiner Missgriffe ein wenig umgeschrieben hat, um meine Gefühle zu schonen.

P. S.: Louise rief an, um mich mit aufregenden Geschichten von ihren Eskapaden in Dubai zu unterhalten. Ist ihr denn nicht klar, dass ich hier mitten in einer schweren Gesundheitskrise stecke?

P. P. S.: Gerade ist mir eingefallen, dass ich gestern die Krabbelgruppe verpasst habe. Wahrscheinlich besser so. Könnte wegen des Zwischenfalls mit dem einsamen Vater auf dem Parkplatz noch immer im Erdboden versinken.

2. Februar

Schrecklich mit Joe wegen gar nichts gestritten, als er *wieder* spät aus dem Büro kam. »Susie, ich tue mein Bestes«, erwiderte er in erschöpftem Ton, damit mir auch sicher nicht entging, dass die gesamte Last der Wirtschaft auf seinen Schultern ruhte. »Aber im Büro ist zurzeit der Teufel los, und wenn ich in den Vorstand will, muss jeder sehen, dass ich auch genug Zeit investiere.«

»Was nützt es, wenn du in den Vorstand kommst und dafür deine eigenen Kinder nicht mehr siehst?«, schrie ich. »Wenn man sich anschaut, wie viel Unterstützung ich von dir kriege, könnte ich genauso gut alleinerziehend sein.« Darauf folgte der vollständige Vortrag, ich würde als Ehefrau nicht wertgeschätzt und sei für ihn doch nur Mutter, Krankenschwester, Haushälterin und so weiter.

»Ich bin nicht der Einzige, der Überstunden machen muss«, meinte er, während er Jack mit Weetabix fütterte – das dieser prompt wieder ausspuckte. »Das ganze Team war gestern bis elf da.«

»Die vollbusige Barbie vermutlich auch«, zischte ich so feindselig wie eine eifersüchtige Ehefrau in *Wife Swap*.

»Was soll denn das jetzt schon wieder?« Joe wischte sich mit einem Geschirrtuch Weetabix von der Krawatte.

»Deine neue Sekretärin«, brüllte ich. »Sei doch ehrlich, eine Vogelscheuche ist sie nicht gerade.«

»Becky?« Wenigstens besaß Joe den Anstand, ein empörtes Gesicht zu machen. »Herrje, ich könnte ihr Vater sein.«

Hätte mir gleich denken können, dass sie einen Kleinmädchennamen wie Becky hat. Passt überhaupt nicht zu dem Pornostar-Kleid, das sie auf der Weihnachtsfeier trug.

»Vielleicht gefällst du dir ja in der Rolle des älteren Wohltäters.« Ich war noch nicht zum Aufgeben bereit.

»Meine Güte, Susie, reiß dich zusammen«, seufzte Joe und verdrehte die Augen zum Himmel, eine wirklich ärgerliche Angewohnheit, die er sich mit neunzehn zugelegt hat. Damals hat ihm wohl jemand weisgemacht, dass das bei einem Streit distinguiert wirkt. »Um als älterer Wohltäter aufzutreten, braucht man ein höheres Gehalt, als ich es habe. Jetzt muss ich los. Bis später.«

»Ja, viel später«, rief ich ihm nach, während er die Kinder zum Abschied küsste. (War versucht, ein paar Teller an die Wand zu werfen, um meinen Worten Nachdruck zu verleihen.)

Bin ziemlich erschrocken über meine kleinen Ausbrüche. Offenbar fühle ich mich tief in meinem Unbewussten von Joes neuer Sekretärin, ihren endlos langen Beinen und ihrem straffen Busen bedroht. Vermutlich bin ich auch sauer auf Joe, weil er in der vergangenen Woche kein einziges Natronbad verabreicht und keinen Tropfen Galmei-Lösung verrieben hat.

Muss diesen Gefühlen auf den Grund gehen. Werde sonst noch zu einer verbitterten Rachegöttin.

P.S.: Habe den Fehler gemacht, Mrs. H. zu sagen, dass Joe mir mit den kranken Kindern keine Hilfe ist.

»Susie, das ist doch Aufgabe der Mutter«, entsetzte sie sich. »Dieser neumodische Unsinn, dass Väter Windeln wechseln und nachts aufstehen sollen, ist einfach albern. Joes Vater hat nie einen Finger krumm gemacht. Niemals.« Interessanterweise schien sie stolz darauf zu sein. Habe beschlossen, ihr zum Geburtstag *Der weibliche Eunuch* zu schenken.

3. Februar

Habe entschieden, Katie wieder in den Kindergarten zu schicken, da ihre Pusteln inzwischen fast verheilt sind. Am Tor Zoe und die Ökomutter getroffen. Zoe schwang einen Dinosaurier aus Pappmaché über dem Kopf, als wäre sie ein kleiner Zulu-Krieger.

»Die Windpocken waren ja so ein Spaß«, begeisterte sich die Ökomutter. »Wir hatten ganz viel Zeit, um uns eine schöne Zeit zu machen und zusammen zu basteln.«

Zoe grinste Katie hämisch zu, was eindeutig »Meine Mummy ist besser als deine« heißen sollte.

»Ja«, flötete ich, wobei ich flehte, dass Katie mich nicht im Stich lassen würde. »Wir haben auch viele schöne Sachen gebastelt, richtig, Katie?«

Offenbar begriff Katie, worauf ich hinauswollte. »Ja, unser Dinosaurier ist viel, viel größer als deiner, Zoe«, verkündete sie selbstzufrieden. »Morgen bringe ich ihn mit. Darf ich, Mummy?« Sie bedachte mich mit einen drohenden Blick, der ganz klar »Wenn du nicht mitspielst, singe ich wie ein Vögelchen« bedeutete. Also nur stumm genickt.

Jetzt wundert es mich nicht mehr, dass Katie mir so bereitwillig beim Lügen geholfen hat. Habe versucht, nicht zu erbleichen, obwohl mich die Vorstellung, aus feuchtem Klopapier und Kleister einen dämlichen Dinosaurier basteln zu müssen, mit Grauen erfüllt.

P. S.: Zoe hat keine einzige Narbe im Gesicht. Offenbar hat die Ökomutter irgendeine homöopathische Schmiere aus Kräutern und grünem Tee zusammengepantscht und sie damit eingerieben. Bin sicher, dass das gegen irgendwelche gesundheitlichen Vorschriften verstößt. Muss recherchieren.

P. P. S.: Kann es kaum erwarten, Joe von der durchgeknallten Ökomutter zu erzählen; geht aber nicht, solange er sich nicht für sein unmögliches Verhalten von vorgestern entschuldigt.

4. Februar

Heute Morgen mit Katie über die Kleiderfrage gestritten. Die dämlichen Erzieherinnen haben den Kindern nämlich weisgemacht, der Frühling hätte angefangen. Und nun bestand Katie darauf, heute eine Radlerhose und ein gesmoktes Oberteil anzuziehen. Dass die Außentemperatur drei Grad beträgt, spielte für sie keine Rolle. Bildungseinrichtungen können manchmal ganz schön Sand ins Getriebe streuen.

Habe Katie stattdessen zu Fleecepulli und Jeans überredet – aber nur unter der Bedingung, dass sie sich wie ein Hollywood-Starlet eine Sonnenbrille ins Haar setzen durfte. (Vielleicht sollte ich die alten Ausgaben von *Heat* mit einer schmollmundigen Catherine Zeta-Jones auf dem Titel endlich zum Altpapier-Container bringen.)

P. S.: Joe bleibt weiterhin stur. Um halb zwölf zu mir ins Bett gekrochen und sofort in Rückenlage eingeschlafen – das Ergebnis war ein ganznächtiges Schnarchen. Wollte, dass er aufhört, konnte aber nichts tun, weil ich dann als Erste das Schweigen hätte brechen müssen.

5. Februar

Allen Mut zusammengenommen und trotz Parkplatz-Debakel wieder zur Krabbelgruppe gegangen. Der einsame Vater zuckte nicht mit der Wimper, als ich hereinkam, sondern winkte mir nur freundlich zu, als säßen wir alle im selben Boot. Schön, dass es noch Männer gibt, die sich von den Höhen und Tiefen des Lebens nicht kirre machen lassen – offenbar hat seine Frau ihn gut erzogen. Außerdem scheint er kein Problem damit zu haben, Hausmann zu sein. Joe würde lieber eine Handvoll Maden verspeisen. Offenbar hat der einsame Vater die Mütter ein wenig in Aufregung versetzt. Diese Woche ist eindeutig mehr Lippenstift zum Einsatz gekommen als beim ersten Mal, und ich habe mindestens drei Mütter dabei ertappt, dass sie ihre Trainingsjacken ein kleines bisschen zu weit geöffnet trugen. Zwei besonders ansehnliche Exemplare – Marita und Heidi – warfen sich ihm buchstäblich an den Hals.

Getan, als stünde ich über diesen Dingen, nicht weiter darauf geachtet und ausgelassen mit Jack gespielt – bis dieser beschloss, dass er keine Lust mehr hatte, und sich verdrückte, was zu einer kleinen Suchaktion führte.

P. S.: Heute tat mir der einsame Vater richtig leid. Keinen Moment hatte er Ruhe, weil sich sämtliche verzweifelten Hausfrauen an die Spuren seiner Wildlederslipper hefteten. Als ob sich ein mehrfach ausgezeichneter Kriegsberichterstatter für traurige wabbelbäuchige Muttis interessieren würde. Manche Frauen haben nicht die Spur von Selbstachtung.

P. P. S.: Kalter Krieg geht weiter. Allerdings hat Joe mich heute gebeten, ihm die Milch zu reichen. Vielleicht kommt er ja endlich zur Vernunft.

6. Februar

Oprah war heute sehr spannend. Es ging um Vergebung und Heilung. Sie hatte eine Menge ausgesprochen interessanter, nah am Wasser gebauter Gäste eingeladen, die schilderten, wie sie zuerst ihren Feinden vergeben mussten, um ihr seelisches Gleichgewicht wiederzufinden. Hätte schwören können, dass selbst Oprah die Tränen in die Augen stiegen. Das passiert ihr sonst nie (habe manchmal den Verdacht, sie könnte Probleme haben, ihre Gefühle auszudrücken). Das als Zeichen gedeutet, um Joe anzurufen. War ja genau genommen nicht der erste Schritt, denn schließlich hat er ja gestern beim Frühstück mit mir gesprochen.

Der Arme klang am Telefon ziemlich bedrückt und den Tränen nah – vielleicht hat er ja wirklich vor Erleichterung geweint, weil das Schweigen nun aufgehoben ist. Hat versprochen, heute rechtzeitig zum Abendessen nach Hause zu kommen. Fühle mich sehr gut und spirituell. Oprah hat recht – moralische Überlegenheit ist wirklich etwas Erhabenes. Bin zu Iceland, um Backhähnchen zu holen – Oprahs Lieblingsessen.

7. Februar

Joe krankgeschrieben – Halleluja!

Habe die Gelegenheit genützt und mich mitten in der Woche mit Louise zu einem gemütlichen Brunch in der Stadt getroffen. So wie damals, als ich noch eine freie Frau und in der PR-Branche war und herumsitzen und Cappuccino trinken konnte, so lange es mir gefiel. Joe wirkte ein wenig beunruhigt, weil ich ihn mit Jack allein ließ, und erhöhte den Einsatz mit ein wenig vorgetäuschtem Husten und Niesen, als ich schon fast in der Tür stand. »Ich weiß nicht, ob ich mich wohl genug fühle, um auf ihn aufzupassen, Susie«, keuchte er gekünstelt. »Es geht mir wirklich nicht gut.«

»Ich bringe dir Lemsip-Erkältungssaft mit, Schatz«, rief ich, bevor ich die Tür hinter mir zuschlug. »Ach, übrigens muss Katie um zwölf abgeholt werden.« Den letzten Satz brüllte ich durch den Briefschlitz, für den Fall, dass er mich nicht gehört hatte.

Kam mir sehr frei und wie Audrey Hepburn vor, als ich in einem schicken Restaurant in der Stadt saß und Milchkaffee trank. Trug einen schwarzen Pulli mit Polokragen und meine beste schwarze Wollhose (nur für besondere Anlässe mit beulenfreien, leicht ausgestellten Beinen). Malte mir schon aus, man könnte mich für eine steinreiche Dame der Gesellschaft halten, die gerade einen riesigen Wohltätigkeitsball für Waisenkinder plant, als Louise hereingerauscht kam. Sie hatte ein hellblaues Leinenkostüm an (ärgerlicherweise unzerknittert) und eine cremefarbene geflochtene Handtasche in der Hand. Habe erkannt, dass meine vierjährige Modeberaterin recht hatte: Wintersachen sind absolut out.

»Ein Mineralwasser bitte«, bestellte Louise bei einem lächelnden Kellner, der plötzlich aus dem Nichts erschienen war. »Ich muss mich unbedingt entgiften, Susie«, meinte sie dann zu mir. Ihr makelloses Spiegelbild wurde von meiner Kaffeetasse reflektiert und blendete mich für einen Moment. »Von der vielen Herumreiserei ist meine innere Uhr völlig aus dem Takt.«

Das restliche Mittagessen damit verbracht, an meinem Pulli herumzuzupfen und mindestens vier Milchkaffees in mich hineinzukippen (wenn ich ehrlich bin, begleitet von einem Cheseburger mit gewellten Fritten sowie einem Stück Käsekuchen mit extra Sahne).

»Ach, Susie, was mache ich nur mit Steve?« Anmutig wie eine hübsche Gazelle nippte Louise an ihrem Mineralwasser, während ich mir das Fett von den Lippen wischte.

»In welcher Hinsicht?«, hakte ich vorsichtig nach. Hatte sie mir etwa schon von ihren Problemen erzählt, ohne dass ich es mitbekommen hätte? Verzweifelt versucht, mich zu erinnern, und dabei eine Fritte in den Mund geschoben.

»Ich weiß nicht, was los ist«, sagte sie traurig und starrte ins Leere. »Ich bin einfach nicht sicher, ob wir dieselben Dinge wollen.«

Bingo! Das war der Auftakt zu einem Gespräch zum Thema »Ich will eine feste Beziehung«. Eine der leichtesten Übungen, weil man dabei nicht einmal richtig zuhören, sondern nur an den richtigen Stellen anteilnehmend nicken muss. Habe versucht, Blickkontakt mit dem Kellner aufzunehmen und in Zeichensprache einen weiteren Milchkaffee zu bestellen. Aber der Gute war zu sehr mit seinen Fingernägeln beschäftigt, um mich wahrzunehmen.

Mich eine Stunde lang durch einen Monolog in Sachen »Soll ich oder soll ich nicht?« gebrummelt. Beim Nachhausekommen Joe totenblass und im Fieberwahn auf dem Sofa vorgefunden, während Jack mit seinen Magic Markers Pünktchen malte. Auf Joes Gesicht.

8. Februar

Joe ist wirklich krank. Der Arzt hat einen Hausbesuch gemacht (den ersten, soweit ich mich erinnern kann – offenbar sind beide Mitglied in demselben geheimen Männerbund) und eine echte Grippe diagnostiziert. »Sie sind für mindestens eine Woche lahmgelegt, Joe«, sagte er und hielt, Jack argwöhnisch musternd, sein Stethoskop fest umklammert. »Außerdem müssen Sie sich schonen – keine körperliche Anstrengung und kein Stress.«

»Tja, dann fällt der Marathon wohl flach«, kicherte ich.

Joe und der Arzt schienen sich gegen mich verbündet zu haben und warfen mir einen tadelnden Blick zu.

Wissen die beiden denn nicht, dass Lachen die beste Medizin ist?

Rasch eine Miene à la besorgte, liebende Ehefrau aufgesetzt.

»Und vergessen Sie nicht, viel Flüssigkeit und Ruhe«, fügte der Arzt hinzu und ging zur Tür, während Jack ihn neugierig betrachtete. »Er wird viel Pflege brauchen, Susie«, wies er mich noch an.

Kein Problem – ich habe so oft *Emergency Room* gesehen, dass ich vermutlich selbst eine dreifache Bypass-Operation durchführen könnte, wenn es sich nicht umgehen ließe. Den restlichen Tag damit verbracht, Joe jeden Wunsch von den Augen abzulesen, seine triumphierenden Blicke zu ertragen und mich zu beherrschen, um ihn nicht mit Jacks liebstem Nemo-Kissen zu ersticken. Habe schließlich Katie mit ihrem Arztkoffer zu ihm geschickt, um Florence Nightingale zu spielen und ihm die Stirn abzutupfen – der Zweck heiligt die Mittel.

9. Februar

Heute von Mum eine gewaltige Standpauke zum Thema lieblose Ehefrau über mich ergehen lassen müssen. »Hoffentlich pflegst du Joe auch richtig, Susie«, dozierte sie am Telefon. »Er braucht viel Flüssigkeit und Ruhe. Mit der Grippe ist nicht zu spaßen, das weißt du ganz genau. Sie kann einen wochenlang lahmlegen.«

Ziemlich besorgt wegen des letzten Satzes – glaube nicht, dass ich das noch sehr lange aushalte. Musste Gespräch beenden, weil es an der Tür läutete. Es war Joes Mutter, bepackt mit Hühnersuppe und zwielichtigen Autozeitschriften, auf deren Titelseiten sich vollbusige Blondinen auf der Kühlerhaube eines Porsche Boxster räkelten. »Wie geht es dem armen Jungen?«, fragte sie, drängte sich an mir vorbei und hastete die Treppe hinauf, bevor ich Gelegenheit hatte, Jack auf sie zu hetzen. Um nicht Zeugin von Joes oscarreifem Gekeuche und seiner Leidensmiene werden zu müssen, mich in der Küche verbarrikadiert und getan, als müsse ich Gemüse für noch mehr Suppe schälen.

Schließlich kehrte die Supermutter zurück. Sie murmelte etwas über Staubflocken und Grippeimpfungen. »Du solltest dir wirklich einen Dyson-Staubsauger zulegen, Kind.« Angewidert ließ sie den Blick über klebrige Arbeitsflächen und das fettige Frühstücksgeschirr schweifen. »Es ist so wichtig, die bösen Krankheitskeime in Schach zu halten, insbesondere wegen der Kinder.«

Jack, der gerade dabei war, sich den Rest seines Weetabix in die Haare zu schmieren, beäugte sie argwöhnisch, als befürchte er, sie könne sich mit dem J-Cloth-Staublappen über ihn hermachen.

»Wenn Joe euch alle ernähren soll, muss er bei guter Gesundheit bleiben«, fuhr Mrs. H. gnadenlos fort. »Schließlich ist er ja hier der Alleinverdiener.«

Musste mich beherrschen, um sie nicht mit dem Kartoffelschäler zu erstechen.

P. S.: Joe dabei erwischt, wie er bei einem Telefonat mit dem Büro den starken Mann mimte. An der Schlafzimmertür gelauscht, während er mit Befehlen um sich warf wie der Typ in der Lemsip-Werbung. »Schicken Sie die Kontendaten sofort an Charles, aber dalli«, forderte er in dem unnachgiebigen Ton, den er, wie ich bis jetzt dachte, nur beim Windelwechseln anschlägt. Nicht einmal die Andeutung eines Schniefens.

10. Februar

Ein griesgrämiger Motorradkurier hat heute Morgen um acht fast die Tür eingetreten. Brachte haufenweise streng geheime Dokumente, die Joe sich ansehen muss. Bin stinksauer auf seinen Arbeitgeber, weil er ihn belästigt, obwohl er offiziell krankgeschrieben ist (mit ärztlichem Attest). Wie soll er denn heute Vormittag auf Jack aufpassen, während ich zum Friseur gehe, wenn er dabei Akten liest?

Das ist das Problem mit den heutigen Konzernen: Sie kennen keine menschliche Wärme und erwarten, dass ihre Mitarbeiter rund um die Uhr schuften wie herzlose Roboter. Kein Wunder, dass dieser Lemsip-Erkältungssaft so ein Verkaufsschlager ist – das Produkt ist genau auf die Erwartungen des

Arbeitgebers zugeschnitten. Würde am liebsten an RTÉ schreiben und den Leuten dort mitteilen, dass sie mit der Ausstrahlung dieses Werbespots womöglich gegen die Menschenrechte verstoßen. Werde auf der Website von Amnesty International nachschauen, sobald ich vom Friseur zurück bin.

P. S.: Mrs. H. rief an, um sich nach dem Befinden ihres »armen Jungen« zu erkundigen. War versucht, ihr zu sagen, dass die Softpornos, die sie ihm mitgebracht hat, prima wirken.

11. Februar

Joe hat sich heute wieder ins Büro geschleppt. Finde zwar, dass es noch zu früh ist, aber er war nicht davon abzubringen. Muss sein – wenn auch irregeleitetes – berufliches Engagement bewundern. Das Haus ist unheimlich still (bis auf Jack, der im Takt zur *Bob-der-Baumeister*-Titelmelodie mit dem Kopf auf den Boden schlägt). Louise angerufen, um ein bisschen zu jammern, weil ich mich einsam fühlte. Sie war blendender Laune.

»Danke für deine guten Tipps letztens, Susie«, sprudelte sie hervor. »Es klappt großartig. Seitdem ich Steve zwei ganze Tage lang nicht angerufen habe, werde ich ihn nicht mehr los wie einen Ausschlag.«

Kann mich nicht erinnern, beziehungsrettende Ratschläge gegeben zu haben. Bin offenbar spirituell so gut auf meine Mitmenschen eingestellt, dass ich sie inspiriere, ohne etwas dazu tun zu müssen. So zufrieden mit mir, dass ich mir eine *OK!* (den spannenden Artikel über die merkwürdigen Handlinien diverser Promis durfte ich mir einfach nicht entgehen lassen), einen Schokomuffin und einen Milchkaffee gegönnt habe.

12. Februar

Louise hat um acht angerufen, als ich gerade dabei war, die Kinder in eine Ecke zu treiben und ihnen die Schlafanzüge vom Leibe zu reißen. Habe vor Schreck fast einen Herzinfarkt gekriegt, als das Telefon läutete, weil ich sicher war, jemand sei bei einem tragischen Unfall getötet, verletzt oder zumindest schwer verstümmelt worden.

Vor lauter Weinen brachte sie kaum einen Ton heraus. Brauchte deshalb eine Weile, um zu verstehen, was sie mir sagen wollte. »Steve hat gestern Abend mit mir Sch-sch-schluss gemacht«, schluchzte sie dramatisch.

Versucht, mitfühlende Geräusche auszustoßen und dabei Jack in den Schwitzkasten zu nehmen, damit ich ihm sein Sweatshirt anziehen konnte.

»Vielleicht ist es ja besser, dass du ihn los bist«, meinte ich. »Du warst dir ja deiner Gefühle für ihn selbst nicht ganz sicher, oder?«

»Ich glaube, er hat mich betrogen.« Sie ging nicht auf meine Frage ein. »Als wir uns gestern Abend trafen, stank er nach billigem Parfüm.«

»O nein!« Das war ja entsetzlich.

»Ich weiß es genau.« Sie hickste. »Bestimmt treibt er es mit dieser Schlampe Debbie aus seinem Büro. Sie ist das einzige Flittchen, das ich kenne, das so ein scheußliches Parfüm benutzt.«

»Vielleicht mussten sie ja wirklich Überstunden machen.« Mit den Zähnen zog ich Jack die Armyhose hoch. Zwar nicht geglaubt, dass die Sache mit den Überstunden der Bringer war, aber man muss sich in solchen Situationen in Acht nehmen. (Wenn ich etwas in der Show von Jerry Springer gelernt habe, dann, dass streitende Paare sich im Nu wieder versöhnen und ein Herz und eine Seele sind, während die beste Freundin als

Überbringerin der schlechten Nachricht verteufelt und vom Proll-Publikum ausgebuht wird.)

»Sei nicht albern, Susie«, schniefte Louise. »Dieser faule Kerl hat im Leben noch keine einzige Überstunde gemacht. Wenn ein Typ behauptet, dass er länger im Büro bleiben muss, heißt das immer, dass er herumvögelt.«

»Das ist nicht zwangsläufig so«, fiel ich ihr ins Wort. Habe mich ein wenig flau gefühlt.

Aber sie war nicht mehr aufzuhalten. »Außerdem ist es ganz egal, ob er es mit einer anderen treibt. Er sagt nämlich, er hätte die dämlichen Spielchen satt.«

»Was mag das wohl bedeuten?«, fragte ich. Dieser Steve schien ja wirklich ein wenig gestört zu sein.

»Das *bedeutet,* Susie, dass dein bescheuerter Rat, ihn schmoren zu lassen, damit er am Ball bleibt, genau das Gegenteil bewirkt hat und dass ich jetzt *wieder einmal* solo bin.«

»Das ist ein bisschen unfair«, erwiderte ich. »Schließlich bin ich doch nicht schuld an seinem Seitensprung.«

»Ach, Seitensprünge kommen bei *allen* Männern vor, Susan«, zischte sie in bedrohlichem Ton. »Mach dir doch nichts vor.«

Stand immer noch unter Schock, weil sie mich *Susan* genannt hatte (das letzte Mal hat sie das mit dreizehn getan, weil ich versehentlich ihren Freund abgeknutscht habe), als entweder die Verbindung abbrach oder sie den Hörer hinknallte. Bin bis ins Mark erschüttert. Was kann ich denn dafür, dass dieser Steve an Bindungsangst leidet? Dr. Phil würde Louise vermutlich empfehlen, ihre eigenen Verhaltensmuster unter die Lupe zu nehmen, bevor sie wahllos mit Vorwürfen um sich wirft. Vielleicht hat sie insgeheim ja selbstzerstörerische Tendenzen und gerät deshalb immer wieder an Psychokrüppel. Allerdings wird dazu eine jahrelange Intensivtherapie nötig sein. Jedenfalls kann sie mich nicht für Ratschläge verantwortlich machen, die ich unter dem Einfluss von Milchkaffee und Fritten gebe. Das müsste sie inzwischen eigentlich wissen.

P. S.: Die Bemerkung, dass Seitensprünge bei *allen* Männern vorkämen, verfolgt mich. Was mag sie wohl damit gemeint haben?

P. P. S.: Sollte das Café anrufen, wo dieses angebliche Gespräch stattgefunden hat. Vielleicht haben sie es ja heimlich mit der Überwachungskamera aufgenommen. Ob Louise sich den Tipp, dass sie ihn schmoren lassen soll, nur eingebildet hat? Ich kann mir jedenfalls nicht vorstellen, dass ich so etwas gesagt habe. Jetzt brauche ich nur noch den Beweis auf Video.

13. Februar

Letzte Nacht in Panik aufgewacht. Das Herz raste in meiner Brust, als hätte jemand einen Notfall aus *Emergency Room* ins wirkliche Leben versetzt. Das knöchellange Nachthemd, das Joes Mutter mir zusammen mit dem schauderhaften roten Fleecebademantel zu Weihnachten geschenkt hat (ein grässliches Teil, aber *sooooo* bequem), klebte mir schweißnass am Körper.

Hatte gleißende Erleuchtung: Louise glaubt, Joe hätte eine Affäre! Das wollte sie mit ihrer Bemerkung sagen, dass Seitensprünge bei allen Männern vorkämen. Es war eine verschlüsselte Botschaft, die meinen eigenen Ehemann betrifft. Hätte ihr nie anvertrauen dürfen, dass Joes neue Sekretärin ihn *niedlich* findet. Den Rest der Nacht hin und her gewälzt und mir vorgestellt, wie Joe es mit einer anderen Frau treibt (ziemlich schwierig bei seinem Gegrunze und Geschnarche, habe es aber geschafft).

Habe Louise bis jetzt für meine beste Freundin gehalten, bin jedoch inzwischen nicht mehr so sicher. Könnte sein, dass ich mir eine neue beste Freundin suchen muss wie in den Frauenromanen.

P. S.: Mum rief an, um mir mitzuteilen, dass Dad und sie zu einem spontanen romantischen Valentinskurzurlaub nach Madrid fliegen. Gut, dass ich den Valentinstag für eine reine Verkaufsveranstaltung halte. Wäre sonst neidisch gewesen.

Sie war entsetzt zu hören, dass ich eine Gegnerin des Valentinstages bin (obwohl ich es ihr jedes Jahr wieder sage). Wäre vermutlich weniger schockiert gewesen, wenn ich ihr erzählt hätte, dass Joe es vielleicht mit seiner Sekretärin treibt und dass Louise und ich uns offiziell zerstritten haben. »Aber du solltest diesen Tag feiern, mein Kind«, flötete sie ins Telefon wie ein liebeskranker Teenager. »Die Liebe ist doch das Wichtigste im Leben einer Frau.«

Habe gehört, wie Dad im Hintergrund eine anzügliche Bemerkung machte. Irgendwas mit Chianti und Paella.

War kurz davor, Mum alles über meinen schrecklichen Streit mit Louise und meinen Verdacht zu erzählen, Joe könnte mich betrügen. Hielt den Zeitpunkt aber für ungeeignet. Wollte ihr ihre romantischen Illusionen noch nicht rauben.

14. Februar: Valentinstag

Katie hat im Kindergarten eine wunderschöne Karte zum Valentinstag gebastelt. Es war ein großes rotes, über und über mit Glitzer bedecktes Ungeheuer darauf. Ausgesprochen kreativ. Vielleicht sollten wir sie in einer richtigen Malschule anmelden, um ihr Talent zu fördern.

»Wer ist denn das, Schatz?«, fragte ich, während sie die Karte so hielt, dass Jack sie nicht mit seinen schmutzigen Fingern erwischen konnte, und schnallte sie im Kindersitz fest.

»Das bist du, Mummy«, verkündete sie mit fester Stimme. »Der silberne Glitzer sind deine Tränen.«

»Tränen? Warum weine ich denn?« Ich lachte auf. Was hat das Kind nur für eine blühende Phantasie!

»Weil Daddy in der Arbeit ist, bist du ganz allein und traurig. Können wir zum Herzchentag zu McDonald's?«

Bin wie benebelt zu McDonald's gefahren. Selbst Katie findet, dass mit meiner Ehe etwas im Argen liegt. Vielleicht hat Louise ja recht und Joe hat tatsächlich eine heimliche Affäre. Bei McDonald's einen schwachen Moment gehabt und nicht den gesunden Salat, sondern einen doppelten Cheeseburger mit Pommes und eine Cola light bestellt. Niemand kann von mir erwarten, dass ich in einer solchen Stresssituation Salatblätter kaue. Zum Glück dadurch wieder zur Vernunft gekommen. (Wer sagt, dass Fast Food nur schädlich ist?) Dass Joe eine Affäre hat, kann einfach nicht sein. Er ist nicht der untreue Typ. Sicher schließt Louise in ihrem Männerhass nur von sich auf andere. Ein klassischer Fall von negativer Übertragung also. Klingt absolut logisch.

P. S.: Nur für alle Fälle beschlossen, aus rein wissenschaftlichem Interesse eine gründliche Untersuchung zum Thema Untreue durchzuführen. Habe »Untreue« gegoogelt – und bin auf schätzungsweise vier Millionen Webseiten gestoßen. Geht denn alle Welt fremd? Die Untersuchung könnte also länger dauern, als ursprünglich geplant.

Gründe für die Annahme, dass Joe eine Affäre haben könnte:

- Wir haben keinen Sex mehr (das letzte Mal vor schätzungsweise sechs Wochen).
- Wir reden kaum noch miteinander (»Gib mir mal das Salz/die Fernbedienung/die Klorolle« zählt nicht).
- Er hat eine aufregende neue Sekretärin mit den Traummaßen 90-60-90.
- Seine neue Sekretärin findet ihn *niedlich*.
- Er bleibt von Tag zu Tag länger im Büro.

Gründe für die Annahme, dass Joe keine Affäre hat:

- Er hat nicht abgenommen (offen gestanden hat er sogar ein bisschen zugelegt).
- Er treibt nicht plötzlich Sport (zappen mit der Fernbedienung gilt nicht).
- Er benutzt kein neues Rasierwasser mit aufregendem Duft (während ich ihm vor dem Thigh-Master-Debakel ein Egoiste-Rasierwasser und -Balsam von Chanel gekauft habe).
- Er hat weder angefangen, sich für sein Alter unpassend jugendlich zu kleiden noch sich in einem peinlichen Versuch, jünger zu wirken, die Haare zu färben.
- Er hat keinen blassen Schimmer vom Flirten (wenn er sexy sein will, errötet er meistens nur charmant und jungenhaft und gerät ins Stottern).
- Er liebt seine Kinder (auch wenn er sie kaum zu Gesicht kriegt).
- Anleitung: Letzten Punkt streichen – wie allgemein bekannt, sind Männer sehr wohl in der Lage, die Existenz ihrer Kinder zu verdrängen, wenn sie ihre Sekretärin auf dem Schreibtisch flachlegen, obwohl sie sich doch zu Hause im trauten Familienkreis *Fear Factor* anschauen sollten.

Würde so gerne Louise anrufen und sie um Rat fragen, habe aber meinen Stolz. Bin ganz allein auf der großen, weiten Welt.

15. Februar

Gestern Abend von Joe einen riesigen Strauß roter Tulpen bekommen. »Ich muss noch mal zurück ins Büro zu einer Sitzung, Susie«, sagte er und küsste mich keusch auf die Stirn. »Aber warum wartest du nicht auf mich?«

Katie beim Anblick dieser öffentlichen Zärtlichkeitsbekundung in schiere Verzückung geraten. »Ist Daddy nicht romantisch, Mummy?«, hauchte sie träumerisch. »Du hast ja so ein Glück. Er ist wie der Prinz aus dem Märchen.«

Bin sofort argwöhnisch geworden. Haben nämlich noch *nie* Valentinstag gefeiert. In unserer Naivität vor der Hochzeit haben wir sogar beschlossen, jeden Tag im Jahr so fürchterlich romantisch zu sein, dass wir uns den Valentinstag sparen könnten. (Das war damals, als wir noch zusammen in den Supermarkt gingen, uns über dem Einkaufswagen an den Händen hielten und uns vor den Gefriertruhen küssten.)

www.infidelitysucks.com – Untreue stinkt – zu Rate gezogen, sobald Katie und Jack im Bett waren. (Anscheinend die umfassendste Sammlung von traurigen Berichten sitzengelassener Eheleute.) Rasch zu dem Schluss gekommen, dass es sich bei dem wunderschönen (und sündhaft teuren) Strauß roter Tulpen um ein klassisches Geschenk zur Bekämpfung von Schuldgefühlen handelt. Also hat Joe doch eine leidenschaftliche Affäre mit seiner Sekretärin, die die Traummaße 90-60-90 hat und aussieht wie eine Barbiepuppen-Fehlpressung.

Schenkt Ihr Mann Ihnen plötzlich grundlos Blumen? Wenn ja, besteht die Möglichkeit, dass er Sie betrügt! Rufen Sie diese gebührenfreie Nummer an und holen Sie sich Rat, wie Sie den Mistkerl auf frischer Tat ertappen können! (Es gelten die allgemeinen Geschäftsbedingungen.)

Musste neuen Becher Eis mit Schokosplittern von Ben and Jerry aufmachen. Mir das Hirn zermartert, wann Joe mir zuletzt Blumen geschenkt hat – der Tag, an dem er mir vorwarf, ich säße nur vor dem Fernseher, anstatt seine Unterhosen zu bügeln, fiel mir ein. (Erst an den Tag gedacht, an dem er mit meiner Halbschwester geschlafen hat und mich demütig um Verzeihung bitten wollte. Mich dann jedoch erinnert, dass das der Serien-Ehebrecher in Dr. Phils Sondersendung zum Thema Untreue gewesen war.)

Mit flauem Gefühl im Herzen Blumen in die Vase gestellt und mit noch flauerem Gefühl im Magen zu Bett gegangen (Eiscreme von Ben and Jerry ist unbeschreiblich lecker, doch eine halbe Packung pro Sitzung genügt vermutlich). Mich schlafend gestellt, als das betrügerische Schwein von einem Ehemann sich neben mich legte und mir Koseworte ins Ohr raunte.

Eine schlaflose Nacht mit dem Schmieden von Racheplänen verbracht. Als Erstes nehme ich mir einen Staranwalt – am besten einen arroganten Amerikaner, der rumbrüllt und Zigarre raucht – und zocke jeden Cent ab, den Joe bis jetzt verdient hat und je verdienen wird. Anschließend erhält der brutale amerikanische Anwalt Order, das alleinige Sorgerecht für die Kinder zu beantragen und Joe den Umgang mit ihnen verbieten zu lassen. Schließlich ist allgemein bekannt, dass die Mutter immer recht hat. Und zu guter Letzt heirate ich einen millionenschweren Selfmademan (vielleicht sogar besagten Anwalt, falls er das Rauchen aufgibt), der eine Jacht, ein Ferienhaus in Südfrankreich und einen Porsche (Joes Lieblingsauto) besitzt. Muss unbedingt eine riesige Sonnenbrille und ein Kopftuch kaufen, um meine Trauer und mein gebrochenes Herz zu verstecken. Aber zuerst brauche ich Beweise. Endlich macht sich mein süchtiges Verlangen nach *Judge Judy* bezahlt.

16. Februar

Beim Frühstück Riesenkrach mit Joe. Befürchte allmählich, es könnte zur Gewohnheit werden. Inzwischen macht mich allein schon der Anblick von Frühstücksflocken nervös.

»Was zum Teufel ist nur los mir dir, Susie?«, fragte er mich über den Tisch hinweg, nachdem ich ihn zum tausendsten Mal an diesem Morgen finster angesehen hatte. »Du bist so schrecklich launisch.«

Hatte große Mühe, mich zu beherrschen und ihm nicht seine Coco Pops ins Gesicht zu schütten. »Und was ist mit dir, Joe?«, murmelte ich. »Was ist mit *dir?«* (Da mir so schnell nichts Konkretes einfiel, das ich ihm an den Kopf werfen konnte, versucht, ihn mit einer ausweichenden Antwort zur Verzweiflung zu treiben.)

»Wovon um alles in der Welt redest du?«, gab er zurück.

»Du weißt *genau*, wovon ich rede«, entgegnete ich. »Nämlich von den Blumen. Gibt es einen bestimmten Grund, warum du zum ersten Mal in sieben Jahren Ehe gegen unsere Abmachung verstößt, den Valentinstag nicht zu feiern?« Dann einen bedeutungsvollen Blick auf die Vase mit den Tulpen geworfen, die welkend in der Ecke standen. (Habe gestern vergessen, Wasser hineinzutun. Vermutlich ein unbewusster Sabotageakt.)

»Ach, verdammt, Susie, ich dachte, die dämlichen Blumen würden dich aufmuntern«, knurrte er. »Ich weiß, dass wir den Valentinstag normalerweise nicht feiern. Aber du hast dich in letzter Zeit so bedrückt gefühlt. Also wollte ich dich überraschen.«

»Du bist doch gar nicht oft genug zu Hause, um zu wissen, wie ich mich *fühle«*, entgegnete ich in dem herablassenden Ton, den ich durch jahrelange Übung perfektioniert habe.

»Ich kann hier offenbar nichts richtig machen, so viel steht jedenfalls fest«, schimpfte er, stürmte hinaus und ging in einem ungebügelten Hemd und mit nicht zusammenpassenden Socken zur Arbeit. Ha!

P. S.: Habe festgestellt, dass Joe heute Morgen seine Frühstücksflocken nicht gegessen hat. Könnte der Anfang einer Seitensprung-Diät sein. Bin fest entschlossen, es ihm mit gleicher Münze heimzuzahlen. Muss deshalb unbedingt anfangen, mehr für mich selbst zu tun, bevor es zu spät ist und ich als rettungslos verlorene Schnapsdrossel in einem schäbigen möblierten Zimmer versauere, während Joe mit seiner Tussi im

Porsche Boxster durch die Stadt braust. Vielleicht gehe ich sogar wirklich ins Fitness-Studio.

17. Februar

Mrs. H. angerufen und sie gebeten, die Kinder zu hüten, damit ich mich einen Vormittag lang so richtig beim Friseur verwöhnen lassen kann. Generalüberholung dringend angesagt. Vielleicht etwas unter Einsatz von Alufolie und GHD-Glätteisen. Vor dem Debakel mit dem aktuellen Lover hat Louise mir einen tollen Salon in der Stadt empfohlen. Nach der katastrophalen Enthaarungsaktion jedoch beschlossen, meine eigenen Wege zu gehen. Also ein kurzes Gebet zu Posh gesprochen und um Glück gefleht. Dann eine Nadel in die Gelben Seiten gestoßen.

Die Dame am Empfang klang recht gelangweilt, als ich ihr erklärte, dass ich einen völlig neuen Look bräuchte. Habe aber beschlossen, ihr eine Chance zu geben. Sicher ist sie überarbeitet und unterbezahlt (so wie ich). Persönlich ist sie sicher gesprächiger. Werde mir heute Abend möglichst schicke Sachen für meinen Friseurbesuch zurechtlegen. Vermutlich etwas Schwarzes und Figurbetonendes. Darf auch die volle Kriegsbemalung nicht vergessen (mit Wimperntusche und Lidschatten), weil in Friseursalons das Licht meistens nicht sehr schmeichelhaft ist. Immer noch ein bisschen unter Schock vom letzten Besuch, als mir Poren, die ich noch nie zuvor gesehen hatte, aus dem Spiegel zugewinkt haben. Freue mich auf einen leckeren Milchkaffee und Friseur-Kekse. Werde außerdem Gelegenheit haben, mir in aller Ruhe den neuesten Klatsch in *Heat* reinzuziehen.

18. Februar

Musste heute Morgen eine halbstündige schwiegermütterliche Predigt zum Thema Körperpflege über mich ergehen lassen, bevor ich endlich die Flucht ergreifen konnte. »Beeil dich, Kind«, flötete Mrs. H. an der Tür. »Mir ist schon vor einer Weile aufgefallen, dass deine Haaransätze nachgefärbt werden müssen, aber ich wollte ja nichts gesagt haben. Es ist besser, sich in diese Dingen nicht einzumischen.«

Glaube immer noch nicht ganz, dass das ironisch gemeint war, bin aber nicht sicher.

»Bis zum heutigen Tag gehe ich alle zwei Wochen zum Nachfärben«, dozierte sie weiter. »Und ich benutze jeden Tag meinen Unislim-Gürtel. Man darf sich nicht gehen lassen, mein Kind.« Darauf folgte ein albernes mädchenhaftes Gekicher, das schon bei einer halb so alten (und beleibten) Frau wie ihr nicht mehr so richtig gepasst hätte.

Wenn sie nur wüsste, dass ihr über alles geliebter Sohnemann vermutlich ein Lüstling ist und Ehebruch begeht, während sie ihre Cellulitis bekämpft. Bin zu dem Schluss gekommen, dass sie die Schuld an Joes Untreue tragen könnte. Verfolgt von ihrem lautstarken Angebot, mir beim Färben zu helfen und mir ihr WeightWatchers-Rezeptbuch zu leihen, den Gartenweg hinuntergerannt.

War ein bisschen konsterniert festzustellen, dass alle Mitarbeiterinnen im Salon blütenweiß – nicht etwa in elegantes Schwarz – gewandet waren (verdammter Frühling). Aber versucht, den schwarzen Pulli und die Hose mit den leicht ausgestellten Beinen in Würde zu tragen. Ein weiterer peinlicher Schock war die Erkenntnis, dass die schauderhaft grellen Salonscheinwerfer jede Schuppe auf meinen Schultern ebenso zur Geltung brachten wie einen alten Kotzfleck von Jack, der sich nie richtig hat herauswaschen lassen. (Merke: Black Velvet von Persil ist vielleicht wirklich eine lohnende Investition, nicht nur ein fauler Werbetrick.)

Zum Glück bedeckte mich der zeltartige (und ausgesprochen unschmeichelhafte) Frisierumhang von Kopf bis Fuß – nachdem ich es geschafft hatte hineinzuschlüpfen. (Habe ganz bestimmt gesehen, dass die Dame am Empfang lachte, als ich ihn verkehrt herum anziehen wollte. Jedoch beschlossen, sie nicht deshalb zur Rede zu stellen.)

Eine Ewigkeit Frisurenzeitschriften durchgeblättert und überlegt, welchem Star ich ähnlich sehen will. War versucht, es Catherine Zeta-Jones nachzutun und mir glänzende Haarverlängerungen einflechten zu lassen, doch Zandra (die Friseurin) riet mir ab. »Um damit durchzukommen, braucht man ein sehr markantes Gesicht.« Dabei fuhr sie mit dem Kamm durch meine strubbelige Krause und verzog missbilligend das Gesicht (ziemlich schwierig, während man ein halbes Päckchen Wrigley's Spearmint kaut, aber sie hat es hingekriegt).

War ziemlich enttäuscht von Zandras Einschätzung, dass ich Michael Douglas offenbar ähnlicher sehe als Catherine Zeta-Jones. Allerdings beschlossen, auf sie zu hören. Schließlich ist sie die Spezialistin, auch wenn ich sie anfangs auf etwa zwölf geschätzt hätte. Habe außerdem irgendwo gelesen, dass man blutjungen Mädchen die Haare abrasiert, um diese Verlängerungen herzustellen. Manche müssen ihr Haar sogar verkaufen, damit sie ihre Familien ernähren können. Entscheidung deshalb vermutlich gesellschaftspolitisch richtig.

Mich gerade innerlich auf einen Kaffee-und-*Heat*-Marathon eingestellt, als Zandra (eigentlich heißt sie ja Sandra, fand das aber wahrscheinlich zu durchschnittlich) beschloss, mit einer lebenslangen Gewohnheit zu brechen und ein Gespräch mit mir anzuknüpfen. Wusste bald alles über ihre Schwester, ihren Schwager und die Schwester ihres Schwagers. Zu guter Letzt in allen Einzelheiten (und vor Scham errötend) erfahren, wie sie sich vom besten – verheirateten – Freund ihres Schwagers

Filzläuse eingefangen hat. Immer wieder hielt sie beim Föhnen inne, um mir die grausigen Details ins Ohr zu flüstern, sodass meine Haare ungleichmäßig trockneten und ein bisschen verklebt aussahen. Das Ganze erinnerte zwar nicht gerade an die schimmernden Locken von Catherine Zeta-Jones, die ich mir eigentlich erhofft hatte, war aber eindeutig eine Verbesserung. Eilig aus dem Salon geflüchtet, nachdem ich Zandra zehn Euro Trinkgeld in die ausgestreckte Hand gedrückt hatte.

P. S.: In der Drogerie Boots praktisch Opfer eines Überfalls geworden. Eine resolute Dame im weißen Kittel redete mich in Grund und Boden, um mich davon zu überzeugen, unbedingt die neue Naturkosmetik-Linie auszuprobieren, da diese angeblich zu meinen Strähnchen und meinem Stufenschnitt passe. Habe den Verdacht, die Schminksachen könnten ein übertrieben kostspieliger Spontankauf gewesen sein, aber sie verstand offenbar ihr Geschäft. Außerdem waren ihre mit Strasssteinen verzierten Fingernägel sehr beeindruckend. Wenn das Zeug so wirkt, wie die Dame es mir versprochen hat (straffend, formend und mit einem natürlichen Strahlen Hautunreinheiten kaschierend), waren die fünfundsiebzig Euro geschenkt.

P. P. S.: Joe gefragt, ob ich mich irgendwie verändert hätte.

»Was meinst du damit?«, erkundigte er sich argwöhnisch und blickte dabei kurz von seinem Aktenberg auf.

»Kannst du etwas Neues an mir entdecken?«, hakte ich nach und ließ meinen Stufenschnitt fliegen, damit er mich endlich in die Arme nahm und mir sagte, ich sehe aus wie damals, als wir uns kennengelernt haben, sodass er selbstverständlich nie im Leben seine persönliche Assistentin flachlegen würde.

»Du scheinst ein bisschen blass zu sein«, antwortete er zweifelnd.

19. Februar

Vergeblich versucht, die »pflegeleichte und unempfindliche« Frisur selbst wieder hinzukriegen. Sinnlos. Die dezenten, jugendlichen Strähnchen erinnern bei Tageslicht verdächtig an die bläuliche Haartönung, wie Omas sie benutzen. Außerdem weisen Kopfhaut und Haaransätze einen schauerlich violetten Farbton auf, der regelrecht herausschreit, dass ich nicht mehr die Jüngste bin und graue Haare tarnen möchte. Von »natürlich« oder »von der Sonne verwöhnt« kann nicht die Rede sein. Kein Wunder, dass Joes Mutter mich gestern beim Nachhausekommen so merkwürdig angesehen hat. Mein Kopf erinnert an eine große Brombeere.

Habe Sandra (Verzeihung, Zandra) angerufen, um das drängende Problem mit ihr zu erörtern. »Hallo, Zandra«, stammelte ich und versuchte, möglichst selbstbewusst und professionell zu klingen. »Hier spricht Susie Hunt. Irgendwas stimmt heute Morgen mit meinen Haaren nicht.«

Schweigen.

»Susie wer?«

»Susie Hunt. Sie haben mir gestern die Haare geschnitten.«

Schweigen. Gefolgt von lauten Kaugeräuschen. »Blonde Strähnchen?«

Allmählich begriffen, dass sich Zandra überhaupt nicht mehr an mich erinnerte. Ziemlich schockierend, wenn man bedachte, wie viele dunkle Geheimnisse über ihren Unterleib sie mir anvertraut hatte.

»Nein. Stufenschnitt und Strähnchen«, erwiderte ich, um Ruhe bemüht.

»Ach ja, wie geht's, Zoe?«

Habe beschlossen, sie nicht zu verbessern, sondern weitergebohrt. »Die Sache ist, Zandra, dass die Farbe heute ganz anders aussieht als gestern im Salon.«

»Ja, das Licht ist hier irgendwie recht grell und so.«

Da konnte ich nicht widersprechen.

»Außerdem scheint ziemlich viel von der Farbe an meine Kopfhaut und den Haaransatz geraten zu sein.«

Schweigen. Kaugeräusche.

Habe beschlossen, ihr den Ball zuzuspielen. »Was soll ich Ihrer Ansicht nach jetzt tun, Zandra?«

»Am besten waschen Sie sich die Haare, Zoe. Dann ist alles wieder in Ordnung.«

Sie legte auf, bevor ich widersprechen konnte, ich sei doch gerade deshalb zum Friseur gegangen, damit meine Haare von fachkundiger Hand geschnitten, gefärbt und geföhnt werden. Sollte vor ihrem verdammten Salon eine Mahnwache abhalten. Oder in der *Gerry Ryan Show* im Radio anrufen, um einen Feldzug gegen sie zu starten. Es ist eine Schande, dass man achtzig Euro (plus Trinkgeld) loswird, um sich die Haare ruinieren zu lassen. Ein typisches Beispiel dafür, wie überteuert Irland inzwischen ist. Gerry wäre sicher empört.

P. S.: Jack vom Lila-Haar-Massaker in der Dusche traumatisiert. Zum ersten Mal im Leben hat er seinen Ribena-Saft verweigert.

P. P. S.: Habe die Hotline der *Gerry Ryan Show* angerufen. Von einer arroganten Radioproduzentin abgewimmelt worden, die Sendung befasse sich ausschließlich mit ernsthaften Themen. »Was ist denn ernster, als bei helllichtem Tage übervorteilt zu werden?«, fragte ich sie. Nach einigem Gezerre versprach sie, mich gleich nach dem leukämiekranken Kind und der mit Radon verseuchten Schule auf die Liste zu setzen.

20. Februar

Heute Morgen fast eine Stunde gebraucht, um mich für die Krabbelgruppe fertigzumachen. Das Auftragen des neuen, natürlich wirkenden Make-ups aus dem Einkaufszentrum dauerte eine Ewigkeit. Habe festgestellt, dass es vermutlich mindestens doppelt so viel Zeit in Anspruch nimmt zu verhindern, dass es nuttig und nach Kriegsbemalung aussieht. Außerdem deckt die durchscheinende Creme weder Pickel noch Falten ab. Offenbar stand das Ü-30-Model in der Werbung unter dem Einfluss von Botox oder einer anderen Chemikalie. Bin inzwischen überzeugt, dass ihr erstaunter Gesichtsausdruck die Folge eines chirurgischen Eingriffs ist, nicht etwa der Überraschung, weil das durchscheinende Make-up so toll wirkt.

Um die scheinbar mühelose Schönheit komplett zu machen, mein rotes Lieblingstop und den Push-up-BH angezogen, den ich ganz unten im Wäschekorb gefunden habe (um den omahaften Hängebusen anzuheben und ein Dekolleté zu erzeugen). Jack sehr überrascht über meine Verwandlung. Er wird sich daran gewöhnen müssen. Wenn ich Karriere als tragische alleinerziehende Mutter machen will, ist es unbedingt nötig, dass ich besser auf mich achte. Freue mich schon darauf, wie ausgemergelt und abgezehrt ich aussehen werde, wenn ich, unter Schock stehend wegen des Traumas einer womöglich bevorstehenden Scheidung, erst einmal die Nahrungsaufnahme einstelle. Bin nicht sicher, wann der Effekt einsetzen wird. Vermutlich erst, wenn ich den betrügerischen Ehebrecher beim Akt mit seiner Geliebten ertappe und alles auf Video aufnehme, um sein Schicksal vor Gericht zu besiegeln.

Zur Stärkung zwei Hobnob-Schokokekse gegessen. Dann lässig in die Krabbelgruppe geschlendert, ohne mir mein Leid anmerken zu lassen. Da keinem aufzufallen schien, wie schlecht es mir geht, bin ich offenbar eine ausgezeichnete

Schauspielerin. Habe allerdings gespürt, wie Glamour-Mutti Marita mir seltsame Blicke zuwarf, während wir alle im Kreis saßen und »Incy Wincy Spider« sangen. Versucht, eine tapfere Miene aufzusetzen.

»Sie sehen heute so anders aus«, sagte Marita, nachdem wir endlich aufgehört hatten, idiotisch herumzutanzen und unserem gelangweilten Nachwuchs Spinnen vorzuspielen.

»Wirklich?«, erwiderte ich.

Endlich jemand, der meine Qualen erspürte. Vielleicht würde ich gleich mit den Tränen kämpfen müssen, und dann würde mich die ganze Gruppe trösten.

»Ja, Sie *strahlen* ja richtig. Findest du nicht, Heidi?« Sie versetzte ihrer besten Freundin einen bedeutungsvollen Rippenstoß, worauf diese kicherte.

»Strahlen?« Eigentlich wollte ich doch abgezehrt und leidend wirken! Hätte wohl nicht so viel von dem verdammten Egypt Wonder benutzen sollen.

»Ja, eindeutig«, antwortete Marita. »Möchten Sie uns nicht etwas erzählen, Susie?«

Bekam allmählich den Verdacht, dass das Gespräch sich nicht in die gewünschte Richtung entwickelte.

»Raus mit der Sprache, Susie, wir sterben alle vor Neugier.« Angefeuert von ihrer Komplizin, warf Heidi sich tapfer ins Getümmel. »Die Jeans scheint ein bisschen eng geworden zu sein. Kündigt sich da etwa wieder Nachwuchs an?«

Habe genuschelt, dass Jack gerade weglaufen wollte, und mich auf die andere Seite des Saals geflüchtet, wo ich den Bauch einzog und wartete, bis die mädchenhafte Röte in meinen Wangen verflogen war.

Den Rest der Stunde aus dem Augenwinkel beobachtet, wie Marita offen mit dem einsamen Vater flirtete, das wasserstoffblonde Haar fliegen ließ und ihm alle zwei Sekunden mit den künstlichen Fingernägeln über den Arm fuhr. Der arme Mann machte gute Miene zum bösen Spiel. Doch als wir »Old Mac-

Donald« sangen, begegneten sich unsere Blicke. »Hilfe«, flüsterte er. Versucht, mein Kichern hinter einem Behälter mit Knete zu verstecken. Mit Marita und ihren künstlichen Fingernägeln ist nämlich nicht zu scherzen.

P.S.: Joe endlich einmal früh daheim. Vielleicht haben ihn die Schuldgefühle wegen seines Doppellebens nach Hause getrieben.

P.P.S.: Ob ich Joes Mutter anrufen soll, um mir ihren Unislim-Gürtel auszuleihen?

21. Februar

Jetzt ist es neun Tage her, dass Louise mich für das Ende ihrer Beziehung verantwortlich gemacht und angedeutet hat, dass Joe eine betrügerische Ratte ist. Kann nicht fassen, dass sie immer noch nicht angerufen hat, um sich zu entschuldigen. Habe deshalb beschlossen, mich um Freundschaften mit Frauen meinesgleichen (das heißt mit Hängebusen und ungewaschenen Haaren) zu bemühen, die besser zu mir passen. Zum Glück sind die Kindergarten-Mütter leichte Beute – schließlich ist allgemein bekannt, dass Hausfrauen zu allem bereit sind, um nur einmal vor die Tür zu kommen. Werde eine kleine Freundin von Katie einladen und ihre Mutter fragen, ob sie nicht auch kommen will. Bestimmt wird eine lebenslange Freundschaft zwischen uns entstehen, die dank unserer liebenden Kinder die Jahre überdauert.

P.S.: In den Klatschzeitschriften tolle Storys über das Dreiecksverhältnis Brad/Jen/Angelina gelesen. Würde gern mit Louise darüber reden, darf aber nicht weich werden. Habe stattdessen stundenlang im Laden an der Ecke in *OK!* geblättert, bis der sechzehnjährige Geschäftsführer plötzlich hinter mir stand und hüstelnd auf das Schild mit der Aufschrift »Lesen verflichtet zum Kauf« deutete. Als ich ihn auf seine mangelhafte Rechtschreibung hinwies, scheuchte er mich hinaus wie eine gewöhnliche Verbrecherin. Bin überzeugt, dass dieser ungeheuerliche Fall von Diskriminierung etwas mit meiner neuen Frisur zu tun hat.

P. P. S.: Joe hat noch immer nichts über meinen neuen Stufenschnitt gesagt, wirft mir aber immer wieder Seitenblicke zu. Finde außerdem, dass er letztens das Foto von Michael Douglas in der Zeitung zu eingehend betrachtet hat.

22. Februar

Habe heute beim Katie-Abholen die anderen Kindergarten-Mütter gründlich gemustert. Alle Damen gestrichen, die zu kreativ, zu aufgestylt und zu vereinsamt wirkten (nichts ist schlimmer als eine Klette).

Liste der Anforderungen an eine neue beste Freundin:

- Neue beste Freundin muss mindestens drei Kilo mehr wiegen als ich.
- Sollte neue beste Freundin nicht dicker sein als ich, muss sie wenigstens eine große Hakennase oder einen anderen Schönheitsfehler aufweisen.
- Kind der neuen besten Freundin darf nicht hübscher/klüger/niedlicher sein als Katie.
- Neue beste Freundin darf keinen BMW/Mercedes/Lexus fahren.
- Neue beste Freundin darf keine vegane Erdmutter sein, die beim Anblick eines leckeren Rice-Krispie-Riegels oder einer Tüte Monster-Munch-Chips die Nase rümpft.

Habe beschlossen, Amy (Katies beste Freundin) und ihre Mutter Anya morgen Nachmittag zum Spielen einzuladen. Anya fährt zwar einen Geländewagen, aber es ist nur ein Land Rover. Außerdem stehen ihre Ohren eindeutig stärker ab als unbedingt nötig. Also ist sie die optimale Kandidatin für ausgedehnte mütterliche Plaudereien bei selbst gebackenen Plätzchen (vom Feinkostladen) und frisch aufgebrühtem Kaffee (wenn ich das Espressokännchen finde). Weiß nicht, warum ich diese Idee nicht schon früher hatte. Vor dem Kindergarten so laut wie möglich Verabredung getroffen. Konnte sehen, wie die Ökomutter tat, als hörte sie nicht zu, während sie mit der einen Hand die Reihe zu Ende strickte und mit der anderen ihr unnatürlich braves Baby stillte. Ha!

23. Februar

Den ganzen Vormittag damit verbracht, das Haus zu putzen und für kreatives Chaos zu sorgen (das heißt eine künstlerische Atmosphäre – im Gegensatz zu Schalen mit verschimmelten Cornflakes im Wohnzimmer). Alles sollte so aussehen wie im Zuhause einer sorglosen Familie, wo Kinder ungezwungen spielen können und spontane Plätzchenbackaktionen an der Tagesordnung sind. Alle peinlichen Ausgaben von *Hello!*, *Heat* und *Sunday World* unter der Treppe versteckt und dafür die Beilagen der *Sunday Times* zufällig-künstlerisch überall verstreut. Anya soll mich schließlich nicht für verblödet halten. Stundenlang das Espressokännchen (Hochzeitsgeschenk) gesucht. Mit Nescafé Gold Blend werde ich bei ihr vermutlich keine Pluspunkte sammeln.

War ein bisschen stinkig, als sie fünfundzwanzig Minuten zu spät kamen. Habe aber vor dem Aufmachen ein »Willkommen in unserem glücklichen Zuhause«-Lächeln aufgesetzt.

»Entschuldigen Sie die Verspätung, Sonya.« Keuchend stand Anya auf der Schwelle, während sich eine weinende Amy an ihr Bein klammerte. »In der Apotheke hat es ewig gedauert.

Amy hat schon wieder Läuse, und ich wollte noch schnell NitRid kaufen. Ich kann Ihnen gar nicht sagen, was für einen Verbrauch von dem Zeug wir in letzter Zeit haben. Um vier hole ich sie wieder ab, falls ich nicht im Verkehr stecken bleibe. Dann schicke ich Ihnen eine SMS.«

Bevor ich Gelegenheit hatte, sie auf einen Kaffee hereinzubitten, war sie schon wieder weg und ließ eine heulende Vierjährige zurück, die sich traurig am Kopf kratzte wie ein verlassener Welpe mit Flöhen. War ein bisschen verdattert, dass Anya ihr Kind einfach einer wildfremden Frau anvertraute. Ich hätte doch auch eine durchgedrehte Massenmörderin sein können.

Den Nachmittag damit verbracht, die weinende Amy zu unterhalten und dafür zu sorgen, dass der Sicherheitsabstand zu Katie und Jack nie weniger als drei Meter betrug. Kopfläuse hätten mir gerade noch gefehlt.

Ihre gleichgültige Mutter rauschte um halb fünf herein. »Sie sind ein Engel, Sonya«, keuchte sie, schob Amy in den Geländewagen und trat aufs Gas, ohne mir die Chance zu geben, sie zu verbessern. »Ihre Kleine muss irgendwann auch zu uns kommen«, sagte sie noch. Dann war sie, gefolgt von einer Wolke NitRid-Dünste, verschwunden.

P. S.: Warum fällt es den Leuten heutzutage eigentlich so schwer, sich meinen Namen zu merken? Bin ich wirklich so eine graue, unscheinbare Hausfrau, dass sich niemand mehr die Mühe machen will, sich einzuprägen, wie ich heiße? Überlege ernsthaft, mich in bunte Primärfarben zu kleiden oder mir eine reizende Marotte zuzulegen – zum Beispiel eine Sonnenbrille im Haar, auch bei Regen. Oder soll ich anfangen, meinen Namen mit Z anstelle von S zu schreiben? Bei Zandra hat es doch auch geklappt.

P. P. S.: Beobachte Joe auf Anzeichen von Untreue. Bis jetzt habe ich nichts entdecken können, aber vielleicht ist er einfach nur sehr vorsichtig.

24. Februar

Hatte heute Morgen einen Anruf in Abwesenheit von Louise. Ha! Wusste doch gleich, dass sie irgendwann umkippt. Sie hat zwar keine Nachricht hinterlassen, doch das liegt sicher daran, dass sie mich persönlich um Verzeihung bitten will. Habe beschlossen, eine großzügige und liebevolle Freundin zu sein und ihre Entschuldigung anzunehmen.

P. S.: Joe hat gestern Abend die Spülmaschine eingeräumt. *Ohne dass ich ihn dazu aufgefordert hätte.* Höchst verdächtig.

25. Februar

Habe den ganzen Nachmittag nichts von Louise gehört. Deshalb gestern Abend angerufen. Offenbar fehlte ihr der Mut für einen zweiten Anlauf. Habe also einen sanften, versöhnlichen Ton angeschlagen, um ihr zu zeigen, dass ich bereit war, zu vergeben und zu vergessen.

»Hallo, Louise«, begann ich, wobei ich mich bemühte zu klingen wie Schwester Mercy, meine Lieblingsnonne in der Schule.

Schweigen.

»Äh, du hast mich heute angerufen?«

Schweigen.

»Ich hatte deine Nummer versehentlich gedrückt, Susan, und habe nicht die geringste Lust, mit dir zu sprechen, falls du das meinen solltest.« Sie hörte sich seltsam kalt und geschäftsmäßig an.

Beschlossen, ihr Spiel, sie habe mich gar nicht anrufen wollen, mitzuspielen. Manchmal kann es sehr schwierig sein, eigene Fehler einzugestehen. Doch der erste Schritt ist der wichtigste, und sie hatte mir durch das Wählen meiner Nummer ja bereits bewiesen, dass sie sich wieder versöhnen wollte. Louise ist es noch nie leicht gefallen, ihre Gefühle auszudrücken, vermutlich der Grund für ihre vielen Beziehungskrisen in der Vergangenheit. Allerdings war jetzt nicht der richtige Zeitpunkt, das zu erwähnen.

»Okay, ich wollte eigentlich nur fragen, wie es dir geht«, antwortete ich.

»Gut.«

War ein bisschen gelangweilt von ihrer Abwehrhaltung. Deshalb meine Trumpfkarte ausgespielt, um so schnell wie möglich das Eis zu brechen. »Hast du übrigens die neuen Storys über Brad, Jen und Angelina schon gelesen?«, erkundigte ich mich beiläufig.

Ein durchschlagender Erfolg. Haben eine Stunde lang angeregt über die Mühen und Plagen einer Prominentenehe und darüber geplaudert, dass Berühmtheit und Geld allein nicht glücklich machen.

Louise hat mir gestanden, sie habe von Anfang an gefunden, dass Jen nicht gut genug für Brad sei und dass Angelina viel besser zu ihm passe. Musste ihr zustimmen – das Kinn war bei der armen Jen schon immer das Problem, da kann sie noch so tolle Haare haben.

Habe mich sehr gefreut, wieder mit meiner besten Freundin zu sprechen, obwohl sie sich immer noch nicht wegen ihrer empörenden Vorwürfe in Sachen aktueller Lover entschuldigt hat (sie wird mich schon noch demütig um Verzeihung bitten). Bin sicher, Brad und Jen würden sich freuen zu hören, dass ihre Trennung wenigstens etwas Positives hatte. Ob ich ihnen schreiben soll, ihr Leid hätte zwei alte Freundinnen wieder zusammengeführt?

P.S.: Louise hält Joes Blumenstrauß zum Valentinstag für eine liebevolle und einfühlsame Geste, nicht für ein Zeichen, dass er die Barbie-Sekretärin vögelt.

»Sei froh, dass du ihn hast, Susie«, sagte sie (ein bisschen spitz, wie ich fand). »Vermassel es nicht.«

Diese letzte Bemerkung war überflüssig. Mir aber die Bemerkung verkniffen, da wir ja noch in der Versöhnungsphase sind.

P. P. S.: Katie und Jack haben das wichtige und ausführliche Gespräch schamlos ausgenützt und überall im Haus Strichmännchen an die Wände gemalt. War kurz davor, selbst das S-Wort zu benutzen.

26. Februar

Nach strenger Ermahnung von Louise Joe heute das Frühstück ans Bett gebracht. Tee, Toast und weichgekochtes Ei. War versucht, Fotos davon zu machen, um Joes Mutter zu beweisen, was für eine vorbildliche Ehefrau ich bin. Konnte aber die Eierbecher nicht finden und musste das Ei deshalb auf einem Teller balancieren. Deshalb gegen Fotos entschieden.

»Danke, Schatz«, murmelte Joe, als ich ihm den Traum von einem Frühstück präsentierte. »Aber ich habe beschlossen, auf Eier zu verzichten. Sie sind wirklich schlecht für den Cholesterinspiegel.«

P. S.: Kopf juckt scheußlich. Diese Zandra sieht mich niemals wieder.

27. Februar

Der peinlichste Tag meines ganzen bisherigen Lebens. So traumatisiert, dass ich nicht weiterschreiben kann.

28. Februar

Bringe es kaum über mich, die Ereignisse des gestrigen Tages zu schildern. War in der Krabbelgruppe und habe mich (obwohl es recht langweilig war) so einigermaßen amüsiert, als der einsame Vater plötzlich hinter mir stand. »Sie müssen mir helfen.« Ängstlich blickte er sich um. »Noch ein Gespräch mit dieser Frau ertrage ich nicht. Bitte reden Sie mit mir. Ich flehe Sie an. Wenn Sie wollen, bezahle ich Sie sogar dafür.«

»Da müssen Sie aber was springen lassen«, erwiderte ich. »Ich möchte nämlich nur ungern auf Maritas schwarzer Liste landen. Angeblich muss sie nur mit den Fingern schnippen, um einen Menschen zur Strecke zu bringen.« (War sehr stolz darauf, dass mir sofort eine schlagfertige Antwort eingefallen ist – und nicht erst zwei Stunden später.)

Wie sich herausstellte, hatte ich recht. Er ist tatsächlich Autor (wenn auch kein mehrfach ausgezeichneter Kriegsberichterstatter). Aber er schreibt für verschiedene Zeitungen und arbeitet derzeit an einem Buch! Haben uns sehr interessant und geistig anspruchsvoll unterhalten und dabei den Jungen beim Spielen zugeschaut. Fühlte mich sehr kultiviert und gebildet, als wir zeitgenössische Literatur, die Bestsellerliste in der *Sunday Times* und andere Dinge erörterten. Natürlich redete er die meiste Zeit, während ich nur wissend nickte und versuchte, den Gratis-Teekuchen nicht zu schnell in mich hineinzustopfen. Zum Glück fiel es ihm offenbar nicht auf.

Gerade wurde es interessant, und er machte mir eben ein Kompliment, wie gut ich mich mit Schriftstellerinnen des neunzehnten Jahrhunderts auskannte (mir war aus meinem nutzlosen geisteswissenschaftlichen Studium nur noch George Eliot in Erinnerung, die ich prompt erwähnte, worauf er gebührend beeindruckt schien), als Marita und ihre treue Gefolgsfrau Heidi beschlossen, unser Gespräch zu sabotieren.

Marita fing an, Paul (ein hübscher männlicher Name, der zu seinem durchtrainierten Körper passt) anzuschmachten, fasste ihn ständig an und hielt ihm ihre DD-Körbchen ins Gesicht. (Mit ihrem Riesenbusen legt sie niemanden rein, doch alle haben viel zu große Angst vor ihr, um es zuzugeben. Marita wirkt wie eine Frau, die nicht zögern würde, die Dinger auszupacken und als Waffe einzusetzen.)

Währenddessen stand Heidi, ein dümmliches Grinsen auf den Lippen, daneben und sah zu, wie ihre Freundin für den einsamen Vater und andere Interessenten eine Peepshow präsentierte.

Im nächsten Moment fing Marita plötzlich aus heiterem Himmel wie eine Furie zu kreischen an und deutete auf meinen neuen Stufenschnitt. War empört. Die Frisur gehört zwar nicht unbedingt zu den großen Erfolgsgeschichten dieses Frühlings, aber so schlimm sah sie auch wieder nicht aus. Dann sank sie dem einsamen Vater an die Brust wie in einem Horrorfilm und griff sich dabei an den riesigen Busen (der der besseren Wirkung halber noch mehr wogte als sonst).

»Susie hat Läuse!«

»Das ist doch albern«, entgegnete ich, während sich Grabesstille im Saal ausbreitete. Selbst die *Kinder* hielten den Mund.

»Susie«, verkündete Marita schadenfroh. »Da kriecht eine auf Ihrer *Stirn.«* Dramatisch hielt sie inne. Alles schnappte nach Luft, und ich wartete darauf, dass ich endlich in Ohnmacht fiel. »Ich habe früher in einem Altersheim gearbeitet«, fuhr sie fort. »Ich weiß, wie eine Kopflaus aussieht.«

»Stimmt«, mischte sich Heidi in gehässigem Ton ein. »Marita musste schrecklich schmutzige alte Leute pflegen, die sich nicht einmal mehr selbst die Haare waschen konnten. Sie waren förmlich von Läusen *übersät.«*

Damit war mein Schicksal besiegelt. Nach einem kollektiven Aufseufzen wichen alle (auch der einsame Vater) vor mir zurück. Also blieb mir nichts anderes übrig, als den brüllenden und tobenden Jack aus dem Saal zu zerren und schnurstracks zu meiner Freundin, der Apothekerin, zu eilen, die sich sichtlich an meinem Unglück weidete. »Haben wir noch NitRid da, Maureen?«, rief sie ihrer Mitarbeiterin mit lauter Stimme zu. »Die extragroße Flasche?«

Die unbeschreibliche Demütigung wurde noch dadurch gesteigert, dass alle alten Damen mit ihren Gehhilfen den Rückzug antraten, um möglichst viel Sicherheitsabstand zwischen sich und meinen von Läusen besiedelten Kopf zu bringen.

»Bedaure, wir haben keine Tüten mehr«, log die fiese Apothekerin, während sie, ein selbstgefälliges Lächeln auf den Lippen, meine zwanzig Euro in der Kasse verschwinden ließ.

Mich beschämt aus der Apotheke getrollt und versucht, das NitRid unter dem Arm zu verstecken.

Stunden damit verbracht, mir das widerliche Zeug auf den Kopf zu schmieren. Dann über der Badewanne meinen Stufenschnitt mit einem feinzinkigen Kamm bearbeitet und zugesehen, wie die Läuse im Ausguss verschwanden. Eine Flasche extrastarke Bleiche hinterhergekippt. Zum Glück scheinen Katie, Jack und Joe nichts abgekriegt zu haben. Will aber kein Risiko eingehen.

Joe beim Nachhausekommen sehr besorgt. »Vielleicht solltest du die Bettwäsche kochen, Susie«, schlug er vor und kratzte sich am Kopf.

Hätte ihn am liebsten darauf hingewiesen, wie viel Glück er hat, dass ich überhaupt noch lebe, und dass ich viel zu schwach für schwere Hausarbeit sei. Schließlich hätte ich wegen der NitRid-Dämpfe ohnmächtig werden können.

P. S.: Haus in stinkenden NitRid-Nebel gehüllt. Auch Aromatherapie-Kerzen mit Rosenduft (gekauft vor zwei Jahren für einen misslungenen Verführungsversuch) richten nichts gegen den abscheulichen Geruch aus.

P. P. S.: Kann die dämliche Bedienungsanleitung für die Waschmaschine nicht finden, um die Geheimnisse der Kochwäsche zu ergründen. Weigere mich, zwangsneurotischen Ehemann zu fragen, der die Angelegenheit vermutlich schon in einer Mappe mit der Aufschrift »Unerledigte Arbeiten« vermerkt hat.

P. P. P. S.: Schäme mich so, dass ich mich wahrscheinlich nie wieder in die Öffentlichkeit wagen werde. Bin außerdem enttäuscht, dass mein erstes intelligentes Gespräch seit Jahren mit einer bodenlosen Blamage enden musste.

1. März

Habe heute Morgen Katie im Kindergarten abgegeben und wollte mich dann (das zurückgekämmte Haar unter einer von Joes Baseballkappen versteckt) aus dem Staub machen. (Warum ein fünfunddreißigjähriger Manager sich bemüßigt fühlt, Baseballkappen mit dem Logo der Chicago Bears oder der Seattle Dodgers zu sammeln, wird mir auch weiterhin rätselhaft bleiben. Aber wenigstens waren sie endlich zu etwas nutze.)

Habe gedacht, meinen Läusebefall mit der Kappe tarnen und den Geruch des NitRid mit literweise Clinique Happy übertünchen zu können. Doch da erschien ein Geländewagen mit quietschenden Bremsen vor dem Kindergarten, und Anya schubste Amy heraus, ohne den Wagen richtig zum Stehen zu bringen. »Hübsche Baseball-Kappe, Sonya! Es soll wohl niemand was von den bösen Kopfläusen merken!«, schrie sie quer über den Gehweg. Dann war sie mit einem fröhlichen Auflachen und dröhnendem 1,8-Liter-Motor verschwunden. Die Menge der plaudernden Mütter am Tor teilte sich wie das Rote Meer, während Katie neben mir herhüpfte und zur Melodie von »Pop Goes the Weasel« aus voller Kehle »Mummy hat fiese Käfer in den Haaren, Mummy hat fiese Käfer in den Haaren« sang. Wird die Schande denn niemals enden?

P. S.: Mum rief an, um mir zu sagen, dass Kopfläuse manchmal auch »wandern«. Habe Ewigkeiten überlegt, was sie damit meinen könnte, bis ich Dad im Hintergrund rufen hörte: »Sie können sich auch untenrum einnisten, Susie!«

Vor Schreck das Telefon fallen gelassen. Nur über meine Leiche gehe ich *da* mit NitRid ran.

P. P. S.: Habe im Internet recherchiert. Mum hat recht – sie können tatsächlich »wandern«. Mir ist schlecht. Und es juckt. Überall.

P. P. P. S.: Nach stundenlangem Durchforsten von Internetseiten zum Thema Kopfläuse (garniert mit vergrößerten Abbildungen der ekligen behaarten Körper und blutsaugenden Kiefer dieser Tierchen) beschlossen, mich über alternative Therapiemethoden kundig zu machen. Werde zu einem willkürlich ausgesuchten Bioladen am anderen Ende der Stadt fahren, wo mich niemand kennt, um mir weitere Demütigungen zu ersparen.

2. März

Kopfläuse können gegen NitRid immun werden! Kaum zu fassen, was diese widerlichen kleinen Mutanten so alles hinkriegen, doch Blossom (die Aromatherapie-Spezialistin aus dem Bioladen) hat mir versichert, dass es stimmt. Sie weiß es aus Erfahrung, denn sie hat sich einmal in einem besetzten Haus Läuse eingefangen und sich schließlich den Kopf kahl rasieren müssen, als alle anderen Mittel versagten.

Bin verzweifelt. Auch wenn ich kein großer Fan meines neuen Stufenschnitts bin, stehe ich noch weniger auf den Flintenweiber-Look, den Demi Moore in diesem Militärfilm getragen hat (der Streifen ist bei Kritikern und Publikum gleichermaßen durchgefallen – außerdem kam, wenn ich mich recht entsinne, kurz darauf die Trennung von Bruce, also offenbar nicht die richtige Frisur, um einer kriselnden Ehe auf die Beine zu helfen).

Blossom empfahl mir, meinen Kopf (und andere ... äh ... betroffene Stellen) mit Olivenöl zu tränken. »Dann saufen die kleinen Mistviecher ab«, raunte sie mir verschwörerisch über die Theke hinweg zu. Das Licht in den Windspielen spiegelte sich in ihrem Zungenpiercing und blendete mich.

Bin nicht ganz überzeugt, dass es etwas nützen wird, aber zu allem bereit.

P. S.: Mich über eine Stunde im Berufsverkehr quer durch die Stadt gekämpft, während Jack »Idioten, Idioten« brüllte und Katie mich über die Vor- und Nachteile des Absaufens aushorchte.

P. P. S.: Brief von Beth Howard, Besitzerin von »Schlicht und Einfach«, eingetroffen.

Sehr geehrte Ms. Hunt,

vielen Dank für Ihren Brief in Sachen »Schlafe, mein Kindlein, schlaf ein«. Ich bedauere, dass Sie mit dem Produkt nicht zufrieden waren. Wir investieren viel Zeit, Geld und Mühe in die Entwicklung unserer Produkte und verwenden nur ausgesuchte natürliche Inhaltsstoffe, um die weltweit besten Erfolge im Bereich der Aromatherapie zu erzielen. Deshalb tut es mir leid, dass die Wirkung Sie enttäuscht hat. »Schlaf, mein Kindlein, schlaf ein« wurde vor der Markteinführung drei Jahre lang intensiv an acht verschiedenen Kontrollgruppen getestet. Seit es im Handel ist, waren die Reaktionen durchweg positiv, sodass mehrere Baby-Fachzeitschriften es in letzter Zeit zum besten neuen Produkt gekürt haben.

Allerdings lässt sich nicht leugnen, dass kein Kind so ist wie das andere, weshalb ein Produkt nicht bei jedem im gleichen Maße wirkt. Für Babys mit Einschlafschwierigkeiten empfehle ich gerne das Buch *Secrets of the Baby*

Whisperer for Toddlers, das viele wertvolle Tipps enthält. Vielleicht sollten Sie es einmal damit versuchen.
Außerdem möchte ich Ihnen einen Gutschein im Wert von fünfzig Euro überreichen, den Sie in Ihrer Filiale von »Schlicht und Einfach« einlösen können. Ich wünsche Ihnen viel Freude damit.

Mit freundlichen Grüßen
Beth Howard

Es muntert mich auf, dass mein Einsatz für Verbraucherrechte weiterhin so erfolgreich ist. Ob ich mich für ein politisches Amt bewerben sollte?

3. März

Habe beschlossen, nicht in die Krabbelgruppe zu gehen, um mir eine Wiederholung des Kopfläusedramas zu ersparen. Stattdessen den Vormittag damit verbracht, einen angenehmen und moralisch aufbauenden Besuch in der »Schlicht und Einfach«-Filiale im Einkaufszentrum zu planen, um meinen Gutschein dort zu präsentieren wie eine echte Verbraucherrechtlerin.

Verschiedene kämpferische Gesichtsausdrücke an Jack ausprobiert und währenddessen eine Khakihose und ein weißes T-Shirt angezogen (sich als hartgesottene, aber modebewusste Polit-Aktivistin zu verkleiden, ist nicht weiter schwer). Allerdings sind meine Grimassen nicht sehr wirkungsvoll. Könnte Jack sich daran gewöhnt haben, dass ich eben immer ein bisschen wirr aussehe?

Bereit für die dramatische Konfrontation, und den Gutschein und meinen persönlichen Brief von Beth Howard hoch erhoben, in den Laden marschiert. Doch die unverschämte Verkäuferin, die sich geweigert hat, das überteuerte Schaumbad zurückzunehmen, war gar nicht da. (Offenbar hat Beth sie gefeuert, weil sie so unhöflich zu einer treuen Kundin war.) Musste einer spanischen Studentin die Bedeutung des Briefes und meines Sieges im Kampf für weltweite Verbraucherrechte erklären. Glaube, es war ein bisschen zu hoch für sie – sie sagte nur »*Sí, sí*« und deutete dabei ständig auf das Regal mit dem Henna. Allerdings lächelte sie (sogar ziemlich viel). Also hat Beth meine Vorschläge in Sachen Personalpolitik anscheinend ernst genommen und beschäftigt nun keine arroganten, patzigen Tussis mehr. Leider waren nicht viele Kunden im Laden, sodass der große Auftritt flachfiel (obwohl Jack in seinem Kinderwagen ein bisschen in die Hände klatschte und schrie).

Versucht, ein Gespräch mit einer alten Dame anzuknüpfen und ihr zu erklären, dass ich mich für die Menschheit an sich und den kleinen Verbraucher auf der Straße einsetze und nicht nur ein auf Äußerlichkeiten und materielle Werte ausgerichteter Yuppie bin. Doch sie stieß mich nur immer wieder mit ihrem Spazierstock an und rief: »Wo ist denn die Hämorrhoidensalbe, meine Liebe?«

P. S.: Wenigstens die Läuse scheinen endlich weg zu sein. Das Olivenöl extra vergine hat prima gewirkt. Die Ölflecken auf der Sofalehne kriege ich sicher auch noch weg. Und die aus meinem schönsten Slip von Marks & Spencer ebenfalls.

P. P. S.: Bedaure ein wenig, dass ich die Krabbelgruppe verpasst habe. Aber falls es mir nicht gelingt, mein Aussehen so radikal zu verändern, dass mich niemand wiedererkennt (ich könnte es mit Haarverlängerungen à la Posh und nahtloser Sonnenbankbräune versuchen), kann ich mich niemals wieder im Gemeindehaus blicken lassen.

P. P. P. S.: Das intelligente Gespräch mit dem einsamen Vater/Paul fehlt mir. Im Buchladen *Middlemarch* durchgeblättert, aber beschlossen, stattdessen *Heat* zu kaufen. Das Promi-Special über Bikinifiguren darf ich mir einfach nicht entgehen lassen.

4. März

Heute Morgen merkwürdige SMS von unbekannter Person bekommen. »Wo warst du? Alles OK?«

Mir stundenlang das Hirn zermartert, ob ich vielleicht eine Verabredung vergessen haben könnte (unwahrscheinlich, denn ich bin ja schließlich eine traurige einsame Hausfrau ohne Freunde und Interessen). Zu dem Schluss gekommen, dass es sich um die Nachricht eines liebeskranken Jugendlichen an eine Altersgenossin handeln musste, und freundlich geantwortet. Mich um Jugendsprache bemüht, damit sie mich auch verstanden: »Hast der Falschen gesimst.«

Bin beim Gedanken an die unschuldige Liebe der Jugend recht sentimental geworden. Habe mich daran erinnert, wie Joe am Anfang unserer Beziehung kleine Liebesbriefchen im Haus verteilt hat (damals, in den Neunzigern, der grauen Vorzeit vor der Erfindung der SMS). War ein bisschen versucht, dem liebeskranken Jugendlichen etwas über das nächste Stadium der Romantik zu verraten – nämlich, dass diese sich in ein paar Jahren darauf beschränken wird, die Unterhosen des Partners mit Fleckentferner zu bearbeiten. Mich aber dagegen entschieden. Darf mir nicht anmaßen, jungen Leuten die Illusionen über die Liebe zu rauben.

P. S.: Panik! Die SMS war kein verirrter Liebesbrief eines Teenagers, sondern eine Flirtbotschaft à la David Beckham und Rebecca Loos.

Habe, während Jack schlief, mit dem Haarentfernungsset auf altbewährter Zuckerbasis experimentiert, das ich für meinen Gutschein bekommen habe (ziemlich schwierig, das Zeug gleichmäßig mit einem orangefarbenen Stöckchen auf den behaarten Stellen zu verteilen – muss vielleicht noch mal an Beth schreiben), als mein Telefon piepste: »Kein Irrtum. Hier ist Paul. Alles okay?«

Vor lauter Schreck – der einsame Vater schreibt mir eine SMS – mit dem orangefarbenen Stöckchen ins Auge abgerutscht, obwohl ich auf meine behaarte Oberlippe gezielt hatte. (Habe den unschönen Damenbart eindeutig von Dads Seite geerbt. Großtante Nora sieht auf einigen der alten Schwarzweißfotos aus wie ein Kerl.)

Gerade dabei gewesen, mir die klebrige Schmiere aus dem Auge zu waschen, bevor ich wegen all der natürlichen, konservierungsstofffreien Zutaten noch das Augenlicht verlor, als das Telefon schon wieder piepste. »Hoffe, du kommst wieder in die Gruppe. Tolles Gespräch letztens.«

War so verdattert, dass ich das Enthaaren aufgab. (Eigentlich froh über den Vorwand, denn die altbewährte Zuckermethode ist ziemlich barbarisch. Gut, dass unsere zivilisierte Gesellschaft die Bleiche erfunden hat, auch wenn sie schlecht für die Ozonschicht ist.)

Woher mag der einsame Vater meine Mobilfunknummer haben? Kann mich nicht erinnern, dass ich sie ihm gegeben hätte. Habe so schnell wie möglich von zwanzig rückwärts gezählt, um sicherzugehen, dass ich nicht an vorzeitigem Alzheimer leide und meine Telefonnummer ohne es zu wissen auf der Straße an wildfremde Menschen verteile. Dann die Nachricht noch mal gelesen: »Hoffe, du kommst wieder in die Gruppe. Tolles Gespräch letztens.«

Eindeutig von ihm. Offenbar hat er meine Nummer von dem Anmeldungsformular in der Krabbelgruppe.

Ganz automatisch Louises Nummer gewählt, um mit ihr ein wichtiges Gespräch über vage sexuelle Untertöne dieser Nachricht zu führen, als mir einfiel, dass ich als verantwortungsbewusste Ehefrau und Mutter zweier kleiner Kinder ja moralisch dazu verpflichtet bin, die Flirt-SMS zu ignorieren und nie wieder einen Fuß über die Schwelle des Gemeindezentrums zu setzen. Wenn ich gewusst hätte, dass mein neuer Stufenschnitt, die Naturkosmetik und der Push-up-BH solche Folgen haben würden, hätte ich die Finger davon gelassen. Eine sexy Supermutti zu sein, hat eindeutig auch Nachteile. Vermutlich geht es Liz Hurley die ganze Zeit über so. Bestimmt sehr anstrengend.

Vor Schreck eine Tasse sehr süßen Tee getrunken (drei Löffel Süßstoff) und dann mein Geheimversteck von Mini-Mars-riegeln in der Garage geplündert. (Es ist mir rätselhaft, wie die arme Liz von nur einer Mahlzeit am Tag überlebt, wenn sie ständig diesem Stress ausgesetzt ist.) Zu guter Letzt zu dem Schluss gekommen, dass ich überreagiere. Da ich meine Zeit nicht am Arbeitsplatz, sondern abgeschottet vom Rest der Gesellschaft verbringe, hat offenbar meine Kommunikationsfähigkeit darunter gelitten. Die SMS war sicher kein Versuch, eine außereheliche Beziehung anzuknüpfen, sondern eine freundliche Erkundigung nach meinem seelischen Befinden im Anschluss an die demütigende Kopflaus-Katastrophe. Schließlich leben wir im einundzwanzigsten Jahrhundert, sodass Männer und Frauen Freunde sein und frei von erotischem Knistern über hochkarätige Literatur sprechen können – und zwar ohne dass sie einander bei kostenlosem Kaffee und Kuchen in der Krabbelgruppe die Kleider vom Leibe reißen. Außerdem wird es langsam Zeit, dass ich mir einen männlichen Freund zulege. Wie in *Harry und Sally.*

Stundenlang an einer spontan klingenden schlagfertigen Antwort gefeilt. »Danke für die Nachfrage. Läuse falscher Alarm. Bis nächste Woche.« Smiley-Gesicht mitgeschickt, damit er weiß, dass es lustig gemeint ist.

Die Lüge wegen der Läuse macht nichts. Marita hat keine Beweise.

Sofort Antwort erhalten: »Gut.«

Nicht auf das komische Prickeln im Bauch geachtet. Es gibt keinen Grund, sich merkwürdig zu fühlen. Muss mich einfach nur daran gewöhnen, mit einem Mann zu sprechen, der nicht mein Ehemann ist. Schließlich ist es ja nicht so, dass ich auf ihn stehe.

P. P. S.: Für alle Fälle beschlossen, Louise nichts davon zu erzählen. Oder Joe.

P. P. P. S.: Gerade ist mir eingefallen, dass Harry und Sally einander am Schluss des Films doch die Kleider vom Leibe reißen.

5. März

Beschlossen, für Joe ein ganz besonderes Gourmetessen zu kochen, um ihm zu beweisen, dass ich eine treue Ehefrau mit der Tugendhaftigkeit einer Heiligen bin. Stundenlang Gemüse eingekauft (echtes, kein abgepacktes von Marks & Spencer) und Hähnchenbrust mariniert, damit sie genauso köstlich und zart wird, wie es auf der Verpackung steht. Beim Hacken und Marinieren geübt, mir sinnlich die Marinade von den Fingern zu lecken wie Nigella. Musste von dem schrecklichen Knoblauchgeschmack an meinen Fingernägeln fast kotzen (merke: Knoblauchpresse vielleicht nützliche Anschaffung, nicht nur fieser Werbetrick). Keine Ahnung, wie Nigella es schafft, so sexy und gepflegt auszusehen, während sie Horden von Menschen bekocht, die Tag und Nacht unangemeldet bei ihr hereinschneien. Zum Glück führe ich kein Boheme-Leben (Folkloreröcke sind *so* unbequem). Mein Spiegelbild in der Ofentür gesehen. Von dem Versuch, gleichzeitig zu hacken, zu marinieren und sexy zu wirken, war ich ganz rot im Gesicht. Wahrscheinlich hat Nigella mindestens drei Kindermädchen und außerdem jemanden, der für sie hackt und mariniert.

Musste Kinder im Garten im Kreis herumhetzen, damit sie müde wurden, und habe sie überredet, um acht ins Bett zu gehen (kleines Wunder von Mutter-Teresa-artigen Ausmaßen). Dann schnell geduscht, um den scheußlichen Knoblauchgeruch loszuwerden. Gerade die Lichter gedämpft (um den Damenbart zu tarnen), Duftkerzen aufgestellt und den Tisch mit nicht angeschlagenem, beinahe zusammenpassendem Porzellan gedeckt, als das Telefon läutete.

Es war Joe. »Susie, du brauchst dir nicht die Mühe zu machen, etwas für mich zu kochen«, rief er. »Wir haben uns hier eine Pizza bestellt. Warte nicht auf mich. Es wird spät.«

Hatte keine Gelegenheit zu einer Antwort, weil ich nur noch ein Scheppern hörte. Dann war er weg.

Wie eine der verbitterten Hausfrauen in den Seifenopern Hähnchen und Gemüse in den Müll gekippt und mir, bewaffnet mit einem Becher Eiscreme mit Schokosplitter-Plätzchenteig-Geschmack, eine Wiederholung von *American Idol* angeschaut. Sollte Aktien von Ben and Jerry kaufen. Schließlich halte ich das Unternehmen praktisch allein am Leben.

6. März

Mum rief an, um mir zu sagen, dass sie eine blendende Idee für mein diesjähriges Geburtstagsgeschenk hat – ein ganzes Jahr Mitgliedschaft in einem Fitness-Studio meiner Wahl. »Der Einfall ist von deinem Dad, also musst du dich bei ihm bedanken«, meinte sie (konnte Dad im Hintergrund gehässig schnauben hören). »So hast du auch mal ein bisschen Zeit für dich«, fuhr sie fort. »In vielen Fitness-Studios gibt es eine Kinderbetreuung, damit Jack spielen kann, während du Sport treibst.«

Habe ihr erklärt, dass ich verzweifelt versuche, den gefürchteten anstehenden Geburtstag zu vergessen. Außerdem wäre es mir peinlich, Wabbelbauch, Schlabberhintern und Altweiber-Oberarme in der Öffentlichkeit vorzuzeigen. Noch dazu in Lycra.

P. S.: Jack hat einen neuen Lieblingssatz: »Daddy ist cool.« Habe fast eine Stunde versucht, ihm »Mummy ist cooler« beizubringen. Vergeblich. Er klatschte einfach nur in die Hände und wiederholte ständig »Daddy ist cool«. Bin verzweifelt. Der Junge sieht seinen Vater kaum und findet ihn trotzdem cooler als mich.

Katie versuchte, mich aufzumuntern. »Mummy, ich finde, du bist die beste Mummy auf der ganzen Welt«, säuselte sie und schlang ihre schmutzigen Ärmchen um meinen Hals.

»Wirklich, Schätzchen?« Ich lächelte, froh, dass wenigstens meine Tochter meine Bemühungen zu schätzen weiß.

»Ja, wirklich. Ich mag dich *fast* so gerne wie meine Kindergärtnerin.«

P. P. S.: Louise hat mir eine Nachricht hinterlassen – irgendwas, dass sie übers Wochenende wegfahren will. Offenbar hat sie einen neuen Lover.

P. P. P. S.: Joe hat mir eine chaotische Nachricht hinterlassen. Irgendwas mit dem Abendessen, bla, bla, bla. Anscheinend kommt er *schon wieder* spät nach Hause. Bald kann ich staatliche Unterstützung für alleinerziehende Mütter beantragen.

P. P. P. P. S.: Habe beschlossen, mich in Sachen Fitness-Studio zu informieren. Tut ja nicht weh. Nun, wahrscheinlich schon, aber wenigstens ist das Recherchieren schmerzfrei. Man weiß ja nie. Vielleicht kann ich in diesem Jahr endlich den Tanga-Bikini anziehen. Oder überhaupt einen Bikini.

7. März

Habe ein paar Fitness-Studios abtelefoniert, um mich zu erkundigen, wie ich am schnellsten fit und schlank wie eine Gazelle werde. Der erste Fitness-Trainer wirkte ein wenig despotisch. »Wie sportlich aktiv sind Sie, Madam?«, knurrte er. Wahrscheinlich gehört er zu den Leuten, die dicke Menschen am liebsten ausrotten würden.

»So einigermaßen?«, meinte ich (war nicht ganz gelogen, denn dauernd die Treppe rauf und runter zu rennen, um Jack daran zu hindern, sich von der obersten Stufe zu werfen, ist doch so etwas wie tägliches Trainingslager).

»Aha.«

Er merkte sofort, dass ich nicht die Wahrheit sagte (vermutlich dank seiner jahrelangen Tätigkeit bei einer Spezialeinheit). »Und welche anerkannte Sportart üben Sie derzeit auf regelmäßiger Basis aus?«

War versucht, ihm zu antworten, dass das Wechseln von etwa einem Dutzend Windeln täglich, das Ausräumen der Spülmaschine und das Herumschleppen von Schmutzwäschebergen vermutlich genügen würde, um Rambo in Form zu halten, habe aber geschwiegen.

Das nächste Fitness-Studio machte einen viel sympathischeren Eindruck. Cathy, die Fitness-Trainerin (»Unsere Aufgabe ist es, Hilfestellung zu geben, nicht Druck zu verbreiten.«), war verständnisvoll und einfühlsam. »Es muss wirklich schwierig für Sie sein, Susie, Zeit zum Sporttreiben zu finden, wenn Sie den ganzen Tag zu Hause sind«, sagte sie mit einer sanften Stimme, die Geborgenheit vermittelte.

»Ja, stimmt«, pflichtete ich ihr bei. »Aber ich versuche mein Bestes.« (Sie brauchte ja nicht zu wissen, dass das erstunken und erlogen ist.)

»Da bin ich ganz sicher, Susie. Das kann ich mir vorstellen«, beruhigte sie mich. »Doch leider könnte das vielleicht nicht reichen. Gerade Frauen wie Sie haben ein höheres Risiko, mit einem Herzinfarkt tot umzufallen, wenn sie erst einmal vierzig sind. Zu viel Fett im Essen, zu wenig Bewegung, das ist das Problem. Aber viel mehr tun mir die Kinder leid, die armen kleinen Waisen. Also, wann sollen wir Sie für ein Probetraining eintragen?«

Habe mich sofort angemeldet. Einen Schoko-Muffin gegessen, weil mir beim Gedanken, Katie und Jack könnten Waisen werden, die Tränen kamen. Am besten verputze ich gleich alle in der Schachtel – nächste Woche fängt das Training an.

8. März

Nur noch eine Woche bis zu meinem vierunddreißigsten Geburtstag. Wie auf ein Stichwort hat sich die dunkle Wolke der Depression über mich gesenkt. Heute Vormittag eine ganze Packung Feigenplätzchen gegessen.

Was habe ich nur aus meinem Leben gemacht? Meine beste Freundin ist die Spülmaschine. Habe Mum anvertraut, dass ich meine Jugend und meine Kraft möglicherweise an zwei undankbare Kinder vergeudet habe, von denen der eine Daddy *cool* findet und die andere ihre Kindergärtnerin mehr liebt als mich. Ganz zu schweigen von einem Ehemann, der mich wie ein Möbelstück behandelt.

»Reiß dich zusammen, Kind«, flötete sie. »Mit vierzig fängt das Leben erst an. Nimm nur deinen Vater und mich. Du solltest es machen wie wir und öfter aus dem Haus gehen.«

Sie darauf hingewiesen, dass ich bis vierzig noch viel Zeit habe. Beim Auflegen noch elender gefühlt.

P. S.: Habe ein bisschen Lampenfieber wegen der Krabbelgruppe morgen. Muss aber Jack zuliebe hin. Er spielt ja so gerne mit den anderen Kindern.

9. März

Den ganzen Morgen geübt, falsches Selbstbewusstsein auszustrahlen, um mich auf die Krabbelgruppe vorzubereiten. Auf dem Hinweg im Auto laut zuversichtliche, positive Sätze wiederholt (etwas schwierig, weil Jack auf dem Rücksitz schrie und ich beim Fahren nicht die Augen schließen konnte, um Meereswellen oder ein Maisfeld zu visualisieren). »Ich bin eine selbstbewusste, ganz besondere Frau. Ich bin eine selbstbewusste, ganz besondere Frau.«

Habe es fast selbst geglaubt, bis ich sah, wie Maritas DD-Körbchen über den Parkplatz zum Gemeindehaus wogten. Sie war ganz in Kanariengelb und zerrte ihr Kind hinter sich her. »Ach, hallo, Susie«, brüllte sie aus voller Kehle, damit auch alle anderen Mütter sie hörten. »Schön, dass Sie wieder da sind. Sie haben wirklich Mut. Ich würde mich nicht trauen, mich so bald wieder in der Öffentlichkeit zu zeigen, das kann ich Ihnen sagen.« Dabei wechselte sie gehässige Blicke mit den anderen Müttern in Hörweite. Dann zeigte sie mit einem wissenden Grinsen auf ihren Kopf, nur für den Fall, dass sie jemand nicht verstanden haben könnte.

Sofort wurde ich von zehn Augenpaaren fixiert. Wenn ich je wieder erhobenen Hauptes den Pfarrsaal betreten wollte, musste ich jetzt schlagfertig sein. »Mutig? Ich? Ganz und gar nicht, Marita. Sie sind es, die hier Mut besitzt. Wie haben Sie es denn verkraftet, als sie im Altersheim rausgeflogen sind? Haben die Sie wegen Grausamkeit gegen die Patienten oder wegen Unfähigkeit drangekriegt?«

Konnte kaum fassen, dass mir so schnell etwas so Gutes eingefallen ist. Kein Wunder, dass alle Stars auf positive Bekräftigungen schwören. Man wird dadurch ja zu einer richtigen Joan Rivers.

Marita blieb wie angewurzelt stehen. »Ich bin aus diesem Drecksladen nicht rausgeflogen. Ich habe freiwillig gekündigt.« Sie starrte mich giftig an.

»Komisch, da habe ich aber was ganz anderes gehört«, erwiderte ich und hielt ihrem Blick stand.

»Tja, da haben Sie eben falsch gehört.« Sie machte auf ihren abgewetzten Stilettoabsätzen kehrt, stolzierte in den Pfarrsaal und zerrte ihr Kind am Kragen hinter sich her. Habe gesehen, dass einige andere Mütter mir verschwörerisch zuzwinkerten. Hurra! Vielleicht habe ich es ja geschafft, Maritas Terrorregime zu stürzen.

P. S.: Heute keine Spur vom einsamen Vater. Ob er wohl an

einer seiner elitären Buchkritiken sitzt? Schade. Hatte nämlich nur für alle Fälle viele kluge literarische Anmerkungen und geistreiche Antworten eingeplant. Fühle mich nun ein wenig merkwürdig und leer. Vermutlich verzögerter Schock nach dem Showdown mit der fiesen Marita.

10. März

Louise will mich als Geburtstagsgeschenk in ein Wellness-Hotel entführen! »Hättest du Lust, zu deinem Geburtstag ein paar Tage wegzufahren, Susie?«, brüllte sie ins Telefon. (Sie war irgendwo im Ausland auf Geschäftsreise. Glaube, ich hätte wissen müssen, in welchem Land genau. Deshalb nicht gewagt zu fragen.)

»Ja, schon.« Habe mir Knetereste aus den Fingernägeln gepopelt und mich gefragt, wie ich das schaffen sollte. Vielleicht, indem ich die Kinder irgendwo in der Stadt aussetzte und ihnen sagte, sie sollten selbst nach Hause finden.

»Okay, dann geh packen. Ich habe uns nämlich für zwei Nächte in diesem neuen Wellness-Hotel in Cork angemeldet. Joe habe ich auch schon angerufen. Er kümmert sich um die Kinder, damit du mal Pause machen kannst.« Knister, knister, knister …

Konnte den Rest nicht verstehen. Macht aber nichts. Habe alles gehört, was wichtig war.

Kann es kaum erwarten, mich zwei Tage lang ungestört verwöhnen und massieren zu lassen. Werde cellulitis- und faltenfrei mit steinharten Oberschenkeln und straffem Po nach Dublin zurückkehren, sodass mich alle keinen Tag älter als dreißig schätzen.

Stundenlang die Hotel-Website studiert, um zu erfahren, welche Anwendungen es dort gibt. Heilende Massage klingt prima. Wassertherapie auch (allerdings könnte es ein bisschen beängstigend sein, ganz allein in einem dunklen Tank zu treiben. Werde mich also wahrscheinlich eher an traditionelle Schönheitsangebote halten, die raschen Erfolg versprechen).

War ein bisschen erschrocken zu lesen, dass eine Algenpackung siebzig Euro kostet. Allerdings verliert man dadurch garantiert zwölf Zentimeter Hüftumfang, und das ist ausschlaggebend. Bald passe ich wieder in die Top-Shop-Jeans aus der Zeit vor der Schwangerschaft. Ein Hoch auf meine liebe und gut verdienende Freundin!

P.S.: Habe Joe im Büro angerufen, um ihm alles über das Geburtstagsgeschenk zu erzählen, aber nur seine Voicemail erreicht und aufgelegt. Lieb von ihm, mich damit zu überraschen. Eindeutig nicht das Verhalten eines ehebrecherischen Betrügers.

P.P.S.: Hoffentlich muss ich mich nicht vor Louise ausziehen. Das letzte Mal hat sie mich vor vielen Jahren auf Korfu ohne Ganzkörperpanzer gesehen, und das war vor den Kindern und den Schwangerschaftsstreifen. Außerdem graut mir nach dem letzten Fiasko vor dem Enthaaren. Vielleicht laufe ich ja die ganze Zeit in einer Radlerhose herum.

11. März

Katie hat einen Freund! »Ich möchte heiraten, Mummy«, verkündete sie in aller Seelenruhe, als sie heute nach dem Kindergarten ins Auto stieg.

»Wirklich, Schatz?«, erwiderte ich und musste mir ein Schmunzeln verkneifen, weil ich sie so niedlich fand. »Wen denn?«

»Matthew«, antwortete sie ernst. »Heute in der Pause hat er mich an den Haaren gezogen. Also habe ich ihn in den Arm gezwickt und finde nun, dass wir heiraten sollten.«

War entsetzt über Matthews Neigung zur häuslichen Gewalt, verkniff mir aber die Bemerkung. Elterliche Missbilligung kann ein Paar nämlich noch enger zusammenschweißen, anstatt es zu trennen. Nehmen wir nur mal Romeo und Julia.

»Weiß Matthew, dass du ihn heiraten willst?«, erkundigte ich mich also gelassen, während ich überlegte, wer von den kleinen rotznasigen Terroristen wohl der Glückliche sein mochte. (Hoffentlich der mit der BMW-fahrenden Mutter. Geld allein macht zwar nicht glücklich, aber es hilft.)

»Nein, noch nicht.« Feste Entschlossenheit schwang in ihrem Tonfall mit.

Schweigen.

»Zoe war heute im Kindergarten eine richtige Heulsuse.«

»Tatsächlich?«, sagte ich, insgeheim befriedigt, dass es selbst der Ökomutter offenbar nicht gelungen ist, ihr Kind in einen tobsuchtsanfallfreien Engel zu verwandeln. »Warum denn das?«

»Sie glaubt, dass Matthew *ihr* Freund ist. Aber das stimmt nicht. Er ist meiner.«

Muss sie für ihre Unbeirrbarkeit bewundern. Zoe hat keine Chance.

Joe ausgesprochen patzig. Habe ihn gestört, als er am Küchentisch in irgendwelchen Akten wühlte. »Aber, Joe, warum liest du nicht mal ein gutes Buch, anstatt dich Tag und Nacht in deine Arbeit zu vergraben?«

»Ein gutes Buch?« Er sah mich verständnislos an.

»Ja. Lesen ist ein geistig anregender und herausfordernder Zeitvertreib«, erwiderte ich, während mir kurz das Bild des einsamen Vaters vor Augen stand. »Du solltest es wirklich öfter tun.«

»Würde ich ja gerne«, brummte er mit einem finsteren Blick auf mich. »Aber wenn diese Berichte nicht rechtzeitig fertig sind, bin ich meinen Job los.«

Mich vor den Fernseher geflüchtet und auf Channel 4 *10 Years Younger* angeschaut. Habe den Verdacht, dass Joe womöglich Anhänger des neuen Trends hin zur Bildungsfeindlichkeit sein könnte. Glaube, er hat seit Jahren kein richtiges Buch mehr gelesen. *Men and Motors* zählt eindeutig nicht.

P. S.: Hatte einen sehr lebensechten Traum. War die schluchzende Brautmutter und trug einen schauerlichen lavendelfarbenen Hut, während Katie am Arm ihres Vaters zum Altar schritt. Sie hatte ihr Barbie-Hochzeitskleid an. Als sie vorne angekommen war und der Bräutigam sich zu ihr umdrehte, war es der einsame Vater. Was das wohl zu bedeuten hat? Muss bei yourdreams.com nachsehen.

12. März

Heute Morgen rief Joes Mutter an, um mir alles Gute zum Geburtstag zu wünschen.

»Danke, Mrs. H.«, antwortete ich schlürfend (in Vorbereitung auf die Intensiv-Entgiftung im Wellness-Hotel trinke ich literweise probiotischen Joghurt). »Aber mein Geburtstag ist erst am fünfzehnten.«

»Wirklich, Kind?«, fragte sie, wobei sie klang, als sei ihr das genaue Datum herzlich gleichgültig. »Übrigens habe ich gehört, dass du dich für eine Woche nach Cork aus dem Staub machst.«

Habe doch gleich gewusst, dass sie mit ihrem falschen Geburtstagsanruf Hintergedanken verfolgt! Werde Joe zur Rede stellen, wenn ich ihn in die Finger kriege. »Nicht für eine Woche. Nur für zwei Nächte.«

»Ach, richtig. Und muss der arme Joe die Kinder hüten, während du weg bist?«

War versucht, sie daran zu erinnern, dass es zur Hälfte seine Kinder sind, habe aber geschwiegen. Es hat keinen Sinn, kurz bevor ich von Druck und Cellulitis befreit werden soll, einen Familienkrach vom Zaun zu brechen. Negativstress kann nämlich die Ansammlung von cellulitischen Ablagerungen noch verstärken (das behauptet wenigstens naturalhealth.com). (Nur ein Gedanke – womöglich ist Mrs. H. ja unmittelbar für jede Beule und Delle auf meinem fetten Hintern und meinen Oberschenkeln verantwortlich. Und an meinen Oberarmen, wenn wir schon dabei sind. Es ist also ganz allein ihre Schuld, dass ich keine Oberteile mit Spaghettiträgern anziehen kann wie Kate Moss und mich stattdessen lächerlich mache, indem ich meine Altweiber-Oberarme auch mitten im Sommer unter einer Strickjacke tarne.)

»Das schafft er schon«, gab ich zurück (ziemlich frech, wie ich fand).

»Nun, ja …« Sie klang nicht sehr überzeugt. »Ich habe ihm vorgeschlagen, mit den Kindern zum Abendessen zu mir zu kommen. Ich mache einen leckeren Braten. Die ständigen Nudeln sind ja gut und schön, aber sie enthalten doch nicht die Nährstoffe, die Kinder zum Wachstum nötig haben. Außerdem ist Joe ein bisschen blass um die Nase. Er braucht mehr Fleisch auf den Knochen. Die vielen Überstunden können doch nicht gesund sein. Er ist es, der mal Urlaub machen müsste …«

Sie predigte immer weiter, bis ich den Hörer vom Ohr weghielt. Habe sie eine Weile reden lassen und sie dann unterbrochen, indem ich Panik vortäuschte. »Ach herrje, Mrs. H. Ich muss aufhören. Jack ist gerade hingefallen und hat sich das Knie aufgeschlagen. Bis bald.«

Jack sah mich an und lächelte. »Mummy ist cool«, lispelte er.

13. März

In Louises Firmen-BMW nach Cork gefahren. Ist zwar kein sexy Cabrio, aber trotzdem sehr schick (schwarz mit schwarzer Lederausstattung und getönten Scheiben, damit man Lastwagenfahrern Grimassen schneiden kann, ohne dass sie einen sehen. Toll!). Wirklich ein Unterschied zu meiner alten Familienkutsche. War ein bisschen sauer, dass Louise sich in Schale geworfen hat, um mich abzuholen. Sie trug einen fuchsiafarbenen Velourstrainingsanzug von Juicy Couture (einen echten, keine billige Kopie von Marks & Spencer). So viel zu dem leeren Versprechen, wir würden ein legeres, glamourfreies Wochenende verbringen und keine Modenschau abhalten. Habe die böse Vorahnung, dass die ausgewaschene graue Trainingshose mit dem Bleichefleck im Schritt die Prüfung nicht bestehen wird. Hoffentlich gibt es im Hotel viele flauschige weiße Bademäntel, damit ich in den nächsten zwei Tagen meine eigenen Sachen nicht anzuziehen brauche.

Bin ein bisschen sentimental, weil ich die Kinder zurückgelassen habe – als ich mich im Morgengrauen aus dem Haus geschlichen habe, schliefen sie wie die Engel in ihren Bettchen. (Louise hat darauf bestanden, um sechs Uhr aufzubrechen – um den Tag richtig auszunutzen, sagte sie. Fand das ein bisschen autoritär von ihr, habe aber nichts sagen wollen.)

Auf der Schnellstraße ernstes Selbstgespräch geführt, um sicherzugehen, dass ich nicht zu heulen anfange.

GRÜNDE, DEN KURZURLAUB ZU GENIESSEN
UND NICHT DEN GANZEN WEG ZUM HOTEL ZU HEULEN:

- Ich habe mir eine Pause von meiner banalen und unbefriedigenden Tätigkeit und der elenden Schufterei (wie Kloputzen, Spülmaschineausräumen und Windelwechseln) verdient.
- Je glücklicher ich bin, desto glücklicher sind auch die Kinder (obwohl sie auch recht glücklich zu sein scheinen, wenn ich mich absolut niedergeschlagen und miserabel fühle).
- Die Kinder müssen lernen, ohne mich zurechtzukommen, und können die Zeit nutzen, um die wichtige Bindung zu ihrem Vater zu stärken.
- Wahrscheinlich werden sie bei Joes Mutter besser ernährt und saubergehalten als bei mir.

- Vielleicht wissen sie meine eher lässige Herangehensweise mehr zu schätzen, nachdem sie ein wenig Qualitätszeit mit Joes Mutter verbracht haben.

Habe mich rasch mental besser gefühlt und mich langsam entspannt. Fand es toll, nicht ständig Pinkelpause machen oder Barney-Songs singen zu müssen (ganz zu schweigen vom Wegputzen der Kotze vom Rücksitz). Stattdessen hatten wir eine angenehme Fahrt und hörten uns eine richtige Radiosendung für Erwachsene an (nun, zumindest, bis uns der Bericht über Atommüll zu langweilig wurde, sodass wir auf Sun FM umschalteten, wo Hits aus den Achtzigern liefen). Bin mir wie ein sorgloser Teenager vorgekommen, als ich mit Duran Duran und Queen mitsang. Froh, wieder mit meiner besten Freundin zusammen zu sein (obwohl ich ein klein wenig Angst hatte, den Augenblick zu zerstören, indem ich das Thema Männer ansprach. Oder Kinder).

Das Wellness-Hotel war sehr hübsch. Nur das Zimmer war ein bisschen klein. (Insbesondere, weil sich Louises Gepäck in einer Ecke stapelte. Fand es ein bisschen egoistisch von ihr, so viele Designerkoffer nur für ein Wochenende mitzunehmen, habe aber beschlossen, sie deshalb nicht zu kritisieren. War schließlich hier, um Spaß zu haben, nicht um die moralische Frage zu stellen, ob man echte Louis-Vuitton-Koffer besitzen darf, solange auf dieser Welt noch Kinder verhungern.)

Es gab eine kleine Debatte, wer das Bett am Fenster bekommen sollte. Habe gewonnen (der vorgetäuschte Anfall von Klaustrophobie war sehr wirkungsvoll). Dann ging es los zur ersten Anwendung des Tages. Wollte mir an der Bar in der Hotelhalle Kaffee und Kuchen gönnen (von einer Dose Cola und einem Schokoriegel unterwegs kann doch niemand leben), doch Louise stürmte im Stechschritt weiter und zerrte mich an den Muffins vorbei (nur Vollkorn, war also nicht allzu traumatisiert). Den restlichen Tag damit verbracht, mich auf einem

Rollwagen durchprügeln (sogenannte »Bindegewebsmassage«) und mir klebrigen Schleim ins Gesicht schmieren zu lassen (sogenannte »belebende Algenmaske«), um Körper und Seele neue Kräfte zu schenken. Hat offenbar gewirkt – habe ganz deutlich gespürt, wie sich spirituelle Ruhe über mich senkte und ich mich eins mit dem Universum fühlte. Beschlossen, »Sorge dich nicht um Kleinigkeiten« zu meinem neuen Mantra zu machen.

14. März

6:30: Im Zug zurück nach Dublin. Mein Leben ein Scherbenhaufen. Meine beste Freundin hasst mich. Der schrecklichste Geburtstag seit Menschengedenken.
8:30: Kann weder essen noch schlafen. Zählt vermutlich als entgiftend (ohne den grässlichen grünen Brei, den man dazu trinken muss). Kriege nichts außer Lucozade-Limo und Mini-Marsriegel runter. Muss also schwer depressiv sein.

»Was um Himmels willen ist denn passiert?«, fragte Joe ganz erschrocken, als ich, einen ganzen Tag zu früh und völlig verheult, auf der Schwelle stand.

»Ich will nicht darüber reden«, schniefte ich. (Tränendrüsen ausgetrocknet nach literweisem Ausstoß auf der Heimfahrt, ganz allein in einem schäbigen Zug.)

»Gut, dann lasse ich dich in Ruhe.« Er flüchtete sich ins sichere Wohnzimmer und zur ersten Fußballliga.

Könnte ihn mit meiner falschen Gucci-Handtasche durch die Küche prügeln. Wie kann er nur so schwer von Begriff sein? Wenn eine Frau sagt, dass sie nicht darüber reden will, möchte sie in Wirklichkeit bei einer Tasse Tee und einer Packung Jammie-Dodgers-Keksen ihr Herz ausschütten. Ausführlich. So lang wie möglich. Oder wenigstens, bis die Jammie Dodgers verputzt sind.

Dabei hatte alles so schön angefangen. Habe mich nach eingehenden Reinigungen, Peelings und Massagen gefühlt wie neu geboren und mich zum Abendessen sogar erfolgreich in eins von Louises knappen Designerkleidchen gezwängt (und es ist während des ausgiebigen Drei-Gänge-Menüs – richtiges Essen, keine ekligen Gemüsesäfte – nicht einmal geplatzt).

Hatten anschließend einen tollen Mädchenabend mit literweise weißem Hauswein, so wie damals, als wir uns nach dem Büro auch während der Woche stundenlang im Pub getroffen haben. War deshalb überzeugt, alles wäre wieder in Butter und der Streit vergessen. Fand den Zeitpunkt also günstig, sie auf ihr katastrophales Liebesleben anzusprechen und ihr als erfahrene Ehefrau ein paar Tipps zu geben. Leider nicht gut angekommen. Vermute, sie hat die Darmspülung (eine barbarische Prozedur von unbeschreiblicher Grausamkeit) nicht gut vertragen.

»Du bist gerade die Richtige, um andere Leute zu beraten, Susie«, zischte sie. »Dass Steve und ich uns getrennt haben, ist ganz allein deine Schuld. Wenn ich nicht auf deine dämlichen Ratschläge gehört hätte, wären wir heute noch zusammen. Dann wäre er heute an deiner Stelle hier.«

»Wovon redest du?«, stammelte ich in der Hoffnung, dass sie wegen der Überdosis Billigwein etwas verwechselt hatte und es nicht so meinte.

»Wir hatten dieses Wochenende vor unserer Trennung gebucht«, gab sie zu, ohne mich anzusehen.

»Ich verstehe immer noch nicht ganz«, wunderte ich mich. »Du hast doch selbst gesagt, du hättest es wegen meines Geburtstags getan.«

»Nein, Susie, das stimmt nicht. Ich habe dich nur mitgenommen, weil es zu spät zum Stornieren war. Die ganze Anzahlung wäre weg gewesen.«

»Soll das etwa heißen, dass du jetzt lieber mit Steve hier wärst?« Ich spürte, wie mir die Tränen in die Augen stiegen.

»Wenn ich ganz ehrlich bin, ja.« Louise wandte sich ab.

Der Schmerz schnürte mir die Kehle zu (es kann auch das enge Designerkleid gewesen sein, das sich nun unangenehm in meine Rippen grub).

Gedemütigt stand ich auf und schleppte mich und das knallenge Kleid zurück ins Zimmer, wo ich mich die ganze Nacht schlaflos auf der orthopädischen Matratze hin und her wälzte. Habe mich im Morgengrauen davongestohlen, bevor Louise aufgewacht war.

Hätte wissen müssen, dass sie mir tief in ihrem Innersten noch wegen der Trennung von Steve grollt. Genauso war es beim letzten Mal, als ich mit dreizehn versehentlich ihren ersten Freund geküsst habe. (War es denn meine Schuld, dass die Colaflasche auf mich gezeigt hat? *Sie* wollte doch unbedingt Flaschendrehen spielen.) Damals tat sie, als hätte sie mir verziehen. Doch drei Jahre später hat sie aus Rache nach der Schuldisko absichtlich mit meiner erste Liebe Garvan Ryan herumgeknutscht.

15. März:
Mein Geburtstag

Mum und Dad haben zu einer unchristlichen Zeit angerufen, um »Happy Birthday« ins Telefon zu singen, als wäre ich vier geworden und nicht vierunddreißig.

»Kopf hoch, Schatz«, säuselte Mum, als ich mich darüber beschwerte, dass ich mit einem albernen Kinderlied aufgeweckt worden war. Schließlich bin ich eine erwachsene Frau, die mit ihrem Reithosenspeck und dem Rettungsring den Kandidaten bei *Celebrity Fit Club* Konkurrenz machen könnte. Dann setzte sie zu einem Vortrag zum Thema »Ich erinnere mich an deine Geburt, als ob es gestern gewesen wäre« an.

»Ach, Mum, ich bin dazu jetzt nicht in der Stimmung«, jammerte ich und zog die Decke über den Kopf. Warum, ach, warum müssen meine Eltern mir nur jedes Mal diese Geschichte erzählen? Schließlich hat meine Mutter mich ja nicht im Supermarkt, am Straßenrand oder an einem anderen exotischen Ort zur Welt gebracht. Trotzdem genießt sie es, die Sache alljährlich aufs Neue zu durchleben.

»Ja, ich habe gerade ein Stück Toast gegessen, als ich plötzlich so ein merkwürdiges Gefühl hatte. Da sagte ich zu deinem Dad ... Was habe ich denn gesagt, Liebling?«

»Ich glaube, das sind die Wehen, Teddy, hast du gesagt«, erwiderte Dad am anderen Telefon.

»Ja, richtig!«, rief Mum triumphierend aus, als sei Dad diese wichtige Einzelheit erst in dieser Minute eingefallen.

»Und darauf sagte ich«, fuhr Dad mit dröhnender Stimme fort, »sei nicht albern. Das sind sicher nur Magenbeschwerden vom Toast.«

»Du hast mir einfach nicht geglaubt, Schatz«, meinte Mum zärtlich, und dann kicherten die beiden, als gäben sie die Geschichte zum ersten und nicht zum millionsten Mal zum Besten. »Nein, Teddy, Blähungen sind es eindeutig nicht, sagte ich.«

»Und da sagte ich: Okay, dann fahren wir jetzt ins Krankenhaus, Bernadette.«

»Und zwei Stunden später wurdest du geboren!«, verkündeten die beiden im Chor.

»Ach, ich sehe es noch deutlich vor mir. Du auch, Teddy?«

»Ja, ich auch«, stimmte Dad zu.

Hatte das Bild vor Augen, wie sie einander, in Erinnerungen versunken, zulächelten. Gehüstelt, damit sie merkten, dass ich auch noch da war.

»Übrigens«, kehrte Mum in die Gegenwart zurück, »können wir nicht kommen, Schatz. Heute fängt nämlich das Golfturnier an, und das dürfen wir auf keinen Fall verpassen. Aber bestimmt hat Joe etwas Wundervolles für dich geplant, Kind.«

»Bestimmt«, murmelte ich mit einem zweifelnden Blick auf meinen Mann, denn der lag noch da und schnarchte ahnungslos.

»Du darfst nicht Trübsal blasen, Susie«, versuchte sie mich aufzumuntern. »War dein Ausflug mit Louise denn nicht nett? Du solltest doch im siebten Himmel schweben. Und der heutige Abend wird ganz sicher sehr romantisch.«

Wollte ihr nicht erzählen, dass Louise und ich offiziell nicht mehr miteinander sprechen und dass Joe ganz gewiss keinen romantischen Tisch für zwei bestellt hat. Seine letzten Worte, bevor er ins allnächtliche Koma fiel, lauteten nämlich: »Können wir die Sache mit dem Geburtstag nicht auf nächste Woche verschieben, Susie? Ich stecke bis zum Hals in Arbeit.« Als ob man einen Geburtstag verschieben könnte wie eine geschäftliche Besprechung!

»Also gut, tschüs, Liebes«, flötete Mum. »Bevor wir losmüssen, brauchen wir noch unseren frisch gepressten Saft. Antioxidantien sind ja so gut für die Kondition.«

Beim Auflegen noch gehört, dass Dad eine anzügliche Bemerkung zum Thema Kondition machte und Mum dazu kicherte wie ein Schulmädchen.

Bin eine offizielle Geburtstagshasserin, weil dieser deprimierende Tag mich nur daran erinnert, dass das Leben um mich herum weitergeht, während ich mich in einer überdimensionalen Sackgasse befinde. Den ganzen Tag wegen der Kinder, die im Morgengrauen aus dem Bett gesprungen sind, um die Geburtstagstorte zu suchen, gute Miene zum bösen Spiel gemacht. War deshalb gezwungen, mir selbst eine Torte im Laden an der Ecke zu kaufen und allein, nur begleitet vom Klatschen der Kinder, »Happy Birthday« zu singen. Bedrückend. So wird es sein, wenn ich alt, gebrechlich und verwitwet bin, meine Kinder mich nur noch besuchen, falls sie etwas von mir wollen, und meine Freundinnen mich im Stich gelassen haben, um sich ihren Karrieren zu widmen.

Den ganzen Abend in einem Anfall von Sentimentalität in alten Tagebüchern geblättert. Mich dabei mit einer Flasche sündhaft teurem Chablis gestärkt, den Joe eigentlich für einen besonderen Anlass aufheben wollte. Bin auf einen urkomischen Eintrag – nun, nach einer halben Flasche Chablis war er komisch – aus der Phase gestoßen, in der ich glaubte, alles haben zu können, wenn ich es nur stark genug wollte. Der Eintrag lautete:

Heute bin ich 24 geworden. In zehn Jahren werde ich Communications Director in einer großen PR-Agentur sein. Ich werde die folgenden Dinge besitzen:

- *ein Mercedes-Cabrio fürs Wochenende*
- *einen BMW für die Fahrten zur Schule (falls ich beschließe, Kinder zu haben)*
- *einen Schrank voller Designerkleidung mit passenden Accessoires und Koffern*
- *eine riesige Villa mit Gästeflügel und parkähnlichem Grundstück*
- *Personal (mindestens eine Haushälterin, eine Putzfrau und einen Gärtner)*

Stattdessen habe ich es zu Folgendem gebracht:

- einer peinlichen Familienkutsche, zugemüllt mit Bonbonpapier und zerkrümelten Chips
- einer falschen Gucci-Handtasche, mit der man niemanden täuschen kann (Plastikhenkel verräterisch in Auflösung begriffen)
- einem Schrank voller ausgewaschener Fleecepullis und Jogginghosen (Oberteile mit Kotze/angetrocknetem Rotz an der Schulter)
- einer Fünf-Zimmer-Doppelhaushälfte mit Minigarten, mit dem ich überfordert bin (ob ich an *Gardeners' World*

schreiben und um eine allgemeine Gartenüberholung bitten soll?)

- eine Putze für alles (ich)

Hinzu kommen kein Beruf, eine kriselnde Beziehung mit meinem Ehemann und gar keine Beziehung mit meiner ehemaligen besten Freundin. Hab ich doch wirklich prima hingekriegt. Haha!

P. S.: Bin ein bisschen besorgt, weil ich angefangen habe, allein zu trinken. Erster Schritt hin zum schweren Alkoholismus. Bald habe ich geplatzte Äderchen und eine Schnapsnase.

P. P. S.: Kein Anruf von Louise. Zum ersten Mal seit Jahren an meinem Geburtstag nicht mit ihr gesprochen.

16. März

Kopfschmerzen vom Chablis. Mich trotzdem zur Krabbelgruppe geschleppt, um den Vormittag rumzubringen. Mich darauf gefreut, den einsamen Vater dort zu treffen, um ein nettes, aufmunterndes Gespräch über das Leben an sich, Kunst und Literatur zu führen. Ausgezeichnete Gelegenheit, mein aufpoliertes Wissen über irische Schriftsteller wie Yeats und Joyce vorzuführen (Textsammlung für den Schulgebrauch aus dem Buchladen sehr nützlich).

Offenbar ist der Mann Hellseher. Er kam nämlich sofort auf den Punkt. »Du wirkst heute so traurig, Susie«, sagte er mit besorgter Hausmännerstimme und neigte dabei ganz reizend den Kopf zur Seite.

(Festgestellt, dass er hübsche blaue Augen mit niedlichen Lachfältchen hat wie Hugh Grant in *Tatsächlich ... Liebe.*)

»Ja, mir geht es tatsächlich nicht so gut«, gab ich, weichgeklopft von seinem durchdringenden Blick, zu. »Ich hatte gestern nämlich Geburtstag, und der war eine ziemliche Katastrophe.«

»Aber dein Mann hat dich doch sicher für eine Nacht an einen romantischen Ort entführt«, meinte er, während er zu meiner Beunruhigung eindringlich mein Gesicht musterte (bestimmt hatte er einen Riesenpickel entdeckt, der ohne mein Wissen an meinem Kinn spross).

Wollte nicht zugeben, dass ich den Abend damit verbracht hatte, mich allein zu betrinken, alte Tagebücher zu lesen, die Schönheits-OP-Serie *Nip/Tuck* anzuschauen und mir zu überlegen, was ich denn operieren lassen würde, falls ich im Lotto gewinnen sollte (vermutlich eine Rundumerneuerung von Gesicht und Busen).

»Äh … tja, er hat zurzeit viel im Büro zu tun. Also haben wir das Feiern auf nächste Woche verschoben. Wahrscheinlich. Außerdem sind Geburtstage in unserem Alter doch nicht mehr so wichtig. Am besten vergisst man sie einfach.« (Habe mich um Kopf und Kragen geredet. Es kann einen schrecklich nervös machen, so angestarrt zu werden.)

»Wirklich?«, erwiderte er gedehnt, während seine Augen vielsagend über mein Gap-T-Shirt glitten (wünschte, ich hätte es gebügelt). »Nun, wenn ich dein Mann wäre, würde ich dich auch ganz ohne Grund an einen romantischen Ort entführen. Er sollte aufpassen, dass niemand dich ihm vor der Nase wegschnappt.«

Unsere Blicke versanken eine schiere Ewigkeit ineinander – wie in *Tatsächlich … Liebe* - bis Jack plötzlich zu schreien anfing, weil ihm jemand seinen Laster weggenommen hatte. Musste ihm zu Hilfe eilen. Ein Glück, denn ich spürte, dass mir vor lauter Verlegenheit die Röte den Hals hinaufstieg wie bei einem liebeskranken Teenager.

Es gibt nichts daran zu rütteln. Der einsame Vater hat mit mir geflirtet. Frage mich, was seine Frau wohl dazu sagt. Vielleicht führen sie ja eine offene Beziehung. Oh, mein Gott, ob sie wohl wollen, dass Joe und ich bei ihren kranken Sexspielchen mitmachen. Perverse!

P. S.: War aber recht nett.

17. März: St. Patrick's Day

Halleluja! Joe hat frei. Ich danke dir, St. Patrick, dass du alle Schlangen aus Irland vertrieben und dadurch einen dringend benötigten Feiertag geschaffen hast. Eine Erleichterung zu wissen, dass wir in unserem kleinen Land noch in der Lage sind, zumindest für einen Tag der allgemeinen Kommerzialisierung der Welt den Kampf anzusagen und unser Kulturerbe zu pflegen. (So haben erschöpfte Mitarbeiter endlich Gelegenheit, Zeit mit ihrer Familie zu verbringen – ein Traum!)

Grässlicher Pflichtbesuch bei Mrs. H., damit sie den Kindern für den Umzug riesige Mengen an Kleeblättern an die Brust heften konnte. »Warst du denn auch in der Kirche, Katie-Schatz?«, erkundigte sie sich, während sie Katie zur Feier des Tages eine grüne Satinschleife ins Haar band.

»Mummy hat gesagt, ich soll tun, als hätte ich nichts gehört, wenn du das fragst«, verkündete sie stolz und lächelte mir zu.

»Ach, hat sie das«, entgegnete Mrs. H. mit finsterer Miene, als wäre ich nicht vorhanden. »Nun, dann kannst du deiner Mummy ausrichten, dass der liebe Gott und St. Patrick jeden unserer Schritte hier auf Erden beobachten.«

»So wie der Weihnachtsmann?«, rief Katie, begeistert, neues Material für eine Erpressung gefunden zu haben.

»Oh, noch viel schlimmer«, erwiderte Mrs. H., bürstete Jack das Haar und setzte ihm eine grüne Baskenmütze auf den Kopf. »Viel, viel schlimmer.«

Haben uns durch das Verkehrschaos zum Umzug durchgekämpft, um die kulturelle und festliche Stimmung auf uns wirken zu lassen. Den Nachmittag allerdings damit verbracht, einen Bogen um betrunkene Rowdys und kotzende Jugendbanden zu machen. Würde am liebsten die *Gerry Ryan Show* anrufen, um mich darüber zu beschweren, wie sich kulturelles Randalierertum immer mehr in unserer Gesellschaft breitmacht. Zu meiner Zeit musste man mindestens sechzehn sein, bevor man sich einen Cider genehmigen durfte. Habe versucht, mir den ersten Familienausflug seit Monaten nicht von zugesoffenen Halbstarken verderben zu lassen. War aber recht schwierig, weil wir Jack gut festhalten mussten, damit er nicht mit ihnen durchbrannte. Mein Gott, in zehn Jahren könnte es Katie sein, die zu tief in die Cider-Flasche schaut und sich in der Notaufnahme den Magen auspumpen lassen muss. Bei diesem Gedanken flaues Gefühl bekommen (könnte auch am Chablis von gestern Abend liegen – hätte ihn doch nicht allein austrinken sollen). Habe mir geschworen, das Beste aus diesen unschuldigen Jahren zu machen, solange die Kinder noch alkohol- und hormonfrei sind, anstatt mich dauernd über meinen öden Alltag zu beklagen.

Nach dem Umzug (wenn man Leute, die aus langsam dahinrollenden Autos winken, denn so nennen kann) zum Pizzaessen gegangen. Joe griff über den Tisch und nahm in einer öffentlichen Zärtlichkeitsbekundung von Seltenheitswert meine Hand. »Du bist eine prima Mutter, Susie«, meinte er und musterte mich mit einem seltsamen Ausdruck im Gesicht.

»Bin ich das?«, fragte ich mit einem Auflachen. Dabei Jack die Tomatensauce vom Finger geleckt. Konnte nämlich keine Serviette finden und hatte es aufgegeben, Blickkontakt zu der patzigen Kellnerin herzustellen, um sie um eine zu bitten.

»Ja, bist du. Tut mir leid, dass ich in letzter Zeit so selten zu Hause bin. Ich weiß, wie schwierig das für dich ist. Aber wenn das Jahr vorbei ist und ich in den Vorstand befördert werde, muss ich nicht mehr so viele Überstunden machen.«

War so überwältigt von meinen Gefühlen, dass ich keinen

Ton herausbrachte. Also nur genickt und den Rest von Katies Pizza verspeist. Habe ein schlechtes Gewissen. Der arme Joe schuftet sich kaputt, um weiterzukommen, und hält mich für eine überarbeitete Mutter (tja, in dieser Hinsicht hat er recht), während ich mit dem einsamen Vater flirte und lüsternen Gedanken nachhänge. Ja. Jetzt ist es auf dem Tisch. Ich schwärme für den einsamen Vater. Was der erste Schritt ist. Es ist doch ganz natürlich, dass verheiratete Menschen harmlos mit anderen verheirateten Menschen flirten und ein bisschen davon träumen, ihnen die Kleider vom Leibe zu reißen. Alles völlig normal und auch nicht anstößig, solange es nicht wirklich zum Vomleibereißen von Kleidern kommt. Solche Fantasien könnten sogar das eigene Liebesleben beflügeln. Nein, igitt, das ist ja pervers!

Patzige Kellnerin immer wieder die makellos geschwungenen Augenbrauen hochgezogen, als wolle sie mir zwar keine Servietten bringen, könne aber bis auf den Grund meiner Seele hinabsehen. Schwöre, von nun an eine bessere Ehefrau und Mutter zu sein.

P. S.: Zum ersten Mal seit Ewigkeiten Sex. War recht nett, aber Joes Atem stank nach Knoblauch. Versucht, jeden Gedanken an den einsamen Vater und seine Hugh-Grant-Augen beiseitezuschieben.

18. März

»Ist für nächste Woche alles bereit, Susie?«, fragte Joe, bevor er, die letzte Kante altes Toastbrot kauend, zur Arbeit ging. (Anmerkung: Sollte den Gefrierschrank gelegentlich auch zum Lagern von Notwendigkeiten wie Brot benutzen, nicht nur für Eislutscher und Fertiggerichte von Marks & Spencer.)

»Warum? Planst du, mich für einige leidenschaftliche Nächte in ein Hotel zu entführen?«, erkundigte ich mich voller Freude, weil ich nun endlich mein Geburtstagsgeschenk bekommen sollte.

Ein absolut verständnisloser Blick. »Äh … nein«, stammelte Joe. »Ich meine eigentlich die Dinnerparty, Susie. Hast du die etwa vergessen?«

»Dinnerparty? Wer gibt eine Dinnerparty?«, wollte ich wissen, während ich in Gedanken meine gesamte Abendgarderobe Stück für Stück anprobierte und verwarf. Kann mich nicht erinnern, wann ich zum letzten Mal schick eingeladen worden bin.

»Äh … wir. Nächste Woche, und zwar für die Vorstandsmitglieder und ihre Frauen. Das kannst du doch unmöglich vergessen haben, Schatz.«

Mir wurde so flau, dass Joe mich auf einen Stuhl bugsieren und mir den Kopf zwischen die Beine beugen musste. Unästhetische Körperhaltung. Habe mich offenbar vor ein paar Wochen breitschlagen lassen, ein festliches Abendessen für drei von Joes Kollegen zu geben. Eigentlich sind es nicht nur einfache Kollegen, sondern Vorstandsmitglieder und ihre Frauen. *Damit Joe sie beeindrucken kann und auch in den Vorstand kommt.* Der Druck ist eindeutig zu groß. War ich betrunken? So stark kann Chablis doch gar nicht sein! Befinde mich in schwerem Schockzustand, weil ich jetzt für – Joe und ich selbst mitgezählt – acht Personen ein Essen kochen und es hübsch anrichten muss. Wie zum Teufel soll ich das hinkriegen? Habe Mum angerufen und sie um Rat gefragt.

»Am besten servierst du als Vorspeise Melone und als Hauptgang Lammkoteletts, Kind«, schlug sie vor. »Einfache Hausmannskost ist inzwischen wieder große Mode. Ach, ich habe eine prima Idee! Mach doch Würstchen und Kartoffelbrei. Das gab es auf der Hochzeit von dieser Kate Soundso, und die ist schließlich steinreich. Also ist es auch gut genug für deine Gäste. Sie werden begeistert sein.«

»Ich weiß nicht so recht, Ma.« Bezweifle, dass die Filmmogule aus Hollywood bei Kate Winslets erster Hochzeit von den Würstchen sehr angetan gewesen waren. »Diese Leute sind *haute cuisine* gewöhnt.«

»Was hältst du dann von einem Buffet? Das ist sehr europäisch.«

Habe mir vorgestellt, wie die Vorstandsmitglieder, ihre Blätterteigpastetchen auf Papptellern balancierend, im Gänsemarsch durchs Zimmer schlurfen. Eindeutig nicht das, was Joe vorgeschwebt hat, als er von einem gemütlichen Abendessen für acht Personen sprach.

»Ach, ganz gleich, was du kochst, es wird ganz bestimmt ein Gedicht«, fuhr Mum in dem offensichtlichen Versuch, meinem angeknacksten Selbstbewusstsein auf die Sprünge zu helfen, fort. (Ungefähr so wirksam wie »Du bist genauso nett wie diese Claudia Schiffer. Sogar noch netter.«)

Habe beschlossen, einen Partyservice kommen zu lassen.

19. März

Das Thema Partyservice ist vom Tisch. Habe festgestellt, dass diese Firmen ebenso wie Unterhaltungskünstler bei Kindergeburtstagen astronomische Preise verlangen, allerdings wenig Leistung dafür bieten.

Jetzt brauche ich jemanden wie Jamie Oliver, der in meiner Küche erscheint, die Ärmel hochkrempelt und ohne große Mühe etwas Leckeres zaubert. Könnte schwierig sein, denn ich kenne a) keine Briten und glaube b), dass Jamie zu sehr damit beschäftigt ist, die Essgewohnheiten der Engländer umzukrempeln, um mir aus der Bredouille zu helfen. Warum kann er den mangelernährten Schulkindern ihre hähnchenfreien Hähnchen-Nuggets nicht lassen und mich aus meiner kulinarischen Krise retten? (Eigentlich eine gute Idee für eine Sendung. Sollte deshalb an den BBC schreiben.)

Also gut. Muss mich einfach zusammennehmen und mir Mühe geben. Dann schaffe ich es bestimmt. Jetzt brauche ich mir nur noch ein einfach zu kochendes, aber trotzdem wirkungsvolles Gericht einfallen zu lassen. Wehendes Haar und ein makelloser Porzellanteint wie Nigella wären auch von Vorteil.

WAS TUN, DAMIT DAS GESCHÄFTSESSEN EIN ERFOLG WIRD?

- Neues schickes Geschirr kaufen (angeschlagene, nicht zusammenpassende Billigteller ungeeignet).
- Neues Besteck kaufen (angelaufene Messer und Gabeln sowie Plastiklöffel mit Bob der Baumeister darauf ebenfalls ungeeignet).
- Unbeflecktes, makellos weißes Tischtuch kaufen (und unter allen Umständen von den Kindern fernhalten).
- Von jemandem vier Stühle borgen (Joes Mutter?).
- Würdevolle Haltung à la »Ich bin die Frau eines Vorstandsmitglieds« üben (Anmerkung: Weg mit den Reeboks; das Gehen auf hohen Absätzen trainieren).
- Mich über das Tagesgeschehen informieren, um ein anderes Gesprächsthema zu haben als das tragische Dreiecksverhältnis Brad/Jen/Angelina.

20. März

Heute Morgen rätselhafte SMS vom einsamen Vater erhalten: »Lust auf ein Treffen im Park? Px«

Natürlich gehe ich nicht hin. Für einen verheirateten Mann gehört es sich nicht, einer verheirateten Frau eine SMS zu schicken, um ein heimliches Treffen mit ihr zu verabreden. Der hat aber Nerven! Außerdem hat er nicht nur mit seinem Namen Paul, sondern auch noch mit einem Kuss unterschrieben – sehr aufregend und ziemlich frech. (Mir ist ganz warm geworden.)

Andererseits würde das Treffen ja am helllichten Tag im Park inmitten vieler anderer Menschen stattfinden. Er wird mich schon nicht hinter einen Busch zerren und mir das Mieder vom Leibe reißen, bevor er mich brutal, aber gleichzeitig zärtlich nimmt. Wenn ich denn ein Mieder tragen würde. Außerdem wäre es doch wirklich egoistisch von mir, wenn ich Jack an so einem schönen Tag zwingen würde, drinnen zu spielen, nur weil ich unter dem Verfolgungswahn leide, dass der einsame Vater unehrenhafte Absichten hegen könnte.

Vielleicht ist er ja auch schwul und hat aus rein praktischen Gründen geheiratet. Das könnte einiges erklären, zum Beispiel warum er

- sich für Kunst und Literatur interessiert.
- in eine Krabbelgruppe geht.
- enge pastellfarbene Pullis mit V-Ausschnitt trägt, die seine muskulöse und durchtrainierte Figur betonen.

Habe mir gesagt, dass künstlerisch angehauchte, in einer lieblosen Vernunftehe gefangene Typen wie er ihre SMS vermutlich gewohnheitsmäßig mit einem Kuss unterzeichnen, sodass ich mir keine Sorgen zu machen brauche. Also eine Ewigkeit an meiner Antwort gefeilt: »OK. Also bis 12x« (habe das x hinzugefügt, weil ich nicht unhöflich sein oder den Eindruck erwecken wollte, ich übte Kritik an seinem alternativen Lebensstil).

Bin ziemlich aufgeregt, weil ich einen neuen besten Freund haben werde wie Julia Roberts und Rupert Everett in *Die Hochzeit meines besten Freundes* oder wie Madonna und Rupert Everett in diesem anderen Film. Genau genommen wie Rupert Everett in irgendeinem Film. Werde ruhig grün vor Neid, Louise! Habe es nicht mehr nötig, meine Kraft an dich und deine Liebesdramen zu vergeuden. Bald habe ich einen neuen besten Freund.

P. S.: Schade, dass Hugh Grant nie die schwule Rolle spielen darf.

P. P. S.: Morgen hat Jack Geburtstag. Habe schreckliche Schuldgefühle, weil ich keinen rauschenden Kindergeburtstag organisiert habe. Bin schuld, wenn er später mal am Zweitgeborenen-Syndrom leidet.

21. März

Hatte unschuldigen platonischen Spieltermin mit dem einsamen Vater im Park. Kein einziger lodernder Blick zwischen uns hin und her geflogen – habe ich mir wahrscheinlich beim letzten Mal nur eingebildet. Stundenlang mit den Jungen die Enten gefüttert, ihnen Brot zugeworfen und herumgetollt wie in der Gap-Werbung. Ihm mein Dinnerparty-Debakel anvertraut.

»Ein bisschen gedankenlos von deinem Mann, dir das einfach aufzubürden«, meinte er und gab den Kindern mehr Brot, damit sie die Enten ärgern konnten.

Fand es ein bisschen komisch, mich bei einem anderen Mann über Joe zu beklagen. Auch wenn er nur ein platonischer Freund ist.

»Äh … nun … angeblich hat er es mir vor einer Ewigkeit erzählt. Offenbar habe ich es vergessen.« (Trotzdem komisch, dass ich mich an dieses Gespräch so überhaupt nicht erinnern kann.)

»Kein Wunder. Du hast ja schließlich genug um die Ohren.«

»Ach, nicht wirklich.« Errötend beugte ich mich über das Brot, um ein weiteres Stückchen abzubrechen.

»Mach dich nicht klein, Susie«, sagte er. »Den ganzen Tag bei den Kindern zu Hause zu bleiben, ist eine sehr ehrenwerte Entscheidung. Ich wünschte, meine Frau würde auch so denken.« Er klang wehmütig und traurig.

»Ist sie beruflich sehr erfolgreich?« Wollte es unbedingt wissen, dabei aber nicht aufdringlich wirken.

»O ja, Arabella liebt ihren Beruf.« Mit einem Auflachen blickte er in die Ferne wie in einer Fernsehverfilmung eines Romans von Jane Austen. »Jedenfalls steht er bei ihr an oberster Stelle.«

Ein großes Geheimnis, das es zu lüften galt. Wollte gerade ein bisschen nachbohren, als Rodney zu schreien anfing. »Ich mag keine Enten«, zeterte er, als eine dicke kleine Ente (zugegebenermaßen ziemlich schnell) auf ihn zugewatschelt kam.

»Es ist doch nur eine Ente, Rodney.« Der einsame Vater verdrehte die niedlichen Hugh-Grant-Augen zum Himmel, was wohl »Sind Kinder nicht urkomisch?« besagen sollte.

»Mag nicht«, kreischte Rodney, stampfte mit den Füßen auf und lief blau an.

»Ach, mein Gott, Rodney, stell dich nicht an wie ein Warmduscher. Das ist nur eine verdammte Ente«, zischte der einsame Vater.

Hmmm. Offenbar ist der einsame Vater doch nicht schwul. Sonst würde er nicht in Gegenwart seines eigenen Kindes eine derart schwulenfeindliche Bemerkung machen. Ein bisschen besorgniserregend.

»Entschuldige, Susie.« Er lächelte verlegen und fuhr sich mit den Fingern durch das (eindeutig erotische – ob er wohl Haarpflege von Bedhead verwendet?) Haar. Habe ihm sofort verziehen, dass er seinem Kind möglicherweise eine dauerhafte psychische Narbe zugefügt hat. »Ich habe die halbe Nacht an meinem Buch gesessen. Offenbar habe ich eine Schreibhemmung. Deshalb bin ich heute wohl ein bisschen gereizt.«

Klasse. Mein neuer Freund hat eine Schreibhemmung. Jetzt bin ich offiziell mit einem richtigen Künstler und Schriftsteller befreundet. Genau das habe ich mir immer gewünscht. Vermisse Louise kaum noch.

P. S.: Jack scheint sehr zufrieden mit seinem schlichten Geburtstag zu sein. Hat stundenlang seine Barney-Geburtstagstorte im Teppich verrieben. Zum Glück ist er pflegeleichter als seine Schwester.

22. März

So. Jetzt muss ich mich konzentrieren. Nur noch eine knappe Woche bis zur eleganten Dinnerparty. Joes Mutter angerufen, um die Stühle auszuleihen. Schwerer Fehler: »Moment, Liebes«, brüllte sie. »Ich hole nur die Fernbedienung.« Konnte im Hintergrund den Schnösel aus *Location, Location, Location* labern hören. Wirklich traurig, dass sie tagsüber vor dem Fernseher sitzt, um die Zeit totzuschlagen. Aber warum sieht sie sich ausgerechnet eine Immobiliensendung an?

»So, Kind«, sagte sie. »Ich habe nur leiser gemacht. Gefällt dir *Location, Location, Location* auch so gut? Wirklich sehr interessant. Wusstest du, dass Liverpool die Stadt der Zukunft ist?« Den letzten Satz raunte sie mir verschwörerisch zu, als hätten nicht drei Millionen Zuschauer gerade dasselbe erfahren.

»Wirklich?«

»O ja. Früher wimmelte es dort von drogensüchtigen Nutten und illegalen Einwanderern, doch inzwischen ist es richtig schick geworden.«

»Das ist aber schön«, erwiderte ich, während ich mir die Fingernägel in die Handflächen grub, um nicht laut loszuschreien. »Äh … Mrs. H., eigentlich rufe ich an, um dich zu fragen, ob du uns bitte ein paar Stühle leihen könntest.«

»Stühle?«, gab sie zurück. »Wozu braucht ihr denn Stühle? Hat sich eines der Kinder verletzt, meine Liebe?«

Beim besten Willen nicht verstanden, wie sie auf diesen Zusammenhang kam. Musste ihr also alles über die anstehende Dinnerparty erzählen und erklären, dass die Stühle für die Vorstandsmitglieder und ihre Frauen bestimmt waren.

»Ach, wie nett.« Sie war offenbar verärgert, weil sie nicht ganz oben auf der Gästeliste stand. »Ist es nicht schade, dass Joe nie daran denkt, seine Mutter zu einer dieser kleinen *soirées* einzuladen? Ich würde so gerne hin und wieder mal aus dem Haus kommen. Aber *Coronation Street* wird mir schon Gesellschaft leisten. Wusstest du, dass die Serie inzwischen fast jeden Abend läuft? Also ist es ja nicht so schlimm.«

Darauf folgte bedeutungsvolles Schweigen. Habe mich in einem Anfall schwerer Verblödung und geschickter Selbstsabotage verpflichtet gefühlt, sie zu fragen, ob sie kommen wolle.

Vielleicht hat das ja auch seine Vorteile. Sicher wird sie mir beim Kochen helfen und mich entlasten. So herrschsüchtig sie auch sein mag, in der Küche macht ihr niemand etwas vor. Außerdem kann sie mich dabei unterstützen, die Kinder ins Bett zu verfrachten, falls sie (was sehr wahrscheinlich ist) frech werden und sich danebenbenehmen. Hätte schon früher darauf kommen sollen. Alles wird klappen wie am Schnürchen.

P. S.: Werde Joe noch nichts davon verraten.

23. März

Mrs. H. rief um halb neun an, um die Menüfolge zu besprechen. Habe sofort an ihrem Tonfall erkannt, dass diese Frau etwas im Schilde führt. Flaues Gefühl im Magen.

»Ich hatte an Rindfleisch gedacht«, begann sie und war dann nicht mehr zu bremsen. »Und was ist mit der Sitzordnung, Kind? Die ist nämlich sehr wichtig. Möchtest du Namensschilder verteilen? Ich habe noch hübsches cremefarbenes Papier da.« Sie redete, ohne Luft zu holen.

Gehört, wie sie an ihrem gespitzten Bleistift lutschte. Sicher lag der Notizblock ebenfalls parat. Hatte die schreckliche Vision, wie die Vorstandsmitglieder und ihre Frauen (*die sich alle kennen*), mit riesigen Namensschildern am Revers herumstehen, während Joes Mutter ganz langsam mit ihnen spricht und dabei immer wieder ihre Namen benutzt, als hätten sie einen Tag Urlaub von der Heilanstalt. *»Maurice,* wie geht es Ihnen, *Maurice?* Es ist so schön, Sie zu sehen, *Maurice.«*

»Äh, kann ich dich zurückrufen, Mrs. H.?«, unternahm ich einen verzweifelten Fluchtversuch. »Ich muss den Kindern Frühstück machen.«

»Ach, herrje, haben die armen Kleinen denn noch nichts gegessen? Ihre Mägen müssen glauben, jemand hätte ihnen die Kehle durchgeschnitten (wirklich ein kindgemäßes Sprachbild, wie ich finde). Ich bin für heute schon fast mit der Arbeit fertig. Morgenstund hat Gold im Mund, das ist mein Motto.«

War versucht, Telefonat fortzusetzen, nur um festzustellen, wie viele abgedroschene Redewendungen sie noch auf Lager hatte. Wusste aber, dass ich sie gnadenlos abwürgen musste, bevor sie mir noch meine elegante Dinnerparty sabotierte.

»Hör zu, Mrs. H.«, sagte ich in bemüht versöhnlichem Ton. »Danke für dein Angebot, mir helfen zu wollen, aber ich bin durchaus selbst in der Lage, ein paar Leute zu bewirten. Wir sehen uns also bei der Party.«

»Schon gut.« Sie schniefte. »Ich verstehe. Dann lege ich jetzt auf.«

Beim Einhängen Todesangst. Ob ich mein eigenes Ableben vortäuschen kann? Muss mich informieren.

P. S.: Wünschte, ich könnte Louise anrufen und sie wegen der Dinnerparty des Grauens um Rat fragen. Darf aber unter gar keinen Umständen den ersten Schritt machen. Offenbar stört es sie nicht, dass unsere Wege sich getrennt haben, obwohl wir schon seit einer Ewigkeit beste Freundinnen sind.

P. P. S.: Hoffentlich verlangt sie ihre kunstvoll verpackten Geschenke nicht zurück.

24. März

Hatte eine nette, gut gemeinte Nachricht von Cathy, der Fitness-Trainerin, auf der Mailbox. »Hallo, Susie, laut meiner Unterlagen haben Sie den Termin für Ihr Probetraining verpasst. Könnten Sie mich bitte anrufen, um einen neuen zu vereinbaren?« War sehr beeindruckt von ihrer Tüchtigkeit und ihrem Engagement. Werde sie heute zurückrufen.

Mit den Vorbereitungen für die Dinnerparty alles in Butter. Kein Wort von Mrs. H. Offenbar hat sie kapiert, was ich ihr gesagt habe, und gibt Ruhe.

25. März

Mrs. H. stand um viertel nach acht vor der Tür (unter ihrem Regenmantel schaute etwas hervor, das verdächtig nach einer Delia-Smith-Schürze aussah). Anscheinend hatte sie sich im Gebüsch versteckt, bis Joes Auto die Auffahrt verlassen hatte. »Also, Susie, kein Grund zur Panik«, meinte sie beim Anblick meiner entgeisterten Miene. »Heute Morgen ist mir eingefallen, dass es bis zu Susies kleinem Abendessen nur noch ein Tag ist. Sicher brauchst du Hilfe bei den letzten Vorbereitungen.«

»Äh … nein, ich glaube, ich kriege das hin«, erwiderte ich und rieb mir die Augen, um sie besser sehen zu können. (Merke: Augen-Make-up-Entferner aus dem Badezimmerschränkchen trägt sich nicht von selbst auf.)

»Dann schauen wir doch mal«, entgegnete sie und drängte sich unter Ellenbogeneinsatz ins Haus. »Und wenn ich schon einmal hier bin, könnte ich auch ein Tässchen Tee trinken und meine Enkelkinder sehen. Ich setze den Kessel auf, während du dich fertig machst.«

Habe aufgegeben und bin nach oben getrottet, um mich anzuziehen. Sie beim Zurückkommen in die Küche dabei ertappt, wie sie den Teekessel polierte. »Ach, Susie«, flehte sie. »Lass mich bitte helfen. Es kann niemand von dir erwarten, dass du die ganze Arbeit allein machst. Ich habe sowieso viel zu viel Zeit und würde dir gerne zur Hand gehen.«

Dem kläglich flehenden Blick einer fünfundsechzigjährigen Frau erlegen und in einem Anfall von Leichtsinn und Schwachheit nachgegeben. »Also gut«, murmelte ich, verärgert über meine mangelnde Standhaftigkeit.

»Braves Mädchen. Ich habe auch schon einen kleinen Schlachtplan entwickelt«, verkündete sie, zauberte etwas aus ihrer Tasche, das wie ein militärisches Strategiepapier aussah, und breitete es mit einer schwungvollen Geste auf dem Tisch aus. »Zuerst müssen wir hier ein bisschen saubermachen«, meinte sie und beäugte angewidert die Arbeitsflächen. Als sie meinen Blick bemerkte, ruderte sie rasch zurück, nur für den Fall, dass ich doch die innere Stärke entwickeln sollte, sie samt ihrem Scheuerpulver vor die Tür zu setzen. »Allein ist das doch viel zu viel für dich. Außerdem helfe ich immer gerne. Was soll ich denn sonst mit meiner Zeit anfangen? Bei mir zu Hause ist alles blitzblank – es gibt nichts zu tun. Das hier wird eine Herausforderung. Eine Frau in meinem Alter braucht so etwas.«

Mit diesen Worten erhob sie sich und zog ihre Gummihandschuhe an wie eine Chirurgin vor einer lebensrettenden Operation.

»Wir fangen oben an und arbeiten uns nach unten vor«, verkündete sie entschlossen.

»Die Party findet doch nicht oben statt, Mrs. H.«, protestierte ich schwach und voller Entsetzen, dass sie gleich das Chaos in meinem Schlafzimmer zu sehen kriegen würde.

»Das spielt keine Rolle, Susie«, erwiderte sie, als ob sogar ein dreijähriges Kind den Ernst der Lage besser verstanden hätte. »Man weiß nie, ob es nicht zu einem Notfall kommt. Jemandem könnte übel werden, sodass er sich hinlegen muss.

Wäre es nicht peinlich, wenn deine Schlamperei dann ans Licht käme?« Allein der Gedanke schien sie zu bestürzen.

Wäre mir nie eingefallen. Wirklich sehr unangenehm, falls die Vorstandsmitglieder und ihre Frauen erst die Schmutzwäsche vom Bett schubsen müssten, bevor sie ins Koma fallen können. Beschlossen, nachzugeben und Mrs. H. schalten und walten zu lassen. Mit Profis streitet man nicht.

26. März

Muss vor meiner Schwiegermutter den Hut ziehen. Das Haus ist so sauber, dass mir die Worte fehlen. Die Bettwäsche ist gebügelt (zum ersten Mal in meinem Leben), und das Wasser in der Toilette ist klar (also nicht schmutzig wie sonst). Verstehe nun, warum Putzen zur Sucht werden kann. Mrs. H. war eindeutig wie in Trance. Sie hatte glasige Augen, und vor lauter Begeisterung, so viel Schmutz in Angriff nehmen zu können, beinahe Schaum vor dem Mund. War schon vom Zuschauen total erledigt.

Wie eine Wilde wirbelte sie durchs Haus, braute geheimnisvolle Mischungen aus Borax und Ammoniak und trällerte beim Schrubben Lieder aus Muscials (»I'm Gonna Wash That Man Right Out Of My Hair« scheint ihr Lieblingsstück zu sein). Würde es mit der Angst zu tun kriegen, wenn es nicht so beeindruckend wäre. Musste ihr ausreden, die Kinder für die nächsten vierundzwanzig Stunden zum Tragen von Handschuhen zu verdonnern. Ansonsten sehr zufrieden mit meinem sauberen Zuhause. Konnte den ganzen Tag auf einem staubfreien Sofa herumliegen und *Hello!* lesen. Vielleicht bringe ich sie ja dazu, dass sie das regelmäßig macht – schließlich bin ich ja kein Unmensch und möchte einer alten Frau ihre kleinen Freuden des Alltags nicht nehmen. Die Kinder sind verwirrt von so viel Ordnung und Sauberkeit. Katie beschwerte sich, weil sie nicht wollte, dass all ihre Kleider von Strawberry Shortcake gewaschen und gebügelt werden, während Jack immer wieder argwöhnisch seinen Laster beschnupperte. (Mrs. H. hat versprochen, dass der Ammoniakgeruch in ein bis zwei Wochen verfliegt.)

P. S.: Joe erwähnte um viertel nach elf Uhr abends beiläufig, dass die Barbie-Sekretärin auch zum Abendessen kommt.

»Was?«, rief ich entsetzt aus. »Ich dachte, du hättest nur die Opas eingeladen.«

»Nun, immerhin ist sie die Sekretärin unserer Abteilung, Susie«, entgegnete Joe, während er seine Zähne vor dem Badezimmerspiegel sorgfältig mit Zahnseide bearbeitete. »Es wäre unhöflich gewesen, sie nicht zu fragen.«

»Gut. Sie kann ja neben deiner Mutter sitzen«, gab ich zurück und stürmte aus dem Bad, bevor ich ihn noch in blinder Wut mit der Zahnseide erdrosselte.

»Meiner Mutter?«, stammelte er und fuhr so hastig herum, dass die Zahnseide zwischen seinen Schneidezähnen stecken blieb. »Autsch! Verdammter Mist!«

Geschieht ihm ganz recht. Fasse es nicht, dass er Barbie eingeladen hat, ohne mich vorzuwarnen. Hält er mich etwa für total bescheuert? Angesichts dieser neuen Entwicklungen ist das keusche Kleidchen à la kleines Frauchen jetzt abgeschrieben. Werde also in allerletzter Minute etwas Glamouröses und gleichzeitig Dezentes auftreiben müssen. Wünschte, ich könnte Louise anrufen – ihr Schrank quillt über von tollen, aufregenden Fummeln. Vermisse sie wirklich. Aber dass ich mich zuerst melde, kommt überhaupt nicht in die Tüte. Ich habe meinen Stolz.

27. März: Dinnerparty

8:00: Der große Tag ist da! Muss unbedingt Joes Chefs beeindrucken und eine geschmackvolle Dinnerparty auf allerhöchstem Niveau schmeißen. Versuche, unheilvolle Vorahnung zu ignorieren.

9:10: Gerade liebe SMS vom einsamen Vater erhalten. »Hoffe, Dinnerparty klappt, Nigella!« Er ist wirklich ein Schatz, sich daran zu erinnern. Und dann dieser niedliche Spitzname.

9:12: Lustige Antwort geschickt: »Rette mich, Jamie!« (Ausrufezeichen wichtig, damit er weiß, dass ich Humor habe und keine unterdrückte, verknöcherte Hausfrau mittleren Alters bin.)

9:13: Antwort bekommen: »Jederzeit …« Hmmm, die drei Punkte sind ein eindeutiger Flirtversuch. Was er wohl damit andeuten will? Werde trotzdem nichts hineininterpretieren. Nur unschuldiges Geplänkel.

11:30: Gemüse vorbereitet – muss es nur kleinschneiden, mit Frischhaltefolie abdecken und eine Stunde vor Ankunft der Gäste in den vorgeheizten Backofen schieben. Eigentlich ganz einfach. Sollte öfter Leute einladen. Wenn nur die Barbie-Sekretärin nicht wäre. Werde mich trotzdem nicht wie eine besitzergreifende, von Verfolgungswahn geplagte Ehefrau aufführen. Sie ist nichts weiter als eine harmlose Arbeitskollegin und genauso langweilig wie die senilen Vorstandsmitglieder und ihre Frauen.

13:00: Katie fühlt sich nicht wohl. Habe sie aufs Sofa gepackt, damit sie sich *The Wiggles* auf DVD anschauen kann. Hoffentlich brütet sie nichts aus.

13:15: Jack hat auf die Treppe gekotzt. Habe vergessen, was man gegen Kotzflecken nimmt. Borax? Ammoniak? Schade, dass Mrs. H. keine umfassende Liste zum Thema »101 Mittel gegen Flecken im Haushalt« aufgestellt hat. Habe alles so gut wie möglich weggeputzt und mit Happy von Clinique besprüht. Versuche, Panikgefühl runterzuschlucken.

13:35: Katie gerade auf den frisch gereinigten Wohnzimmerteppich gekotzt. Entdecke allmählich System dahinter. Erinnere mich dunkel, gehört zu haben, dass ein Magen-Darm-Virus umgeht. Womit habe ich das nur verdient?

13:45: Kinder erbrechen sich abwechselnd alle zehn Minuten. Die Tupperware-Schüsseln, die Mrs. H. mir letztes Jahr zum Geburtstag geschenkt hat, sind endlich zu etwas nutze – habe damit eine Spur vom Wohnzimmer in die Küche gelegt, um die Kotze aufzufangen.

Katie in ihrer mädchenhaften Eitelkeit erschüttert, weil sie Kotzen so eklig findet. Sie heult und heult. Sie getröstet, dass das Schlimmste bald vorbei ist. Nicht der richtige Zeitpunkt, um ihr zu erklären, dass eine Vierundzwanzig-Stunden-Infektion eben den ganzen Tag anhält. Insbesondere, solange sich ihre Vorstellung von Zeit auf die halbstündigen Folgen von *Dora the Explorer* beschränkt.

Jack findet immer wieder neue, interessante Stellen zum Hinkotzen – zum Beispiel hinter das Sofa oder den Kühlschrank.

14:00: Der Durchfall hat angefangen. Jacks Windel hat sich bis in die Füßlinge seines Fleeceoveralls entleert. Katie ist verzweifelt, weil ihre neue Barbie-Hose ruiniert ist.

Muss Dinnerparty absagen. Unter diesen Umständen ist die Zubereitung eines eleganten Drei-Gänge-Menüs unmöglich.

17:00: Oh, mein Gott! Bin gerade aufgewacht. Erinnere mich undeutlich, dass ich gegen drei zwischen zwei fiebernden Kindern aufs Bett gesunken bin. Offenbar vor lauter (verständlicher) Erschöpfung eingeschlafen. Das Haus stinkt nach Kotze und A-a. In knapp drei Stunden kommen die Gäste!

17:10: Joe sagt, es sei zu spät, die Dinnerparty abzusagen. Versuche, nicht vor Angst zu hyperventilieren. (Das Pusten in eine große Einkaufstüte von Tesco erwies sich als zwecklos.) Joe beharrt darauf, dass die Gäste weder ein Fünf-Gänge-Menü noch ein perfekt aufgeräumtes Haus erwarten. Schließlich soll es doch nur ein entspannter und geselliger Abend werden. Hat außerdem versprochen, in einer halben Stunde nach Hause zu kommen, um mir zu helfen.

17:15: Bin zu der Erkenntnis gelangt, dass ich heute offenbar den Tag des Jüngsten Gerichts durchmache. Ob ich das als Zusatzqualifikation in meinen Lebenslauf aufnehmen soll?

28. März

Nach Dinnerparty des Grauens immer noch im Schockzustand.

Um Viertel vor sieben hatte ich alles wieder verhältnismäßig sauber. Baby-Reinigungstücher sind unverzichtbar und multifunktionell – geeignet für Gesichter, Popos und Arbeitsflächen in der Küche (Anmerkung: mögliche neue Marketingstrategie für Hersteller. Muss recherchieren.)

Rindfleisch und Gemüse ins Backrohr geschoben. Dann Flur, Küche und Bad noch einmal mit Happy besprüht, um den widerlichen Geruch nach Kotze und Durchfall zu überdecken. (Anmerkung: Umgehend Raumdeodorant kaufen. Außerdem neues Parfüm – Happy sagt mir nicht mehr so recht zu.)

Musste mich mit unscheinbarem Kleid im Amish-Stil zufriedengeben, weil die Zeit nicht mehr für die Anschaffung eines sexy Outfits reichte (das einzige Zugeständnis an die Mode bestand darin, dass es ärmellos war). Zum Glück bedeckte die Delia-Smith-Schürze à la Mrs. H. (mit Blumenapplikationen und Rüschensaum) den Großteil davon. Habe es leider nicht mehr geschafft, zu duschen oder die Achselhöhlen zu rasieren. Musste deshalb den ganzen Abend die Arme an den Leib pressen, als hätte ich nicht mehr alle Tassen im Schrank.

Während Joe die Kinder in der Badewanne einweichte, versuchte ich, mein störrisches Haar mit Jacks winziger Bob-der-Baumeister-Haarbürste zu bändigen (Erwachsenen-Haarbürste auf mysteriöse Weise verschwunden). Im nächsten Moment standen die Gäste schon vor der Tür. Um Viertel vor acht! Wissen diese Leute denn nicht, dass acht Uhr frühestens halb neun bedeutet? Verdammte Seniorenbande – wollen nur schnell ihr Abendessen in sich reinschaufeln, damit sie wieder zu Hause sind, wenn die Fernsehnachrichten anfangen.

Habe sie mit Wein und Käsegebäck im Wohnzimmer ruhiggestellt und unterdessen letzte Hand an den Tisch gelegt. (Keine Zeit, das neue Geschirr zu spülen. Habe nur versucht, die Preisschilder von der Unterseite abzupopeln, und rasch mit dem Tischtuch darübergewischt.)

Konnte hören, wie Jack und Katie – nach dem langen Nickerchen und Joes (sehr) kurzem Bad wieder strotzend vor Energie – im Zimmer herumsprangen. Sie waren im (zum Glück von Mrs. H. gebügelten) Schlafanzug und zeigten den Vorstandsmitgliedern alle Stellen, wo sie hingekotzt hatten.

Katie war besonders stolz auf ihre Genesung. »Ich lag fast im *Sterben*«, meinte sie zu einer der Ehefrauen. »Mummy sagte, sie hätte noch nie im Leben so viel Scheiße gesehen!«

Habe mich in der Küche versteckt, den Braten übergossen, das Gemüse gegart und zur Beruhigung Calvados getrunken.

Um fünf nach acht fehlte von Mrs. H. noch jede Spur – das erste Mal seit Menschengedenken, dass sie zu irgendeinem Anlass zu spät kam. Normalerweise steht sie mindestens eine halbe Stunde zu früh auf der Matte. »Ich habe nur mit eingerechnet, dass etwas dazwischenkommen könnte, Kind.« Hätte nie gedacht, dass ich das einmal sagen würde, aber ich erwartete sie sehnsüchtig, damit sie die Regie an der Küchenfront übernahm. (Hatte den Verdacht, der Rinderbraten könnte eher angebrannt als knusprig sein, und wollte ihre Expertenmeinung hören.)

Wurde von schrecklicher Vorahnung ergriffen, sie könnte von einem Bus überfahren oder nach dem Einatmen von Putzmitteldämpfen ohnmächtig zusammengebrochen sein. Habe Joe ständig zugeflüstert, er solle sie sicherheitshalber anrufen. Aber er war zu sehr damit beschäftigt, den perfekten Gastgeber/zukünftigen Vorstand zu spielen und mit langweiligen Tattergreisen Konversation zu betreiben. Mich deshalb gar nicht wahrgenommen.

Um Viertel nach acht kam Becky, die Barbie-Sekretärin, hereingerauscht. Sie trug einen eng anliegenden Nadelstreifenanzug. In der einen Hand hatte sie einen riesigen Rosenstrauß, in der anderen ein Puzzle mit Winnie Puh und etwas, das wie eine Pralinenschachtel aussah. Beobachtet, wie sie Joe im Flur einen Kuss auf die Wange hauchte. Als er etwas sagte, legte sie den Kopf in den Nacken und stieß ein kehliges, absolut gekünsteltes Lachen aus, bevor sie ins Wohnzimmer tänzelte. Nicht so nuttig wie in meiner Erinnerung. Habe allerdings bezweifelt, dass sie unter dem Nadelstreifensakko viel anhatte.

»Die sind für Sie, Susie«, säuselte sie mit aufgesetzter Harmlosigkeit und reichte mir die Blumen, während ich mich abmühte wie eine Figur aus *Die Frauen von Stepford,* um den Topfhandschuh loszuwerden. »Ich habe schon so viel über Sie gehört, dass es fast ist, als würde ich Sie kennen«, flötete sie und ließ perlweiße Zähne aufblitzen. »Wo sind denn die kleinen Lieblinge? Ich brenne darauf, sie kennenzulernen. Auf dem Foto, das Joe auf dem Schreibtisch hat, sehen sie so niedlich aus.«

Wie auf ein Stichwort sprang Jack aus dem Nichts hervor, warf sich mit Überschwang gegen ihre durchtrainierten Beine und umklammerte sie mit dem Schraubstockgriff.

Ha!, dachte ich. Jetzt will ich sehen, wie du hier weiter die Kinderfreundin spielst – Jacks Kamikaze-Überfälle haben nämlich sogar schon erwachsene Männer niedergestreckt.

Zu meinem Entsetzen ließ Barbie/Becky sich jedoch davon nicht aus der Ruhe bringen, sondern grinste ihn nur an und zauste ihm das Haar. »Na, du großer Junge!«, schnurrte sie. »Wollen wir damit spielen?« Mit einer eleganten Bewegung und einem Wogen ihrer gewaltigen Oberweite förderte sie das Puzzle zutage. Sofort war Jack Wachs in ihren Händen und wollte zu ihr auf den Schoß klettern.

Im nächsten Moment erschien Katie. »Wer bist du?« Die Händchen in die Hüften gestemmt, stand sie auf der Schwelle und beäugte Becky mit argwöhnischem Blick.

Braves Mädchen, begeisterte ich mich. *Mach deiner Mutter alle Ehre und blamier dieses Weib.*

»Du musst Katie sein«, hauchte Becky und ging in die Hocke, um mit ihr auf Augenhöhe zu sein.

Gut gespielt, sagte ich mir. *Hast wohl lange an deinen Verführungstaktiken gefeilt.*

»Ein toller Barbie-Schlafanzug – ist Rosa deine Lieblingsfarbe?«

Muss der Frau lassen, dass sie ein echter Profi ist: »rosa« und »Barbie« in einem Satz!

»Ich kann deinen Busen sehen«, entsetzte sich Katie, als Beckys enge Jacke vorne aufging und einen rosafarbenen Spitzen-BH freigab.

»Hoppla.« Sie kicherte und unternahm keinen Versuch, sich zu bedecken. »Dumme Becky! Komm, wir machen diese Barbie-Schokolade auf, wenn deine Mum es erlaubt.«

»Ach, kümmere dich nicht um Mummy«, verkündete Katie und hakte ihre neue beste Freundin unter, als würde sie sie schon seit Jahren kennen. »Sie darf nämlich keine Schokolade essen. Sie sagt, davon würde sie noch dicker.« Und damit spazierten die beiden hinaus, um über Disney-Prinzessinnen und die Vorzüge von Zöpfen im Vergleich mit Locken zu plaudern. Jack folgte ihnen mit vor Ehrfurcht offen stehendem Mund.

Da Joes Mutter um Viertel vor neun immer noch durch Abwesenheit glänzte, war ich gezwungen, den Rinderbraten zu servieren, bevor er völlig eingeäschert war. Eigentlich ein recht netter Abend, bis es an der Tür läutete. Mrs. H. stand schwankend, mit glasigen Augen und eindeutig betrunken auf der Schwelle. »Guten Abend«, lallte sie. »Amüsieren sich auch alle gut?«

Joe schaffte es, sie in die Küche zu bugsieren, bevor der Seniorenclub sie bemerkte. »Mutter«, zischte er. »Hast du getrunken?«

»Nur ein Schlückchen, Schatz.« Sie machte eine wegwerfende Handbewegung. »Sei doch nicht so ein Spielverderber.«

»Wie viel ist denn ein Schlückchen?« Joe war außer sich vor Wut.

»Eine Flasche?« Von der Anstrengung, zu reden und gleichzeitig gerade sitzen zu bleiben, kippten ihr immer wieder die Augen weg.

»Oh, mein Gott.« Joe sank auf einen Küchenstuhl und schlug die Hände vors Gesicht. »Das ist ein Albtraum. Du weißt, dass du nicht trinken darfst.«

»Alles ist bestens, Joseph«, lallte sie. »Mach nicht so ein Theater. Also, wie kann ich euch helfen? Soll ich reingehen und mit den Leuten plaudern? Ich habe mir die ganze Woche *Newsnight* angehört, damit ich über aktuelle Ereignisse auf dem Laufenden bin. Ein paar tolle Geschichten über zwielichtige Politiker, die mit irgendwelchen Nutten ficken. Wusstet ihr, dass mindestens dreißig Prozent aller Männer in den Puff gehen?« Als sie aufstehen wollte, gaben ihr zum Glück die Beine nach, bevor sie irgendwo Schaden anrichten konnte.

Joe sah aus, als würde er gleich in Ohnmacht fallen.

Habe mich selbst ein wenig mulmig gefühlt. Hätte nie gedacht, dass Mrs. H. solche Ausdrücke überhaupt kennt. War schockiert. Aber es sollte noch schlimmer kommen.

»Wusstest du, Susie«, sagte sie, »dass Joes Vater auch rumgevögelt hat?«

Sie hickste.

Joe wurde leichenblass.

Bin erfüllt von wohligem Gruseln und wie angewurzelt dagestanden – es war, als fände eine Folge von *Dr. Phil* zum Thema Familienkrise hier in meiner Küche statt.

»Susie«, wandte Joe sich flehend an mich. Seine Züge waren verkniffen und kreideweiß. »Bringst du Mum ins Bett? Ich muss zurück zu den Gästen.«

War ein bisschen enttäuscht. Vielleicht wären noch viele weitere Familiengeheimnisse enthüllt worden. Doch Joe war so erschüttert, dass ich sofort tätig werden und die Lage retten musste. Also Mrs. H. mit einem Glas Bailey's als Schlummertrunk die Treppe hinaufgelockt. Waren schon ziemlich weit gekommen und schlichen gerade auf Zehenspitzen und flüsternd über den Treppenabsatz, als Becky aus dem Bad kam und sich die Nase rieb (Geruch nach Durchfall leider noch immer wahrzunehmen).

»Wer sind *Sie*?«, brüllte Mrs. H. und musterte sie missbilligend von Kopf bis Fuß.

»Ich bin Becky«, antwortete Barbie, stellte ihr bestes Megawatt-Lächeln an und streckte ihr ihre gepflegte, manikürte Hand hin.

»Nun, Becky«, gab Mrs. H. zurück. »Sie sollten ihren Busen besser verpacken. So sehen sie aus wie eine Edelnutte.«

Versucht, mein Auflachen als Husten zu tarnen, bevor ich Mrs. H. ins Schlafzimmer schob. Becky blieb mit offenem Mund stehen.

»Du solltest aufpassen, dass dieses Flittchen sich nicht an Joe heranmacht, Kind«, raunte Mrs. H. »Wenn eine Frau einen gewagten Ausschnitt trägt, können die Männer nicht widerstehen – ich sollte das wissen.« Mit diesen Worten fiel sie betrunken aufs Bett und trällerte irgendein unkenntliches Stück aus einem Musical vor sich hin.

29. März

Mit Joe geht es steil bergab. Er murmelt ständig etwas von einer verpatzten Beförderung und einem verpfuschten Leben und sieht dabei ganz finster drein.

Habe versucht, ihm klarzumachen, dass niemand seine betrunkene, durchgeknallte Mutter gesehen hat (bis auf Barbie/Becky, und die zählt nicht). Selbst wenn die Vorstandsmitglieder etwas mitbekommen haben sollten, habe er die Situation schließlich professionell und gelassen gemeistert, was doch nur zeige, wie wertvoll er für die Firma sei. (Fand das zwar ein wenig an den Haaren herbeigezogen, fühlte mich aber verpflichtet, um der geistigen Gesundheit und des Wohlergehens meines Mannes willen im positiven Sinne zu übertreiben.)

»Eigentlich war sie urkomisch«, wies ich ihn auf die lustige Seite des Zwischenfalls hin. »Kaum zu glauben, dass sie sich einbildet, dein Dad hätte etwas mit einer anderen Frau gehabt.« Wieder kicherte ich. Mr. H. hat zu Lebzeiten sicher nichts Anstrengenderes getan, als Scrabble zu spielen.

»Er hatte vor vielen Jahren eine Affäre. Ich war noch ein Kind«, erwiderte Joe niedergeschlagen und machte dabei ein trauriges Gesicht. »Meine Mutter hat ihm das nie verziehen.«

P. S.: Bin total schockiert von Joes skandalösen Enthüllungen. Joes Dad kann ich mir so gar nicht als Don Juan vorstellen.

P. P. S.: Sehr beunruhigend, dass Joe dieses dunkle Geheimnis so viele Jahre lang für sich behalten hat. Was mag er mir sonst noch verheimlichen?

P. P. P. S.: Mrs. H.s Bemerkung über Becky und ihren Busen

klingt mir noch in den Ohren. Was, wenn Joe nach seinem Vater geraten ist?

30. März

Heute eine Menge Post gekriegt.

- Selbstgebastelte Dankeskarte von Becky/Barbie, der Schlampe:
  Liebe Susie, vielen herzlichen Dank für das köstliche Essen und Ihre Gastfreundschaft. Sie haben reizende Kinder! Hoffentlich sehen wir uns bald wieder.
  Liebe Grüße, Becky.

- Erinnerungsschreiben vom Fitness-Studio:
  Susie, Sie haben Ihr Probetraining verpasst! Rufen Sie mich wegen eines neuen Termins an!
  Besiegen Sie den inneren Schweinehund!
  Cathy
  Cathy lässt nicht locker. Bin allmählich nicht mehr so überzeugt, dass ich wirklich ins Fitness-Studio will. Fühle mich an ein militärisches Ausbildungslager erinnert.

- Ärgerliche Postkarte von einer alten Freundin, die gerade Urlaub in Las Vegas macht:
  Las Vegas ist spitze! Toll, mal eine Weile aus London rauszukommen. Bin nächsten Monat in Dublin – kann ich bei dir übernachten? Nxxx
  Verdammt, habe seit Jahren nichts von Nikki gehört. Eindeutig kein guter Zeitpunkt für Geister der Vergangenheit, obwohl wir damals, als wir in London Kolleginnen waren, oft zusammen um die Häuser gezogen sind. Werde anrufen und sie abwimmeln.

Kein Wort von Mrs. H.

Joe spricht offiziell nicht mehr mit der Trinkerin, die seine Mutter ist. Offenbar war sein Vater zu Glanzzeiten ein richtiger Casanova. Und Joe hat mir das all die Jahre lang verheimlicht. *Oprah* sollte eine Sondersendung über uns machen.

31. März

Heute hat Louise Geburtstag. Versuche, das bohrende Gefühl zu verdrängen, dass ich sie anrufen und mich mit ihr versöhnen sollte, denn ich bringe es einfach nicht über mich. Nicht einmal eine *Oprah*-Sondersendung über lebenslange Freundschaften könnte mich überzeugen. Bin offiziell eine kaltherzige, verbitterte alte Hexe.

Zur Krabbelgruppe gegangen, um mich aufzuheitern. Der einsame Vater/Paul hatte großes Verständnis für meine Nöte. »Sie ist offenbar ein richtiges Miststück, Susie«, meinte er und tätschelte mir tröstend den Arm. »Du brauchst in deinem Leben keine negativ eingestellten Menschen, die dir die Kraft rauben.« Fand es ein wenig seltsam, dass er meine beste Freundin als Miststück bezeichnete. Mich aber gezwungen, nicht so lächerlich loyal zu sein, und ihm zugestimmt.

Fand es ebenfalls seltsam, dass er meinen Arm tätschelte, auch wenn mich das sofort von meinen Sorgen ablenkte. Zumindest, bis ich hörte, dass Glamour-Mutti Marita mir etwas zuzischte, das ich nicht ganz verstehen konnte. Es könnte »Abstauberin« gewesen sein, aber bestimmt irre ich mich.

Habe mich zur Rückkehr in die Gegenwart gezwungen, wo Paul gerade über negative Energie und aussaugende Menschen redete. Er ist wirklich ein wandelndes Lexikon. Außerdem hat er mir erzählt, er hätte mit seinem besten Freund eine ähnliche Erfahrung gemacht, als dieser ihm eine Reportage nicht gegönnt habe. Also habe er den Kontakt mit ihm abgebrochen.

Auch wenn das ein bisschen brutal klingt, hat er vielleicht recht. Seit ich Kinder habe, benimmt Louise sich mir gegenüber merkwürdig. Möglicherweise hat unsere Freundschaft sich wirklich totgelaufen, und es ist Zeit weiterzuziehen.

P. S.: Mrs. H. ist untergetaucht. Als ich sie heute Morgen anrief, hat sich niemand gemeldet. Weiß aber, dass sie zu Hause gewesen sein muss, denn es lief eine Doppelsendung von *Location, Location, Location,* die sie niemals verpassen würde.

Möchte wirklich wissen, wie es ihr geht, nachdem sie sich letztens so schrecklich blamiert hat. Noch mehr interessieren mich pikante Details über Mr. H.s Seitensprünge vor so vielen Jahren. Vielleicht kann ich das Sky-Abo kündigen und mir stattdessen ihre Schilderungen geheimer Tête-à-têtes anhören.

P. P. S.: Katie mit niedlichen Häschenbildern und winzigen Eiern aus Pappmaché aus dem Kindergarten gekommen. Habe beschlossen, eine altmodische Ostereiersuche zu veranstalten.

1. April

Bin mit den Ostervorbereitungen beschäftigt. Plane eine Vielzahl selbstgebastelter Osterfreuden, wie ich sie aus meiner Kindheit kenne. Also tonnenweise Eier gekauft, um sie hart zu kochen und dann mit Katie und Jack zu bemalen. Niedliche Häschen und Küken kann ich bei craftsrus.com runterladen und dann auf die Eier rubbeln.

»Unsinn, Kind«, flötete Mum am Telefon, als ich ihr meinen tollen Einfall schilderte. »Du hattest als Kind nur Eier von Cadbury's. Du hast die Folie aufgemacht, die Schokolade gegessen und das Papier dann wieder zugewickelt.«

Hmmm ... nostalgische Kindheitserinnerungen stammen offenbar aus *Blue Peter* oder einer anderen Kindersendung. Weiß nämlich noch genau, dass ich gesehen habe, wie Eier von Hand bemalt wurden. Jedenfalls bin ich fest entschlossen, Katie und Jack zu wunderschönen Erinnerungen an diese glückliche Zeit zu verhelfen. Trotz Familiengeheimnissen wie schmutziger Sex und Alkoholismus.

P. S.: Joe rief an und sagte, dass die Firma am Sonntag ein Picknick mit Eiersuchen für die Kinder der Mitarbeiter veranstaltet. Schön, dass sie ihre Verantwortung für die Familie endlich einmal ernst nehmen. Werde dem Vorstand schriftlich zu diesem Schritt gratulieren.

P. P. S.: Ob es für die Erwachsenen wohl kostenlos Wein gibt?

2. April

Beschlossen, dass in Krisensituationen der Zweck die Mittel heiligt. Deshalb heute bei Morgengrauen einen Überfall auf Mrs. H. verübt. (Gut, es war schon halb zwölf, aber ich wollte warten, bis die *Antiques Roadshow* begann, damit sie auch sicher zu Hause war, wenn ich läutete.)

Hatte mit einer demütigen und schuldbewussten Schwiegermutter gerechnet. Deshalb unangenehm überrascht, von einer frischen und munteren Mrs. H. auf der Treppe empfangen zu werden. Sie sah aus, als wäre sie gerade von Kopf bis Fuß chemisch gereinigt worden. »Hallo, Susie, mein Schatz«, flötete sie, als wäre nie etwas vorgefallen – und als hätte ich sie nicht erst vor ein paar Abenden ins Bett gebracht und ihr den Sabber vom Mund gewischt.

»Hallo, Mrs. H.« Mitfühlend ihren Arm getätschelt. (Offenbar tat sie ihr Bestes, um sich nach dieser Blamage nichts anmerken zu lassen. War aber fest dazu entschlossen, diese Haltung schnellstmöglich ins Wanken zu bringen, um zu den wirklich interessanten Informationen vorzudringen.) »Wie. Geht. Es. Dir?«, sagte ich deshalb betont langsam. Sie sollte genau wissen, worauf ich anspielte.

»Ausgezeichnet, liebe Susie«, antwortete sie, scheinbar unbeschwert. »Und dir? Komm doch herein. Ich bohnere gerade die Fußböden.« Sie zuckte nicht mit der Wimper. Offenbar schwieriger, als ich gedacht hatte. War aber nicht bereit lockerzulassen.

»Nein«, beharrte ich, allmählich ein wenig ungeduldig. »Ich wollte nur wissen, ob alles in Ordnung ist.« Mrs. H. dabei unverwandt angesehen. Sie verzog keine Miene.

»Natürlich. Was sollte denn sein?«, sagte sie, während sie die Dose mit dem selbstgebackenen Zitronenkuchen öffnete und das Royal-Doulton-Porzellan aus dem Schrank nahm.

»Tja, ich dachte, wegen neulich Abend …« Ich beendete den Satz nicht, denn sie sollte die Lücken selbst füllen.

Sie besaß den Anstand, kurz innezuhalten. »Ach das«, meinte sie dann. »Weißt du, Dr. Tynan hatte mir wegen meines eingewachsenen Zehennagels ein Antibiotikum verschrieben. Ich habe den Fehler gemacht, ein halbes Glas Sherry zu trinken, bevor ich zu euch kam. Davon bin ich wohl ein bisschen beschwipst gewesen. Danke, dass du nach mir schaust. Möchtest du ein Stück Zucker oder zwei, Kind?«

»Also hat Joe sich geirrt? Sein Dad hatte gar keine Affäre?«, fragte ich, in dem Versuch, sie zu überrumpeln und so zumindest einige schmutzige Details zu erfahren.

Sie erstarrte, sodass die Royal-Doulton-Tasse in der Luft stehen blieb. »Was für ein Unsinn. Joe hatte schon immer eine blühende Fantasie.« Als sie fortfuhr, den Zitronenkuchen in exakt gleich große Scheibchen zu schneiden, malte sich ein seltsamer Ausdruck auf ihrem Gesicht.

Bin nicht sicher, was ich glauben soll, und wage nicht, Joe auf dieses Thema anzusprechen. Gestern hat er angefangen, sich mit seiner Turbo-Heckenschere über das Gebüsch im Garten herzumachen. Weiß also, dass er noch immer schlechte Laune hat.

3. April: Ostersamstag

Generalprobe für morgen abgehalten, um sicherzugehen, dass die Kinder beim Firmenpicknick auch sauber und ordentlich aussehen. War nicht leicht, die Knete unter Jacks Fingernägeln herauszukratzen, habe es aber schließlich geschafft (in solchen Notfällen ist der winzige Kamm von Strawberry Shortcake ausgesprochen nützlich).

Kleine Auseinandersetzung mit Katie, die die von mir ausgesuchten Sachen vehement ablehnte – ein reizendes blaues Kleidchen mit passender Haube und Körbchen, für eine astronomische Summe spontan im Einkaufszentrum erstanden. »Ich sehe doof aus«, schrie sie und stampfte mit den Füßen, als ich versuchte, ihr zwei genau gleichlange Pferdeschwänze zu binden.

»Nein, du bist wunderschön, Schatz«, erwiderte ich mit zusammengepressten Lippen, um beim Sprechen nicht die dazwischen klemmenden Haarspangen einzuatmen. (Brauche drei Hände für die Pferdeschwänze – vielleicht wäre ein praktischer militärischer Kurzhaarschnitt angesagt.)

»Ich sehe aber nicht aus wie Barbie«, jammerte sie. »Sondern wie ein kleines Mädchen.«

Mir die Antwort verkniffen, dass sie ja auch ein kleines Mädchen ist und keine alberne Fantasiegestalt, die dafür sorgt, dass normale Frauen sich wie plumpe Versagerinnen fühlen. Hätte doch stark bleiben und die dämlichen Barbies verbieten sollen. Sie verbreiten nämlich ein idealisiertes Frauenbild, das auf natürlichem Wege nicht zu erreichen ist. Gerade zu der Erklärung angesetzt, dass es sich bei einer Wespentaille und einem Atombusen nicht um die realistische Darstellung des weiblichen Körpers handelt (obwohl es nicht sehr wahrscheinlich ist, dass Mattel irgendwann eine Puppe mit Reithosenspeck,

Cellulitis und Schwangerschaftsstreifen auf den Markt bringt), als meine Tochter mir den Todesstoß versetzte.

»Becky sieht aber aus wie Barbie«, beharrte sie starrsinnig. »Sie hat genau die gleichen Haare und alles andere auch.« (Ja, dem Wasserstoffperoxyd sei Dank.) »Außerdem hat sie total coole Kleider wie die Mädchen in den Bratz-Filmen.« Angewidert musterte sie mich und das zerknitterte Leinenkostüm, mit der sich keine Bratz-Gestalt, die etwas auf sich hält, je in der Öffentlichkeit erwischen lassen würde.

Bei Jack war die Kleiderfrage einfacher zu lösen. Das einzige Problem war, ihm überhaupt etwas anzuziehen. Wehe, wenn das Picknick nichts wird.

4. April: Ostersonntag

Morgens Nieselregen. Schlagartig besserer Laune. Jetzt würde das Firmenpicknick drinnen, also unter zivilisierteren Bedingungen, stattfinden.

Bei der Ankunft jedoch zu meinem Entsetzen feststellen müssen, dass die Veranstaltung nicht etwa in ein elegantes italienisches Restaurant mit angeschlossener Kinderbetreuung verlegt worden war. Stattdessen verteilte man gewaltige gelbe, vorne mit dem Firmenlogo bedruckte Windjacken und forderte alle auf, sich »in Stimmung zu bringen«.

Etwa eine halbe Stunde damit verbracht, mich in Stimmung zu bringen, bin aber kläglich gescheitert. Beim Waten über die schlammige Wiese die Schuhe ruiniert und, um eine fröhliche Miene bemüht, billige Ostereier aus dem Großhandel gesucht. (Sie bestanden eindeutig aus Kakaopulver anstelle von Milchschokolade und enthielten außerdem gefährliche, in Taiwan hergestellte Plastikspielsachen. Wegen der Erstickungsgefahr ganz klar gesundheitsschädlich und völlig ungeeignet für kleine Kinder. Musste sie Katie und Jack gewaltsam entreißen, da ich befürchtete, ihr junges Leben könnte ein vorzeitiges Ende nehmen.)

Zwei der Vorstandsmitglieder schienen ihr Möglichstes zu tun, um mir aus dem Weg zu gehen. Den Grund nicht ganz verstanden, bis mich ein dritter ansprach, als ich gerade in der Familienkutsche kauerte und mir die Füße an der Heizung wärmte. Er klopfte an das beschlagene Fenster, um meine Aufmerksamkeit zu erregen. »Wie geht es Ihnen, Susan?« Er spähte in den Wagen, während ich rasch den Leinenrock über meine behaarten Knöchel zog.

»Blendend, Maurice«, erwiderte ich so vergnügt wie nur möglich. »Ist das heute nicht ein toller Tag? Den Kindern gefällt es sehr gut. Wirklich ... spitze«, fügte ich noch ausweichend hinzu. (Zu viel geredet, weil mich der eindringliche Blick des wichtigen Vorstandsmitglieds, der die Karriere meines Mannes mit einem Strich seines Mont-Blanc-Füllers fördern oder vernichten konnte, nervös machte. War mir außerdem bewusst, dass ich, was den tollen Tag anging, log wie gedruckt. Schließlich war es ein schauderhafter Tag von albtraumhaften Dimensionen. Katie schmollte immer noch wegen des blauen Kleides mit Haube.)

»Und wie geht es Ihrer armen Mutter, Susan?«, fuhr er fort, ohne auf meinen Versuch, Konversation zu betreiben, einzugehen.

»Meiner Mutter? Gut, danke«, antwortete ich, wobei ich mich fragte, weshalb er sich nach ihr erkundigte.

»Nun«, raunte er verschwörerisch und steckte den Kopf zum Fenster hinein. »Meine Mutter war auch Alkoholikerin. Also weiß ich genau, was Sie durchmachen.« Er nickte anteilnehmend und fixierte mich mit einem mitleidigen Blick. »Eine schlimme Sache, so eine Krankheit. Leider ist es genetisch.«

Er musterte mich forschend, offenbar auf der Suche nach Anzeichen für Alkoholismus. (Hatte viele geplatzte Äderchen und eine dicke rote Nase, allerdings nicht vom Gin, sondern wegen der Kälte.) Dann schniefte er, zog ein Baumwolltaschentuch mit Monogramm hervor und schnäuzte sich lautstark. »Wir haben eben alle unser Kreuz zu tragen, meine Liebe. Jetzt muss ich aber wieder zu den anderen. Ich glaube, der Osterhase tritt jeden Moment auf. Diesmal hat sich die liebe Becky freiwillig gemeldet. Es war *wirklich* mutig von ihr, im letzten Moment einzuspringen, weil Hugh diesen schrecklichen Herzinfarkt hatte. Genau solche Leute wie sie, die anpacken, wenn Not am Mann ist, brauchen wir hier bei Pyramid. Das Mädchen wird es noch weit bringen, denken Sie an meine Worte.«

Erschrocken das Fenster hochgekurbelt. Maurice, der Widerling, denkt, die betrunkene Mrs. H. sei meine Mutter, nicht Joes! Und noch schlimmer ist, dass er mich offenbar für eine heimliche Säuferin hält. Wie kommt er bloß darauf?

Habe eine Weile darüber nachgegrübelt, während ich versucht habe, mich aufzuwärmen. Dann beschlossen, mich später weiter damit zu beschäftigen. Wollte nämlich unter gar keinen Umständen verpassen, wie Becky sich in einem mottenzerfressenen Hasenkostüm mit vorstehenden Zähnen und langen Ohren zum Narren machte.

5. April: Ostermontag

11:00: Liege mit schrecklicher lebensbedrohlicher Grippe oder irgendeinem anderen Supervirus, das sicher gegen Antibiotika und jegliche andere Behandlung immun ist, im Bett. Kein Wunder, nachdem ich gestern nach dem Eiersuch-Fiasko bis auf die Haut durchnässt war. Werde vermutlich in meinem eigenen Schweiß ertrinken, ungeliebt und vernachlässigt von böswilligem Ehemann und gleichgültigem Nachwuchs. Ob man Joes Firma wohl für meinen tragischen und viel zu frühen

Tod regresspflichtig machen kann? Schließlich bin ich nicht freiwillig den Großteil des Ostersonntags im wolkenbruchartigen Regen herumgestanden. Vermutlich wird er ein ordentliches Schmerzensgeld kassieren, von dem er sich das dreistöckige Stadthaus in Dublin 4 kaufen kann, auf das ich schon lange scharf bin. Dann heiratet er irgendein junges Flittchen, das die Kinder hassen und sie ins Internat stecken wird. Kein Mensch wird mein Grab besuchen.

14:00: Leide offenbar an hohem Fieber, da mir immer wieder beängstigende Halluzinationen von Becky im hautengen Playboy-Bunny-Kostüm, Netzstrümpfen und zwanzig Zentimeter hohen Absätzen durch den Kopf geistern, wie sie verdatterten Kindern Ostereier überreicht. Ob ich vielleicht eine Hirnhautentzündung habe? Jedenfalls brauche ich mehr Schmerztabletten. Und hausgemachte Suppe. Oder Lucozade-Limo und ein Twix. Seit Stunden hat niemand mehr nach mir gesehen. Das Haus ist verdächtig ruhig und kinderfrei. Bin offenbar im Stich gelassen worden.

16:00: Habe geträumt, der einsame Vater/Paul hätte sich in mein Schlafzimmer geschlichen. Er trug eine enge Reithose und ein bis zum Nabel offenstehendes gerüschtes Hemd und hatte die Haare zurückgekämmt, was sehr sexy aussah.

»Soll ich dich einreiben, Susie?«, flüsterte er verführerisch, während er an meinem Ohrläppchen knabberte und eine Dose Wick VapoRub schwenkte.

»Hmm, ja bitte«, stöhnte ich, legte wie Becky den Kopf in den Nacken und zog Paul an meine Brust. Habe mich gleich viel besser gefühlt.

18:00: Habe geschafft, die Bonbonmischung zu essen, die Katie mir aus dem Kino mitgebracht hat. (Lakritze wird in der Welt des Konfekts eindeutig unterschätzt.) »Es war spitze, Mum«, begeisterte sich Katie und sprang auf dem Bett hin und her. »Wir waren im Kino *und* bei McDonald's! Kannst du nächste Woche wieder krank werden?«

»Ich dachte, du hättest vielleicht gern ein bisschen deine Ruhe, um dich zu erholen«, sagte Joe, der am Fußende des Bettes stand. Er sah ziemlich erschöpft aus. »Kannst du inzwischen wieder aufstehen?«

23:00: Jetzt fällt es mir wieder ein. Der Traum von Becky im hautengen Playboy-Bunny-Kostüm war keine durch Superviren ausgelöste Halluzination! Erinnere mich deutlich, wie sie über die Wiese stolzierte und ihr der Busen fast oben aus dem schwarzen Satinkorsett hüpfte. Während sie Ostereier an die Kinder verteilte, standen die Männer sabbernd und mit offenen Mündern da.

»Danke, Hugh! Der Herzinfarkt war die beste Idee deines Lebens«, murmelte einer. (Dass seine Frau ihm prompt ihren Osterkorb über den Kopf zog, war ja wohl klar.)

»Wie finden Sie meine Idee?« Becky blieb direkt vor Joe und Maurice, dem Widerling, stehen, drehte sich einmal um die eigene Achse, zuckte mit dem Näschen (eine niedliche Stupsnase ohne ein einziges geplatztes Äderchen) und wackelte wie ein Häschen mit ihrem (straffen, cellulitisfreien) Po. »Das gammelige alte Hasenkostüm war so fies. Also habe ich beschlossen, die Angelegenheit selbst in die Hand zu nehmen. Gefällt es Ihnen?« Dann sah sie Joe an und klimperte mit den Wimpern. Ziemlich anzüglich, fand ich.

»Sehr ... äh ... innovativ«, stammelte Joe und lief feuerrot an, während ich mich durch die Menschenmenge kämpfte, um an seine Seite zu gelangen. Wurde jedoch von den lüsternen Männerhorden zurückgedrängt, die sich alle plötzlich sehr für Schokolade zu interessieren schienen.

Bin zu dem Schluss gekommen, dass Becky offiziell eine Schlampe ist, und zwar eine von der heimtückischsten und gefährlichsten Art – nämlich eine Schlampe, die sich als professionelle Karrierefrau ausgibt, unter dem Business-Kostüm Spitzen-BHs trägt und mit ihrer Häschenverkleidung Männerträume wahr werden lässt. Außerdem ist sie eine Schlampe, die auf Kinder wirkt. Dachte bis jetzt, dass solche Frauen eine Erfindung der Medien sind. Vielleicht droht ja ernsthaft Gefahr. Insbesondere deshalb, weil sie es offenbar auf meinen Mann abgesehen hat.

6. April

Den ganzen Tag in einem schmutzigen alten Pyjama herumgesessen und mich schwach und elend gefühlt. (Habe es trotzdem geschafft, mich von einer großen Röhre Pringles mit Saure-Sahne-Zwiebel-Geschmack und ein paar Aufbackteilchen mit Erdbeerfüllung zwangszuernähren. Ich muss doch den Kindern zuliebe bei Kräften bleiben.)

Habe nicht gewagt zu duschen, vor Angst, ich könnte ohnmächtig werden, mir den Kopf an den Fliesen aufschlagen und erst viele Stunden später gefunden werden. Deshalb auf dem Sofa gelegen, versucht, nicht auf den zarten Hauch von Körpergeruch zu achten, und wie eine Wilde zwischen den Sendern hin und her geschaltet, während Katie und Jack im Zimmer herumtobten. Dank der hohen Dosis Nurofen Plus nahm ich den Krach nicht mehr so wahr. (Außerdem wirkte die Pringles-Packung, mit der ich sie bestochen hatte, damit sie einander nicht die Augen auskratzten, ebenfalls lärmdämpfend.)

Um halb vier klopfte es an der Tür. Habe mich hingeschleppt, um aufzumachen, in der Hoffnung, es könnte der Paketbote mit einem geheimnisvollen Päckchen für mich sein (ist zwar noch nie vorgekommen, aber man soll ja zuversichtlich bleiben). Dann die Tür aufgerissen (mit übermenschlicher Anstrengung, weil noch geschwächt vom schrecklichen Supervirus). Vor mir stand, Rodney auf der Hüfte, der einsame Vater.

»Hallo«, meinte er vergnügt, während ich ihn verdattert anstarrte. (Selbst die klägliche Veranstaltung, die in Irland als

Sonnenschein durchgeht, sorgte dafür, dass mir die ohnehin schon scheußlich blutunterlaufenen Augen tränten.)

»Oh, Paul«, stieß ich schließlich hervor, entsetzt, dass er mich in diesem schmuddeligen Zustand antraf. (Anmerkung: Der für viel Geld eingebaute Türspion würde tatsächlich seinen Zweck erfüllen.)

»Äh … ich liege krank im Bett …«, stammelte ich und wies (überflüssigerweise) auf meinen fleckigen Pyjama (zum Teufel mit den klebrigen Erdbeerteilchen) und mein fahles ungeschminktes Gesicht, nur für den Fall, dass er denken könnte, dass ich immer aussehe wie durchs Gebüsch gezerrt.

»Du Arme.« Mein Leid schien ihn zu bestürzen. »Deshalb hast du nie auf meine SMS geantwortet. Soll ich reinkommen und dir einen Tee kochen? Dann können die Kinder spielen, und wir unterhalten uns.«

SMS? Was für eine SMS? Schade, dass ich mein Telefon abgeschaltet hatte.

Habe ihn wortlos in die Küche gebeten und mich dabei gefragt, wie ich am besten rasch nach oben flüchten und mich vorzeigbar herrichten sollte, bevor ich vor Verlegenheit starb.

Anmerkung: Wenn meine modebewusste Mutter das nächste Mal anruft, um mir zu erzählen, die Blondine aus dem Frühstücksfernsehen sei seit der einfach wundervollen Generalüberholung mit Rouge/Lidschatten/Aufheller/Abtöner/Abdecker von Bobbi Brown nicht wiederzuerkennen, werde ich nicht lachen wie eine Hyäne und entgegnen, dass sie a) nicht mehr richtig tickt und dass b) teures Designer-Make-up eine Verschwendung von Zeit und Geld ist. Stattdessen werde ich mich für den guten Tipp bedanken und sofort in den nächsten Designerladen hasten. Denn wenn ich besagte Produkte besäße, hätte ich nun die Möglichkeit gehabt, mich mit ein paar gekonnten Pinselstrichen in der Gästetoilette zu restaurieren.

»Entschuldige, dass ich dich so einfach überfalle, Susie«, rief er mir über die Schulter gewandt zu, während er zielstrebig auf den Teekessel zusteuerte und dabei den Klammergriff des kleinen Rodney von seinem Bein löste. »Ich musste einfach mit jemandem reden, und du bist so eine gute Freundin.«

»Bin ich das?«, gab ich zurück und knöpfte rasch meinen Fleecepyjama zu, damit er das Geschwabbel über dem Taillenbündchen nicht sah.

»Ja, bist du«, erwiderte er bedeutungsvoll, während mich seine dunklen Augen über den Küchenblock hinweg fixierten. (Herumliegende Cornflakes-Schachteln und angebrannte Toastreste konnten den Zauber des Moments nicht schmälern.)

»Äh, in der obersten Schublade sind ein paar Jaffa Cakes«, sagte ich, um das knisternde Schweigen zu brechen. »Ich habe sie dort hingetan, damit die Kinder sie nicht erwischen.«

»Eine gute Idee«, antwortete er leise und lächelte schief, sodass es mir ganz warm ums Herz wurde. »Es ist klug, die guten Sachen ein bisschen außer Reichweite zu halten, findest du nicht?«

Die nächste Stunde zugehört, während Paul mir anvertraute, dass

a. er mit seinem Buch auf der Stelle tritt.
b. er die ganze Sache am liebsten hinschmeißen und sich einen ganz normalen Job suchen würde.
c. seine Frau ihn nicht versteht und ihn überhaupt nicht unterstützt.

Ihn bei einer ganzen Packung Jaffa Cakes davon überzeugt, dass

a. sein Roman nicht nur den Booker Prize gewinnen und ganz oben auf der Bestsellerliste der *Sunday Times* landen, sondern auch von allen ernsthaften Literaturkritikern, die Frauenromane für Teufelswerk halten, in den Himmel gelobt werden wird.

b. er nie wieder einen normalen Job braucht, wenn erst einmal die Tantiemen fließen (abgesehen von Gastauftritten bei Talkshows auf Radio 4).

c. er am besten mit seiner Frau reden sollte (auch wenn sie eine hoffnungslose Egoistin ist, die so verbissen die Karriereleiter hinaufklettert, dass ihr die Zeit für Mann und Kind fehlt).

»Vielen Dank, Susie«, sagte er gut gelaunt, als er Rodney eine Stunde später zur Tür hinausscheuchte. »Du kannst dir ja gar nicht vorstellen, wie viel besser ich mich jetzt fühle.«

Nachdem er mich fast ein wenig zu freundschaftlich umarmt hatte, lief er Rodney nach, der über den Gehweg rannte und mit seiner Windeltasche angriffslustig nach vorbeifahrenden Autos schlug.

Fühle mich moralisch sehr überlegen. Könnte sein, dass aus mir noch eine erfolgreiche Lebensberaterin wird.

P. S.: Er hat wunderbar gerochen. Sicher irgendein Designer-Aftershave mit dazu passendem Duschgel.

P. P. S.: Joe kam spät nach Hause und wollte mir eine langweilige Bürogeschichte erzählen. Bla, bla, bla. Für wen hält er mich eigentlich? Einen hirnlosen Zuhör-Roboter?

7. April

Mrs. H. rief an, um mich daran zu erinnern, dass wir am Freitagabend zur Live-Aufzeichnung der *Doyle Tonight Show* gehen. Hatte es total verdrängt.

»Ja, Kind! Hast du vergessen, dass du damals die Eintrittskarten geschenkt bekommen und mich gebeten hast mitzukommen?«, jubelte sie. »Tja, am Freitag ist es so weit! Ich sollte dir wirklich einen Terminkalender schenken, Kind, du bist so entsetzlich zerstreut. Delia gibt einen wundervollen heraus, mit Rezepten für jeden Tag, sodass einem nie die Ideen ausgehen. Am besten holst du mich um halb sieben ab. Wir müssen schließlich noch genug Zeit haben, um uns die Fernsehstudios anzuschauen. Man weiß nie, wer einem da alles über den Weg läuft!«

Eine grauenhafte Vorstellung. Bestimmt wird sie versuchen, sich den prominenten Gästen an den Hals zu werfen, und sie mit Rezepten für irische Hausmannskost belästigen, die von Kohlenhydraten und Vollmilch nur so strotzen.

Joe angerufen, um gemeinsam mit ihm einen schlauen Plan auszuhecken, wie ich mich am besten davor drücken kann.

Barbie, das Busenwunder, war am Telefon. »Ach, hallo, Susie. Wie geht es Ihnen denn, Sie Arme? Joe hat erzählt, Sie wären sehr krank gewesen.«

»Inzwischen wieder gut, danke, Becky«, erwiderte ich und verzog missmutig das Gesicht. »Ist Joe da?«

»Nein, tut mir leid, Susie. Er musste mal kurz raus.« Sie seufzte, als ob sie ihn entsetzlich vermisste. »Soll ich ihm ausrichten, dass Sie angerufen haben?«

Natürlich sollst du ihm das ausrichten, du dumme Kuh, hätte ich sie am liebsten angebrüllt.

Fühle mich plötzlich moralisch verpflichtet, meine Schwiegermutter mitzunehmen. Die arme Frau hat einen netten Abend verdient. (Außerdem gelingt es mir vielleicht, ihr ein paar Details über die angeblichen Seitensprünge ihres verstorbenen Mannes zu entlocken.) Was kann es schaden? Dann muss Joe eben mal früher nach Hause kommen, um den Kindern ihr Abendessen zu verabreichen und sie ins Bett zu verfrachten. Wird allmählich Zeit, dass er sich mehr einbringt.

P.S.: Versuche, nicht daran zu denken, dass ich eigentlich Louise zur *Doyle Tonight Show* hatte mitnehmen wollen. Hoffentlich sind ein paar interessante Promis da. Dann wird sie merken, was sie verpasst hat. Ha!

P. P. S.: Habe mich gerade gewogen. Zwei Kilo abgenommen! Ohne Diät! Bin dem Supervirus richtig dankbar. Fühle mich extrem abgemagert.

P. P. P. S.: Muss entscheiden, was ich anziehen soll – keine Streifen, keine schrillen Farben. Will im landesweiten Fernsehen schließlich nicht prollig rüberkommen. Am besten wahrscheinlich schwarz.

P. P. P. P. S.: Mum hat gebeichtet, Dad hätte allen im Golfclub erzählt, dass ich ins Fernsehen komme. Er will den DVD-Recorder programmieren und die Sendung aufnehmen, nur für den Fall, dass ich kurz im Bild sein sollte.

8. April

Dachte, ich hätte Louise in ihrem neuen Mercedes-Cabrio vorbeibrausen sehen, als ich heute auf dem Parkplatz vor dem Einkaufszentrum tonnenweise Einkäufe in die Familienkutsche packte. Wegen der riesigen Designer-Sonnenbrille war es schwer zu sagen, bin aber fast sicher, dass sie es war. Sofort den Tränen nahe gewesen und den Verlust körperlich gespürt. Im nächsten Moment bemerkt, dass es die Jumbo-Packung Windeln war, die da an meiner Schulter zerrte. Trotzdem ziemlich bestürzend zu sehen, dass meine ehemalige Freundin einfach weiterlebt wie früher und das Leben kleiner Kinder gefährdet, indem sie halsbrecherisch über einen Parkplatz brettert. Und dazu noch in einem neuen Mercedes-Cabrio! Habe überlegt, die vertrauliche Hotline der Polizei anzurufen und mich offiziell über dieses rücksichtslose Verhalten hinterm Steuer zu beschweren. Keine Ahnung, warum sie diese alberne, überdimensionale Sonnenbrille aufhatte. Eine echte! Die Sonne schien doch gar nicht. Eine Sonnenbrille ohne Sonnenschein könnte das Sehvermögen beeinträchtigen. Werde es in meiner Beschwerde erwähnen.

P. S.: Der nette Polizist sagte, er könne keine Anzeige aufnehmen, wenn ich die Autonummer nicht hätte. Habe erwidert, ich wüsste den Namen der Person. Hat ihm jedoch nicht genügt. »Klar, dann würde Gott und die Welt uns anrufen, um ihre Mitmenschen zu denunzieren.« (Er schnaubte, ziemlich unprofessionell, wie ich fand.) Werde mich an den Polizeipräsidenten wenden. Offenbar ist ein Kinderleben bei unseren Freunden und Helfern nichts wert.

P. P. S.: Muss morgen Abend unbedingt dafür sorgen, dass wir während der Show ganz hinten sitzen. Meine glamouröse Ex-beste-Freundin darf auf gar keinen Fall sehen, dass ich mit meiner Schwiegermutter unterwegs bin.

P. P. P. S.: Bin ziemlich nervös wegen *Doyle Tonight.* Ricky Doyle ist recht sympathisch (obwohl er schon seit so vielen Jahren böswillige Gerüchte wegen seiner sexuellen Neigungen erdulden muss), aber Mona macht mir Angst. Die Boulevardpresse *hasst* sie, nennt sie Mecker-Mona und bringt nur Fotos von ihr, auf denen sie verschlampt aussieht und keinen BH anhat. Die Bilder verfolgen den Zweck, sie in den Wahnsinn zu treiben. Hoffentlich gerate ich nicht zufällig in ihr Blickfeld.

9. April

Vor dem Studio Schlange gestanden. Mrs. H. umklammerte meine Hand und konnte sich vor Aufregung kaum beruhigen, als ich Jennifer Goode mit einem Klemmbrett bemerkte. Habe sie von ihrem Foto auf der Website sofort wiedererkannt (gut, dass sie die schlecht sitzende Dauerwelle nicht mehr trägt – hat ihrem runden Gesicht nicht sehr geschmeichelt). Habe beschlossen, dass es sehr unhöflich wäre, sie nicht zu begrüßen – immerhin ist die Entwicklung eines neuen Nachmittagsprogramms für Frauen vermutlich unserer gemeinsamen Anstrengung zu verdanken.

Als ich mich vorstellte, sah sie erst ein bisschen verdattert aus – die Arme ist vermutlich völlig überarbeitet –, doch sobald ihr klar wurde, wer ich war, reagierte sie blitzschnell. »Kevin!«, rief sie und schob Mrs. H. und mich zu einem mageren Typen hinüber, der seine Baseballkappe verkehrt herum trug (das war vielleicht in den Neunzigern in, aber ich wollte es ihm nicht sagen). »Das sind Freundinnen von mir – sieh zu, dass sie gute Plätze bekommen.«

War immer noch stolz, dass Jennifer mich als Freundin betrachtet (wusste gleich, dass wir auf einer Wellenlänge sind), als der magere Junge uns durch die Menschenmenge lotste, die darauf wartete, ins Studio gelassen zu werden. Wollte Jennifer noch sagen, dass wir uns später noch sehen würden, um über die Programmgestaltung zu sprechen, aber sie war zwischen den Leuten verschwunden. Vermutlich irgendein wichtiger Notfall. Dachte schon, Mrs. H. würde vor überbordender Glückseligkeit eine Panikattacke kriegen, als der magere Junge uns große VIP-Pässe in die Hand drückte (für kostenlose Drinks, meinte er zwinkernd) und uns in die erste Reihe setzte. Genau in die Mitte. Direkt vor die Adleraugen von Mona Doyle.

»Ist das nicht traumhaft?«, begeisterte sich Mrs. H. beim zweiten Glas kostenlosen Champagner. »Alle werden uns sehen!«

Da mir schon beim bloßen Gedanken daran übel wurde, ihr auch meinen Champagner überlassen.

Dann versucht, meine beste Hier-sind-gar-keine-Kameras-Miene aufzusetzen. Alles ging gut, bis Mona verkündete, der nächste Gast sei Samantha Brennan, Moderatorin der tollen neuen Verschönerungsshow *Duckling to Swan.* Alle im Publikum reckten die Hälse, um einen Blick auf Samantha zu erhaschen – die ehemalige Stewardess und jetzige Trendsetterin (laut *Gazette* von letzter Woche vielleicht sogar die Nachfolgerin von Amanda Byram).

»Jetzt brauchen wir eine Freiwillige«, flötete Mona zuckersüß. »Samantha wird uns nämlich eine kleine Kostprobe dessen geben, wie die Auswahl der Kandidatinnen für *Duckling to Swan* abläuft.«

»Susie, Susie, Susie!« Mit der Stärke eines Titans zerrte Mrs. H. mich von meinem Sitz hoch.

Ehe ich mich's versah, bohrte Mona mir ihr Mikrofon in den Busen und fragte Samantha, ob er nach einer Brust-OP wohl weniger hängen würde.

»Äh ... wer an sich arbeiten will, sollte mit seiner inneren Einstellung anfangen. Es geht weniger ums Körperliche als darum, dass man mit sich selbst zufrieden ist.« Samantha warf mir einen mitfühlenden Blick zu. (Beruhigend zu wissen, dass sie wie Amanda von normalen Frauen ausgeht. Vielleicht kann sie sich ja auch in Amerika durchsetzen und viele Millionen Dollar verdienen.)

»Ein interessanter Einwand«, fuhr Mona fort. »Wollen Sie damit sagen, dass sie eine Psychotherapie machen sollte?«

»Äh, nein, nicht unbedingt.« Offenbar wäre Samantha am liebsten im Erdboden versunken. »Ich kenne diese Dame doch gar nicht. Wie soll ich das beurteilen?«

»Schon, aber finden Sie nicht, dass sie einen recht niedergeschlagenen Eindruck macht?«, sprach Mona ungerührt weiter und tätschelte mir den Arm, während ich wie eine Idiotin reglos im blendenden Scheinwerferlicht stand. »Natürlich sollten Sie ihr auch diese schrecklichen schwarzen Sachen abgewöhnen. Sie machen so alt.« Mona strich ihr türkisfarbenes Umschlagtuch aus Seide glatt, während sie weiter Interesse an meinem Wohlergehen heuchelte.

»Nun, Studioscheinwerfer können einen in ein recht unvorteilhaftes Licht rücken ...«, stammelte Samantha verlegen. Aus dem Augenwinkel gesehen, wie der magere Junge mit seinen dünnen Armen wedelte, um mitzuteilen, dass die Zeit gleich um sei.

»Gut«, brachte Mona das Thema zum Abschluss. »Um es zusammenzufassen, würden Sie sie zum Psychotherapeuten schicken, damit sie ihr trauriges Privatleben ordnet. Und anschließend wird ihr schlaffer Körper mit einem Gesichtslifting und einer Brust-OP in Form gebracht. Großartig. Einzelheiten können Sie auf unserer Website nachlesen. Liebe Zuschauer, gleich geht es weiter, und zwar mit Ricky, der Mr. Gay Universe interviewen wird. Bleiben Sie dran.«

10. April

Stehe immer noch unter Schock und könnte im Erdboden versinken. Bin vor einem Millionenpublikum gedemütigt worden. Versuche, mich mit den folgenden Punkten zu trösten:

- Habe kein Wort gesagt, weshalb mich vielleicht niemand wiedererkennt.
  Anmerkung: Dass der Text »Susie Hunt, Bewerberin für *Duckling to Swan*« ständig unter meinem blassen Gesicht eingeblendet wurde, könnte mich verraten (habe die Aufnahme, die Dad mir per Kurier geschickt hat, mindestens fünfundzwanzig Mal angesehen). Außerdem wirke ich durch mein Schweigen noch geistig minderbemittelter.
- Die meisten Menschen sind viel zu beschäftigt, um sich die Show anzusehen (gilt hoffentlich auch für Louise).
  Anmerkung: Leider wird sie am Sonntagnachmittag wiederholt, wenn Leute mit vollem Terminkalender normalerweise auf dem Sofa liegen, ihren Kater pflegen und Pringles knabbern.
- Es war nicht zu übersehen, dass Mona eine widerliche dumme Kuh ist und ihre eigenen manipulativen Gründe (schließlich ist sie eine abgetakelte Schabracke mit schwulem Ehemann) hatte, mich bloßzustellen.

Anmerkung: Leider fand der ungebildete Mann von der Straße das sehr unterhaltsam (mein Vater zum Beispiel hat sich königlich amüsiert).

Der einzige Pluspunkt ist, dass Mrs. H. sich noch mehr zum Narren gemacht hat als ich. Es war deutlich zu hören, wie sie aus der ersten Reihe »Schau dir doch deine eigenen Titten an, Mona!« brüllte. Empfinde es als tröstlich, dass meine Schwiegermutter meine Ehre verteidigt hat.

P. S.: Joe redet nicht mehr mit mir. Er ist stinksauer, weil

a. ich im landesweiten Fernsehen an den Pranger gestellt worden bin, seine senilen Vorstandsmitglieder die Sendung sicher gesehen haben und ihm vielleicht nun eine schlechte Beurteilung schreiben, und
b. ich nicht verhindert habe, dass seine Mutter Alkohol trinkt und die bekannteste Fernsehmoderatorin des Landes beschimpft.

Versucht, ihm zu erklären, dass seine Mutter sich durch nichts aufhalten lässt, insbesondere wenn es Gratis-Schampus gibt. Meine Worte jedoch auf taube Ohren gestoßen.

P. P. S.: Samantha Brennan ist ein sympathisches Mädchen – überhaupt nicht arrogant. Nach der Sendung hat sie mich umarmt und sich ausführlich bei mir entschuldigt. Sie hat mir sogar ihre Visitenkarte gegeben, falls ich einmal das Bedürfnis haben sollte, ein Gespräch zum Thema »In Würde altern« zu führen.

P. P. P. S.: Hoffe von ganzem Herzen, dass der einsame Vater die Sendung nicht gesehen hat. Bin aber, glaube ich, auf der sicheren Seite. Bestimmt lehnt er triviales Zeug wie *Doyle Tonight* ab.

11. April

Um mich von meiner Blamage vor Millionenpublikum abzulenken, beschlossen, Jack endlich ans Töpfchen zu gewöhnen. Katie brauchte in seinem Alter schon längst keine Windeln mehr. Das zweite Mal müsste eigentlich einfacher werden.

P. S.: SMS vom einsamen Vater: »Dich im TV gesehen!! Diese Mona ist das Letzte … Finde deinen Busen perfekt, wie er ist.« Mist, Mist, Mist. Hat er denn nichts Besseres zu tun, als sich so einen Schwachsinn anzuschauen? Anstatt sich eine dämliche Talkshow reinzuziehen, sollte er lieber weiter an seinem bestsellerverdächtigen Meisterwerk arbeiten.

P. P. S.: Bei der Bemerkung über meinen Busen ist mir ganz heiß geworden. Er ist eben manchmal ein Witzbold. Beschlossen, ihn schmoren zu lassen und nicht zu antworten.

P. P. P. S.: Habe ihm eine kurze SMS geschickt, um nicht unhöflich zu wirken. »Vielen Dank, werter Sir« – schließlich soll er nicht merken, dass mich die Blamage vor Millionenpublikum getroffen hat.

12. April

Jack hält Sauberkeitserziehung für ein Spiel, stolziert, das Töpfchen auf dem Kopf, durchs Haus und brüllt: »A-a!« Hindere ihn nicht daran, weil er keine Scheu vor seinem Körper und dessen Funktionen entwickeln soll.

P. S.: Habe ihn heute schon fünfmal umgezogen, weil er alles vollgepinkelt hat. Inzwischen trägt er eine rosa Leggings von Katie, weil seine anderen Sachen alle nass sind. Hatte ganz vergessen, wie anstrengend es sein kann, ein Kind sauber zu kriegen, werde aber nicht aufgeben. Er soll schließlich deshalb keine psychische Störung kriegen.

P. P. S.: Gerade ist mir eingefallen, dass die rosa Leggings bei Jack womöglich zu einer anderen psychischen Störung führen könnte. Kindererziehung ist ein Minenfeld.

13. April

Bin eben aus dem Kinderkrankenhaus gekommen. Hatte mich wirklich nur fünf (höchstens zehn) Minuten umgedreht, um den neuesten Promiklatsch zu lesen (skandalöser Exklusivbericht über geheime Fehde zwischen Lindsay Lohan und Paris Hilton. Wirklich spannend). Währenddessen hat Jack es geschafft, sich das Töpfchen so auf den Kopf zu setzen, dass es nicht mehr abging. Musste also wie eine Verrückte in die Notaufnahme rasen, Jack im Kindersitz und mit dem Töpfchen auf dem Kopf, aus dem ihm das Pipi auf die Schultern tropfte (offenbar hatte er das Ding zuvor zu seinem eigentlichen Zweck benutzt). Katie war schrecklich eifersüchtig, weil sie nicht im Mittelpunkt des Dramas stand. Bin sicher, dass sie bei der Ankunft absichtlich versucht hat, sich die Finger in der Autotür einzuklemmen, um auch bemitleidet zu werden.

Die Mitarbeiter im Krankenhaus nahmen die Situation sehr ernst (das heißt, nachdem sie zu lachen aufgehört hatten) und überlegten eine Ewigkeit, wie sie das verdammte Töpfchen abkriegen sollten, ohne Jacks Kopf in Mitleidenschaft zu ziehen.

War gezwungen, meinem tapferen kleinen Soldaten jede Menge E's und Farbstoffe zu verabreichen, um ihn während des Traumas zu trösten. Die Ärzte versuchten, mir weiszumachen, dass er von den Chips und Fruchtgummis nur noch unruhiger werden würde, aber was wissen die schon? Zugegeben, sie haben jahrelang Medizin studiert – aber haben sie auch Kinder? Also welche, die sie auch mit nach Hause nehmen? In lebensbedrohlichen Situationen hilft manchmal nur der Mutterinstinkt.

Schließlich wurde der Chef der Notaufnahme zu Rate gezogen. Freute mich schon darauf, dass mir ein Kerl wie George Clooney über die Bettpfannen lodernde Blicke zuwerfen würde, wurde aber enttäuscht. Der Chef litt an starkem Körpergeruch und war ziemlich unfreundlich – ganz und gar nicht wie George Clooney auf seinem ästhetischen Höhepunkt in *Emergency Room*. Er musterte mich finster, als wäre ich eine Art Rabenmutter, die es nicht verdiente, Kinder zu haben, und rief dann mit seinem Piepser jemanden herbei. Hatte eine Todesangst, dass er Jack in die Intensivstation legen oder ihn in die Great Ormond Street fliegen lassen würde. War also ziemlich überrascht, als ein mürrisch aussehender Bursche im schmutzigen Blaumann und mit einer riesigen Zange in den Pranken erschien.

»Wer ist denn das?«, stieß ich hervor. Mir wurde ganz flau im Magen.

»Das ist Eddie, unser Hausmeister«, flüsterte einer der Pfleger ehrfürchtig. »Der wird nur bei besonders schweren Fällen gerufen.«

Musste mich setzen, weil mir die Knie weich wurden. Als ich wieder zu mir kam, sprang Jack – ohne Töpfchen – im Raum herum und brüllte aus voller Kehle: »Können wir das schaffen? Ja, wir schaffen das!« Offenbar hatte Eddie das Töpfchen auf seinem Kopf mit der großen Zange aufgeschnitten und sich dabei als Bob der Baumeister ausgegeben.

Gerade erkundigte ich mich beim Chefarzt, ob Jack einen schweren dauerhaften Hirnschaden oder eine nicht mehr rückgängig zu machende Deformierung des Schädels erlitten haben könnte, als ich sah, dass Katie mit einigen Schwestern ins Gespräch vertieft war. »Ja, ich bin schon sehr oft die Treppe runtergefallen«, verkündete sie mit Grabesstimme und warf mir dabei quer durch die Notaufnahme einen anklagenden Blick zu. Die Schwestern scharten sich tuschelnd und nickend in einer Ecke. Mir wurde ganz schwindlig, als zwei von ihnen mit finsteren Mienen auf mich zukamen. Jetzt würde es mir sicher ergehen wie in *Law and Order: Special Victims Unit.* Unser unmenschliches Rechtssystem würde dafür sorgen, dass Katie und Jack von Sozialarbeitern weggeschleppt und ins Heim gesteckt wurden. Wollte gerade meine Qualitäten als Mutter verteidigen, als eine von ihnen das Wort ergriff.

»Waren Sie nicht in der *Doyle Tonight Show?«,* fragte sie.

»Äh, ja«, antwortete ich, ein wenig stolz, dass mein erster Fan mich gleich um ein Autogramm bitten würde.

»Hab ich's mir doch gedacht!«, rief sie aus, während ihre Kollegin enttäuscht wirkte. »Maggie sagte, Sie wären es nicht, weil Sie im Fernsehen viel dicker ausgesehen haben. Aber ich wusste es. Jetzt schuldest du mir ein Bier, Maggie!«

»Ja gut, Sharon, sie ist es«, erwiderte die andere, ohne auf mich zu achten. »Aber ihr Busen hing im Fernsehen viel schlimmer. Muss an der Beleuchtung gelegen haben.«

Mit diesen Worten gingen sie davon, während sie weiter am helllichten Tage meine diversen Körperzonen erörterten. In voller Lautstärke! Jetzt weiß ich, was Prominente mit dem Ausspruch meinen, die Öffentlichkeit behandle sie nicht wie wirkliche Menschen. Endlich habe ich etwas mit Lindsay Lohan gemeinsam.

P. S.: Dad will wissen, wie ich mit meinem Mutterinstinkt den Zwischenfall mit dem Töpfchen überhaupt zulassen konnte. Mum sagt, ich soll nicht auf ihn achten. Er hat wirklich keine Ahnung, wie flink kleine Kinder manchmal sind.

P. P. S.: Habe Joe noch nichts von dem Töpfchen-Fiasko erzählt. Er ist immer noch sauer wegen *Doyle Tonight,* weshalb ich befürchte, er könnte mir vorwerfen, ich hätte nicht richtig auf Jack aufgepasst. Erstaunlicherweise haben die Kinder noch kein Wort darüber verloren. Vielleicht ist mein Geheimnis ja sicher.

P. P. P. S.: Hatte gerade einen Gedanken: Womöglich sind die Kinder von dem Krankenhausbesuch so traumatisiert, dass sie es verdrängt haben, bis es dreißig Jahre später wieder ausbricht und sie Amok laufen. Fühle mich schuldig.

14. April

Erneute Demütigung in der Krabbelgruppe – gewöhne mich allmählich daran. Marita und ihre Komplizinnen kicherten und ließen immer wieder lautstarke Bemerkungen über Samantha Brennan und Schönheitsoperationen fallen. Schaut sich denn jeder diese verdammte Show an? War doch sicher, irgendwo gelesen zu haben, dass die Einschaltquote gesunken ist.

Habe getan, als stünde ich darüber, und nicht reagiert. Der einsame Vater schien nichts davon mitzukriegen. Er macht sich Sorgen wegen seines Buches – offenbar findet der Lektor, dass ihm »der Pfiff fehlt«, was immer das auch bedeuten mag. Jedenfalls war er sehr niedergeschlagen. Habe mich bei dem Gedanken ertappt, dass ich ihn gern an meine Brust gezogen und ihn in seinem Schmerz getröstet hätte. Ihn stattdessen zu Kaffee und Teegebäck eingeladen. Marita meinen herablassendsten Blick zugeworfen, als wir gingen. Doch sie war zu sehr damit beschäftigt, ihre BH-Träger zurechtzurücken, damit ihr die ganze Chose nicht verrutschte.

P. S.: Joe immer noch sauer. Man möchte meinen, dass *er* es war, der vor Millionenpublikum bloßgestellt worden ist.

15. April

Bin total am Ende. Heute Abend stand Nikki, die frühere Kneipenfreundin aus London, mit zwei zum Verwechseln ähnlich aussehenden (ziemlich pummeligen) kleinen Mädchen im Schlepptau, vor meiner Tür. Habe sie zunächst für eine Zeugin Jehovas gehalten. Deshalb freundlich gelächelt und geduldig abgewartet, bis sie ihr Sprüchlein aufgesagt hat, um ihr dann zu erklären, dass ich – nein, vielen Dank – mit meiner Kirche sehr zufrieden sei. Plötzlich fing sie an, ziemlich falsch »If You Wanna Be My Lover« von den Spice Girls zu singen, dabei ein Schmollmündchen zu ziehen und mit dem Finger zu zeigen wie Posh. Wollte ihr schon zu ihrer neuen Missionierungstaktik gratulieren, habe sie dann aber endlich erkannt. In unserem Londoner Büro haben wir ständig die CD von den Spice Girls laufen lassen. Nikki war immer Posh. (Ich musste Ginger Spice sein, weil ich den größten Busen hatte.)

»Hoffentlich hast du den Schampus kalt gestellt, Susie!«, rief sie aus und schloss mich in ihre mageren Arme. »Ich bin am Verdursten!«

Mit diesen Worten schwankte sie auf ihren Zwölf-Zentimeter-Absätzen zum Kühlschrank. Die Zwillinge trotteten mürrisch hinterdrein. Mich dunkel daran erinnert, dass ihr Vater, Nikkis Mann, ein millionenschwerer spanischer Schuhimporteur ist. Auf den Fotos, die sie mir vor ein paar Jahren geschickt hat, sahen sie allerdings recht niedlich aus – lächelnd, mit Locken und in identischen Rüschenkleidchen –, nicht wie zwei finster dreinschauende kleine Sumoringer.

Nikki scheint zu glauben, dass sie bei uns übernachtet. Habe den fürchterlichen Verdacht, dass ich vergessen haben könnte, sie anzurufen und abzuwimmeln. Joe schäumt. Er konnte sie noch nie leiden, und offenbar finden ihre beiden Kinder auch keine Gnade vor seinen Augen. Für achtjährige Mädchen machen sie wirklich einen ausgesprochen verstockten Eindruck. Außerdem sprechen sie eine komische Sprache, von der ich kein Wort verstehe. Katie ist ganz konfus, weil sie sie nicht auseinanderhalten kann und weil sie nicht mit ihr reden. Als sie versucht hat, sie in eine Barbie-Plauderei zu verwickeln, haben sie sie nur gehässig angestiert. Selbst der Hund verhält sich inzwischen verstört und hat sich angewöhnt, sich hinter mir zu verstecken. Jack ist offenbar der einzige, der keinen Anstoß an den Hausgästen nimmt. Ständig zieht er sich die Hose herunter und zeigt ihnen seinen Pimmel. Bin nicht sicher, ob sie das beeindruckt.

P. S.: Bringe es nicht übers Herz, Nikki zu fragen, wie lange sie bleiben will. Es können ja höchstens ein paar Tage sein. Hoffentlich hat sie bald genug davon, das Gästezimmer mit den Zwillingen zu teilen.

16. April

Bin völlig erledigt. Nikki hat mich überredet, die halbe Nacht aufzubleiben und Wein zu trinken »wie in alten Zeiten«. Wollte nicht unhöflich sein und habe mir deshalb anderthalb Flaschen Chablis genehmigt, um ihr Gesellschaft zu leisten. Stundenlang in lustigen Erinnerungen an feuchtfröhliche Nächte und verkaterte Tage im Londoner Büro geschwelgt. Kaum vorzustellen, wie wir es geschafft haben, bei diesem Alkoholkonsum morgens pünktlich bei der Arbeit zu sein. Wirklich komisch, dass man sich damals am nächsten Morgen nicht gefühlt hat, als müsse man sterben. Nikki wollte noch »um die Häuser ziehen«, habe es ihr aber ausgeredet. Um zwei Uhr ins Bett gefallen. Kopf und Magen drehten sich, und Joe meckerte, er könne wegen des Lärms nicht schlafen.

Der Wein schien Nikki nicht geschadet zu haben. Als ich um acht nach unten wankte, saß sie schon in voller Kriegsbemalung kettenrauchend am Küchentisch. Wollte ihr zu ihrer beachtlichen Kondition gratulieren, sie gab aber zu, gar nicht im Bett gewesen zu sein.

Den restlichen Tag mit pochendem Schädel durch Dublin marschiert, um Nikki und den griesgrämigen Zwillingen die Sehenswürdigkeiten zu zeigen. Festgestellt, dass es in Dublin nicht viele davon gibt.

Griesgrämige Zwillinge den ganzen Tag nur genörgelt. Dublin sei total langweilig, und das Naturhistorische Museum sei ganz besonders total langweilig, denn die Dinosaurier seien viel zu klein. Um sie aufzuheitern, gewitzelt, dass es den größeren Dinosauriern vermutlich in England besser gefallen habe. Vielleicht seien die irischen ja kleiner geratene entfernte Cousins. Katie war begeistert von dieser Theorie und verbrachte eine Ewigkeit damit, sie den vorbeigehenden japanischen Touristen zu erläutern. (»Sie sind ja auch klein, Mummy!«) Doch die griesgrämigen Zwillinge beäugten mich nur argwöhnisch.

Nikki bekam nichts davon mit, schlenderte nur ziellos umher und rauchte dabei Dutzende von Marlboro Lights. Habe versucht, ihr klarzumachen, dass das Rauchen in Irland inzwischen in allen öffentlichen Gebäuden verboten ist. Aber sie glaubte mir einfach nicht. »Ha! Ha! Susie, du bist einfach zum Schießen!«, lachte sie, während ihre Marlboro Light einem Tyrannosaurus Rex gefährlich nahekam. »Irland als Nichtraucherparadies! Das ist wirklich der beste Witz seit Langem.«

Das Lachen verging ihr rasch, als der achtzigjährige Aufseher ihr mitteilte, sie riskiere eine Verhaftung, wenn sie sich noch einmal eine anstecke. Den restlichen Nachmittag missmutig etwas über *Big Brother,* Bürgerrechte und stalinistischen Überwachungsstaat gebrummelt. Glaube, ich muss mich ernsthaft dem Alkohol zuwenden.

17. April

Verdammtes irisches Wetter. Wie soll man die Hausgäste des Grauens bei Laune halten, wenn es nicht einmal für fünf Minuten zu nieseln aufhören will? Ob ich nach Frankreich ziehen, mir eine baufällige alte Scheune kaufen und mehrfach ausgezeichnete Winzerin werden soll?

Nikki und die griesgrämigen Zwillinge haben sich den

Großteil des Tages Wiederholungen der Höhepunkte von *Big Brother* im Fernsehen angeschaut. Habe versucht, die Zwillinge zu einer Partie Monopoly herauszufordern, bin dafür aber nur stumpf angestiert worden. Nikki lümmelte unterdessen kettenrauchend auf dem Sofa.

»Ich bin nicht sicher, ob die Mädchen so etwas sehen sollten, Nikki«, meinte ich, als zwei Bewohner nackt im *Big-Brother*-Swimmingpool herumtollten.

»Das stört sie nicht«, murmelte Nikki mit einer wegwerfenden Handbewegung. »Du warst schon immer ein bisschen überbesorgt, Susie. Sie wollen einfach nur abhängen.«

War versucht, ihr zu sagen, dass die beiden offenbar viel frische Luft und jede Menge Bewegung brauchten. Halte es aber für besser, mich nicht in die Erziehungsmethoden anderer Leute einzumischen. Jedem das seine. Sollte jedoch für alle Fälle eine Ausgabe des Erziehungsratgebers *How to Raise a Happy Child* herumliegen lassen.

»Wie geht es denn deiner Freundin?«, rächte sich Nikki, offenbar verärgert über die Andeutung, sie könnte sich möglicherweise nicht für den Titel »Mutter des Jahres« qualifiziert haben. »Wie heißt sie noch mal ... Laura?«

»Louise.« Louise wurde jedes Mal fuchsteufelswild, wenn Nikki wieder einmal versehentlich/absichtlich ihren Namen vergaß.

»Richtig, Louise. Seht ihr euch noch oft?« Ihr durchdringender Blick durchbohrte mich, als würde ich wegen eines Kriegsverbrechens verhört.

»Nicht wirklich. Sie ist sehr beschäftigt, du kennst das ja ...« Meine Stimme erstarb. Wie sollte ich ihr erklären, dass ein erbitterter, alles verändernder Streit uns zu Erzfeindinnen gemacht hatte?

»Ach ja, das weiß ich ...« Nikki streckte die Arme über den Kopf, wobei sie beinahe den Lampenschirm anzündete. »Ich fand schon immer, dass sie eine arrogante Zicke ist.«

Habe mich in die Küche geflüchtet, um mehr Tee und Sandwiches zu machen und über die letzte Bemerkung nachzudenken, als Katie mich abfing. »Mummy, warum sind die so komisch?«, zischte sie laut.

»Sind sie nicht, Schatz.« Erschöpft schmierte ich Butter auf einen Laib vorgeschnittenes Weißbrot für die Zwillinge. »Nicht alle Mädchen spielen gern mit Barbies.«

»Normale Mädchen schon.«

Habe beschlossen, die Doktrin, nach der Barbie die Welt regiert, nicht in Frage zu stellen.

»Daddy sagt auch, dass sie komisch sind«, fuhr Katie fort und wickelte sich eine Haarlocke um den Finger. »Außerdem sagt er, Tante Nikki ist eine Schlampe.«

»Nun, das wollen wir Tante Nikki lieber nicht verraten, einverstanden, Schatz?«, erwiderte ich, fest entschlossen, mit Joe ein Gespräch über die altersgemäße Weitergabe von Informationen zu führen. »Daddy hat es nicht so gemeint.«

»Tja, das wird bestimmt noch Folgen haben. Denk an meine Worte«, verkündete Katie feierlich und ging dann mit ihrer besten Barbie nach oben, um ihr die Haare zu schneiden. (Ziemlich besorgniserregend, dass sie in diesem zarten Alter schon Mrs. H.s Sprüche zitiert. Muss Joe sofort wegen des starken Einflusses seiner Mutter zur Rede stellen.)

War gerade dabei, den zweiten vorgeschnittenen Brotlaib mit Butter zu beschmieren, als ich Jack aus dem Wohnzimmer retten musste – Zwilling Nummer zwei war in Tränen ausgebrochen, weil er ihr einmal zu oft »Pimmel« ins Ohr gebrüllt hatte.

P.S.: Mum findet, ich sollte mir Mühe geben, Nikki wieder näherzukommen. »Gute Freundinnen sind rar gesät, Susie«, meinte sie drohend und in kaum verhohlener Anspielung auf Louise. »Früher hattet ihr doch viel gemeinsam. Versucht, es euch zurückzuholen.«

Möchte ihr nicht sagen, dass ich wohl nicht in der Lage sein werde, mir irgendetwas mit Nikki zurückzuholen – außer ich werde zur Säuferin und Kettenraucherin und gewöhne mir an, mit unmöglichen Typen ins Bett zu steigen.

P. P. S.: Habe thesickkid.com wegen der ernsten Gewichtsprobleme und allgemeinen Verhaltensstörung der Zwillinge konsultiert. Bin überzeugt, dass ihre körperliche und seelische Beeinträchtigung durch Nikkis gleichgültigen Erziehungsstil verursacht wird. Zwilling Nummer zwei hatte heute Nachmittag beinahe einen Nervenzusammenbruch, als Jack Anlauf nahm und sie ansprang. Wie ich vermutet hatte, empfahl die Website für Achtjährige Bewegungsspiele in der Gruppe, um ihre Fantasie anzuregen. Von ungeeigneten Erwachsenensendungen im Fernsehen, welche die Entwicklung ihrer jungen Gehirne behindern könnten, wurde hingegen abgeraten. Zermarterte mir das Hirn, ob ich es mit einem Geschicklichkeitsspiel versuchen soll. Jenga vielleicht.

18. April

Bin zu dem Schluss gekommen, dass Mum recht hat, und möchte Freundschaft mit Nikki wiederbeleben. In London standen wir einander sehr nah – so nah, dass wir sogar zusammen aufs Klo gegangen sind –, und das darf ich nicht einfach wegwerfen. Um mich ihr anzunähern und mich daran zu erinnern, warum wir überhaupt befreundet waren, eine Ewigkeit mit der Zubereitung ihres damaligen Lieblingsessens verbracht – Spaghetti mit Shrimps und Sahnesauce.

»Danke, Susie, das ist sehr lieb von dir«, sagte sie, als ich zum Mittagessen den besten, nicht angeschlagenen Teller vor sie hinstellte. »Aber ich habe die Kohlenhydrate gestrichen. Sie verstopfen die Herzkranzgefäße.« Darauf folgte ein tiefer Zug an der Marlboro Light. »Ich bleibe lieber beim Chablis.«

Glaube, ich habe sie seit ihrer Ankunft noch nicht essen sehen – was seltsam ist, weil die Zwillinge so viel vertilgen, dass man ein kleines Land damit durchfüttern könnte. Ich komme mit dem Nachkaufen von vorgeschnittenen Brotlaiben gar nicht mehr nach, so schnell werden sie verschlungen. Nikki hat wieder einen Abend im Andenken an die alten Zeiten vorgeschlagen. Habe schwere Menstruationsbeschwerden vorgeschützt, um früh zu Bett gehen zu können.

»Du solltest dir da unten alles rausnehmen lassen, Susie.« Sie schwenkte ihre Marlboro Light mit Nachdruck. »Das habe ich schon vor Jahren gemacht. Es gibt einem so viel sexuelle Freiheit.« Wollte nicht fragen, wozu sie sexuelle Freiheit braucht, wo sie doch glücklich mit dem spanischen Millionär verheiratet ist. Fand es etwas unpassend.

P. S.: Streitgespräche im Flüsterton mit Joe dauern an, wenn alle anderen schlafen. Er will wissen, wann Nikki und die Zwillinge abreisen. »Wir geben ein Vermögen für Wein aus, von der Verpflegung der kleinen Ungeheuer ganz zu schweigen«, zischte er, während er Zahlen in seinen Taschenrechner eingab, um herauszufinden, wie viel es kostete, sie zu bewirten.

»Übertreib mal nicht«, zischte ich zurück. »So viel essen die Zwillinge nun auch wieder nicht, und Nikki isst dafür gar nichts.«

»Ja, aber sie könnte dafür den Umsatz eines kleinen Weinguts retten«, entgegnete er. »Diese Frau ist eindeutig schwere Alkoholikerin, und diese Zwillinge ticken nicht ganz richtig. Was machen sie überhaupt hier? Müssen sie denn nicht in die Schule?«

»Vielleicht haben sie ja Osterferien«, gab ich zu bedenken.

»Ostern, Susie«, gab er zurück, wobei ihm Speicheltropfen auf der Oberlippe standen, »ist seit einer Ewigkeit vorbei. Da stimmt etwas nicht, und du wirst herausfinden, was es ist. Lange mache ich das nämlich nicht mehr mit.«

Panik. Ich kann mir nichts Schlimmeres vorstellen, als ihr die Tür weisen zu müssen.

P. P. S.: Nikkis Bemerkung lässt mich nicht los. Bin ich wirklich überbesorgt?

P. P. P. S.: Ausgezeichneten Artikel über Hausgäste des Grauens in der Sonntagszeitung entdeckt. Keine sehr aufbauende Lektüre. Habe den Artikel vor Joe versteckt.

19. April

Haus des Schreckens. Joe spricht (wieder) nicht mehr mit mir, weil Nikki heute Morgen eine Stunde im Bad verbracht hat, obwohl er duschen musste. Habe versucht, ihm zu erklären, dass sie sich nie ohne volle Kriegsbemalung in der Öffentlichkeit zeigt und dass drei Schichten Grundierung, Rouge, falsche Wimpern und nachgezogene Augenbrauen eben eine Weile in Anspruch nehmen. Aber er wollte nicht hören und streckte jedes Mal, wenn er ein Knarren auf dem Treppenabsatz hörte, den Kopf aus der Schlafzimmertür.

Musste wieder eine Noteinkaufsexpedition unternehmen, weil das Brot ausgegangen war. Als ich, mit weiteren vorgeschnittenen Weißbrotlaiben beladen, nach Hause kam, saß der einsame Vater mit Nikki am Küchentisch, trank Wein und unterhielt sich nett.

»Susie, du böses Mädchen«, flötete Nikki. »Du hast mir ja gar nichts von deinem reizenden Freund erzählt. Wo hattest du ihn denn versteckt?«

»Hallo, Susie!«, rief Paul und schien sehr zufrieden mit sich zu sein. »Nikki hat mir haarklein alles über eure wilden Jahre in London berichtet. Jetzt kenne ich deine dunkelsten Geheimnisse!«

»Klasse«, erwiderte ich. Hätte vor Wut platzen können, weil Nikki ihn eingeweiht hat.

»Ach, das Beste weißt du noch gar nicht, Paul!«, rief Nikki aus und packte ihn überflüssigerweise am Oberarm. »Einmal war sie so betrunken, dass sie auf dem Heimweg in der U-Bahn jemandem auf den Schoß gekotzt hat!«

Wieder schrilles Gelächter.

Zornig hinausgestürmt, um die Kinder zu suchen, die ich ganze zwanzig Minuten Nikkis Obhut überlassen hatte. Die Zwillinge, Katie, Jack und Rodney saßen vor dem Fernseher und beobachteten, wie zwei *Big-Brother*-Bewohner einander mit Verwünschungen überhäuften.

»Mummy, was bedeutet denn ›stinkende Nutte‹?«, erkundigte sich Katie.

»Frag doch Tante Nikki«, schimpfte ich und schaltete, begleitet von kindlichem Protestgeheul, den Fernseher ab.

Den restlichen Nachmittag Nikki über den Küchentisch mit Blicken erdolcht, während sie immer unverfrorener mit Paul flirtete. Er war ganz hin und weg. Als er gegangen war, stürzte sich Nikki, praktisch mit Schaum vor dem Mund, auf mich. »Er ist ein Traum, Susie«, keuchte sie. »Gehst du mit ihm ins Bett?«

»Sei doch nicht albern«, zischte ich, voller Angst, die Kinder könnten uns hören. »Ich bin verheiratet, er ist verheiratet. Wir sind nur Freunde.«

»Schon gut. Deshalb steht er auch so auf dich.«

»Tut er nicht«, erwiderte ich, insgeheim ein wenig froh, dass sie das annahm.

»O doch, tut er schon – und du solltest endlich aktiv werden. Sei mal ehrlich, Joe ist kein Casanova, oder? Wann hattest du das letzte Mal tollen Sex mit ihm? Ich wette, Paul ist im Bett eine Wucht. Im Flirten könnte er jedenfalls für die irische Nationalmannschaft antreten. Wenn du nicht aufpasst, schnappt ihn dir eine andere weg.«

Sie klopfte ihre Marlboro Light am Aschenbecher ab und bedachte mich mit einem vielsagenden Blick. »Es schien dich ein bisschen zu ärgern, dass ich mit ihm geflirtet habe. Wenn er dich nicht interessieren würde, wäre es dir doch egal.«

»Hast du das? Ist mir gar nicht aufgefallen, Nikki«, entgegnete ich so lässig wie möglich, obwohl mir das Herz bis zum Halse klopfte. Sie hatte nämlich recht.

»Ja, habe ich. Aber leider hat er nur Augen für dich. Also keine Chance.«

Vor Verlegenheit feuerrot angelaufen. Habe im Versuch, das zu tarnen, den Kopf in den Kühlschrank gesteckt und etwas Essbares gesucht. Bin stinksauer. Und ein bisschen neugierig. Was, wenn es stimmt und Paul tatsächlich auf mich steht? Wirklich aufregend. Obwohl natürlich nichts daraus werden kann.

P. S.: Bin zu dem Schluss gekommen, dass Joe die Lage richtig sieht – Nikki muss weg. Werde sie morgen auf ihre zukünftigen Pläne in Sachen Weiterreise und Unterkunft ansprechen. Aber zuerst setze ich sie unter Alkohol.

20. April

Nikki hat bei einer Flasche zollfreiem Wodka und einer Großpackung Marlboro Lights, die sie in ihrem Koffer versteckt gehabt hatte, gestanden, dass ihre Ehe mit dem reichen spanischen Schuhimporteur gescheitert ist. Ein nicht unbedeutender Grund ist, dass er sie im Bett mit seinem Steuerberater für Offshore-Geschäfte erwischt hat. Die beiden haben bestimmt keine Belege sortiert, wenn Sie verstehen, was ich meine. »Es war entsetzlich, Susie«, schluchzte sie, nachdem vier Wodka mit Preiselbeersaft ihr die Zunge gelockert hatten. »Juan stand einfach nur da, pflückte sich etwas aus den Zähnen und meinte, er werde mich ohne einen Penny vor die Tür setzen. Für einen Quickie habe ich alles weggeworfen. Und dabei war es nicht einmal *weltbewegend.* Wovon soll ich jetzt leben?« Noch mehr Heulen und Zähneklappern.

War ein bisschen entsetzt von der Eröffnung, dass Nikki von ihrem Mann rausgeschmissen worden ist und derzeit keinen festen Wohnsitz hat. Hatte immer gedacht, sie sei überglücklich mit ihm. Aber offenbar hat er sich nur für seine Schuhe interessiert und sie vernachlässigt.

»Das Traurigste daran ist, dass ich ihn immer noch liebe«, lallte sie ein paar Stunden später. »Wir hatten so viel Spaß zusammen, bevor die verdammten Schuhe sein Ein und Alles wurden.«

Die plötzliche Entwicklung war ein Schock für mich. Erst Brad und Jen und jetzt Nikki und ihr Schuhimporteur. Wer ist als Nächstes dran? Posh und Beckham?

Zugegeben, Nikki war immer ein bisschen leichtfertig (erinnere mich deutlich an eine Geschichte mit einem Kellner, der in einer hippen Londoner Bar jobbte), hätte ihr aber nie eine richtige Affäre zugetraut. Mit *Sex.* Mit einem *Steuerberater.*

»Er war ein jämmerlicher kleiner Langweiler«, gestand sie mir, während ihr der Preiselbeersaft traurig vom Kinn tropfte. »Und von Sex hatte er auch keine Ahnung. Aber er hat mir den Hof gemacht. Sehnst du dich nicht auch manchmal nach jemandem, der dich für die Größte hält, Susie?«

Hatte das unangenehme Gefühl, dass sie gar nicht so falsch lag, habe aber nicht darauf geachtet. Stattdessen ein ausgezeichnetes Referat über die Heiligkeit der Ehe und deren Schlüsselelemente Nähe und Vertrauen gehalten, weshalb es überhaupt nicht vertretbar war, mit Steuerberatern zu schlafen, nur weil man sich nach ein bisschen Aufmerksamkeit sehnte.

»Was, wenn der Typ echt scharf ist? So wie dein Paul zum Beispiel? Ist es dann in Ordnung?«

»Er ist nicht *mein* Paul«, erwiderte ich mit Nachdruck. »Und nein, das ist nicht in Ordnung. Für Ehebruch gibt es unter gar keinen Umständen eine Entschuldigung.« Habe jede Menge Statistiken zum Thema Kinder aus zerbrochenen Familien angeführt – zum Beispiel, dass sie drogenabhängig werden oder im Gefängnis landen könnten –, um ihr klarzumachen, wie wichtig es ist, dass sie sich wieder mit ihrem Schuhimporteur versöhnt. Hatte das Gefühl, Fortschritte zu machen, als sie in ehrfürchtiges Schweigen verfiel. Anschließend stundenlang die Lanze für Nähe und Vertrauen gebrochen, um sie zu überreden, ihre bessere Hälfte anzurufen und alles zu klären. Sie lauschte auch weiterhin respektvoll. Habe schließlich bemerkt, dass sie am Küchentisch eingeschlafen war. Sie zugedeckt und sitzen gelassen. Dann ins Bett gekrochen und einen lebhaften erotischen Traum vom einsamen Vater gehabt. Er fütterte mich mit Trauben und sagte mir, wie toll ich sei. Hatte im Traum offenbar Haarverlängerungen einflechten lassen. Stand mir gut.

21. April

Heute Morgen nach einer weiteren unruhigen Nacht aus dem Schlafzimmer gekommen und Nikki und die griesgrämigen Zwillinge, die Koffer zu ihren Füßen, auf dem Treppenabsatz angetroffen. »Wir verschwinden, Susie«, verkündete Nikki strahlend. »Ich habe Juan gestern angerufen, und wir haben uns ausgesprochen. Wir versuchen es noch mal miteinander!«

Ihr erleichtert um den Hals gefallen und nach unten gelaufen, um Brote als Reiseproviant für die Zwillinge zu schmieren. Zehn Minuten später klopfte ein missmutiger Taxifahrer an die Tür, und sie waren fort. Die Zwillinge umklammerten ihre in Alufolie gewickelten Brote, als seien es Schwimmwesten bei einem Sturm.

War traurig, sie gehen zu sehen. Für die Zwillinge ist es sicher nicht leicht, durch die ganze Welt geschleppt zu werden, während ihre Eltern einander an die Gurgel gehen. Kein Wunder, dass sie so mürrisch und schweigsam sind. Kann froh sein, dass ich in Katie und Jack zwei glückliche, ausgeglichene Kinder habe.

P. S.: Habe unter einem der Betten im Gästezimmer bergeweise nicht gegessenes Brot, zum Großteil grün verschimmelt, gefunden. Wenn ich diese Zwillinge in die Finger kriege, drehe ich ihnen den Hals um.

22. April

Vor lauter Freude, die Hausgäste des Grauens endlich los zu sein, ist Joe mit den Kindern ins Kino und zu McDonald's gegangen. Beschlossen, zu Hause zu bleiben und mir ein bisschen wohlverdiente Zeit für mich zu gönnen. Lag gerade – eine extrastarke Kurspülung gegen Horrorkrause von Boots in den Haaren – in der Badewanne, als es an der Tür läutete. Beschlossen, nicht darauf zu achten. Sicher ein Fenstervertreter oder ein anderer lästiger Mensch. Doch es läutete wieder. Also tropfnass und sauer losgegangen, um aufzumachen.

Es war der einsame Vater, eine Flasche Chardonnay in der einen, einen Strauß Lilien in der anderen Hand. »Hallo, Susie«, meinte er ziemlich verlegen, während ich mühsam das fadenscheinige Handtuch um mich wickelte.

»Nikki ist abgereist, Paul«, erwiderte ich so kalt wie möglich. Dabei klopfte mir das Herz bis zum Halse, weil ich ihn so kurz nach meinem lüsternen Traum wiedersah. Zum Glück hatte ich mir in der Wanne die Beine rasiert.

»Ja, ich weiß, sie hat mir vorhin eine SMS geschickt.« Er überreichte mir die Blumen. »Die sind für dich.«

War noch stinksaurer, als ich hörte, dass sie Telefonnummern ausgetauscht hatten. Jetzt werden sie sich wahrscheinlich rund um die Uhr erotische SMS schicken. Hiermit ist Nikki offiziell von meiner Weihnachtskarten-Liste gestrichen.

»Warum schenkst du mir Blumen und Wein?«, fragte ich, angesichts der vorliegenden Tatsachen mit aller Kraft um Würde und einen herablassenden Ton ringend – immerhin hatte er in meinem Haus schamlos mit Nikki geflirtet. Hatte aber Schwierigkeiten, dem Blick aus seinen hübschen blauen Augen mit den Lachfältchen auszuweichen.

»Weil ich letztens wahrscheinlich ein bisschen beschwipst war und das Gefühl habe, dass du dich über mich geärgert hast. Ich fände es schrecklich, wenn du böse auf mich bist. Wirklich.« Als er mich merkwürdig ansah, gespürt, dass mir die Röte ins Gesicht stieg wie bei einem hormongebeutelten Teenager.

»Wo ist Rodney?«, fragte ich und steckte den Kopf zur Tür hinaus, um festzustellen, ob er mit seinem Spielzeug-Maschinengewehr dort lauerte, um mich zu Tode zu erschrecken.

»Bei Arabella.« Er zog die Nase hoch. »Sie kümmert sich heute Nachmittag um ihn.« Er lachte höhnisch auf. »Und deine beiden?«

»Joe ist mit ihnen ins Kino gegangen.«

Schweigen entstand, als uns klar wurde, dass wir zum allerersten Mal miteinander allein waren. Wir blickten einander in die Augen wie zwei liebeskranke Idioten. Konnte nur daran denken, dass ich unter dem Handtuch nackt war und keine Zeit gehabt hatte, das Haar auszuzupfen, das an meiner linken Brustwarze immer wieder nachwächst.

Und dann, wie in einer Zeitlupen-Szene aus einem Film mit Hugh Grant (tja, eigentlich aus jedem seiner Filme bis auf *Notting Hill* – eine klare Fehlbesetzung, denn zwischen ihm und Julia Roberts hat es eindeutig nicht geknistert), trat er ein, zog entschlossen die Tür hinter sich zu und blickte mir tief in die Augen. Dann nahm er mich wortlos in die Arme und küsste mich auf die Lippen, bevor ich Gelegenheit hatte, ihn daran zu hindern.

23. April

Bin jetzt praktisch eine schamlose Ehebrecherin. Fühle mich gleichzeitig elend und aufgeregt.

WARUM EIN SEITENSPRUNG KEIN GRUND ZUR PANIK IST:

- Kuss dauerte nicht sehr lang – höchstens zehn bis fünfzehn Sekunden. Bin allerdings nicht ganz sicher, weil die Zeit stillzustehen schien wie in den Liebesromanen.
- Einen Freund darf man ruhig küssen – schließlich knutschen sich Promis auch ständig ab, ohne dass jemand ein Wort darüber verliert. Angelina Jolie küsst sogar ihren eigenen Bruder, und keiner stößt sich daran.
- Eine Berührung anderer Körperstellen fand nicht statt.
- Konnte mich befreien und ihn auffordern zu gehen, bevor die Leidenschaft hochkochte und wir auf dem Fußboden im Flur wild übereinander herfielen.

WARUM EIN SEITENSPRUNG EIN GRUND ZUR PANIK IST:

- Kuss war unglaublich leidenschaftlich – viel Geseufze und Fassen ins Haar wie bei einem richtigen Filmkuss.
- Wie allgemein bekannt, kann im schäbigen Ringelreihen des Seitensprungs ein Kuss genauso verwerflich sein wie eine feurige zehnstündige Marathon-Sexsitzung.
- Habe mich verzweifelt nach der Berührung anderer Körperstellen gesehnt.
- Habe ihn wahrscheinlich nur deshalb zum Gehen aufgefordert, weil die Zeit nicht mehr zur Entfernung von Haaren an Brustwarze, Achselhöhlen und Bikinizone reichte und ich aussah wie die Dame mit Bart (auch keine Gelegenheit, die Staubflocken vom Boden im Flur wegzusaugen, wo die wilde Sexorgie hätte stattfinden sollen).

Kann Joe nicht in die Augen schauen. Werde mich so schnell wie möglich zu Mum und Dad verdrücken, um darüber nachzudenken, was für eine schreckliche Wendung mein Leben genommen hat.

24. April

Katie nicht begeistert davon, mitten in der Woche ohne Erklärung aus dem Kindergarten genommen und zu den Großeltern verfrachtet zu werden. »Aber wir basteln heute Marienkäfer!«, jammerte sie und stampfte vor Wut, dieses Ereignis verpassen zu müssen, mit den Füßen. Jack unterstütze sie, indem er sich gegen die Wand warf. Habe sie mit dem leeren Versprechen beruhigt, auf dem Land für sie einen echten, atmenden Marienkäfer zu suchen.

Joe schien meine Abreise kaum wahrzunehmen. »Viel Spaß, Schatz«, meinte er nur, ohne von der Akte aufzublicken, die vor ihm auf dem Frühstückstisch lag.

»Danke«, rief ich und setzte die Kinder ins Auto, ausnahmsweise froh, dass er beschäftigt war und ich nicht mit ihm sprechen musste. Hatte das dringende Bedürfnis, die ganze schreckliche Sache mit dem Kuss zu beichten, habe es aber nicht gewagt, da Joe so wie Nikkis spanischer Schuhimporteur reagieren und uns alle auf die Straße setzen könnte. Muss meinen dummen Fehler also für mich behalten und die Schuld für den Rest meines Lebens mit mir herumtragen. Vielleicht kann ich ja auf dem Sterbebett alles gestehen. Nur, um es mir von der Seele zu reden. Niedergedrückt von Scham und schlechtem Gewissen losgefahren. Nebenan bei der alten Mrs. Kenny bewegten sich die Vorhänge, als beobachte sie jede meiner Bewegungen. Mir eine anstößige Geste verkniffen.

P.S.: Auf halbem Wege erkannt, dass ich das Desaster, das mein ganzes Leben verändert hat, am liebsten mit Louise besprechen würde. Sie könnte mir sagen, was ich tun soll. Es allerdings in einem heroischen Akt der Selbstbeherrschung geschafft, sie beim Zwischenstopp an einer Maxol-Tankstelle (um mich mit einem Notvorrat an Schokolade und Pringles einzudecken) nicht anzurufen. Da sie offenbar gut ohne mich zurechtkommt, bleibt mir wohl auch nichts anderes übrig.

25. April

So viel zum Thema Trost im Schoße der Familie. Mum und Dad sind voll und ganz damit beschäftigt, eine Spendensammelaktion für irgendeinen wohltätigen Zweck zu erörtern, und bemerken gar nicht, wie dringend ich ihren Rat oder vielleicht sogar die Hilfe eines Fachmanns brauche.

»Was ist denn los, Schatz?«, erkundigte sich Mum, als ich in einem verzweifelten Hilfeschrei vor ihren Augen den vierten Wagon-Wheel-Keks in mich hineinschlang.

»Mir geht es zurzeit nicht so gut«, antwortete ich, zögernd, ihr die Wahrheit zu sagen. Sie hätte nur ein bisschen nachzuhaken brauchen, dann hätte ich ihr sicher mein Herz ausgeschüttet.

»Tja, wenn du dir noch drei Kilo anfutterst, wirst du davon auch nicht fröhlicher«, entgegnete sie (ziemlich unsensibel, wie ich fand), nahm mir den Keks aus der klebrigen Hand und warf ihn mit spitzen Fingern in den Müll, als wäre er verseucht. »Du kannst heute Nachmittag mit uns Spenden sammeln. Dass es so viele Leute gibt, denen es viel schlechter geht als dir, wird dich sicher ablenken.«

Den Nachmittag damit verbracht, an einer Straßenecke zu stehen und den Passanten eine klappernde Spendenbüchse entgegenzustrecken. Mum erinnerte mich alle fünf Minuten daran zu lächeln, während Dad gegenüber wildfremden Leuten witzige Bemerkungen über meinen Babyspeck machte. Katie und Jack haben fast hundertfünfzig Euro gesammelt. Fühle mich schon ein wenig besser, weil ich etwas für einen wohltätigen Zweck getan habe.

P. S.: Habe herausgefunden, dass gar kein wohltätiger Zweck dahintersteckte, sondern der schauderhafte Anbau an das neue Clubhaus im Golfclub. Bin eine miese Betrügerin. Katie und Jack sind zu offiziellen Clubmaskottchen ernannt worden.

P. P. S.: Mum setzt mir ständig zu, dass ich Make-up benutzen soll (»Wenn du gut aussiehst, wirst du dich auch gut fühlen!«). Wie soll ich ihr sagen, dass man sich nicht schminken kann, ohne sich dabei im Spiegel in die Augen sehen zu müssen?

P. P. P. S.: Kein Wort vom einsamen Vater. Vielleicht plagt ihn ja auch das schlechte Gewissen.

P. P. P. P. S.: Er hätte trotzdem eine kurze SMS schicken können, um zu fragen, wie es mir geht.

26. April

Mum und Dad endlich besorgt um meinen Gesundheitszustand und mein Wohlergehen. Vielleicht haben sie gemerkt, dass etwas ernsthaft im Argen liegt, weil ich mir stundenlang Wiederholungen von *The Osbornes* auf MTV anschaue. Habe sie heute ein paarmal beim Tuscheln auf dem Flur ertappt. Dad wirkte ziemlich aufgebracht, ruderte mit den Armen und redete etwas von einem »Golfturnier« und »Wenn du nichts unternimmst, werde ich es tun«. Wirklich lieb von ihm, dass er glaubt, eine Partie Golf würde mich aufmuntern. Aber da bin ich nicht so sicher. Glaube nicht, dass sich die Schuldgefühle wegen eines Seitensprungs mit einem Vierer-Eisen vertreiben lassen. Wenn die wüssten, warum ich so aufgewühlt bin. Vielleicht sollte ich mich zusammenreißen. Sonst kriegt er meinetwegen noch einen Herzinfarkt.

P. S.: Wirklich sehr tröstend, wie schwer gestört Sharons und

Ozzys Familie ist. Ob ich ein Kamerateam hinzuziehen sollte, um mit meinem Elend und meiner Verwirrung Millionen zu verdienen? Möglicherweise ist Jennifer Goode bei RTÉ ja daran interessiert.

P. P. S.: Zum Glück wird Joe von seinen wichtigen Aufgaben in der Firma ja voll in Anspruch genommen, bla, bla, bla – kein Anruf.

27. April

Bin zu dem Schluss gekommen, dass es eine einmalige und durch geistige Unzurechnungsfähigkeit zu entschuldigende Angelegenheit war, den einsamen Vater zu küssen. Schlafentzug kann auf Frauen geistig zerrüttend wirken – das ist wissenschaftlich erwiesen. Außerdem ist ein einziger Kuss praktisch gar nichts verglichen mit dem, was andere Mütter tun, wenn ihre fordernden Kinder und der Schlafmangel sie in den Wahnsinn treiben. Zumindest fixe ich nicht in der Besenkammer und verstecke auch keine Wodkaflaschen unter der Küchenspüle. Schwöre, mir diesen einen kleinen Fehler zu verzeihen, und spreche mich von überflüssiger Schuld frei. Da es nie wieder vorkommen wird, werde ich die ganze traurige Episode einfach aus meinem Gedächtnis streichen.

P. S.: Dad bester Laune – sitzt stundenlang vor dem Fernseher und schaut sich auf Sky Sports ein Golfturnier an.

P. P. S.: Joe rief an, um zu fragen, wann wir zurückkommen. Offenbar sind ihm die sauberen Hemden und die gebügelte Unterwäsche ausgegangen. »Übrigens«, meinte er, »habe ich die Flasche Chardonnay aufgemacht, die du noch im Kühlschrank hattest. Den müssen wir öfter kaufen.«

Einen Stich in meinem schwarzen Herzen gespürt. Wenn der wüsste, dass er den Wein getrunken hat, mit dem sein Nebenbuhler mich verführen wollte!

28. April

Habe verschiedene »Ein Kuss ist kein Seitensprung«-Gesichtsausdrücke im Spiegel geübt. Denke, ich schlage mich wacker, obwohl es nicht leicht ist, die eigene Unschuldsmiene objektiv zu beurteilen. Vielleicht brauche ich eine Polaroid-Kamera, um die Wirkung besser einschätzen zu können. Bin aber nicht sicher, ob die Dinger wegen der Entwicklungen auf dem Computersektor überhaupt noch hergestellt werden. Der technische Fortschritt hat nicht nur Vorteile.

Dad hat mich heute Morgen beim Grimassenschneiden vor dem Badezimmerspiegel erwischt. »Hast du Verstopfung, Kind?«, verkündete er lautstark. »Saft aus Trockenpflaumen wirkt da Wunder. Ich bereite dir gleich einen Smoothie zu.«

29. April

Katie besteht darauf, einen Marienkäfer zu finden, den sie in den Kindergarten mitnehmen kann. »Zoe bringt immer Sachen für den Naturtisch mit«, protestierte sie in Gegenwart von Mum und Dad, damit sie auch ja merkten, was für eine unfähige Mutter ich bin.

Wollte mich nicht wieder von der Ökomutter ausstechen lassen. Deshalb den ganzen Nachmittag auf der Wiese hinter dem Haus einen Marienkäfer gesucht. Habe ein paar Nacktschnecken, einige Ohrenkriecher und eine Schnecke mit Häuschen entdeckt. Katie hat sie in den Schuhkarton gesperrt, den Dad ihr gegeben hat. Jetzt haben Jack und sie so viel Dreck unter den Fingernägeln, dass vermutlich ein chirurgischer Eingriff nötig ist, wenn ich die Kinder je wieder sauber kriegen will.

P. S.: Mum und Dad winken mit dem Zaunpfahl, dass unsere Abreise erwünscht ist, weil sie das Wochenende in einem

Luxus-Landhotel in Cork verbringen wollen. »Bestimmt vermisst Joe die Kinder schon schrecklich«, meinte Mum, während sie ordentlich ein durchsichtiges Spitzennachthemd bügelte. »Vielleicht solltest du in die Stadt zurückfahren und am Wochenende etwas Nettes mit ihm unternehmen.«

Habe nicht erwähnt, dass mir vor zu Hause graut.

P. P. S.: Immer noch kein Wort vom einsamen Vater. Offenbar hat er beschlossen, den traurigen Zwischenfall aus seinem Gedächtnis zu streichen. Ausgezeichnet. Ja, wirklich.

30. April

Muss Stier bei den Hörnern fassen und nach Hause fahren. Wenn ich eine Zukunft haben will, komme ich nicht darum herum, mich den Fehlern der Vergangenheit zu stellen. (Außerdem packen Mum und Dad in aller Öffentlichkeit die Koffer für das Luxuswochenende. Wo jeder sie sehen kann. Im Wohnzimmer vor dem Fernseher.)

Schade, dass ich die *Dr.-Phil-*Sondersendung zum Thema »Sich selbst vergeben« nicht aufgezeichnet habe. Erinnere mich nur noch an Bruchstücke. Vielleicht bestelle ich mir ja die DVD.

P. S.: Jack und Katie suchen (unter Dads Anleitung) begeistert ihre Sachen für die Rückkehr nach Hause zusammen. Jack hat den Inhalt einer ganzen Cornflakes-Schachtel in seinen Bob-der-Baumeister-Rucksack gekippt. Währenddessen will Katie sich auf keinen Fall von ihrem Schuhkarton mit Kriechgetier trennen und hat beschlossen, dass er nachts neben ihrem Kissen stehen muss. Möchte es ihr nicht abschlagen – vielleicht tut sie das ja, weil sie tief in ihrem Inneren Angst hat, dass ihre Eltern sich trennen könnten. Kinder haben feine Antennen für solche Dinge.

1. Mai

Habe entdeckt, dass ich eine begabte Schauspielerin bin. Als Joe heute von der Arbeit kam, eine oscarreife Begrüßungsszene hingelegt. Ziemlich schwierig, wenn man genau am Tatort – das heißt, an der Eingangstür – steht. Zum Glück war er noch geistesabwesender als sonst und redete pausenlos über irgendeinen wichtigen Geschäftsabschluss, der womöglich platzen könnte. Und so weiter und so fort. Mit geheucheltem Interesse zugehört, während ich Würstchen in den Kochtopf warf. Allerdings dabei ständig das Bild vor Augen gehabt, wie der einsame Vater und ich in einer leidenschaftlichen Umarmung versinken.

P. S.: Habe versucht, Joe ganz sachlich zu sehen, als er nach dem Essen schnarchend auf dem Sofa saß, während ihm der Speichel unschön übers Kinn lief. Wir waren doch früher so glücklich. Begreife deshalb, weshalb ich plötzlich diese gefährliche Schwäche für einen anderen Mann entwickle. Ob die vielen Konservierungsstoffe in den Fertiggerichten doch das Gehirn schädigen?

P. P. S.: Katie und Jack sind begeistert, wieder zu Hause zu sein. Sie spielen Amazonas und haben eine Cornflakes-Spur die Treppe hinauf bis zu Katies Zimmer gelegt, damit die Krabbeltiere daran entlangkriechen.

2. Mai

Muss mich zusammenreißen. Hatte heute unangemeldeten Besuch von Mrs. H. und bin sicher, dass sie mich in Verdacht hat. »Ist alles in Ordnung, Susie, mein Kind?«, fragte sie und musterte mich mit merkwürdigem Blick.

»Ja, natürlich. Warum?«, gab ich zurück, voller Angst, die

Schuld könnte mir ins Gesicht geschrieben stehen, sodass sie mich gleich zum Erzbischof schleppen und mir die Dämonen austreiben lassen würde.

»Du wirkst ein wenig zerstreut«, fuhr sie fort. »Hast du Kummer?«

»Eigentlich nicht«, antwortete ich, mit den Tränen kämpfend. Sehne mich so sehr danach, mich jemandem anzuvertrauen, glaube aber nicht, dass Mrs. H. sehr erfreut reagieren würde, wenn sie erführe, dass ich ihren kostbaren Sohn betrüge. Auch wenn keine Körperflüssigkeiten ausgetauscht wurden (gut, zugegeben, Speichel).

»Vielleicht sollten wir wieder mal abends zusammen weggehen«, schlug sie fröhlich vor. »Das heitert dich sicher auf.«

3. Mai

Nikki rief aus Cancún an, wo der spanische Schuhimporteur und sie hingeflogen sind, um »wieder zueinanderzufinden« (ohne die griesgrämigen Zwillinge). »Ich fühle mich wie in den zweiten Flitterwochen, Susie«, jubelte sie. »Also kann ich dir einen Seitensprung nur empfehlen. Seitdem sind wir uns viel näher gekommen. Du solltest es wirklich einmal versuchen!«

Wollte ihr den Spaß nicht verderben, indem ich sie daran erinnerte, dass sie die kurze Affäre noch vor einer Woche bitterlich bereut hat. Nikki hatte schon immer ein schlechtes Gedächtnis. Könnte was mit den chemischen Haarglättern zu tun haben, die sie damals in London in der Zeit vor den Glätteisen benutzt hat, um Posh ähnlicher zu sehen.

4. Mai

Ganz Dublin ist mit Plakaten zugepflastert, die Mona Doyle, Samantha Brennan und mich zeigen. Heute auf der Fahrt in den Supermarkt direkt vor mir eine gewaltige Werbetafel bemerkt und vor Schreck beinahe eine alte Dame und ihren Schäferhund überfahren. War ganz klar eine Standaufnahme aus der Sendung, denn Mona bohrt mir gerade das Mikro in den Busen, während Samantha zuschaut und ich wie ein hypnotisiertes Kaninchen in die Kamera starre. Die Bildunterschrift in neonrosanen Buchstaben lautet: Wir nehmen uns Ihr Thema zur Brust: *Doyle Tonight.*

Fühle mich schwer missbraucht und überlege zu klagen. Sie müssen mich doch um Erlaubnis fragen, bevor sie mein Foto für eine groß angelegte Werbekampagne verwenden.

Mum rief an, um mir zu erzählen, dass die Plakate auch in Cork hängen. Eines befindet sich an der Straße direkt vor ihrem Luxus-Landhotel. Mein Gott, offenbar läuft die Aktion nicht nur in Dublin!

Bin in Tränen ausgebrochen, als ich ihre Stimme hörte. Glaube, es hatte etwas mit der Kombination aus Beinahe-Seitensprung und landesweiter Blamage zu tun.

»Nicht weinen, Schatz«, tröstete sie mich. »Du siehst reizend und natürlich aus, nicht wie Mona Doyle, diese alte Schabracke. Du warst schon immer sehr fotogen.«

»Das Foto ist nicht reizend, Mum«, stieß ich hervor. »Ich habe ein Auge halb zu, und außerdem sehe ich aus, als hätte ich kein Kinn.«

»Das liegt nur daran, dass Samantha Brennan so ein wundervoll geschnittenes Gesicht hat, Schatz. Wirklich, du bist sehr hübsch und wirkst sehr sympathisch.«

Konnte Dad im Hintergrund lachen und rufen hören – irgendetwas mit einem Doppelkinn.

Beschlossen, mich zusammenzureißen und mit Jennifer Goode vom Sender per E-Mail ein Hühnchen zu rupfen, um herauszufinden, was da schiefgegangen ist. Dass wir Freundinnen sind, gibt ihr noch lange nicht das Recht, mich auszunutzen. Muss mich dagegen verwahren. Ich tue es zwar nur ungern, aber man darf sich schließlich nicht alles gefallen lassen.

Hallo Jennifer,
ich hoffe, es geht Ihnen gut (hielt es für das Beste, sofort auf den Punkt zu kommen). Ich schreibe Ihnen, um meinem Entsetzen und meiner Empörung darüber Ausdruck zu verleihen, dass auf Plakaten überall in der Stadt mit meinem Foto Werbung für *Doyle Tonight* gemacht wird. Beinahe hätte ich einen Autounfall verursacht und mir und meinen hilflosen kleinen Kindern schweren Schaden zugefügt, als ich heute eines davon sah. Meine Mutter hat mir berichtet, die Kampagne erstrecke sich mittlerweile aufs ganze Land. Hätte man mich nicht davon unterrichten müssen, bevor man ein Foto von mir überall plakatiert? Wie ich leider sagen muss, bin ich persönlich sehr enttäuscht von Ihnen, weil Sie so etwas zugelassen haben. Ich würde mich freuen, wenn Sie sich so bald wie möglich mit mir in Verbindung setzen könnten.
Mit freundlichen Grüßen
Susie

Sofort eine Antwort erhalten – hat mich sehr gefreut.

Liebe Susie,
vielen Dank für Ihre Mail. Als Leiterin der Marketingabteilung bin ich nicht verantwortlich für die Werbekampagnen, da wir damit eine Werbeagentur beauftragen. Allerdings kann ich Ihre Bedenken verstehen und habe mich wegen Ihres Anliegens mit unserer Rechtsabteilung

in Verbindung gesetzt. Leider lässt sich in Ihrem Fall nur wenig tun, da die Rechtseinräumung, die alle Studiogäste vor der Sendung unterschrieben haben, sehr umfassend ist und dem Sender unter anderem gestattet, Ihr Bild zu Werbezwecken einzusetzen. John von der Rechtsabteilung bezeichnete die Regelung sogar als »wasserdicht«. Ich bedaure, dass Sie sich überrumpelt fühlen, empfehle Ihnen aber, die Sache von der positiven Seite zu sehen – so werden Sie beinahe berühmt!

Mit freundlichen Grüßen
Jennifer Goode

Kann mich dunkel erinnern, vor Betreten des Studios etwas unterschrieben zu haben. Wie hätte ich mit so etwas rechnen sollen? Wer liest denn schon das Kleingedruckte?

P. S.: Hoffentlich ist Joe in Gedanken so bei der Arbeit, dass er die fünfzehn Meter hohen Fotos von mir überall in der Stadt nicht bemerkt. Glaube nämlich nicht, dass er sehr verständnisvoll reagieren würde.

5. Mai

Joe rief an, um mir mitzuteilen, er müsse für ein paar Wochen nach Los Angeles. War überglücklich. Eine kleine Geschäftsreise mit Urlaub für uns alle wird sicher Wunder wirken – insbesondere angesichts des Seitensprungs. Viel Sonnenschein und ein Streifzug durch die Designerläden werden die letzten Reste des schlechten Gewissens sicher in Windeseile hinwegfegen. Den Nachmittag mit Tagträumen von ein paar Wochen Erholung in einem tollen Hotel mit drei Pools und angeschlossenem Wellness-Bereich verbracht. Dann Joe zurückgerufen, um mich zu erkundigen, wie die Firma in L. A. für Kinderbetreuung sorgen will. Es ist sicher nicht schwer zu organisieren.

Katie wird begeistert sein, wochenlang in einem Barbie-Bikini herumlaufen zu können, und Jack ist zufrieden, solange er sich nur richtig austoben kann. Windsurfen für Wickelkinder zum Beispiel.

Joe schien über meine Frage ein wenig verdattert. »Wovon redest du, Susie? Die Kinder kommen nicht mit«, gab er mürrisch zurück.

»Und wer soll auf sie aufpassen, während wir weg sind?«, wollte ich wissen. War ein wenig enttäuscht, dass zu der Geschäfts-/Urlaubsreise offenbar keine Kinderbetreuung gehört.

Joe brauchte fünf Minuten, um mir wie einem Kleinkind zu erklären, dass er allein nach L. A. fliegt – das heißt, ohne den Ballast, als den er seine Frau und seinen Nachwuchs offenbar betrachtet. Den restlichen Nachmittag die Webseiten von Arbeitsvermittlungen durchforstet. Er muss dieser Ausbeuterfirma unbedingt den Rücken kehren und sich einen neuen Job suchen.

6. Mai

Joe weigert sich trotzig einzusehen, dass die Familie wichtiger als seine Karriere ist, und will nicht kündigen. Stattdessen verdrückt er sich auf unbestimmte Zeit nach L. A. und lässt mich mit zwei hysterischen Kindern und einer verzweifelten Schwiegermutter zurück, die alle fünf Minuten anruft und schluchzt, sie wisse nicht, wie sie ohne ihn zurechtkommen solle.

P. S.: Katie verkündet, Joe müsse ihr in L. A. abgeschnittene Jeans, ein gesmoktes Oberteil und Rollerblades kaufen, damit sie aussehen kann wie Malibu Barbie.

P. P. S.: Spreche nicht mehr mit Joe. Seine Gleichgültigkeit gegenüber seiner Kernfamilie und seine Bereitwilligkeit, uns aus einer Laune heraus zu verlassen, sind höchst beunruhigend.

7. Mai

Im Supermarkt in der Gefrierabteilung dem einsamen Vater begegnet. Vergeblich versucht, mich hinter einer Großpackung Chicken-Nuggets zu verstecken. Aber er hat mich sofort entdeckt. Er sah hinreißend aus. So hohlwangig und leidend. Sicher hat er nächtelang über unseren verbotenen Kuss nachgegrübelt und sich gefragt, wie er ohne mich bloß leben soll. Mich bemüht, den dicken Bauch einzuziehen, der seit unserem ehebrecherischen Herumgeknutsche noch mehr zugelegt hat, weil ich mich mit schätzungsweise einer Million Packungen Schokocreme-Keksen trösten musste.

»Hallo, Susie«, sagte er leise und schenkte mir sein traumhaftes, atemberaubendes schiefes Lächeln. »Ich hätte dich nicht für einen Fan von Chicken-Nuggets gehalten.«

»Hallo, Paul«, stieß ich stammelnd hervor. »Herrje, nein, ich esse die Dinger nicht – voller Augäpfel und Hoden, wusstest du das?« Hätte im Erdboden versinken können, weil ich ein männliches Geschlechtsorgan erwähnt hatte. Also redete ich weiter wie ein Maschinengewehr, bis Jack und Rodney zum Glück anfingen, sich zu prügeln, sodass wir sie mit Fruchtgummi bestechen mussten.

Gott sei Dank ist die erste peinliche Begegnung nach dem verbotenen Kuss nun vorbei und abgehakt. Kann nun zu meinem traurigen und leeren Alltag als praktisch alleinerziehende Mutter übergehen. Habe beschlossen, wieder zu Feigenplätzchen zu wechseln – Schokocreme ist nicht die Lösung.

P. S.: Auf dem Heimweg SMS vom einsamen Vater bekommen: »Vermisse dich.« Herzzerreißend. Wie bei Cathy und Heathcliff in *Sturmhöhe.* Nicht geantwortet.

8. Mai

Hatte seltsamen erotischen Traum: Der einsame Vater und ich waren draußen auf dem Moor, lagen uns in den Armen und küssten uns, als plötzlich Joe in Gummistiefeln, einen Birkenast in der Hand, auf uns zugestapft kam. Haben versucht zu fliehen. Doch das Heidekraut auf dem nebligen romantischen Moor verfing sich in unseren Haaren, sodass wir uns nicht rühren konnten. Da kam auf einmal Samantha Brennan auf einem großen weißen Hengst herangaloppiert und rettete mich, während Joe und der einsame Vater zurückblieben und einander windelweich prügelten. Bin ich in Wahrheit vielleicht eine verkappte Lesbe? Sehr verwirrend.

9. Mai

Erleuchtung. In einer kosmischen Botschaft, die sich einzig und allein an mich wendet, ist Oprah mir zur Hilfe geeilt. Die Frau hat mindestens noch einen Emmy verdient. In ihrer Sondersendung zum Thema, ob Männer und Frauen beste Freunde sein können, hatte sie Sam und Molly aus Arkansas eingeladen. Sie sind befreundet, seit sie Mitte dreißig sind, und zwar, weil sie ein gemeinsames Interesse am Blumenarrangieren entdeckt haben.

»Haben Sie sich je sexuell zueinander hingezogen gefühlt?«, fragte Oprah und musterte die beiden eindringlich.

»O ja, diese Phase haben wir auch durchgemacht!« Molly lachte fröhlich auf. »Wir haben einander einmal geküsst, aber dann bemerkt, dass wir uns eher wie Bruder und Schwester lieben als wie ein Paar.«

»Und wie standen Ihre Ehepartner zu Ihrer Freundschaft?«, hakte Oprah nach. »Waren sie denn nicht eifersüchtig?«

»O nein.« Sam grinste selbstzufrieden. »Sie wissen, dass sie sich keine Sorgen zu machen brauchen – Männer und Frauen können Freunde sein, ohne dass Sex eine Rolle spielt.«

Sie kicherten und waren offenbar sehr stolz auf sich.

Die Kamera schwenkte auf die beiden Ehepartner in der ersten Reihe. Sie machten finstere Gesichter und schienen mit der Situation alles andere als glücklich zu sein.

Mir hingegen ist ein Stein vom Herzen gefallen! In meiner Freundschaft mit dem einsamen Vater hat es zwar einen kleinen Zwischenfall gegeben, doch das heißt nicht, dass wir keine lebenslange Freundschaft zueinander entwickeln und einen Kurs im Blumenarrangieren belegen können. Danke, Oprah. Ihn sofort in einer fröhlichen SMS zum Kaffee eingeladen. Wir treffen uns nächste Woche. Nach Joes Abreise. Natürlich könnte ich ihn auch sehen, wenn Joe nicht außer Landes ist. Habe schließlich nichts zu verbergen. Werde den einsamen Vater sogar mit ihm bekannt machen. Sobald er aus L. A. zurück ist. Vielleicht können wir dann auch mal zu viert ausgehen und über das alberne Missverständnis lachen.

P. S.: Habe den leisen Verdacht, dass *Dr. Phil* Sam und Molly in der Luft zerrissen hätte. Will aber nicht daran denken.

P. P. S.: Der einsame Vater kommt am Donnerstag um zwei zum Kaffee. Zum Glück kann ich mir Peeling, Enthaarung oder andere verschönernde Maßnahmen sparen, weil wir jetzt ja nur eine harmlose platonische Freundschaft pflegen werden wie Molly und Sam. Also macht es auch nichts, wenn sich Milchschaum in meinem Damenbart verfängt.

10. Mai

Joe heute Morgen nach L.A. geflogen. Hatte eigentlich tränenreiche Abschiedsszene im Terminal geplant. Mit zwei Kindern, die sich bitterlich weinend an seine Beine klammern, damit er auch nicht vergisst, dass er seine Familie im Stich lässt. Doch zum ersten Mal seit Menschengedenken schliefen beide Kinder um acht Uhr noch tief und fest, sodass er sich unbemerkt davonstehlen konnte. Habe den Verdacht, er könnte ihnen heimlich ein Beruhigungsmittel verabreicht haben.

Katie und Jack begeistert über die kleinen Zettel auf ihren Kopfkissen, auf denen steht, wie sehr er sie liebt und dass er sie bald wiedersehen wird (sehr rührend, aber das genaue Rückkehrdatum fehlt).

»Mir hat er geschrieben, er kauft mir einen iPod«, verkündete Katie und versetzte Jack einen Rippenstoß.

»iPod, iPod!«, kreischte Jack.

»Du bist noch viel zu klein für einen iPod, du Blödmann«, entgegnete Katie herablassend. »Dafür muss man mindestens viereinhalb sein, richtig, Mummy?«

Bekam kurz ein schlechtes Gewissen, weil Joe mir ebenfalls einen Zettel hinterlassen hatte, der am Teekessel lehnte. Schuldgefühle sofort verflogen, als ich die handschriftlichen Anweisungen las, jeden Mittwoch die Mülltonne rauszustellen, die Stromrechnung nicht zu vergessen und abends zweimal abzuschließen. So weit ist es also mit uns gekommen. Kein Wunder, dass ich dem verführerischen Charme und dem Schlafzimmerblick des einsamen Vaters erlegen bin.

11. Mai

Überraschungsbesuch von Mrs. H. Sie wirkte niedergeschlagen und bedrückt. »Der arme Joe«, sagte sie und verrührte den dritten Löffel Zucker in ihrer Teetasse. »Das viele Reisen ist doch sicher ungesund. Es kann die ganze Verdauung durcheinanderbringen.«

»Wirklich?« Habe mich dabei gefragt, wie lange sie noch bleiben will und ob ich ihr einige leichte Putzarbeiten vorschlagen sollte, um sie von ihrem Sohn und seiner Verdauung abzulenken.

»O ja, davon kann man richtig Verstopfung kriegen. Meinst du, wir sollten ihm ein Abführmittel schicken?« Die Vorstellung schien sie ein wenig aufzumuntern.

»Warum erledigst du das nicht gleich?«, erwiderte ich, um sie so schnell wie möglich loszuwerden, da sie offenbar nicht vorhatte, die Bügelwäsche in Angriff zu nehmen.

»Danke, Susie«, sagte sie, schon viel vergnügter. »Es ist nicht leicht für mich, dass meine beiden Söhne im Ausland sind. Wir Frauen müssen jetzt zusammenhalten.«

P. S.: Es ist wirklich ein bisschen seltsam, dass Joe weg ist. Beobachte die Kinder mit Argusaugen auf Anzeichen von Trauer, Rückzugsverhalten oder Destruktivität. Jack weniger aufsässig als sonst – er hat sich heute Morgen das Gesicht waschen lassen. Ob vielleicht seine Seele zerbrochen ist?

12. Mai: Unser Hochzeitstag

Bin heute vor acht Jahren, begleitet von den Klängen von »Islands in the Stream«, zum Altar geschwebt, fest überzeugt, mein zukünftiges Leben würde ein einziges romantisches Märchen sein. Warme Croissants und frisch gepresster Orangensaft im Bett, idyllische Spaziergänge und Kuscheln vor dem Kaminfeuer, während wir uns eine Großpackung Pringles teilten. Ich war so sicher, in Joe einen Seelenverwandten gefunden zu haben, dass ich Louise beinahe eine verpasst hätte, als sie mich fragte, ob ich das mit der Hochzeit wirklich durchziehen wolle. »Mach dich nicht lächerlich«, zischte ich mit zusammengebissenen Zähnen, da ich wusste, dass der verschwitzte Kameramann jede Minute der Glückseligkeit auf Video aufnahm. »Joe ist die Liebe meines Lebens. Meine bessere Hälfte.« (Das war *damals,* als es noch als positiv galt, seinen Partner zu ergänzen, bis Oprah verkündete, man könne sich erst dann auf eine lebenslange Beziehung einlassen, wenn man finanziell und emotional unabhängig sei. Allerdings leuchtet mir nicht ganz ein, warum man bei so viel Selbstgenügsamkeit überhaupt noch heiraten muss.)

Vielleicht hätte ich Louise doch ernst nehmen sollen. Dann wäre meine Ehe möglicherweise kein Scherbenhaufen. Manchmal vermisse ich sie wirklich und frage mich, wie es ihr wohl geht.

P. S.: Joe hat nicht einmal angerufen, um mir zum Hochzeitstag zu gratulieren.

13. Mai

Erster Versuch, eine Freundschaft ohne sexuelle Absichten zu beginnen, kolossal gescheitert. Der einsame Vater kam pünktlich um zwei. Die ersten fünf Minuten damit verbracht, so zu tun, als wäre nichts, und wie zwei senile Rentner darüber geredet, dass es für diese Jahreszeit doch viel zu kalt sei. Sobald die Kinder draußen waren, übereinander hergefallen und vor der Küchenspüle geknutscht, während Jack und Rodney im Garten Spiderman spielten, ohne etwas von der moralischen Verkommenheit ihres jeweiligen Elternteils zu ahnen.

»Ich glaube, ich liebe dich, Susie«, flüsterte Paul und hauchte mir unzählige Küsse auf Hals und Schulterblätter – die erogenste Zone der Frau, wenn die *Prima* von diesem Monat recht hat. Zum Glück hatte ich in schicksalhafter Voraussicht ein T-Shirt mit U-Boot-Ausschnitt von Marks & Spencer angezogen.

»Nein, tust du nicht«, erwiderte ich.

»Doch«, murmelte er. »Du bist so sexy und weißt es gar nicht, was dich noch aufregender macht.«

»Nein, bin ich nicht«, kicherte ich atemlos und hoffte, dass er seine Bemerkung weiter ausführen würde. Dabei dem Herrn dafür gedankt, dass ich es mir anders überlegt und meine Oberlippe doch noch enthaart hatte.

»O ja«, stöhnte er. »Wie du mich ansiehst, ist so sexy. Und wie dein Hintern beim Gehen wackelt, bringt mich um den Verstand.«

Wurden unterbrochen, als die Jungen in die Küche gestürmt kamen und lautstark Saft und Mini-KitKats forderten. Den restlichen Nachmittag über das Bob-der-Baumeister-Puzzle hinweg lodernde Blicke gewechselt.

Zum ersten Mal im Leben fühle ich mich wie eine Sirene. Gefällt mir gut. Mit Ausnahme der Äußerung über meinen wackelnden Hintern.

2:00: Kann nicht schlafen. Was mache ich da? Bin offenbar im Begriff, mich offiziell auf eine Affäre mit einem verheirateten Mann einzulassen, genau wie in den Lebensbeichten in *True Confession Weekly.* Ehe wir uns versehen, werden unsere ehemaligen Partner sich verbünden und in einem ausführlichen Interview Auskunft über unsere Verlogenheit und Untreue geben. Dazu ein wenig schmeichelhaftes Foto von Paul und mir, während wir in einem gemieteten Wohnmobil ins Exil fliehen. Befürchte, das Leben einiger Menschen zu ruinieren. Bin außerdem in Panik wegen des Liebesgeständnisses. Bestimmt will er einen gemeinsamen Hausstand gründen. Mit Katie, Jack und Rodney, so wie in *Drei Mädchen und drei Jungen.* Nur dass unsere Ex-Partner nicht tot wären, sondern einen erbitterten Scheidungskrieg gegen uns führen würden, um sich an uns zu rächen. Geschieht das alles wirklich?

14. Mai

Den ganzen Tag scharfe SMS mit dem einsamen Vater ausgetauscht. Verstehe inzwischen, warum das auf Beckham und Loos angeblich so eine anregende Wirkung hatte. Man kann sich so alle möglichen schmutzigen Sachen mitteilen, die man nie laut aussprechen würde. War anfangs noch ziemlich verlegen, fand aber irgendwann Spaß daran.

Paul: »Will dich am ganzen Körper küssen.«
Ich: »Klingt gut …« (Nicht sehr originell, aber erotische SMS erfordern Übung.)
Paul: »Und was willst du mit mir machen?«
Ich: »Deine Ohrläppchen küssen?« (Laut *Prima* die zweiterogenste Zone der Frau. Trifft also vermutlich auch auf Männer zu.)
Paul: »Verführerin …«

Kann nicht fassen, dass ich tatsächlich Sex-SMS verschickt habe. Habe die Kinder total vernachlässigt und ihnen erlaubt, den ganzen Nachmittag wie hypnotisiert vor dem Fernseher zu sitzen und Nick Jr. zu glotzen. Bin wie ein Roboter auf Autopilot. Kann nur an Paul denken. Wir schmieden eifrig Pläne, wie wir uns wiedersehen können (diesmal allein), »um zu reden«. Bin schon ganz kribbelig und habe rote Wangen. Vielleicht muss ich ja nie wieder auf Clarins Beauty Flash Balm zurückgreifen.

15. Mai

Die Sex-SMS fliegen weiter hin und her. Der Haken ist nur, dass mir inzwischen die erotischen Sprüche ausgehen. Heute Morgen zu Inspirationszwecken im Laden an der Ecke *Cosmopolitan* gekauft. War empört über die gewagten Texte. Wird Katie in ein paar Jahren etwa auch so etwas lesen? Bin wirklich versucht, mich an den Werberat oder eine andere zuständige Stelle zu wenden. Solche Zeitschriften dürfen doch nicht für jeden frei zugänglich in den Regalen liegen! Muss außerdem eine private Klosterschule für Katie suchen und sie von sämtlichem Lesestoff für Erwachsene fernhalten, bis sie mindestens fünfundzwanzig ist.

Inzwischen hat Mum, Besitzerin des sechsten Sinns, der allen Müttern meldet, wenn ihre Kinder etwas aushecken, offenbar Verdacht geschöpft. »Dein Dad und ich haben uns überlegt, dich und die Kinder zu besuchen, Schatz«, verkündete sie mit Nachdruck am Telefon. »Sicher seid ihr schrecklich einsam ohne Joe.«

»Mir geht es prima, Mum, Ehrenwort«, stammelte ich, entsetzt, weil sie anscheinend plante, mich zu überfallen. »Die Kinder halten mich auf Trab, und ich habe sehr viel zu tun.« Wie soll ich wieder einen ganzen Tag meinen Sex-SMS frönen, wenn Mum und Dad im Haus sind und mit ihren von Karottensmoothies und Orangensaft gestählten Argusaugen jede meiner Bewegungen beobachten?

Aber Mum ließ ein Nein nicht gelten. »Wir bestehen darauf, Schatz. Morgen nehmen wir den Drei-Uhr-Zug. Bis dann.«

Mist, Mist, Mist. Muss üben, nicht so sehr wie ein verliebtes Schulmädchen, sondern eher wie eine trauernde Ehefrau auszusehen.

P. S.: Joe rief aus L. A. an. »Und wie ist es dort so?«, fragte ich bemüht unschuldig. »Vermutlich wimmelt es von Blondinen mit Silikonbusen, die auf Rollschuhen durch die Gegend flitzen.«

»Keine Ahnung. Habe noch nichts hier gesehen. Verbringe den ganzen Tag auf Sitzungen.«

Da verlegenes Schweigen entstand, Katie das Telefon gegeben, damit sie Hallo sagen konnte. Das ist es, wo der Hund eigentlich begraben liegt. Der Abstand zwischen uns beträgt nicht nur tatsächlich, sondern auch emotional über siebentausend Kilometer. Wirklich deprimierend.

16. Mai

Paul denkt, der nahende Überfall meiner Eltern (nun, erst mit dem Zug um drei, aber trotzdem) könnte sich auch als Vorteil für uns erweisen.

Stundenlang gebraucht, um den Mut zu fassen, ihn anzurufen, um ihm von der Katastrophe, also der bevorstehenden Ankunft meiner argusäugigen Familie, zu erzählen.

»Hallo, Süße«, schnurrte er, als er abhob. »Rufst du an, um mir etwas Schmutziges zu sagen?«

Wäre bei der bloßen Vorstellung, intime Dinge laut auszusprechen, am liebsten im Erdboden versunken. Also nur gelacht, die Lage geschildert und gemeint, wir könnten uns erst nach der Abreise der lästigen Eltern wiedersehen oder miteinander sprechen.

»Kannst du nicht behaupten, dass du dich mit einer Freundin triffst, und sie auf die Kinder aufpassen lassen?«, schlug er vor. »Das ist doch die Chance für uns.«

»Äh, ja, wahrscheinlich schon«, erwiderte ich. Habe zwar keine große Lust, Mum und Dad anzulügen, will ihn aber unbedingt sehen, um ein richtiges Gespräch mit ihm zu führen und unsere Lage zu klären.

»Spitze«, erwiderte er (ein bisschen zu sachlich für meinen Geschmack). »Arabella hat morgen frei. Also werde ich einen Termin mit meinem Lektor vorschützen, damit sie Rodney nimmt. Wir treffen uns um elf im Holiday Inn.«

Mit diesen Worten legte er auf. Fand es ein wenig ärgerlich, dass er so kurz angebunden gewesen war. Auch diese kaltblütige Planung ist recht merkwürdig. Wünschte, er hätte Arabella und Rodney nicht erwähnt. Obwohl ich Arabella nicht kenne, bin ich sicher, dass sie eine egoistische, gedankenlose blöde Kuh ist. Aber Rodney hab ich gern, auch wenn er manchmal ein bisschen grob mit Jack umgeht. Eigentlich gut so, denn es könnte ja sein, dass er bald mein Stiefsohn wird.

P.S.: SMS von Paul bekommen. »Entschuldige, konnte nicht frei reden, Baby. Kann es kaum erwarten. Deine SMS machen mich wahnsinnig. Wenn ich dich nicht bald wiedersehe, platze ich.«

Mädchenhaft gekichert, war aber ein wenig besorgt. Was, wenn er es wirklich und wahrhaftig auf *richtigen Sex* abgesehen hat? Oh Gott, dann muss ich womöglich mit einem anderen Mann als mit Joe ins Bett gehen. Ich weiß ja gar nicht mehr, wie das funktioniert. Und was, wenn er erwartet, dass ich dabei schmutzige Sachen sage? Bestimmt werde ich vor Peinlichkeit sterben. Schlimm genug, dass er meine Schwangerschaftsstreifen, die Krampfadern und den Cellulitis-Hintern zu Gesicht kriegen wird.

P. S.: Frage mich, warum er mich im Holiday Inn treffen will – ist doch ziemlich weit weg.

P. P. S.: Habe Seidennegligé mit der Hand gewaschen.

P. P. P. S.: Habe beschlossen, das Seidennegligé doch nicht mitzubringen. Viel zu altmodisch und manieriert. Außerdem werden wir uns wahrscheinlich sowieso im Taumel der Leidenschaft die Kleider vom Leibe reißen und es an der Wand oder einem anderen skandalösen Ort treiben.

P. P. P. P. S.: Mir ist ein kleines bisschen flau.

17. Mai

Verflixt und zugenäht! Habe es nicht ins Holiday Inn geschafft. Dad ist auf der Treppe über Jacks Tinky-Winky-Teletubby gestolpert und gestürzt, sodass ich ihn in die Notaufnahme bringen musste. War überzeugt, dass er nur simulierte, und wollte ihn überreden, das Bein einfach hochzulegen und ein bisschen Sky Sports zu schauen. Aber Mum hat darauf bestanden. Warum musste sie ausgerechnet heute so eine Bedenkenträgerin sein? An dem Tag, als ich im Begriff war, mein Schicksal zu besiegeln und möglicherweise mit dem einsamen Vater mein Glück zu finden.

»Aber Mum«, flehte ich. »Ich bin verabredet. Es ist sehr wichtig.« Meine Stimme zitterte vor Aufregung (und vermutlich vor unterdrückter Lust).

»Du willst doch nicht etwa sagen, Susie«, entgegnete sie sehr langsam und betont, »dass dir die Verabredung mit dieser Freundin wichtiger ist, als deinen Vater zur Behandlung ins Krankenhaus zu bringen?«

Stinksauer ins Krankenhaus gefahren. Bin sicher, dass Dad mein Treffen mit Paul absichtlich sabotiert. Weiß zwar nicht, wie, halte so viel Zufall aber für unwahrscheinlich.

Selbst der Arzt war an der Verschwörung beteiligt. »Das ist

eine üble Verstauchung, die Sie sich da zugezogen haben.« Er schüttelte den Kopf, als sei ihm seit Jahren keine so schwere Verletzung mehr untergekommen. »Sie hatten wirklich Glück, dass Sie sich nichts gebrochen haben.«

»Ja, das Genick zum Beispiel«, knurrte ich, immer noch wütend, weil mein Tête-à-tête mit Paul verhindert worden war. Vielleicht hätte er jetzt ja mit dem Finger meine Wirbelsäule entlanggestreichelt, genau in dem Moment, in dem ich in der Notaufnahme festsaß.

»Offen gestanden sind Spielsachen auf der Treppe eine der häufigsten Ursachen für Haushaltsunfälle.« Dabei musterte der Arzt mich gründlich, als überlege er, ob er mich schon einmal gesehen habe. »Ich hatte schon Patienten hier, die sich beim Stolpern über Kinderspielzeug ernsthafte Hals- und Wirbelsäulenverletzungen zugezogen haben.«

Wieder hielt er inne und betrachtete mein Gesicht. »Kenne ich Sie nicht von irgendwo her?«

»Nein, ich glaube nicht«, erwiderte ich und interessierte mich plötzlich brennend für Dads Knöchel.

»Hmmm … Sie kommen mir aber so bekannt vor.«

Habe mich mit einer Ausrede aus der Affäre gezogen. Konnte schließlich schlecht zugeben, dass er derselbe Arzt war, der sich wegen des auf dem Kopf festgeklemmten Töpfchens um Jack gekümmert hatte. Hatte Angst, wegen Kindesmisshandlung und Seniorenschändung vor den Kadi gezerrt zu werden.

Dad bekam nichts davon mit. Er war nämlich viel zu sehr damit beschäftigt, den selbst unter feindlichem Beschuss fröhlichen und in der Schlacht gestählten Kriegshelden zu mimen. »Ein Glück, dass ich so sportlich und gut in Form bin, was?« Er zwinkerte der jungen Krankenschwester zu, die gerade geschickt seinen Knöchel bandagierte. »Raten Sie mal, wie alt ich bin.«

»Keine Ahnung«, gab sie ungerührt zurück. Wahrscheinlich war sie es gewöhnt, dass alte Knacker bei ihr Eindruck schinden wollen.

»Los, raten Sie schon.« Dad grinste mir über ihren Kopf hinweg wissend zu.

»Siebzig?« Die Schwester verdrehte die Augen.

Musste mit Dad einen trinken gehen, um ihm über den Schock hinwegzuhelfen, dass ihn jemand älter als fünfundfünfzig geschätzt hatte.

Mich im Pub ins Klo eingeschlossen, um eine SMS an Paul zu schreiben und ihm zu erklären, warum ich nicht kommen könne. Die Antwort fiel sehr knapp aus: »OK.«

Habe Todesqualen ausgestanden. Was meinte er damit? War er sauer, weil ich ihn hatte versetzen müssen? Würde er mich je wiedersehen wollen? Hätte vor Wut heulen können. Das Leiden steigerte sich, als ich beim Nachhausekommen Mum dabei antraf, wie sie Katie und Jack gerade im Wohnzimmer die Hundestellung beibrachte. Alles war still, ruhig und friedlich. Nirgendwo ein laufender Fernseher in Sicht.

»Morgen zeige ich allen meinen Freundinnen, wie man Yoga macht«, verkündete Katie, den Kopf durch die Beine gestreckt. »Oma sagt, das ist gut für die Haftung.«

»Haltung, mein Kind«, verbesserte Mum, erhob sich anmutig vom Teppich, streckte sich und hauchte Dad einen Kuss auf die Wange.

»Was hast du mit deinem Vater gemacht, Susie?« Stirnrunzelnd betrachtete sie Dad, der schwankend auf der Treppe stand und etwas von schütterem Haar und Botox nuschelte.

»Der Arzt meinte, er könnte ein paar Brandys vertragen«, log ich. »Wegen des Schocks.«

»Hmmm.« Mum klang nicht sehr überzeugt. »Kamillentee wäre sicher viel besser gewesen. Aber egal. Komm, wir stecken ihn ins Bett. Ich muss mit dir reden.«

Mit einem bedeutungsschwangeren Blick nahm sie Dad am Arm und lotste ihn durch den Parcours aus Legosteinen, Spielzeugautos und diversem Barbie-Zubehör.

18. Mai

Habe schreckliche Sehnsucht nach Paul, muss aber zuerst Mum und Dad loswerden. Leider taucht Mum hinter jeder Ecke auf wie ein herumschwebendes Hausgespenst. Sie findet, dass ich mir ein Hobby zulegen sollte. »Du wirkst so gestresst, Kind«, säuselte sie und reichte mir noch eine Tasse Holunderblütentee und einen Stoß Broschüren über Tai-Chi-Kurse im Pfarrsaal, während Jack genüsslich eine Packung Fingerfarben verspeiste. »Es tut den Kindern nicht gut, wenn du so eine angespannte Stimmung verbreitest. Bestimmt ist Jack deshalb so hyperaktiv. Wenn du nicht aufpasst, muss er noch Ritalin nehmen.«

Hätte ihr beinahe alles über den einsamen Vater erzählt und ihr anvertraut, dass ich kurz vor dem Beginn einer Affäre stehe, habe es aber lieber gelassen, als sie zu einem Vortrag ansetzte, Joe habe schon genug mit seinem beruflichen Aufstieg zu tun und könnte deshalb nicht noch zusätzlichen Druck von mir gebrauchen, bla, bla, bla. Weiß nicht, woher sie diese altertümlichen Vorstellungen von der Ehe hat. Würde mich nicht wundern, wenn sie als Nächstes von mir verlangt, dass ich wie eine unterwürfige Ehefrau drei Schritte hinter meinem Gatten herschlurfe. Hätte nicht übel Lust, selbst ein paar Ritalin einzuwerfen. Wirkt bestimmt besser als Holunderblütentee, um einen zu beruhigen und beängstigende Gedanken wegzudrücken. »Das Zeug schmeckt wie Katzenpisse, Mum«, sagte ich, plötzlich hundemüde und mich verzweifelt nach Abstand sehnend. »Ich muss mich hinlegen. Ich habe Kopfschmerzen.«

»Woher weißt du denn, wie Katzenpisse schmeckt, Mummy?«, mischte sich Katie ein, die hinter der Tür stand.

P. S.: Die Tai-Chi-Lehrerin auf der ersten Seite der Broschüre sieht der Glamour-Mutti Marita aus der Krabbelgruppe verdächtig ähnlich. Die künstlichen Fingernägel und der Riesenbusen, der fast den Gymnastikanzug sprengt, stören die meditative Ausstrahlung ein wenig.

P. P. S.: Keine Nachricht von Paul. Raufe mir die schütteren Haare.

19. Mai

Jack hat sich angewöhnt, durchs Haus zu humpeln und so zu tun, als wäre er verletzt wie sein Opa. Währenddessen besetzt Dad das Wohnzimmer und glotzt rund um die Uhr Sky Sports, Ma mixt Bio-Fruchtsäfte gegen freie Radikale zusammen, und Katie umwickelt alles, was sie in die Finger kriegt, von Bananen bis zu Tischbeinen, mit Verbänden.

Um mich von lüsternen Gedanken abzulenken, am Tor Gespräch mit den anderen Kindergarten-Müttern darüber angefangen, ob Nick und Jessica je wieder zusammenkommen werden und ob es nicht zu ihrem Untergang beigetragen hat, *Newlyweds* zu drehen. Plötzlich kam die Ökomutter entschlossenen Schrittes auf uns zumarschiert. Mit der einen Hand schob sie den Kinderwagen, in der anderen schwenkte sie Flugblätter. Die anderen verstummten schlagartig, voller Angst, sie könnte herausfinden, dass wir alle nicht nur mindestens zwei Fernseher besitzen, sondern uns nach Lust und Laune Reality-Shows anschauen, anstatt uns wöchentlich mit einer kulturell wertvollen Bildungssendung auf Discovery Channel oder National Geographic zu begnügen. Bin überzeugt, dass sie noch nie von *Newlyweds* gehört hat. Schließlich ist sie den ganzen Tag damit beschäftigt, zu stricken, zu backen und einer Vierjährigen viel zu früh das Lesen beizubringen.

»Meine Damen«, rief sie aus. »Ich suche Freiwillige für die Seniorenhilfe in unserem Viertel. Wenn eine von Ihnen ein paar Stunden erübrigen kann, würde ich mich sehr über die Unterstützung freuen.« Wir wechselten schuldbewusste Blicke und nuschelten, wir hätten alle schon mehr als genug um die Ohren. Seien wir doch mal ehrlich: Die Arbeit an der Rentnerfront hat so gar nichts Glamouröses. Würde lieber einen Wohltätigkeitsball à la Elton John und David Furnish veranstalten, anstatt Essen auf Rädern auszufahren.

»Ich schreibe Ihnen einen Scheck aus«, erbot ich mich und wühlte in meiner Tasche. War froh über diese Eingebung. Bin nämlich im Grunde meines Herzens ein großzügiger, anteilnehmender Mensch, der einfach nur zu sehr mit anderen Lebensbereichen beschäftigt ist. Außerdem nützt eine Spende für einen guten Zweck sicher gegen die Schuldgefühle wegen des Seitensprungs und der Vermutung, dass ich nun nie für mein gesellschaftliches Engagement heiliggesprochen werde.

»Offen gestanden, Susie, wäre mir eine Stunde Ihrer Zeit lieber«, entgegnete die Ökomutter spitz, während der Kaftan ihre behaarten Beine umwehte.

Habe gespürt, wie Wut in mir hochkochte. Passt eigentlich gar nicht zu mir, ein deutlicher Hinweis, dass ich unter grauenhaftem Stress stehe. Einem Druck, der irgendwann so groß wird, dass man durchdreht und auf der Straße wildfremde Leute anpöbelt.

»Offen gestanden«, gab ich deshalb spitz zurück, »habe ich bereits meine gebrechlichen Eltern im Haus, weshalb ich mir von Ihnen nichts vorzuwerfen lassen brauche. Ob Sie meine großzügige Spende nun annehmen oder nicht, ist Ihre Sache.«

Schweigen entstand, als wir einander – neugierig beobachtet von den anderen Müttern – anstarrten. Schließlich wandte die Ökomutter den Blick ab und trat, irgendetwas über gesellschaftliche Verantwortung murmelnd, den Rückzug an. War mit meinem Sieg unglaublich zufrieden. Kein Wunder, dass Politiker immer so selbstgerecht grinsen – es ist ein sehr angenehmes Gefühl, Macht auszuüben und die Dinge im Griff zu haben. Scheine außerdem in der Achtung der anderen Mütter gestiegen zu sein.

P. S.: Habe allerdings wegen der Sache mit den gebrechlichen Eltern ein leicht schlechtes Gewissen. Hoffentlich habe ich ihnen durch meine Lüge jetzt kein schlechtes Karma oder eine Krankheit an den Hals gewünscht. Andererseits war es ja nicht richtig gelogen. Dad ist schließlich schwer verletzt, und Mum wird dieses Schicksal irgendwann auch noch blühen, wenn sie nicht mit diesen albernen Yoga-Verrenkungen aufhört.

20. Mai

Glücksgefühl nach Demütigung der Ökomutter verflogen. Fühle mich nun seltsam leer, als ob ich Sehnsucht nach etwas hätte. Könnte der einsame Vater sein.

21. Mai

Mum hat mich heute Morgen zum Tai-Chi in den Pfarrsaal geschleppt. Habe vergeblich versucht, mich zu drücken, konnte jedoch schlecht zugeben, dass der Saal zu viele schmerzliche Erinnerungen an den einsamen Vater und unsere zum Scheitern verurteilte tragische Liebesgeschichte in mir weckt. Musste also mit. Konnte mir das Umziehen zum Glück sparen, da ich sowieso schon die passende Uniform, bestehend aus Trainingshose und Turnschuhen, trug. Als wir vor dem Pfarrsaal parkten, sahen wir, wie die Tai-Chi-Jünger nach draußen strömten. Sie alle wirkten widerwärtig selbstzufrieden und strahlten nur so vor innerer Ruhe.

»O nein«, jammerte Mum. »Offenbar habe ich die Anfangszeit verwechselt.«

War hocherfreut. Tai-Chi ist eindeutig nichts für mich. Aber Mum beharrte darauf, reinzugehen und die Lehrerin zu fragen, wann der nächste Kurs beginnen würde. Und da stand sie. In einem Gymnastikanzug mit Tangahöschen – das Ganze auch noch in Neonpink! –, der in einem Aerobic-Kurs aus den Achtzigern besser aufgehoben gewesen wäre. Glamour-Mutti Marita hatte den Arm um irgendeinen armen Teufel gelegt und fuhr ihm mit den künstlichen Nägeln (heute verziert mit der amerikanischen Flagge) durch die dunklen Locken. Verlegen warteten wir ab, bis sie ihre Zungenspielchen beendet hatten. Als Mum nach einer schieren Ewigkeit ein paarmal laut hüstelte, fuhren sie auseinander und drehten sich zu ihr um.

Gespürt, wie ich erbleichte, als ich den Mann erkannte. Maritas neuestes Opfer war der einsame Vater – in verschwitztem Adidas-T-Shirt und Radlerhosen.

22. Mai

Stehe noch immer unter Schock. Der einsame Vater hat mich nie geliebt. Nein, der miese Schweinehund ist es wert, dass man ihn zum Thema einer Sonderausgabe von *Fremdgehen* macht. Nun weiß ich, wie es ist, wenn einem die Knie weich werden, sodass sie vor Schreck unter einem nachzugeben drohen. Der einsame Vater machte sich von Marita los und sah mich an. Zum Glück wurden meine Kniescheiben von der Cellulitis aufrecht gehalten.

»Oh, hallo, Susie«, säuselte Marita. »Tut mir leid. Paul kann es einfach nicht lassen.« Sie versetzte ihm einen spielerischen Schubs, während er an seinen Schweißbändern nestelte und wenigstens den Anstand besaß, ein verlegenes Gesicht zu machen.

»Möchten Sie sich zum Tai-Chi anmelden?«

»Ja, das wollten wir eigentlich«, erwiderte Mum mit einem merkwürdigen Blick auf mich. »Aber ich glaube, wir hatten uns etwas anderes vorgestellt, richtig, Kind?«

»Ja, wahrscheinlich schon«, stammelte ich und ließ mich von ihr mit tränenblinden Augen aus dem Saal führen.

Fühle mich hintergangen und betrogen. Und außerdem wie eine komplette Idiotin. Hätte mir vor lauter Weinen fast den kleinen Finger abgeschnitten, als ich Karotten für Dads Smoothie zerkleinerte. Aber es interessiert sowieso niemanden, ob ich mich so schwer verstümmle, dass ich in Zukunft in einem Behindertenheim leben muss.

»Soll ich es verbinden, Mummy?« Katie war sofort mit ihren Barbie-Pflastern zur Stelle. »Ich bin jetzt die Super-Krankenschwester und kann alle gesund machen.«

Wollte ihr nicht die Illusionen rauben, indem ich ihr sagte, dass gegen ein gebrochenes Herz kein Kraut gewachsen ist.

23. Mai

Die ganze Nacht entsetzlich geträumt – Marita jagte mich im neonpinken Gymnastikanzug, gefolgt vom einsamen Vater und dem Dalai Lama, durch den Pfarrsaal. Ich bin ja so blöd. Die Situation ist mir sogar noch peinlicher als die fünfzehn Meter hohen Plakate mit meinem Doppelkinn darauf, die überall in Dublin und Umgebung hingen. Und das will etwas heißen.

Habe reumütige SMS vom einsamen Vater erhalten: »Entschuldige, Susie. Du bedeutest mir sehr viel.«

Werde ihm unter gar keinen Umständen antworten! Der Kerl ist eine miese Kröte ohne Rückgrat, kein kultivierter Gentleman, wie ich zunächst angenommen hatte. Kann nicht fassen, dass ich auf ihn hereingefallen bin. Zum Glück haben wir uns nur geküsst.

Habe mich mit den Kindern abgelenkt – heute Nachmittag eine ganze Dorfbevölkerung aus Knete geformt und dann stundenlang die Figürchen wieder plattgedrückt. Sehr befriedigend.

P. S.: Oh, mein Gott, bin verzweifelt. Habe nach einer Flasche Pinot Grigio dem einsamen Vater eine SMS geschickt: »Du bist eine miese Kröte ohne Rückgrat, kein kultivierter Gentleman, wie ich zunächst angenommen hatte. Kann nicht fassen, dass ich je auf dich hereingefallen bin. Zum Glück haben wir uns nur geküsst.«

Habe Antwort von Joe in L. A. bekommen, der wissen wollte, was zum Teufel hier los ist. Habe im Suff die Nachricht nämlich versehentlich an ihn geschickt. In einer Stunde ruft er an, wenn er »aus einer sehr wichtigen Sitzung« kommt. Weltuntergang!

23:30: Habe Telefon ausgestöpselt und Mobiltelefon abgeschaltet. Brauche mehr Zeit, um ein Lügengewebe zu knüpfen.

24. Mai

Mum die ganze schäbige Geschichte gebeichtet. Sie war stinksauer auf mich.

»Bist du jetzt vollkommen übergeschnappt, Susie?«, brüllte sie. Passte so gar nicht zu ihr. Wusste also, dass etwas schrecklich im Argen liegt. »Joe mag ein Langweiler sein, aber er betet dich und die Kinder an. Wie kannst du all das nur wegen einer Affäre mit diesem schmuddeligen Kretin riskieren?«

Habe versucht, ihr zu erklären, dass der einsame Vater damals nicht wie ein schmuddeliger Kretin, sondern intelligent, kultiviert und belesen auf mich gewirkt hat. Noch wichtiger: Ich fand ihn »scharf«.

Mum will, dass ich nach L. A. fliege, Joe die Situation erkläre und ihn um Verzeihung bitte. Wenn nötig, auf den Knien. Ich soll ihm vernünftig erklären, dass eigentlich nichts Schlimmes passiert ist. Nur ein kleiner Ausrutscher in einer ansonsten perfekten Ehe.

Bin mir da nicht so sicher. Gut, Joe ist ein aufrechter Familienvater, ganz im Gegensatz zu gewissen Casanovas, die offenbar nur so viele Frauen wie möglich durchvögeln wollen. Aber wenn er mich ausreichend mit Liebe und Aufmerksamkeit überschüttet hätte, wäre das alles doch nie geschehen!

»Und wenn du zurückkommst, musst du dir ein Hobby zulegen«, fügte Mum hinzu. »Damit du nicht wieder auf die schiefe Bahn gerätst.«

Tai-Chi jetzt natürlich aus dem Rennen.

P. S.: Joe hat drei erboste Nachrichten auf meiner Mailbox hinterlassen, in denen er eine Erklärung fordert. Habe das Gefühl, dass es besser ist, mit ihm darüber zu reden, wenn wir uns gegenübersitzen. Deshalb nicht zurückgerufen. Hoffe außerdem insgeheim, dass ich bald überraschend vom Blitz getroffen werde und der Konfrontation so entgehen kann.

P. P. S.: Habe schauerliches Panikgefühl in der Magengrube. Wie konnte ich nur so dämlich sein zu glauben, dass der einsame Vater je wirkliches Interesse an mir und meinen entstellenden Schwangerschaftsstreifen hatte? Noch schlimmer: Was ist, wenn Joe sich entscheidet, dass er für den Rest seines Lebens nichts mehr mit mir zu tun haben will?

25. Mai

Schreckliche Nacht hinter mir. Habe mich herumgewälzt und mit meinem Gewissen gerungen. Dabei die folgenden Schlussfolgerungen gezogen:

a. Der einsame Vater ist ein räuberisches Alpha-Männchen, das mich als hilfloses Opfer erkannt und mit mir gespielt hat, um seine perversen Gelüste zu befriedigen.
b. Vielleicht hat mein Unterbewusstsein versehentlich die Nachricht an Joe geschickt, und zwar als verzweifelten Hilfeschrei. Also muss ich meinem Unterbewusstsein dafür danken, nun dazu gezwungen zu sein, darüber zu sprechen, dass er sich zu wenig in die Beziehung einbringt und mich und unseren Nachwuchs eindeutig vernachlässigt.
c. Könnte eine psychologische Beratung und/oder eine Rebir-

thing-Sitzung nötig haben, um der wahren Ursache für mein untypisches Verhalten auf den Grund zu gehen.

d. Vermutlich tragen meine Eltern die Schuld an der ganzen Episode.

Da ich nun alles geklärt habe, fühle ich mich besser.

26. Mai

Im Flieger nach L. A. Habe mich wie eine richtige Jetsetterin gefühlt – natürlich überschattet von der tragischen Ehekrise. Außerdem war die Stewardess ziemlich patzig. Habe sie schüchtern um zusätzliche Kissen und eine Decke gebeten. Hätte aber genauso gut Cristal-Champagner und eine Privatmaschine verlangen können.

»Ich komme, wenn ich Zeit habe, Ma'am«, zischte die alte Hexe, sodass die dicke Schicht Schminke an den Wangen und um den Mund Risse warf. Ihr grüngrauer Lidschatten leuchtete gefährlich.

Habe mir vor Augen gehalten, dass hinter dem aggressiven Verhalten von Menschen oft persönliche Probleme stecken. Vielleicht hatte sie ja am Morgen eine tragische Nachricht bekommen, weshalb es sie nun Mühe kostete, sich zusammenzunehmen und professionell zu bleiben.

Nach zwanzig Minuten noch einmal gefragt, ob eine Decke zu viel Mühe wäre.

»Ich kümmere mich um Sie, wenn ich kann, Madam«, keifte sie, als hätte sie es mit einem tobsüchtigen Fluggast zu tun. »Und jetzt *beruhigen Sie sich bitte.*«

Einige Passagiere drehten sich ängstlich um, als könnte ich jeden Moment aufspringen und mit einer Uzi herumfuchteln. Habe mich sofort tiefer in den Sitz geduckt und meine schwarze Sonnenbrille aufgesetzt. Bin fest entschlossen, an den Vorstandsvorsitzenden der Fluggesellschaft zu schreiben. Schließlich hätte ich auch mit einem anderen Anbieter nach L.A. fliegen können und bin nicht auf diese Leute angewiesen. (Tja, eigentlich schon, weil ich erst in letzter Minute gebucht habe, doch das ist hier nicht das Thema.)

Die Fluggesellschaften müssen endlich begreifen, dass Verbraucher heutzutage die Möglichkeit haben, zwischen verschiedenen Wettbewerbern auszuwählen. Also sind wir nicht gezwungen, die Verhaltensstörungen des Kabinenpersonals klaglos hinzunehmen, auch wenn man berücksichtigen muss, dass Flugbegleiter sich tagtäglich mit aufsässigen Passagieren herumärgern. Offen gestanden vertrete ich die Auffassung, dass man Stewardessen, die die Blüte des Lebens überschritten haben, das Gnadenbrot geben sollte. Wenn mehr als eine Schicht Make-up nötig ist, um ihnen ein entfernt menschliches Äußeres zu geben, sind sie eindeutig zu alt, um den Anforderungen ihres Berufs noch gewachsen zu sein.

11:00: Sitze in der Klemme. Nach mehrfachen vergeblichen Versuchen, Blickkontakt mit der Stewardess aufzunehmen, in die erste Klasse geschlichen, um mir dort eine Decke zu holen. Wurde sofort von einem hünenhaften Amerikaner in zu engem Anzug mit Hochwasserhose abgefangen. »Bitte setzen Sie sich wieder, Madam«, wies er mich in gedehntem Akzent an und ragte drohend vor mir auf.

Habe ihm kühn nach zwei Gläsern Wein erklärt, er sei nicht berechtigt, mir Vorschriften zu machen, da wir schließlich in einer freien Welt lebten. Leider schien ihn das noch mehr gegen mich aufzubringen.

»Offen gestanden, Madam«, entgegnete er in dem beängstigend ruhigen Ton, der mich das Schlimmste befürchten ließ, »bin ich sehr wohl berechtigt, Ihnen Vorschriften zu machen. Ich bin nämlich US-Marshall, und wenn Sie sich nicht sofort wieder setzen, muss ich Sie in Haft nehmen.«

Habe die Anweisung natürlich befolgt, obwohl ich ihn gerne gefragt hätte, wo genau ich die Haft denn hätte absitzen sollen – im Cockpit? Typisch Amerikaner. Seit sie Bush haben und Krieg um Öl führen, können sie vor Kraft kaum noch gehen. Hätte gern etwas dazu angemerkt. Habe es mir aber verkniffen, denn dieser US-Marshall sah aus wie einer von den Strebern, die sämtliche Zahlen und Statistiken im Zusammenhang mit diesem Krieg herunterbeten können. Darf zudem nicht vergessen, dass meine Kinder mich noch brauchen, weshalb es nicht passieren darf, mich im Kampf für meine Prinzipien in einem Flugzeug abknallen zu lassen. Auch wenn ich dann vermutlich als Kriegsheldin gefeiert werden würde. Vielleicht würde man sogar eine Briefmarke mit meinem Konterfei herausbringen und mir einen Feiertag widmen. Außerdem begreife ich nicht, was dieses Theater soll – in der ersten Klasse wissen sie nicht, wohin mit den Kaschmirdecken!

P. S.: Hinterhältige Stewardess grinst mir immer wieder selbstgefällig zu. Stelle fest, dass sie dem US-Marshall alle fünf Minuten Kaffee nachschenkt. Bestimmt eine Verschwörung. Ob ich nach der Landung die amerikanischen Behörden informieren soll?

P. P. S.: Hinterhältige Stewardess hat die Klimaanlage auf höchste Stufe gestellt. Die Düse ist genau über meinem Kopf. Wage aus Angst vor Verhaftung nicht, etwas zu sagen. Krämpfe im Genick.

P. P. P. S.: Gerade ist mir etwas eingefallen: Vielleicht ist der steife Nacken ja auch ein Vorteil, weil Joe dann Mitleid mit mir kriegen wird.

27. Mai

12:00 Ortszeit: Kann mein Glück kaum fassen! Die Fluggesellschaft hat mein Gepäck verschlampt und muss mir nun einen Blankoscheck ausstellen, damit ich auf dem Rodeo Drive einkaufen gehen und mir eine nagelneue, von Designerklamotten strotzende Garderobe zulegen kann wie Julia Roberts in *Pretty Woman.* Kann es kaum erwarten, eine arrogante Verkäuferin abfahren zu lassen. Schwerer Fehler. *Sehr schwerer!* Ha! Vielleicht kann ich ja einen diskreten Besuch im Kosmetikstudio dazwischenschieben, damit ich mal so richtig aufgemöbelt werde, wenn ich schon mal dabei bin. Im Bordmagazin stand ein spannender Artikel über Mikro-Dermabrasion. Bin zwar nicht unbedingt scharf darauf, mir das Gesicht mit Lavastaub sandstrahlen zu lassen, fände es aber toll, mich in einer knappen Stunde um zehn Jahre zu verjüngen. Könnte es deshalb in Erwägung ziehen. Durch den Seitensprung-Stress, den Zwischenfall mit dem US-Marshall und das miserable Flugzeug-Essen bin ich nämlich schrecklich gealtert.

Freue mich wirklich darauf, eine dauerhafte Freundschaft mit einem bärtigen Hotelportier anzufangen, der mich unter seine Fittiche nehmen und es niedlich und reizend finden wird, wenn ich beim Essen das falsche Besteck benutze.

13:00 Ortszeit: Ich hasse Amerika und alle Amerikaner. Die dämliche, unfähige Fluggesellschaft ist »nicht sicher«, wann mein Gepäck wieder auftaucht. Außerdem rückte sie keinen Blankoscheck für eine neue Garderobe heraus, obwohl ich doch nichts dafür kann, dass sie das Gepäck verloren haben.

Nie wieder werde ich mir die Wiederholungen von *Friends* ansehen. Vielleicht boykottiere ich auch *Oprah* und *Dr. Phil.* Muss meine anti-amerikanischen Gefühle allerdings für mich behalten, damit man mich nicht wegen Verschwörung, Volksverhetzung oder einem anderen an den Haaren herbeigezogenen Grund nach Guantanamo verfrachtet.

»Hatten Sie einen Gepäckanhänger an Ihrem Koffer, Madam?«, erkundigte sich die Mitarbeiterin gelangweilt, als ich zum Schalter ging, um meine missliche Lage zu schildern und den Scheck abzuholen.

»Eigentlich nicht«, erwiderte ich. (Schließlich leben wir

doch im einundzwanzigsten Jahrhundert; alles wird elektronisch erfasst. Fand es ein wenig besorgniserregend, dass sie das nicht wusste.)

Muss zugeben, dass ich allmählich etwas ungeduldig wurde. Schließlich hatte ich gerade die grässliche Prozedur bei der Einwanderungsbehörde und am Zoll hinter mir, wo mich verschwitzte Uniformierte mit finsteren Mienen durchsucht hatten wie eine Verbrecherin. Danach eine Ewigkeit am Gepäckband gewartet, während alle anderen Idioten aus meiner Maschine ihre Sachen abholten. Nur meine blieben verschollen. Zu allem Überfluss war ich noch gezwungen, jedem in Hörweite zu versichern, dass der über und über mit »I love Jesus«-Aufklebern übersäte Koffer ganz bestimmt nicht meiner war.

»Haben Sie eine Gepäckversicherung, Madam?« Die Mitarbeiterin ließ den rosafarbenen Kaugummi zwischen den unnatürlich weißen Zähnen schmatzen.

Mein Zögern dauerte für Miss Colgates Geschmack ein wenig zu lang. Wusste nämlich nicht, ob ich eine Versicherung hatte. War sie im Preis des Tickets inbegriffen?

»Füllen Sie dieses Formular aus. Wir setzen uns mit Ihnen in Verbindung, wenn wir Ihr Gepäck gefunden haben.« Kau, kau, schmatz.

Bin stinksauer. Ganz bestimmt stecken der US-Marshall und seine Geliebte, die arrogante Stewardess, hinter der Sache, weil sie mich für mein subversives Verhalten an Bord bestrafen wollen. Allerdings sinnlos, meine Verschwörungstheorie zu erläutern. Vermutlich stecken hier alle unter einer Decke.

15:00 Ortszeit: Bemitleide mich selbst, und das nicht ohne Grund. War ziemlich erfreut, als ich Joes Hotel erreichte, denn es sah genauso aus wie in *Pretty Woman:* Marmorfußböden und überall Springbrunnen. Doch meine gute Laune schwand schlagartig, als ich eine Ewigkeit damit verbrachte, der Dame an der Rezeption zu erklären, dass ich tatsächlich eine ehrbare Ehefrau und keine Terroristin war, die vorhatte, das Beverly

Hills Hilton mithilfe ihrer falschen Gucci-Handtasche in die Luft zu jagen.

»Ich fürchte, ich darf Ihnen keine Informationen über Gäste geben, Madam«, patzte sie mich an und musterte mich dabei abfällig von Kopf bis Fuß, als ich mich nach Joes Zimmernummer erkundigte. (Sah zugegebenermaßen nicht wie aus dem Ei gepellt aus. Aber was ist nach einem Langstreckenflug, verbunden mit einem schweren emotionalen Trauma und einer Beinahe-Verhaftung durch einen US-Marshall schon anderes zu erwarten?) Versucht, ein strahlendes Julia-Roberts-Lächeln aufzusetzen, doch die Miene der Empfangsdame blieb ausdruckslos. Außerdem fehlte von dem netten Hotelportier, der mich unter seine Fittiche nahm und mich auf schnellstem Weg ins Penthouse brachte, jede Spur. Offenbar muss man tatsächlich eine Prostituierte mit goldenem Herzen sein, wenn man in dieser Stadt auch nur einen Schritt weiterkommen will.

Angesichts meiner misslichen Lage meine Trumpfkarte ausgespielt. »Ich habe etwas Schreckliches getan«, gestand ich, plötzlich den Tränen und einem erschöpften Zusammenbruch nahe. Gesehen, wie sie sofort aufmerkte. Habe also den Seitensprung, mein Bedauern und die mögliche Scheidung ein wenig ausgeschmückt.

»Das klingt ja wie eine Folge von *Reich und schön*«, meinte Honey, als ich fertig war und echte Tränen der Reue und Scham wegen meiner vergnügungssüchtigen Umtriebe herunterschluckte. (Honey heißt in Wirklichkeit Joan, aber in Hollywood macht Honey sich besser.)

Empfand es als Kompliment, dass jemand mein Leben für abenteuerlich hält. Deshalb beschlossen, ihr zu verschweigen, dass ich in Wahrheit eine langweilige Hausfrau und Mutter bin und keine internationale Jetsetterin mit rekordverdächtigem Männerverschleiß.

Sie kritzelte Joes Zimmernummer auf die Rückseite ihrer Visitenkarte, die sie als Schauspielerin auswies. Dann gab sie mir Zimmer 101, damit ich mich frisch machen konnte, bevor ich mich ihm zu Füßen warf. »Ein bisschen Kriegsbemalung kann nicht schaden«, raunte sie mir verschwörerisch zu und tätschelte mir die Hand, bevor ich mich trollte. Sie sollte es am besten wissen.

18:00 Ortszeit: Fühle mich schon viel besser. Habe Ewigkeiten in der riesigen Dusche verbracht und all die tollen Gratis-Kosmetikprodukte benutzt, um die Spuren der schrecklichen Reise zu tilgen. Habe leider keine sauberen Kleider zum Umziehen. Deshalb in den dicken Frotteebademantel gewickelt. Hoffentlich wird Joe finden, dass ich niedlich und hilflos aussehe, sofort den Zimmerservice anrufen und die dumme Nachricht vergessen, die ich ihm versehentlich geschickt habe. In Erwartung des Versöhnungskusses extrastarkes Mundwasser benutzt.

28. Mai

GRÜNDE, MEINEM LEBEN NICHT WIE EIN HOLLYWOOD-STAR AUF DRAMATISCHE WEISE MIT HARTEN DROGEN UND ALKOHOL EIN ENDE ZU SETZEN:

- Meine beiden Kinder wären dann mutterlos (obwohl ich den leisen Verdacht habe, dass Katie der theatralischen Seite dieser Situation etwas abgewinnen könnte).
- Meine Eltern wären todtraurig (falls sie irgendwann bemerken sollten, dass ich weg bin).
- Marita, die Yoga-Tussi, würde sicher vor lauter Freude eine neue Tai-Chi-Position erfinden.
- Würde vermutlich wieder ins Fernsehen kommen und meine Familie ein zweites Mal blamieren.
- Weiß nicht, wo ich harte Drogen herkriegen soll. Der Portier wirkt nicht sehr hilfreich.

Gründe, meinem Leben wie ein Hollywood-Star auf dramatische Weise mit harten Drogen und Alkohol ein Ende zu setzen:

- Habe mich vor dem einsamen Vater, alias widerlicher Dreckskerl, total lächerlich gemacht.
- Habe beste Freundin Louise verloren. Vermutlich für immer.
- Bin meinen Koffer mit dem neuen Oberteil von Principles los, in dem ich mindestens ein Kilo schlanker aussehe.
- Habe Barbie/Becky, leicht bekleidet und lächelnd, im Hotelzimmer meines Mannes in L.A. ertappt. Der Mann selbst ist verschollen. Vermutlich kauft er irgendwo harte Drogen für die Orgie.

29. Mai

Todtraurig. Die ganze Nacht in mein luxuriöses Gänsedaunenkissen geheult. Gesicht deshalb auf doppelte Größe angeschwollen. Sehe fast aus wie eine weibliche Version des Elefantenmenschen. Kann es nicht einmal ertragen, die Vorhänge zu öffnen, liege also im dunklen Zimmer und schaue amerikanisches Fernsehen. Dabei frage ich mich, warum mein Leben nur so schrecklich schiefgelaufen ist. (Tolle neue Folgen von *Desperate Housewives;* bringt mir aber nicht viel, weil ich wegen der Tränen und der verquollenen Augen den Bildschirm kaum erkennen kann. Wirklich ärgerlich.)

Beckys selbstzufriedenes Grinsen, als sie die Tür von Joes Zimmer öffnete, hat sich für immer in mein Unterbewusstsein eingebrannt. Ganz zu schweigen von dem widernatürlichen Atombusen, der ihr aus dem Wonderbra quoll. Habe ihr zum Glück keine Gelegenheit gegeben, etwas zu sagen. Kann mir deshalb jetzt wenigstens die Mühe sparen, ihre Piepsstimme und die faulen Ausreden, was sie halbnackt im Hotelzimmer meines Mannes zu suchen hatte, aus meinem Gedächtnis zu löschen. Habe mich in Zimmer 101 verschanzt und Honey strikte Anweisung gegeben, unter gar keinen Umständen jemanden zu mir vorzulassen. (Natürlich wird Joe sie auf Knien anbetteln, ihm meine Zimmernummer zu geben, damit er mich – wieder auf Knien – um Verzeihung anflehen kann. Aber ich rede kein Wort mehr mit ihm. Vielleicht niemals wieder.)

»Oh, mein *Gott*«, entsetzte sich Honey, als ich sie mit dem schicken cremefarbenen Nostalgie-Telefon anrief, um ihr von Joes Treiben mit der Büronutte zu berichten.

»Und dazu noch mit dieser *Schlampe.* Männer fallen doch immer wieder auf tolle Titten rein.« (Versucht, nicht auf diese Bemerkung zu achten. Wer weiß, ob das Mädchen wirklich tolle Titten hat? Um das herauszufinden, müsste man ihr erst den Wonderbra ausziehen. Dann zu meiner Bestürzung auf den Gedanken gekommen, dass Joe sich bestimmt schon auf die eine oder andere Weise vergewissert haben könnte.)

»Schätzchen«, fuhr Honey fort. »Ich lasse Ihnen sofort unsere Entgiftungspackung de Luxe bringen. Der Balsam aus Zitrone und Limone verleiht positive Energie und belebt den Geist. Die Wirkung ist ein Traum. Und versuchen Sie den grünen Tee. Einfach lecker!«

Hätte einen großen Riegel Galaxy oder sogar ein fettreduziertes Flyte zur Belebung meines Geists bevorzugt (bin normalerweise keine Freundin von fettreduzierter Schokolade, aber immerhin handelte es sich um einen emotionalen Notfall). Wollte aber nicht unhöflich sein. Mich deshalb bedankt und aufgelegt.

Stehe unter schwerem Schock und befürchte, jede Sekunde ohnmächtig zu werden. Jedenfalls ist mir kalt, und außerdem zittere ich, könnte jedoch auch am Schokoladenentzug liegen. Wünschte, ich hätte einen Internetanschluss, um mich über die Symptome zu informieren.

Bin entsetzt, dass Joe mich so hintergehen konnte. Offenbar ist er doch nicht der starke, zuverlässige (sprich langweilige) Typ, für den ich ihn immer gehalten habe. Begreife einfach nicht, dass

a. Joe allen Ernstes richtigen Ehebruch begangen hat, und zwar mit einem Push-up-BH und einer teuren Hotelsuite als Requisiten.
b. besagter Ehebruch mit einer Person stattfand, die halb so alt ist wie er (und sicher nur halb so viel wiegt wie ich).
c. er seine Frau und seine beiden Kinder verstößt, ohne einen Gedanken daran zu verschwenden, welch unendliches Leid und welchen Schmerz er ihnen zufügt (vielleicht hat er sie sogar jahrelang zum Fall für den Therapeuten gemacht).
d. er die Frechheit besessen hat, mir Schuldgefühle wegen des einsamen Vaters einzuimpfen, während er es die ganze Zeit mit der Barbie-Sekretärin trieb.

Weiß jetzt, wie Posh sich gefühlt haben muss, als Beckham (angeblich) eine Affäre hatte. Habe es zum Glück nicht nötig, mich in der Öffentlichkeit zu zeigen und für irgendwelche schmierigen Paparazzi auf Skipisten zu posieren, damit auch alle sehen, dass ich vor Glück platze. Bin fest entschlossen, Posh zu schreiben, wenn ich wieder zu Hause bin, um ihr zu sagen, wie sehr ich sie für ihre Kraft und ihren Mut bewundere. Werde nie verstehen, wie sie es geschafft hat, in ihrem hautengen Skianzug von Chanel trotz eines gebrochenen Herzens so toll auszusehen. Vielleicht ziehe ich mich ja nie wieder richtig an, weil ich nicht über die Kränkung und den Schmerz hinwegkomme. Gut, ich hatte einen harmlosen Flirt mit dem einsamen Vater, aber der ist zumindest nicht im Wonderbra (oder einem entsprechenden Kleidungsstück für Männer) in meinem Hotelzimmer herumstolziert.

P. S.: Habe schauderhafte Migräne. Mein Kopf dröhnt. Womöglich habe ich mir zusätzlich zum Schock auch noch einen lebensbedrohlichen Hirntumor zugezogen, der sich nun, da ich hinter das schockierende Doppelleben meines Mannes gekommen bin, endgültig gebildet hat.

P. P. S.: Habe mich gerade erinnert, dass Joes Vater vor vielen Jahren auch eine schäbige Affäre hatte. Offenbar liegt das Ehebrecher-Gen in der Familie.

P. P. P. S.: Mache mir außerdem große Sorgen, Honey könnte bald einfallen, dass Zimmer 101 nur zum Frischmachen gedacht war. Wer weiß? Vielleicht werde ich ja jeden Moment im Bademantel vor die Tür gesetzt. Mein einziger Trost ist, dass es nicht schlimmer kommen kann.

P. P. P. P. S.: Vermisse außerdem Teebeutel von Barry's Gold Blend. Sind wirklich nützlich in Krisensituationen, zum Beispiel solchen mit untreuen Ehemännern. Grüner Tee sieht fies aus und riecht auch so.

17:00: Gerade aufgewacht. War offenbar in eine Art diabetisches Koma gefallen. Festgestellt, dass ich seit Tagen nichts gegessen habe (tja, zumindest nicht seit dem jämmerlichen Flugzeugessen, das, wie allgemein bekannt ist, nicht als wirkliche Mahlzeit zählt). Habe zum Glück noch die falsche Gucci-Handtasche mit Joes Kreditkarten in der Geldbörse. Also in einem Anfall nie da gewesener Einkaufswut beschlossen, mich erst einer kleinen Konsumtherapie zu unterziehen und mir anschließend irgendeine möglichst fettige Kalorienbombe zu gönnen. Honey ist ein Schatz und hat versprochen, mir ihre Freundin Renata aus der Hotelboutique mit ein paar Ensembles zur Auswahl zu schicken. Von meinem Gepäck noch immer keine Spur.

»Sie kommt aus Europa«, erklärte Honey, als ich ihr von meinem Bekleidungsproblem erzählte. »Also versteht sie echt total viel von Mode.«

Klang recht verheißungsvoll und hat mich ein wenig aufgemuntert. Wollte mir erst ein tolles neues Outfit aussuchen und danach drei Big Macs verschlingen, bevor ich mir den nächsten Schritt überlege. Muss vernünftig sein und einen klaren Kopf bewahren. Mit leerem Magen darüber nachzudenken, was man mit dem Rest seines traurigen Lebens anfangen wird, ist wenig sinnvoll. Man soll ja auch nicht Lebensmittel einkaufen gehen, wenn man Hunger hat. Das ist, wie jeder weiß, ein schwerer Fauxpas und kann zu Impulskäufen wie vierundzwanzig Tüten Chips mit Käse-Zwiebel-Aroma und Pringles im Sonderangebot führen.

Musste eine Ewigkeit auf Renata warten. Schließlich erschien sie doch noch und schob einen Kleiderständer zur Tür herein, während ich gerade die fettfreien Maischips aus der Minibar vertilgte. »Hmmm …« Sie musterte mich kritisch, während ich versuchte, den Hotelbademantel fester um mich zu ziehen. »Was für ein Sternzeichen sind Sie denn, Schätzchen?«

»Äh … Fische«, antwortete ich. Wusste zwar nicht, warum das eine Rolle spielte, hatte aber zu großen Hunger, um zu widersprechen.

»Ja, das habe ich mir gedacht. Fische also.« Renata verzog das Gesicht. »Ich weiß nicht, ob wir da etwas Passendes dahaben. Diese Sachen sind eher für Wassermänner und Krebse geeignet.« Mit dem makellos manikürten Fingernagel fuhr sie über den mitgebrachten Kleiderständer und schüttelte auf besorgniserregende Weise den Kopf.

»Nun, vielleicht geht der Mond im Krebs auf.« Hatte eine Todesangst, sie könnte sich mit ihrem Kleiderständer wieder aus dem Staub machen, sodass ich im Bademantel zu Starbucks würde gehen müssen.

Das eingefallene Gesicht verzog sich zu einem strahlenden Lächeln. »Ach, ich wusste es!«, rief sie aus und nahm ein Kleidungsstück vom Ständer, das mich an ein überdimensionales Geschirrtuch erinnerte. »Sie wirken auf mich sowieso viel mehr wie ein Krebs. Das ist optimal für Sie!«

»Äh, da bin ich nicht so sicher«, entgegnete ich, entsetzt von ihrem seltsamen Geschmack. Wollte mich schließlich unbemerkt unters Volk mischen und nicht in einem grellbunten Kleid herumlaufen, das a) regelrecht nach Aufmerksamkeit schrie und b) kaum meinen Po bedeckte. »Vielleicht probiere ich lieber das hellblaue T-Shirt an.« Habe einen »Vielen Dank, aber ich bin ein eher zurückhaltender Mensch«-Tonfall angeschlagen. Doch Renata und ihr feuriges europäisches Temperament wollten nichts davon hören. (Habe den Verdacht, dass sie gar nicht aus Europa kommt. Ihr Akzent klang hin und wieder sehr aufgesetzt.)

Sie stieß meine Hand weg. »Nein. Blau steht Ihnen nicht. Sie brauchen Farbe. Schwung.«

Nicht gewagt zu widersprechen und mich in das Geschirrtuch gezwängt. Mich dann um begeisterte Miene bemüht.

»Ausgezeichnet«, jubelte Renata und zog mir ein paar knallrosane Schuhe mit Keilabsatz an. »Jetzt ist es perfekt.«

18:00: Möglichst unauffällig durch die Hotelhalle geschlichen. Dabei versucht zu verhindern, dass mir das Geschirrtuch-Kleid über Schenkel und Po rutschte. Gleichzeitig auf den neonfarbenen Keilabsatzsandalen um das Gleichgewicht gekämpft. (Anmerkung: Muss unbedingt sofort etwas gegen die hässliche Hornhaut unternehmen. Außerdem Termin machen, um den eingewachsenen Zehennagel entfernen zu lassen. Habe nämlich bemerkt, wie Renata mit dem Brechreiz rang, als sie versuchte, mir eine Original-L.A.-Pediküre zu verabreichen.) Hatte zum Glück noch meine Sonnenbrille, brauchte also mit niemandem Blickkontakt aufzunehmen. Habe mich gerade an der Wand entlang zur Drehtür vorgetastet, um den Weg nach draußen zu finden, als ich hinter mir eine Stimme mit irischem Akzent hörte: »Susie, sind Sie das?«

Nicht darauf geachtet und weitergegangen. Dabei Renata und ihre bescheuerte astrologische Stilberatung verflucht, denn das Ergebnis war, dass alle in der Hotelhalle mich mit Blicken fixierten. Hielt den Zeitpunkt für denkbar ungeeignet für eine Konfrontation mit Becky/Barbie. Vielleicht in ein paar Wochen, wenn ich ordentlich abgenommen habe und abgemagert und leidend aussehe. Nicht heute, wo ich mich selber nicht leiden kann.

»Susie Hunt!«, wiederholte die Stimme, und ich spürte eine Hand auf meiner Schulter.

Offenbar war meine überraschende Ankunft Becky überhaupt nicht unangenehm. Ob sie sich vielleicht mit mir anfreunden wollte, damit wir Joe in einer Art perversem Partnertausch-Szenario miteinander teilten? Wurde plötzlich von Wut ergriffen. »Passen Sie auf, Sie kleine Schlampe«, zischte ich und wirbelte mit drohender Miene herum. »Warum hauen Sie nicht einfach ab und lassen mich in Ruhe? Haben Sie nicht schon genug Unheil angerichtet?«

»Aber, Susie. Ich wollte doch nur Hallo sagen«, erwiderte die Gestalt.

Es war nicht Becky. Habe das zum Glück erkannt, bevor meine Hand ihr Gesicht traf. Vor mir stand Samantha Brennan von *Duckling to Swan* und schien über meinen hysterischen Ausbruch mehr als ein bisschen konsterniert zu sein.

»Was machen Sie denn hier?«, rief ich erstaunt aus. Sicher litt ich an Halluzinationen und hatte vor lauter Schreck über Joes Doppelleben den Verstand verloren.

»Ich bin mit einigen Hollywood-Produzenten verabredet«, antwortete sie und sah sich verstohlen um. »Aber Sie dürfen es niemandem verraten. Es ist nämlich streng geheim.«

Als mir klar wurde, dass sie nicht Becky war, prompt zusammengebrochen und ihr schluchzend in die Arme gesunken. War so froh, ein freundliches Gesicht zu sehen. Samantha reagierte wie ein echter Profi. Rasch hatte sie sich von ihrem Schrecken erholt und verfrachtete mich in ihren VW-Käfer. (War ein bisschen enttäuscht, weil sie nicht in einer Stretch-Limousine herumchauffiert wurde. Aber die kriegt man vermutlich erst, wenn man millionenschwer und weltberühmt ist. Hoffe wirklich, dass sie bald ihren Durchbruch in den Staaten schafft, damit ich einen A-Promi zu meinem Freundeskreis zählen kann. Brenne schon darauf, auch Sharon Stone und Reese Witherspoon kennenzulernen.)

»Sie Arme«, bemitleidete sie mich, als ich ihr bei einer Portion gewellter Fritten und einer Cola light bei »In and Out Burger« (offenbar *das* angesagte Lokal in L. A.) die ganze traurige Geschichte erzählte.

»Ich hätte nie gedacht, dass unsere Ehe auch mal zur Statistik wird, Samantha«, jammerte ich, erfüllt von Selbstmitleid, und das obwohl ich mit einer aufstrebenden Prominenten am Tisch saß. Die anderen Gäste starrten uns an und fragten sich vermutlich, ob ich wohl auch ein Star war (Sonnenbrille deutlicher Hinweis).

»Vielleicht war es ja nur ein kleiner Ausrutscher.« Samantha nahm einen großen Schluck Cola light und stieß leise auf (offenbar, um mir zu zeigen, dass sie rülpsen muss wie alle anderen Leute auch, obwohl sie auf dem Weg ist, superreich und ein Star zu werden; fand das sehr rücksichtsvoll von ihr). »Könnte doch sein, dass Joe eine Art Midlifecrisis durchmacht. Diese Becky ist möglicherweise nur eine vorübergehende Phase.«

»Wenn sie will, schenke ich ihn ihr«, entgegnete ich und beschloss, Samantha nichts vom einsamen Vater zu verraten. Wollte verhindern, dass ich in ihrer Achtung sank, und außerdem unsere aufkeimende Freundschaft nicht gefährden.

»Hmmmm.« Samantha schien nicht überzeugt. »Warum reden Sie nicht mit ihm, klären alles und überlegen sich dann den nächsten Schritt? Viele Paare haben hin und wieder Probleme. Sie müssen schließlich auch an die Kinder denken.«

Prompt erneuter Tränenausbruch, worauf Samantha noch einen Cheeseburger bestellte, um mich zu beruhigen. Wie soll ich das Katie und Jack, Mum und Dad erklären? Werde wohl auf mein durch *Dr. Phil* erworbenes Wissen zurückgreifen müssen. Frage mich, ob einer von Samanthas Bekannten in Hollywood wohl *Dr. Phil* persönlich kennt. Vielleicht könnte sie mir ja einen Notfall-Beratungstermin verschaffen. Wäre sogar einverstanden, dass sie das Gespräch für *Entertainment Tonight* aufzeichnet.

»Haben Sie schon Ihre Mum angerufen?«, erkundigte sich Samantha, nahm meine fettige Hand und neigte anteilnehmend den Kopf zur Seite.

»Nein, warum? Fehlt ihr etwas?«

»Nein, ganz bestimmt nicht.« Samantha sah mich verdattert an. »Ich meine damit, ob Sie ihr erzählt haben, was passiert ist. In solchen Krisensituationen ist die Unterstützung der Familie sehr wichtig.«

Wollte nicht zugeben, dass ich Mum nur eine SMS geschickt habe, damit sie weiß, dass ich gut angekommen bin. Habe nämlich viel zu große Angst, sie anzurufen. Sie könnte nämlich sauer werden und so unfair sein, mir die Schuld an diesem traurigen Stand der Dinge in die Schuhe zu schieben.

Wahrscheinlich glaubt sie, Joe und ich genießen im sonnigen L.A. unsere zweiten Flitterwochen wie zwei Turteltäubchen. Habe nicht das Recht, ihr diese Illusion zu rauben.

Mich stattdessen darauf konzentriert, den restlichen Cheeseburger zu verspeisen, ohne mein Geschirrtuch-Kleid mit der Sauce nach Geheimrezept zu bekleckern.

»Wissen Sie, das mit *Doyle Tonight* tut mir wirklich leid«, fuhr Samantha verlegen fort. »Mona Doyle hat sich gewaltig im Ton vergriffen. Hoffentlich waren Sie nicht allzu gekränkt.«

»Nein, natürlich nicht«, erwiderte ich. Mich dabei gefragt, ob Samantha ihre Pommes wohl noch isst.

»Viele Leute begreifen nicht, worum es in *Duckling to Swan* wirklich geht. Das Thema ist weniger das Äußere, sondern wie man sich innerlich fühlt. Verstehen Sie?« Sie klang aufrichtig besorgt.

Habe zustimmend genickt und überlegt, ob ich ihr sagen sollte, dass ich mich innerlich ganz und gar abscheulich fühle. Vielleicht vermittelt sie mich dann an einen berühmten Schönheitschirurgen, der mich im Handumdrehen von fünfzehn Jahren befreit.

Samantha setzte mich um neun am Hotel ab. War ein bisschen enttäuscht, dass sie kein Treffen mit anderen Promis vorschlug, behielt das aber für mich. Sie soll mich schließlich nicht für aufdringlich halten.

Die Straßen waren leer und verlassen. Habe mich schnell nach oben in mein Zimmer geflüchtet, damit ich bloß nicht zufällig Joe und Becky begegne. Sicher hat er den ganzen Tag vor meiner Tür kampiert, um mit mir zu reden.

30. Mai

9:00: Die dämliche Tussi am Empfang (Honey ist zum Vorsprechen für den neuen Spielberg-Film gegangen) behauptet, es seien keine Nachrichten für mich abgegeben worden. Außerdem schleicht offenbar auch kein vor Trauer und Reue wahnsinniger Mann über die Hotelflure und sucht jeden Winkel nach mir ab.

»Bestimmt irren Sie sich«, protestierte ich, empört, dass derart viele Nachrichten in einem so kurzen Zeitraum verschlampt werden konnten. »Könnten Sie bitte noch mal nachschauen?«

»Ich habe nachgeschaut, Ma'am«, entgegnete die dämliche Tussi. »Da sind keine Nachrichten. Niemand hat nach Ihnen gefragt. Hätten Sie vielleicht Interesse an einer Bindegewebsmassage?«

Erbost den Hörer des Nostalgie-Telefons hingeknallt. Bin stinksauer. Wie kann Joe es wagen, nicht zerknirscht an meine Tür zu klopfen? Habe beschlossen, sofort nach Hause zu fliegen und dort die Schlösser auswechseln zu lassen. Vielleicht zerschneide ich auch alle seine Krawatten und zerreiße seine Anzüge in Fetzen, bevor ich einen Kübel Farbe über sein Auto kippe.

Das wird ihm eine Lehre sein.

11:00: Glaube, ich habe das sündhaft teure Nostalgie-Telefon kaputtgemacht. Höre zwar ein Freizeichen, aber da Joe noch nicht angerufen hat, ist bestimmt etwas mit dem Apparat nicht in Ordnung.

12:00: Bin tieftraurig, weil er noch immer nicht die Tür eingeschlagen hat, um zu mir vorzudringen. Kein Lebenszeichen von ihm, obwohl ich das Telefon ständig auf seine Funktionstüchtigkeit überprüfe und schon einige Male aus dem Zimmer gespäht habe, um festzustellen, ob er vielleicht draußen auf dem Flur herumtigert. Wie kann er unsere Ehe für ein Flittchen in einem billigen Push-up-BH wegwerfen? Auch keine SMS. Keine einzige. Nicht einmal vom einsamen Vater. Begreife nicht, wie mein Leben so enden konnte.

Endlich den Mut gefasst, Mum anzurufen, um ihr von der Katastrophe zu berichten und ihr zu sagen, dass ich den nächsten Flieger nach Hause nehme, um mich im Schoße der Familie trösten zu lassen.

»Ich kann jetzt nicht reden«, keuchte sie ins Telefon. »Wir sind gerade mit den Kindern beim Joggen im Park und müssen den Puls konstant halten. Sonst war alle Mühe vergeblich. Hoffentlich amüsierst du dich gut!«

Im Hintergrund Katie und Jack begeistert jubeln gehört. Es ist so traurig. Sie ahnen noch nicht, dass sie in wenigen Monaten im Zentrum eines erbitterten Kampfes ums Sorgerecht stehen werden.

P.S.: Habe gerade überlegt: Weder Katie noch Jack wollten mich sprechen. Sie vermissen mich überhaupt nicht. Wahrscheinlich werden sie sich im Ernstfall dafür entscheiden, bei ihrem Vater und seiner jugendlichen Geliebten zu wohnen.

P.P.S.: Schmerzliche Erinnerungen daran, wie Katie Beckys langes blondes Haar und ihre Barbie-Figur bewundert hat. Habe den leisen Verdacht, dass sie viel lieber mit einem Ebenbild von Barbie zusammenleben möchte als mit einer unscheinbaren Hausfrau.

12:30: Hurra! Habe Samantha angerufen, um mich zu verabschieden. Sie meinte, sie werde sich mit einer Freundin in Verbindung setzen, die Stewardess ist, damit ich auf dem Heimflug einen Platz in der ersten Klasse kriege. Mit einer zukünftigen Mega-Prominenten (ehemaliger Flugbegleiterin) befreundet zu sein, hat eindeutig seine Vorteile.

»Wir bleiben in Kontakt, Susie«, sagte Samantha. »Und klären Sie die Sache mit Joe, abgemacht?«

Habe es zwar versprochen, denke aber insgeheim, dass Samantha an Realitätsverlust leidet. Schließlich geht es hier ja nicht darum, durch eine Nasen-OP oder eine Fettabsaugung mein Leben zu verändern. Leider sind selbst die besten Schönheitschirurgen, Lebensberater und Stylisten machtlos gegen das Problem Ehebruch.

13:00: Gepäck endlich gekommen. Konnte deshalb das grässliche Geschirrtuch-Kleid ausziehen. In einem Anfall wohltätigen Karmas beschlossen, es dem mexikanischen Zimmermädchen zu schenken, das anklopfte, um mich zu fragen, ob ich zusätzliche Handtücher bräuchte. Sie wirkte zwar nicht sehr begeistert, nahm es aber trotzdem und gab mir noch ein paar Pfefferminzbonbons.

Eine Ewigkeit gebraucht, um die volle Kriegsbemalung aufzutragen, nur für den Fall, dass ich zufällig Joe und Becky begegnen sollte. Dann meine vorteilhafteste Jeans und ein T-Shirt angezogen und gegangen, um einen Abschiedsbrief für Honey zu hinterlassen. Mich bemüht lässig verhalten und ein falsches Lächeln aufgesetzt. Schließlich hätte ich den beiden ja jederzeit in die Arme laufen können. Vielleicht lauerten sie gerade hinter den Kübelpflanzen und beobachteten mich. Gekünsteltes Lächeln schlagartig verflogen, als die Frau am Empfang mir eine Rechnung über dreitausend Dollar präsentierte. Zuzüglich Steuern und Bedienung. Das Geschirrtuch-Kleid allein hat sechshundert Dollar gekostet.

»Äh, das muss ein Irrtum sein«, stammelte ich panisch. »Honey hat mich das Zimmer nur benutzen lassen, damit ich mich frisch machen kann.«

»Drei Tage lang?« Mit einem strahlenden Lächeln schob die Empfangsdame die Rechnung nachdrücklich zurück in meine Richtung.

Habe mich anfangs ziemlich schwindlig und sehr, sehr flau gefühlt, ihr dann aber einfach Joes Kreditkarte überreicht. Ist schließlich seine Schuld, dass ich so viel Geld ausgeben musste – er verkraftet das schon.

P. S.: Überall nach dem mexikanischen Zimmermädchen gesucht, um mir das Sechshundert-Dollar-Geschirrtuch zurückzuholen. Aber sie ist wie vom Erdboden verschluckt. Vermutlich putzt sie mit dem Ding inzwischen die Klos.

15:00: Auf dem Rückflug in den Schoß der Familie. Das Tollste ist, dass ich in der ersten Klasse sitze! Samantha ist für immer offiziell meine beste Freundin. Am meisten freut mich, dass die hinterhältige Stewardess, die mich schon auf dem Hinweg schikaniert hat, wieder im Dienst ist. Habe bereits zusätzliche Kissen und Decken verlangt und zweimal meinen Drink zurückgegeben, weil er nicht kalt genug war. Vielleicht schnippe ich nächstens mit dem Finger. Rache ist süß. Ha!

Zusätzlicher Vorteil: Ich bin umringt von sehr wohlhabenden Managertypen, die möglicherweise auf der Suche nach der zweiten oder dritten Ehefrau sind. Sie sind vielleicht ein kleines bisschen beleibt, aber darüber lässt sich hinwegsehen, wenn sie bereit sind, mir den Lebensstil zu finanzieren, an den ich mich in den letzten drei Tagen gewöhnt habe. Schließlich ist kein Mensch vollkommen. Fühle mich seltsam zufrieden, obwohl mein Leben ein Trümmerhaufen ist. Bin offenbar zum Reisen in der ersten Klasse geboren. Gebe mir große Mühe, mir meine Begeisterung nicht anmerken zu lassen, fasse es aber kaum, dass man hier sogar seinen eigenen DVD-Spieler bekommt. Außerdem warme Plätzchen, *so oft man will.* Keine Ahnung, wie ich es je wieder schaffen soll, in der Economy Class zu fliegen.

P. S.: Gerade ist mir eingefallen, dass bei einem Absturz die Passagiere in der ersten Klasse und der Business Class als erste ins Gras beißen. Habe beschlossen, mir nicht den Kopf darüber zu zerbrechen. Wenn ich untergehe, dann zumindest stilvoll und eingekuschelt in eine Kaschmirdecke, während ich mir zwei Filme gleichzeitig anschaue.

31. Mai

Noch nie so froh gewesen, das verregnete Dublin zu sehen. Der Flug in der ersten Klasse war zwar phantastisch, finde es aber trotzdem erleichternd, wieder von normal aussehenden Iren umgeben zu sein, anstatt auf Schritt und Tritt operierten Nasen und kalifornischen aufblasbaren Riesenbusen zu begegnen.

»Weitergehen.« Der Mann an der Passkontrolle seufzte gelangweilt auf, als ich stolz meinen irischen Pass schwenkte. Habe mich nicht geärgert, sondern den missmutigen Kerl liebevoll angelächelt. Musste mich beherrschen, um ihm nicht um den Hals zu fallen. Nach all der geheuchelten Herzlichkeit ist angeborene Unfreundlichkeit wirklich erfrischend.

Auf der Heimfahrt im Taxi innerlich für das ernste Gespräch über Scheidung und Ähnliches mit Mum und Dad gewappnet. Aber als ich, beladen mit Tüten voller schöner Sachen aus dem Duty-Free-Shop, ins Haus kam, war niemand da.

»Ach, hallo, Schatz, bist du schon wieder zurück?« Mum wirkte überrascht, als ich sie anrief, um ihr zu sagen, dass ich da sei, und um sie zu fragen, warum sie mich nicht mit einer Tasse Barry's Tee und einem Galaxy-Riegel erwartete. »Wir haben den Zug nach Hause genommen, damit die Kleinen mal frische Landluft schnuppern«, rechtfertigte sie sich. »Die Luftverschmutzung in der Stadt ist sicher gesundheitsschädlich. Die beiden blühen hier richtig auf.«

War nicht sehr erfreut, dass meine Eltern sich ohne meine Erlaubnis mit den Kindern aus dem Staub gemacht haben. Mich aber nicht in der Lage gefühlt zu widersprechen.

Hörte mich stattdessen sagen, ich würde Katie und Jack abholen kommen, obwohl ich von der Reise nach Übersee noch erschöpft und traumatisiert bin. Manchmal kann Mum schrecklich egoistisch sein. Die Kinder ohne meine Zustimmung aufs Land zu verschleppen, ist eine Sache. Von mir zu erwarten, dass ich hinfahre und sie hole, eine völlig andere.

1. Juni

Jetzt ist es offiziell. Die ganze Welt ist übergeschnappt. Mum und Dad wollen mein Elternhaus verkaufen und ins Ausland ziehen. Habe mich ins Bett gelegt.

2. Juni

Hatte wegen der Zeitverschiebung einen schrecklichen Albtraum: Mum und Dad wollen mein Elternhaus verkaufen und sich dafür eine Villa in einer luxuriösen Golfanlage in Portugal anschaffen. In meinem alten Zimmer aufgewacht und festgestellt, dass dieser schreckliche Albtraum wahr ist und dass der Immobilienmakler mir durch die Gardinen zuwinkte.

Mum hat versucht, mich im Morgengrauen aus dem Bett zu zerren, um zu meditieren.

»Offenbar leidest du an ungelösten Problemen mit dem Loslassen, Susie«, meinte sie beruhigend. »Die Sonne zu begrüßen, ist genau das, was du jetzt brauchst, damit die positive Energie wieder in deinen Körper zurückfließt.«

Musste mich beherrschen, um ihr nicht den Wecker über den New-Age-Schädel zu schlagen. »Ich will nicht!«, rief ich aus. »Wie kannst du mir so etwas antun? Geh einfach und lass mich in Ruhe.« Habe mich gefühlt wie damals mit vierzehn, als ich nicht in die Jugendclub-Disco durfte. Nur dass sie jetzt ins Ausland ziehen und mich und die Kinder einem ungewissen Schicksal überlassen. Es hat sich noch niemand erkundigt, wie es in L. A. war.

Konnte Getuschel auf dem Flur hören. Irgendetwas mit Zeitverschiebung, emotionalem Trauma und grünem Tee. Habe aber das Kissen über den Kopf gezogen, um die Stimmen auszublenden. Irgendwann schubste Dad die Kinder zu mir ins Zimmer, knallte die Tür hinter sich zu und murmelte etwas von egoistischem und unreifem Verhalten und dass er mir am liebsten eine runterhauen würde. Das ist doch wirklich der Gipfel! Schließlich ist er es, der mein Erbe verkaufen will, obwohl ich es jetzt am meisten brauche.

Versucht, mich schlafend zu stellen. Habe aufgegeben, als Jack mir ständig die Augenlider hochzog und mir seinen Action Man in die Nase stecken wollte. Katie hingegen hatte weniger Interesse an mir als Person, sondern stand, ungeduldig mit dem Fuß klopfend, da und forderte ihre Geschenke. Nachdem sie sie aufgerissen und gründlich gemustert hatte, setzte sie sich auf die Bettkante, fragte mich über L. A. aus und erkundigte sich, ob ich einer echten Angehörigen der Bratz-Sippe begegnet sei.

»Nein, mein Kind«, gestand ich, zu erschöpft, um eine Geschichte zu erfinden, wie ich, flankiert von Barbie und einem Mitglied der Bratz, auf Rollerblades den Rodeo Drive entlangflitzte.

»Dann war deine Reise bestimmt furchtbar langweilig, Mummy«, meinte sie und tätschelte mir mitleidig die Hand, sodass mir beinahe die Tränen kamen.

»Außerdem«, fuhr sie tröstend fort, »wird Daddy bestimmt eine echte Bratz treffen und kann uns alles darüber erzählen, wenn er zurückkommt.« Damit marschierte sie hinaus und schleppte Jack hinter sich her.

Ihr kindliches Vertrauen ging mir so ans Herz, dass ich in mein geliebtes Bon-Jovi-Kissen schluchzen musste. Sie ahnt ja nicht, dass Daddy nicht etwa einer echten Bratz, sondern einem männermordenden Vamp in die Arme gelaufen ist.

P.S.: Habe Mum die ganze traurige Geschichte bei einer Kanne Tee und einer riesigen Packung Toblerone aus dem Duty-Free-Shop anvertraut. Sah, wie sie zusammenzuckte, als ich mir ein Stück Schokolade nach dem anderen in den Mund stopfte. Sie aber so böse angeschaut, dass sie nichts gesagt hat. War nämlich überhaupt nicht in der Stimmung für einen Vortrag über Koffein und gesättigte Fettsäuren.

»Während ich ganz harmlos mit Paul geflirtet habe«, meinte ich abschließend, »hatte Joe eine Affäre mit Becky.«

Es klang so entsetzlich endgültig, als ich es laut aussprach.

»Liebst du Joe, Susie?«, fragte Mum mit zärtlicher und verständnisvoller Miene.

War ein bisschen erschrocken. Hatte nämlich eigentlich gehofft, dass Mum ihm und seiner ganzen Sippe mit Mord drohen würde, wenn ich ihr berichtete, was geschehen war. Habe auch keine abscheuliche Einzelheit ausgelassen, damit ihr so richtig klar wurde, wie schrecklich er sich benommen und wie sehr er mich betrogen hatte. »Also?«

Plötzlich erkannt, dass ich Joe wirklich liebe, ganz gleich wie sehr wir uns auch auseinanderentwickelt haben mögen und obwohl er nie die Klotür zumacht. Aber jetzt ist es zu spät. Er hat mich weggeworfen wie in *Der Club der Teufelinnen,* und ich muss aufpassen, dass ich mich nicht weichklopfen lasse.

»Manchmal vergessen wir, wie sehr wir jemanden lieben«, fuhr Mum fort. »Der Alltag versperrt uns die Sicht, und man entfernt sich voneinander, ohne es zu bemerken. Doch wenn man sich das erste Liebesglück zurückerobert, trägt es einen durch den Rest des gemeinsamen Lebens. In allen Ehen gibt es Höhen und Tiefen. Wichtig ist nur, wie man mit den Tiefen umgeht.«

In meinen Tee geschnieft und über ihre Worte nachgedacht. Vermutlich hat sie recht (sie hat stapelweise Selbsthilfebücher gelesen). Denke trotzdem, zwischen Joe und mir ist zu viel vorgefallen, als dass es da noch etwas zurückzuerobern gäbe. Wie soll ich Joe noch einmal meinen Hängebusen zeigen, in dem Wissen, dass er sich mit den perfekten Exemplaren von Barbie vergnügt hat?

P. P. S.: Habe mein Mobiltelefon wieder eingeschaltet. Sechs Anrufe in Abwesenheit. Drei von Mrs. H., die wissen will, wie es ihrem armen Joe geht, und fragt, ob sie ihm King-Chips schicken soll. Und drei von Joe, der sich erkundigt, warum ich mich nicht bei ihm melde. Als was würde er es denn dann bezeichnen, wenn man eigens nach L. A. fliegt und an seine Tür klopft? Die einer Scheidung vorangehenden Schuldzuweisungen haben schon angefangen.

3. Juni

Habe beschlossen, mich meinen Eltern zu Füßen zu werfen und sie anzuflehen, sich den falschen Schritt, alles zu verkaufen und in die Fremde zu ziehen, noch einmal zu überlegen. Als geschiedene Frau ohne berufliche Aussichten werde ich wahrscheinlich wieder bei ihnen wohnen müssen. Und selbst wenn nicht, sind sie doch schon viel zu alt, um ihr Leben völlig umzukrempeln. Habe ein wenig Angst, sie könnten verfrüht an Alzheimer oder einer anderen die Hirnsubstanz aufzehrenden Krankheit leiden. Woher sonst kommen diese albernen Träume von Fünf-Sterne-Golfanlagen und ganzjährigem Sonnenschein? Sie sollten in Hauspantoffeln herumschlurfen und sich schonen, anstatt sich auf einem nagelneuen Golfplatz herumzutreiben, selbst wenn er von Nick Faldo gestaltet wurde. Was wird in einem fremden Land aus ihnen werden? Inmitten von Menschen, die nicht einmal ihre Sprache sprechen? Bestimmt geraten sie irgendwann in Schwierigkeiten. Wie das Ehepaar, das in einer von Ratten verseuchten Gefängniszelle gelandet ist, weil es einen Polizisten in gebrochenem Spanisch nach dem Weg gefragt hat. Wie sich herausstellte, hatte er das als unsittliches Angebot gedeutet. Muss mich im Internet kundig machen und meine Eltern mit ein paar Zahlen und Fakten konfrontieren. Außerdem haben sie schließlich Verpflichtungen.

P. S.: Mrs. H. hat schon wieder angerufen. Habe das Gespräch versehentlich angenommen, als ich versucht habe, es wegzudrücken (Hände zittern vor lauter Stress und Koffein). »Wie geht es dir, Susie?«, säuselte sie. »Hast du vom armen Joe gehört? Sicher ist es sehr anstrengend, bei dieser schrecklichen Hitze zu arbeiten. Ich habe den Wetterbericht gesehen. Er bekommt ja so leicht Sonnenbrand, weil er hellhäutig ist wie ich. «

Nun ist mir endgültig der Geduldsfaden gerissen. Habe beschlossen, zum ersten Mal im Leben reinen Tisch mit ihr zu machen. Schließlich ist sie bald meine Ex-Schwiegermutter. Werde ihren selbst gebackenen Teekuchen und ihr Talent beim Putzen zwar vermissen, doch was sein muss, muss sein.

»Mrs. H.«, versuchte ich es auf die zartfühlende Methode. »Erinnerst du dich noch, dass du einmal zugegeben hast, Mr. H. hätte eine Affäre gehabt?«

Grabesstille.

»Was um Himmels willen meinst du damit, Susie?« Ihre Stimme war kalt.

»Du weißt schon, vögeln, bumsen, mit einer anderen Frau ins Bett gehen«, bohrte ich gnadenlos weiter.

Ein ersticktes Gurgeln.

»Nun, der Apfel fällt nicht weit vom Stamm, wenn du verstehst, was ich damit sagen will.« Hielt das für die schonendste Art, ihr beizubringen, dass ihr Sohn eine betrügerische und verlogene Ratte ist, ohne ins Detail gehen zu müssen.

»Ich habe keine Ahnung, wovon du sprichst, Susie. Was meinst du mit Apfel?« Sie klang aufrichtig erstaunt.

»Es tut mir leid, es dir mitteilen zu müssen, Mrs. H. …« Erschrocken festgestellt, dass es mir wirklich leidtat. Hatte lange nicht so viel Spaß daran, wie ich gedacht hatte. Mich sogar scheußlich gefühlt. »Joe hat eine Affäre. Ich habe in seinem Hotelzimmer in L. A. seine Sekretärin angetroffen. Im BH.«

Ein Aufstöhnen. »Das kann nicht sein.«

»Ich fürchte schon.« Habe Höllenqualen gelitten. »Momentan bin ich bei meinen Eltern, um über einiges nachzudenken. Aber wir werden uns natürlich trennen.«

»Susie, ich muss dich später noch mal anrufen«, keuchte sie. »Mir ist irgendwie so seltsam.«

4. Juni

Plan, meine Eltern zur Vernunft zu bringen, nicht aufgegangen. »Unsinn, Kind«, erwiderte Mum wegwerfend, als ich ihr erzählte, dass viele ältere Menschen beim Immobilienkauf im Ausland über den Tisch gezogen werden.

»Was, wenn ihr jahrelang auf einer Baustelle wohnen müsst?«, wandte ich in möglichst unheilverkündendem Ton ein. »Oder wenn, noch schlimmer, die Siedlung gar nicht existiert und sich ein Betrüger mit eurem Geld davongemacht hat?«

War wegen dieser spontanen Eingebung sehr zufrieden mit mir.

»Sei nicht albern. John Doran und seine zweite Frau sind schon vor einem Monat hingezogen.« Mum kicherte. »Sie haben uns sogar Fotos von ihrer Villa gemailt. Ein Traum.«

Meine Eltern und ihr unnatürliches Geschick im Umgang mit Computern verflucht.

»Und was ist mit Katie und Jack?« Habe Katie am Arm gepackt und sie vor ihre Großmutter geschubst. »Sie werden untröstlich sein, wenn ihr wegzieht.«

»Bin nicht röstlich«, protestierte Katie. »Oma hat gesagt, ich kriege mein eigenes Zimmer mit rosanen Wänden. Außerdem gibt es da einen Pool. Aber Jack darf erst rein, wenn er richtig aufs Töpfchen geht.« Katie warf Jack einen überlegenen Blick zu, worauf dieser ihr aus Rache eins mit seinem Power-Ranger-Schwert überzog.

»Kein Töpfchen! Kein Töpfchen!«, brüllte er.

Mum zog die Augenbrauen hoch. »Offenbar scheint niemand sonst ein Problem damit zu haben, dass wir versuchen, unsere goldenen Jahre zu genießen, Susie«, fuhr sie fort. »Ich glaube, du wirst lernen müssen, es ebenfalls zu akzeptieren.« Dann fing sie in aller Seelenruhe an, Obst zu schneiden, als mache ich nur viel Lärm um nichts.

P. S.: Jack entwickelt eine ungesunde Vorliebe für die Power Rangers. Habe den Verdacht, dass Mum und Dad ihm in meiner Abwesenheit Karate beigebracht haben.

5. Juni

Der Albtraum wird Wirklichkeit. Kaufinteressenten wollen das Haus besichtigen. Hatte eigentlich vor, mich herumzudrücken und Andeutungen über Asbestverseuchung und feuchtes Mauerwerk fallen zu lassen, doch Dad scheuchte mich und die Kinder gnadenlos zur Tür hinaus in den grellen Sonnenschein. »Wer sind denn diese Leute?«, fragte ich, erschrocken darüber, dass der Makler tatsächlich versucht, das Haus an den Mann zu bringen. Hatte von Joe nämlich gehört, dass Makler faule und nichtsnutzige Ausbeuter sind. War also sehr erstaunt, dass er Mum und Dad so schnell die ersten Interessenten vermittelt hat. »Vielleicht sind es ja professionelle Einbrecher, die nur das Haus auskundschaften wollen«, warnte ich.

Dad bedachte mich mit einem vernichtenden Blick. »Es handelt sich um ein wohlhabendes Ehepaar aus Dublin, das ein Haus auf dem Land sucht. Und jetzt mach einen langen Strandspaziergang«, befahl er streng. »Die Kinder könnten ein bisschen Sonnenschein gebrauchen.«

Missmutig Katie und Jack ins Auto verfrachtet. War ziemlich sauer über Dads Andeutung, ich würde mich nicht richtig um sie kümmern. Zugegeben, sie sehen ein bisschen blass aus, aber nur, weil ich sie zu ihrem eigenen Schutz dick mit Sonnencreme einkleistere. »Diese Sonnenanbeterei ist höchst gefährlich, Dad, obwohl dir das offenbar egal ist. Sonst würdest du nämlich nicht in ein Land ziehen, wo du vermutlich innerhalb der nächsten sechs bis zwölf Monate Hautkrebs kriegst.«

»Los, verschwindet! Viel Spaß!«, rief Dad uns von der Vortreppe aus nach.

»Wahrscheinlich sind es nur Nachbarn, die spionieren kommen wollen«, erwiderte ich. »Das wissen doch alle. Du solltest nicht so naiv sein.« Glaube, dass Dad mich leider nicht mehr gehört hat, weil die schwere Mahagonitür hinter ihm ins Schloss fiel. Habe ein Stück die Straße hinauf gewartet, um festzustellen, wer wohl aus dem Gebüsch kriechen würde, um in meinem Elternhaus herumzuschnüffeln.

»Was machst du da?«, beschwerte sich Katie vom Rücksitz aus, fuchsteufelswild, weil sie nicht sofort zum Strand gebeamt worden war. »Ich will jetzt an den Strand.«

»Strand, Strand, Strand«, leierte Jack.

»Schon gut«, erwiderte ich, froh, dass sich offenbar niemand blicken ließ. Jetzt würden Mum und Dad sicher aufgeben und die Sache vergessen. Im nächsten Moment einen großen silberfarbenen Mercedes entdeckt. Ein elegantes Ehepaar stieg aus und sah sich interessiert um.

»Schau, Mummy!«, rief Katie. »Das sind die reichen Leute, die Omas Haus kaufen wollen.«

»Nur über meine Leiche.« Zähneknirschend das Lenkrad umfasst und reiche Leute und ihre versponnenen Ferienhaus-Pläne verflucht.

»Leiche, Leiche, Leiche«, jubelte Jack.

6. Juni

Stinksauer nach Dublin zurückgefahren. Anrufbeantworter voller Nachrichten von Joe. Alle gelöscht. Es gibt nichts mehr zu sagen.

»Ich will mit Daddy reden«, quengelte Katie, als sie seine Stimme hörte. »Wann kommt er übrigens nach Hause? Er ist jetzt schon monatelang weg.«

Dann fing sie an zu weinen, ein heftiges Schluchzen, gegen das nur ein Päckchen Schokolinsen und ihre *Mary-Poppins*-DVD half.

Während meiner Abwesenheit hat sich ein Haufen Post, der verdächtig nach Rechnungen aussieht, an der Eingangstür angesammelt. Beschlossen, sie hinter dem Brotkorb zu verstecken. Keine Ahnung, was und wie viel ich wann und wem bezahlen soll. Kurz bedauert, dass Joe nicht da ist, um das zu erledigen. Werde aber lernen müssen, mit dem Finanzkram und dem ganzen anderen langweiligen Papierkrieg zurechtzukommen. Muss mich konzentrieren und mich auf meine Erfahrungen aus der PR-Branche besinnen. Wird wahrscheinlich eine befriedigende und befreiende pseudo-feministische Erfahrung.

Habe mein Mobiltelefon eingeschaltet, um die nächste Nachrichtenflut abzuhören, aber nur eine vorgefunden. Musste die Nummer dreimal überprüfen, doch es bestand kein Zweifel. Sie war von Louise, meiner Ex-besten-Freundin, die mich kalt und herzlos aus ihrem Leben gestrichen hat. »Susie, ich muss mit dir reden. Können wir uns bitte treffen?«

War wie vor den Kopf gestoßen. Offenbar hat Joe meine Ex-beste-Freundin vor seinen Karren gespannt. War verärgert, dass sie das mitmacht. Deshalb beschlossen, nicht zu reagieren.

War trotzdem neugierig.

Also nach ein paar Minuten eine SMS geschickt: »Wer bist du?« Die hat vielleicht Nerven zu glauben, dass ich nach so langer Zeit noch ihre Nummer eingespeichert habe. Ich hätte sie doch schon vor Monaten löschen können.

Sie reagierte sofort: »Ich bin es, Louise. Muss sofort mit dir reden.«

Das kann ich mir denken, dachte ich ärgerlich. Habe der Versuchung widerstanden, mit »Welche Louise?« zu antworten.

Deshalb bloß knappe Nachricht zurückgeschickt: »OK, aber nur kurz, habe zu tun.«

»Danke. Morgen 19:00 MoMo?«

P. S.: Typisch Louise, zu glauben, dass ich nichts Besseres vorhabe und sie mich so kurzfristig irgendwo hinzitieren kann. Hätte morgen doch Dutzende wichtiger Verabredungen und deshalb keine Zeit für sie haben können. Werde ihr aber den Gefallen tun, um zu erfahren, was dahintersteckt, mich allerdings kühl und abweisend verhalten. Darf auf keinen Fall vergessen, dass sie mein Vertrauen missbraucht und mich unbeschreiblich gedemütigt hat. Vorzugeben, sie würde mich zum Geburtstag in ein Fünf-Sterne-Wellness-Hotel einladen, obwohl sie in Wirklichkeit ihren aktuellen Lover hatte mitnehmen wollen! So etwas ist unverzeihlich. Trotz der einfach göttlichen Massagen.

P. P. S.: Werde Katie und Jack Mrs. H. aufs Auge drücken. Schön, dass ich ihr einen Gefallen tun kann – das nachtaktive Verhalten der beiden wird sie sicher von den Grübeleien über ihren missratenen Sohn ablenken.

7. Juni

Musste viel weniger Zeit als sonst aufwenden, um schlank auszusehen. Brauchte mich nicht einmal in das Miederhöschen zu zwängen, weil ich zum ersten Mal seit Ewigkeiten in meine enge Jeans passte. Hätte eigentlich begeistert sein müssen, hatte aber zu großes Lampenfieber wegen des ersten Wiedersehens mit meiner verschollenen Freundin nach monatelangem eisigem Schweigen.

»Du siehst so toll aus, Mummy«, rief Katie ehrfürchtig aus, als ich nach unten kam. »Ist dein Bauch im Urlaub?«

»Amüsier dich gut, Kind.« Mrs. H. umarmte mich fest zum Abschied. Hätte schwören können, dass eine Träne in ihrem Augenwinkel glitzerte. »Du brauchst dich nicht zu hetzen. Schließlich hast du dir eine kleine Pause verdient.«

Zum ersten Mal das Gefühl gehabt, dass sie das nicht gesagt hat, damit ihr genug Zeit bleibt, um in meinem Nachtkästchen herumzuschnüffeln.

War erstaunt festzustellen, als ich sah, dass Louise bereits auf mich wartete. Sie schien ziemlich auseinandergegangen zu sein und wirkte verstört und blass. Außerdem waren ihre Kleider zerknittert, und ihr Nagellack war allen Ernstes *abgeblättert.* Habe sofort bemerkt, dass etwas nicht stimmt. Und zwar schon bevor sie mich bemerkte, wie ich mich zwischen den Tischen hindurchschlängelte, und mir laut schluchzend um den Hals fiel. »Oh, Susie«, jammerte sie. »Ich habe dich so vermisst.«

Habe gespürt, wie ich ein bisschen weich wurde, aber weiter versucht, mich angemessen kühl und abweisend zu verhalten.

»Was ist los?«, fragte ich, beeindruckt von meinem gleichgültigen Tonfall, obwohl ich innerlich vor Nervosität zitterte.

Louise sank auf das niedrige Samtsofa und schlug die Hände

vors Gesicht. »Ich bin schwanger«, stieß sie hervor, »und Steve, dieses Schwein, will nichts davon wissen.«

Die nächsten zwei Stunden damit verbracht, mir alles über die Ereignisse seit unserem großen Krach berichten zu lassen. »Ich war ja so blöd«, klagte sie, während sie den Brandy, den ich mir gegen den Schock bestellt hatte, mit begehrlichen Blicken musterte. »Du bist so eine gute Freundin. Ich war nur neidisch auf dich.«

»Neidisch? Warum denn?« Ich verstand die Welt nicht mehr.

»Weil du alles hast, Susie. Eine wundervolle Ehe, zwei fantastische Kinder. Du bist glücklich, und mir geht es so elend.« Wieder schluchzte sie auf. Bemerkt, dass die anderen Gäste sich erschrocken nach ihr umdrehten.

»*So* glücklich nun auch wieder nicht, Louise«, sagte ich und tätschelte verlegen ihre geschwollene Hand (Wasserablagerungen).

»Bist du doch«, beharrte sie. »Du hast mit Joe solches Glück gehabt. Steve ist ein Mistkerl. Er bezweifelt sogar, dass das Baby tatsächlich von ihm ist. Kannst du das glauben?«

Hätte in meinem momentanen Zustand alles geglaubt, hielt den Zeitpunkt aber für ungeeignet, ihr das zu sagen. Also nur anteilnehmend genickt.

»Das mit dem Wellness-Hotel tut mir leid, Susie«, flüsterte sie bedrückt. »Ich war einfach bereit, alles zu tun, um die Beziehung mit Steve zu retten. Ich wollte so gerne heiraten und ein Kind bekommen. Aber ich hätte nicht dir die Schuld geben dürfen, weil es nicht geklappt hat. Außerdem war es gemein, dir an den Kopf zu werfen, dass ich lieber mit ihm dort gewesen wäre. Das war unverzeihlich von mir. Obwohl es gestimmt hat.« Louise umklammerte ihr Glas Cola light und schüttelte beschämt den Kopf.

»Tja, wenigstens kriegst du jetzt ein Baby«, meinte ich, unsicher, ob ich ihr jetzt anvertrauen sollte, dass mein wundervolles Leben nur Selbstbetrug gewesen war und sich inzwischen in einen Scherbenhaufen verwandelt hatte. »Katie und Jack werden sich über einen kleinen Spielgefährten freuen.«

Wollte sie unbedingt aufheitern. Offenbar hasse ich sie doch nicht so, wie ich gedacht habe. Eigentlich war es die natürlichste Sache der Welt, wieder Zeit mit ihr zu verbringen. Habe außerdem die moralische Überlegenheit genossen.

Louises Miene erhellte sich ein wenig. »Bestimmt werden sie das.«

Den restlichen Abend ernsthafte Themen wie Britneys schockierende Gewichtszunahme und ihre unreine Haut erörtert. Meine eigenen Probleme für eine Weile fast vergessen.

8. Juni

Hatte seltsame lebhafte Träume, in denen Louises Baby mit dem Kopf von Jennifer Aniston geboren wurde. Es hielt mir Vorträge über die Bedeutung der Ehrlichkeit und fragte dann, wo man eine *Tomb-Raider*-DVD bekommen könne.

Eine Ewigkeit das Kissen zurechtgeklopft, um bequemer zu liegen, aber mich trotzdem die ganze Nacht herumgewälzt. Sollte mich eigentlich freuen, dass unter der Bettdecke jetzt furzfreie Zone ist, doch seltsamerweise erscheint mir das Bett riesig, seit ich es allein für mich habe.

Bin begeistert, dass Louise und ich uns wieder versöhnt haben. Gleichzeitig jedoch voller Schuldgefühle, denn schließlich habe ich ihr mein schäbiges Doppelleben verschwiegen. Ist zwar verführerisch, wäre aber unfair (und moralisch verwerflich), ihr weiter vorzumachen, dass Joe und ich im Paradies leben wie Posh und Beckham. Deshalb um 8:04 angerufen, um ihr die Wahrheit zu sagen.

»Ich fasse es nicht«, rief sie aus, nachdem ich ihr die traurige Geschichte erzählt hatte. »Du hattest eine Affäre, jetzt hat Joe eine *Affäre,* und ihr trennt euch?«

»Nun, ich hatte nie eine Affäre mit Paul«, verbesserte ich sie, da mir viel an diesen Feinheiten lag.

»Stimmt, aber du hättest eine gehabt, wenn dein Vater sich nicht beinahe das Bein gebrochen und Paul sich nicht dieser Schlampe an den Hals geworfen hätte.« Louise war beeindruckend forsch, obwohl sie das Gespräch alle fünf Minuten unterbrechen musste, um sich ins Badezimmerwaschbecken zu übergeben.

»Tja, kann sein«, erwiderte ich voller Scham.

»Und mit Joe hast du nicht geredet, weil ...?«

»Weil er mit Becky schläft«, antwortete ich leise, obwohl ich befürchtete, dass das nicht sehr überzeugend klang. Habe inzwischen fast bedauert, ihr das Herz ausgeschüttet zu haben.

»Nun, Susie, du musst das Problem Katie und Jack zuliebe angehen«, fuhr Louise, geschüttelt von Kotzanfällen, fort. »Auch wenn es mir ein Rätsel ist, wie du es den beiden erklären willst.«

Hätte ihr am liebsten gesagt, dass sie genau die Richtige ist, um über Moral zu sprechen, da sie schließlich ein Kind ohne Vater erwartete, es mir aber verkniffen. Schwangerschaftshormone können Schreckliches anrichten.

P. S.: Joe hat seit Tagen nicht angerufen. Finde sein mangelndes Interesse am Wohlergehen seiner Kinder besorgniserregend. Bin sicher, dass sich der Richter sehr dafür interessieren wird, wenn wir erst einen erbitterten Krieg um das Sorgerecht führen.

9. Juni

Fühle mich ein wenig aufgemuntert, weil das reiche Paar aus Dublin Mums und Dads Haus doch nicht kaufen will.

»Sie sind zu dem Schluss gekommen, dass es nicht das Richtige für sie ist«, antwortete Mum, als ich mich in meinem stündlichen Kontrollanruf danach erkundigte, wie der Plan, mein Erbe zu verschleudern, vorankam.

»Tja, das kannst du ihnen nicht zum Vorwurf machen, Mum«, erwiderte ich, begeistert, dass der Verkauf gescheitert war. »Das Haus ist nicht unbedingt optimal. *The House Doctor* hätte sicher jede Menge Verbesserungsvorschläge.«

»Das hängt ganz von der Betrachtungsweise ab«, entgegnete sie. »Außerdem haben wir schon wieder einen neuen Interessenten. Er meint es offenbar ernst.«

»Wirklich?«, erwiderte ich, bemüht beiläufig.

»Ja«, fuhr sie fort. »Es ist ein Investor aus Übersee, der ein Ferienhaus für seine Familie sucht.«

»Wahrscheinlich will er die ganze Bude abreißen und einen Wohnblock hinbauen«, zischte ich, voller Wut, dass irgendein Geldsack sich mein Elternhaus schnappen und meine Kindheitserinnerungen zerstören würde.

»O nein, er ist ein richtiger Familienvater«, fuhr Mum fort. »Er scheint sehr an seiner Frau zu hängen.«

Habe eine Antwort gemurmelt und dann aufgelegt, um Pläne zu schmieden, wie ich den Hausverkauf sabotieren kann. Mit Ratten oder Gespenstern klappt es vielleicht.

10. Juni

Anna, die Giftschlange, ehemalige Arbeitskollegin und offizielle Büroklatschtante, rief aus heiterem Himmel an. Hatte schon Angst, sie wäre irgendwie hinter die Vorfälle der letzten Zeit gekommen und wolle sich nun an meinem Unglück weiden. Aber sie klang ausgesprochen merkwürdig. »Susie«, stammelte sie. »Ich möchte mich bei dir entschuldigen.«

»Entschuldigen?« Wäre fast an meinem Tee erstickt. Dass Anna sich für etwas entschuldigte, war noch nie vorgekommen.

»Ja«, fuhr sie mit leiser, blecherner Stimme fort, als lese sie etwas von einem Teleprompter ab. »Ich mache seit einiger Zeit eine Therapie, und meine Therapeutin meinte, ich müsste die Geister der Vergangenheit loslassen, bevor ich in die Zukunft schauen könnte.«

War ein bisschen erschrocken, als Geist bezeichnet zu werden, sie aber nicht unterbrochen, weil ich neugierig war. »Therapie?«, fragte ich und hielt Jack eine ganze Packung Jaffa Cakes unter die Nase, um ihn ruhigzustellen.

»Tja … ich … äh … habe beschlossen, ein paar persönliche Themen zu klären.« Schweigen. »Offen gestanden stimmt das nicht ganz.« Wieder Schweigen. »Es hat in der Arbeit einen Zwischenfall gegeben, und in der Chefetage hat man gedroht, mich zu feuern, wenn ich nicht zum Therapeuten gehe.«

Habe mir Tee aufs T-Shirt gespuckt. Das wurde ja immer besser. »Einen Zwischenfall?«

»Ja, obwohl sie aus einer Mücke einen Elefanten gemacht haben. Du kennst die Chefs ja. Ich wollte Noel wirklich nicht den Deckel vom Fotokopierer auf die Hand knallen.« Sie hüstelte, als ränge sie nach den richtigen Worten. »Wie dem auch sei, jedenfalls tut es mir leid, falls ich dich je verbal oder körperlich unter Druck gesetzt habe. Einverstanden?«

Musste mir fest auf die Lippe beißen, um ein Lachen zu unterdrücken. Das war ja klasse!

»Jetzt muss ich auflegen. Janet, die Schlampe aus der Buchhaltung, ist die Nächste auf meiner Liste.«

P. S.: Kann kaum erwarten, es Joe zu erzählen. Er hatte schon immer Aversionen gegen Anna.

P. P. S.: Habe mich gerade erinnert, dass Joe und ich ja getrennt sind und ich deshalb nie wieder mit ihm über eine lustige Geschichte lachen kann. Fühle mich sehr seltsam.

11. Juni

Mum rief an, um mir mitzuteilen, dass der geheimnisvolle Investor aus Übersee das Haus kaufen will. Im Hintergrund Dads Jubelrufe gehört.

»Das ging aber schnell«, sagte ich. Hatte eigentlich damit gerechnet, verzweifelt zu sein, fühlte mich aber eher benommen und wie gelähmt.

»Ja, wirklich«, erwiderte Mum sanft, weil sie offenbar mit einem Weinkrampf rechnete. »Warum kommst du am Wochenende nicht her? Dann können wir deine Sachen aussortieren und ein bisschen reden.«

Habe zugestimmt, halte es allerdings für wenig sinnvoll. Da ich durch die Scheidung aller Wahrscheinlichkeit nach sowieso das Haus in Dublin verlieren werde, weiß ich nicht wohin mit Kartons voller Bücher von Enid Blyton und anderen Kindheitserinnerungen. Habe gehört, dass in Frauenhäusern chronischer Platzmangel herrscht.

P.S.: Mrs. H. hat frisch gebackenen Teekuchen gebracht. »Joe hat gestern Abend angerufen«, verkündete sie, während sie für mich ein Stück Teekuchen mit einem halben Pfund Butter bestrich.

»Wirklich?« Ich verstand die Welt nicht mehr. Mich ruft er nämlich schon seit Tagen nicht mehr an. Nicht, dass mich das interessieren würde.

»Ja, aber ich habe ihm gesagt, dass ich nicht mehr mit ihm rede.«

Wäre fast an meinem Teekuchen erstickt.

Mrs. H. betrachtete mich ruhig und wischte dann die Krümel mit dem Staubtuch weg, das sie aus ihrer Handtasche zutage gefördert hatte. »Ich muss dir etwas beichten, Susie«, fuhr sie fort. »Joes Vater, Gott sei seiner Seele gnädig, hatte in den Anfangsjahren unserer Ehe ein kleines Techtelmechtel. Ich bereue bis heute, dass ich ihm nie wirklich verziehen habe.« Tränen funkelten in ihren Augen. »Wenn du ein so großes Herz hast, Joe zu vergeben, solltest du es deshalb tun.« Habe sprachlos genickt. »Natürlich ist Ehebruch eine Todsünde. Wenn er also nicht schleunigst zur Beichte geht, wird seine Seele bis in alle Ewigkeit in der Hölle schmoren.« Sie schien sehr zufrieden mit sich.

P. P. S.: Fühle mich schrecklich weinerlich und sentimental. Bin gerührt, dass Mrs. H. Partei für mich ergreift. Selbstverständlich weiß sie nichts vom einsamen Vater und dem SMS-Sex. Werde das noch eine Weile für mich behalten. Sonst wird der Teekuchen-Lieferservice sicher schlagartig eingestellt.

12. Juni

Mich heute unter Tränen von allen Kindergarten-Müttern verabschiedet.

»Halten Sie es für klug, Katie so früh aus dem Kindergarten zu nehmen?«, fragte die Ökomutter. »Das Schuljahr endet doch erst in zwei Wochen.«

»Wir reden hier doch nur vom Kindergarten«, entgegnete ich herablassend, in der Hoffnung, es könnte bei ihr jeden Moment zu einer spontanen Selbstentzündung kommen. »Sie wird schon keinen bleibenden Schaden nehmen.«

»Ja, aber sie hat schon ziemlich viele Tage gefehlt, richtig?« Die Ökomutter musterte mich gehässig. »Aber ich bin sicher, dass Sie ihr im Sommer ausgiebig Nachhilfeunterricht erteilen werden, um das wettzumachen.«

Bin stinksauer losgefahren und habe dabei kräftig Gas gegeben, damit sie an den giftigen Abgasen erstickt. Hoffentlich entschließt sie sich, Zoe nächstes Jahr zu Hause zu unterrichten, sodass ich sie und ihre behaarten Beine nie wiedersehen muss.

13. Juni

Nach einer dreistündigen Fahrt, während der ich mit Katie und Jack »Ich sehe was, was du nicht siehst« spielen musste, total erschöpft bei Mum und Dad angekommen. War entsetzt, überall im Vorgarten große braune Kartons zu sehen. Ein paar gelangweilt wirkende Möbelpacker liefen hin und her, während Dad, ein Klemmbrett in der einen, ein Walkie-Talkie in der anderen Hand, das Packen beaufsichtigte. »Hallo, Schatz!«, brüllte er, als ich den Wagen abstellte. »Noch zwei Hände, die bei der Arbeit mit anpacken – fantastisch!«

Ihn wegen seiner mangelnden Sensibilität finster angesehen. Ich stecke mitten in einer traumatischen Trennung, und er hat nichts Besseres zu tun, als im Garten Freudentänze aufzuführen, weil er bald eine Million Kilometer weit weg in die Wärme zieht. Würde ihm recht geschehen, wenn die Siedlung in Portugal noch nicht fertig ist. Offen gestanden hoffe ich, dass es bis dahin noch Jahre dauert, damit er sich auf einer Gehhilfe durch die Baustelle schleppen und dabei Zementmischmaschinen und Bauarbeitern mit aus der Hose hängendem Hintern ausweichen muss.

Mum inmitten von alten Fotos im Wohnzimmer angetroffen.

»Wer ist das?«, fragte Katie und riss ihr Joes und mein Hochzeitsfoto aus der Hand.

»Deine Mum und dein Dad natürlich«, antwortete Mum und lächelte mir verschwörerisch zu. »Sieht Mummy nicht wunderschön aus?«

»Ja …«, hauchte Katie. »Du bist sogar hübscher als Becky, Mum«, fügte sie erstaunt hinzu.

Musste aus dem Zimmer flüchten, bevor ich ein Heulen und Wehklagen anstimmte, mit den Zähnen knirschte und mir die Haare ausriss.

14. Juni

Dad hat darauf bestanden, vor dem Umzug noch einen letzten Grillabend im Familienkreis zu veranstalten.

Haben uns traurig um den Stumpf der Eiche versammelt (der als Grill herhalten musste, war aber zu müde, um zu protestieren) und versucht, die Kinder zum Verzehr ungenießbarer Bio-Würstchen zu zwingen.

»Ich will *richtige* Würstchen«, schmollte Katie.

»Würstchen, Würstchen!«, rief Jack.

»Aber, Kinder, ihr müsst jetzt ganz brav sein«, schimpfte Mum. »In ein paar Minuten kommt der neue Besitzer, um sich das Haus anzuschauen. Also will ich nur fröhliche Gesichter sehen.«

Habe zornig mit dem Fuß aufgestampft. »Ich dachte, der neue Besitzer wohnt im Ausland?«, sagte ich, stinksauer, weil die letzte Mahlzeit in meinem Elternhaus nun durch die Ankunft eines Immobilienhais zerstört werden sollte. Bestimmt würde er das Haus abreißen und stattdessen einen hässlichen (aber höchst rentablen) Wohnblock hinbauen.

Plötzlich sprang Katie auf und fing an, hysterisch zu schreien. Musste ihr zwar, was die Bio-Würstchen anging, zustimmen, fand aber, dass sie es nun ein bisschen übertrieb. Wollte gerade all meine Kraft zusammennehmen, um ein ernstes Wort mit ihr zu reden, als sie » DADDY!« brüllte.

Als ich mich umdrehte, schlängelte Joe sich gerade vorsichtig durch die braunen Kartons, die die Auffahrt blockierten.

18:00: Befinde mich in schwerem Schockzustand. Habe in den letzten Stunden erfahren, dass

a. Joe der geheimnisvolle Investor/Familienvater ist.
b. er Mum und Dad das Haus als Ferienhaus abgekauft hat.
c. er nie eine Affäre mit der Schlampe Becky/Barbie hatte.

»Aber sie war doch in deinem Zimmer!«, rief ich, nachdem Mum und Dad Katie und Jack weggeschleppt hatten, damit sie ihnen halfen, die Kartons mit Klebeband von einer riesigen Rolle zu verschließen.

»Ja, Becky war in meinem Zimmer«, stimmte Jack (ein wenig überraschend, wie ich fand) zu. »Und eine Affäre hatte sie auch. Allerdings nicht mit mir, sondern mit Maurice. Sie haben mich gefragt, ob sie mein Zimmer benützen können, weil es das einzige mit einem Whirlpool war. Geschmacklos, ich weiß.« Er lockerte seine Krawatte und lächelte müde.

Plötzlich fiel mir auf, wie sexy er aussieht, wenn er so zerzaust ist. »Maurice? Dein Chef Maurice?« Mir wurde ein bisschen schwummerig.

»Richtig.«

»Aber warum bist du dann nicht zu mir gekommen?«, stieß ich hervor. »Ich war drei ganze Tage im Hotel.« Allmählich dämmerte mir, dass ich mich, was Joe und seinen angeblichen Seitensprung anging, offenbar schwer getäuscht hatte.

»Becky und Maurice sind während der ganzen Zeit nicht aus dem Zimmer gekommen«, erwiderte er. »Also hatte ich keine Ahnung, dass du da warst. Und als ich es erfuhr, warst du schon längst abgereist. Wieder und wieder habe ich dich angerufen, aber du bist nie rangegangen. Deshalb habe ich beschlossen, nach Hause zu fliegen und mich mit dir auszusprechen.« Dabei sah er mich eindringlich und sehr erotisch an. »Ich muss es wissen, Susie. Hast du einen Anderen?«

Habe gespürt, wie mir das Herz in der Brust stehen blieb, als ich seinen besorgten Blick erwiderte, und wusste, dass ich ihm die Wahrheit sagen musste. Nicht eine Version wie in *OK!* oder in *Heat,* sondern die ungeschminkte, ehrliche Wahrheit, ohne etwas zu beschönigen.

15. Juni

Könnte vor Glück platzen. Joe hat mir das Debakel mit dem SMS-Sex und dem Beinahe-Ehebruch verziehen. Ein weiterer Vorzug ist, dass er die ganze Schuld daran auf sich nimmt und anscheinend nicht vorhat, dem einsamen Vater ernsthaft Schaden zuzufügen.

Nachdem der Schreck über sein unerwartetes Erscheinen sich gelegt hatte, ein sehr erhellendes, aufschlussreiches Gespräch über unsere Ehe geführt und viele der grundsätzlichen Probleme geklärt. Wie sich herausstellt, ist Joe nach vielen einsamen Nächten in seinem Hotelzimmer in L. A. nur mit dem Living Channel als Gesellschaft sehr gereift. Inzwischen ist er ein wahrer Anhänger des Prinzips, dass man seine Gefühle äußern muss.

Habe ihm erklärt, dass mein Gedanke an Ehebruch eine unmittelbare Folge seiner Gleichgültigkeit gegenüber meinem emotionalen Wohlbefinden ist. Das Ergebnis war, dass wir uns wahrhaftig wieder aneinander angenähert haben wie damals als Jugendliche. Konnten die Finger nicht voneinander lassen. Verstehe gar nicht mehr, wie ich den einsamen Vater jemals auch nur halbwegs attraktiv finden konnte.

»Woher wusstest du denn, dass Mum und Dad das Haus verkaufen wollen?«, erkundigte ich mich, wobei ich mich fragte, ob er wohl auch einen Astrologie-Sender entdeckt hatte.

»Als du Louise dein Herz ausgeschüttet hast, hat sie mir eine Mail geschickt und mir alles erklärt«, gestand er. »Daraufhin habe ich deine Eltern angerufen und mich mit ihnen geeinigt.«

(Habe mir fest vorgenommen, Louise zu einem tollen Essen einzuladen, sobald sie nicht mehr kotzt. Habe mir außerdem vorgenommen, so bald wie möglich ein Hühnchen mit Mum und Dad zu rupfen, weil sie mich hintergangen haben.)

»Entschuldige, dass ich dich vernachlässigt habe, Susie«,

flüsterte er später und streichelte zärtlich mein Haar, während wir uns auf meinem alten schmalen Bett unter der Bon-Jovi-Decke eng aneinanderkuschelten. (Richtiger Versöhnungssex unmöglich, weil Katie und Jack zufrieden schnarchend in ihren Schlafsäcken neben uns lagen.) »Die Arbeit war mir wichtiger als du und die Kinder. Ist es da ein Wunder, dass du dich mit diesem Paul angefreundet hast?«

»Schon gut«, erwiderte ich. Habe mich erinnert, warum ich ihn so sehr liebe, obwohl er sich in meiner Gegenwart die Nasenhaare schneidet. »Wir haben uns beide gehenlassen. Von nun an wollen wir uns bemühen, damit wir uns nicht mehr auseinanderentwickeln.«

Bin überwältigt von all der Romantik. Außerdem begeistert davon, dass Joe in L. A. einen tollen Geschäftsabschluss gemacht und viel Geld verdient hat. Das heißt, dass wir nun die stolzen Besitzer eines zweiten Hauses auf dem Land sind. Mit zwei Nebengebäuden und einem gepflegten Garten (abgesehen von der gemeuchelten Eiche).

Werde von nun an die Schulferien und jedes Wochenende in besagtem Landhaus verbringen, den Garten begießen, Brot backen und eisgekühlte Limonade trinken. Mum sagt, der Garten mache ziemlich viel Arbeit, glaube aber, dass sie ihre Befürchtungen wegen des Umzugs nach Portugal auf mich überträgt. Werde sofort in nostalgischen Weidenkorb und Gartenhandschuhe von Cath Kidson investieren.

P. S.: Joe hat versprochen, seiner Mutter nichts von den Sex-SMS zu erzählen. Bin sehr erleichtert. Sie würde mich bestimmt schneller aus der Familie exkommunizieren, als man ein Staubtuch ausschütteln kann.

P. P. S.: Habe ein leicht schlechtes Gewissen, weil Joe sich an allem die Schuld gibt. Versuche, es zu verdrängen.

16. Juni

Muss aufpassen, dass ich den neu entdeckten Zustand der Glückseligkeit nicht für selbstverständlich nehme. Vielleicht erneuern wir unser Eheversprechen so bald wie möglich mit einem rauschenden Fest à la Hollywood. Werde zumindest ein teures, romantisches Wochenende in irgendeinem Hotel buchen, damit Joe und ich uns wieder näherkommen und unsere Beziehung festigen können. Joe will sich nicht so richtig auf ein Datum festlegen (offenbar ein kleines Problem mit dem Geschäftsabschluss in L. A.), aber er hat versprochen, mich im Terminkalender vorzumerken. Der Gute. Inzwischen habe ich mir die folgenden Regeln zurechtgelegt, damit es auch sicher klappt.

Gute Vorsätze, um unsere Ehe zu retten und eine traumhaft glückliche Familie zu sein, deren Mitglieder einander achten und nie im Zorn die Stimme erheben (ausser es handelt sich um einen extremen emotionalen Notfall):

- Werde meinen Ehepartner nie mehr mit Gleichgültigkeit behandeln. Nicht einmal, wenn er den Kindern beibringt, das ABC zu rülpsen, oder wenn er die Zwiebeln auf dem Brotbrettchen schneidet.
- Werde mich nie wieder auf ungehörige Beziehung mit einem anderen Mann einlassen, auch nicht, wenn er Augen hat wie Hugh Grant.
- Werde meine Kinder jeden Tag zu schätzen wissen, sogar wenn sie den Wasserhahn nicht zudrehen, die Kühlschranktür offen lassen und den Hund quälen.
- Werde mehr Zeit in meine spirituelle Entfaltung investieren, damit ich nicht mehr auf die Anerkennung anderer angewiesen bin, um glücklich zu sein.
- Werde mich im Nu in eine zufriedene Ehefrau verwandeln.

Eine Woche später

Heute den einsamen Vater bei Tesco getroffen. In einem überraschenden Anfall von Offenheit hat er mir mitten in Gang drei mitgeteilt, dass

a. er Ehefrau Arabella verlassen hat und bei Marita mit ihren künstlichen Nägeln eingezogen ist.
b. Marita nun seine offizielle Muse ist (weiß nicht, welche Pflichten das genau einschließt, habe aber den Verdacht, dass es etwas mit einem Gymnastikanzug aus Polyester und anstößigen Yogastellungen zu tun hat).
c. er an einem fantastischen neuen Buch über das schmutzige Doppelleben einer Hausfrau über dreißig arbeitet (klingt ziemlich skurril und absolut unverkäuflich).

»Mein Agent denkt, es wird ein Riesenerfolg.« Als er selbstzufrieden grinste, fragte ich mich, was ich je an ihm und seinen seltsamen blauen Augen gefunden habe.

Bevor ich etwas antworten musste, kletterte Jack zum Glück auf einen Stapel Waschmittelkartons. Die Folge war eine kleinere Sicherheitskrise, sodass ich rasch die Flucht ergreifen konnte.

Habe Louise angerufen, um ihr zu sagen, dass ich endgültig über den einsamen Vater hinweg bin und bescheuert gewesen sein muss, weil ich mich überhaupt je von ihm angezogen gefühlt habe.

»Das ist ja spitze, Susie«, meinte sie und klang gelangweilt. »Wusstest du, dass mein Fötus inzwischen so groß ist wie eine kleine Orange? Findest du, dass es zu früh ist, ihn für Gonzaga-Babyförderung anzumelden?«

Hoffentlich wird Louise nicht eine von diesen Übermüttern, bei denen sich immer alles nur um die Kinder dreht. Etwas Schlimmeres gibt es nämlich nicht.

Danksagung

Vielen herzlichen Dank an meine Lektorin Patricia Devey sowie an Michael McLoughlin, Cliona Lewis, Brian Walker, Patricia McVeigh und alle anderen bei Penguin Ireland. Aufrichtigen Dank auch an Tom Weldon, Naomi Fidler und das Vertriebsteam, Sophie Mitchell, Hazel Orme, Ann Cooke und alle bei Penguin UK.

Außerdem ein dickes Dankeschön an meinen Agenten Simon Trewin, Claire Gill und alle bei PFD.

Ganz besonders danke ich Mam und Dad für eure Liebe und dafür, dass ihr mich von Anfang an unterstützt und ermutigt habt. Das Buch ist euch gewidmet!

Vielen Dank an Martina und Eoghan für die vielen guten Tipps, das Lachen und die endlosen Telefonate!

Ich danke auch allen meinen Freunden für ihre Begeisterung.

Und zu guter Letzt danke ich euch, Caoimhe und Rory, weil ihr Licht in mein Leben bringt und mich jeden Tag sehr froh macht, und Oliver, der mich bei jedem Schritt angefeuert und immer an mich geglaubt hat – ohne euch hätte ich es nicht geschafft.